AMORES SELVAGENS

J.T. GEISSINGER

AMORES SELVAGENS

Tradução de
Natalie Gerhardt

Rocco

Título original
SAVAGE HEARTS

Copyright © 2021 *by* J.T. Geissinger, Inc.

Todos os direitos reservados.

Nenhuma parte desta obra pode ser reproduzida ou transmitida
por meio eletrônico, mecânico, fotocópia ou sob
qualquer outra forma sem a prévia autorização do editor.

Direitos para a língua portuguesa reservados
com exclusividade para o Brasil à
EDITORA ROCCO LTDA.
Rua Evaristo da Veiga, 65 – 11º andar
Passeio Corporate – Torre 1
20031-040 – Rio de Janeiro – RJ
Tel.: (21) 3525-2000 – Fax: (21) 3525-2001
rocco@rocco.com.br
www.rocco.com.br

Printed in Brazil/Impresso no Brasil

Preparação de originais
THAIS CARVAS

CIP-BRASIL. CATALOGAÇÃO NA PUBLICAÇÃO
SINDICATO NACIONAL DOS EDITORES DE LIVROS, RJ

G274a

Geissinger, J.T.
    Amores selvagens / J.T. Geissinger ; tradução Natalie Gerhardt. - 1. ed. - Rio de Janeiro : Rocco, 2025.
    (Rainhas e monstros ; 3)

Tradução de: Savage hearts
ISBN 978-65-5532-551-5
ISBN 978-65-5595-356-5 (recurso eletrônico)

1. Ficção americana. I. Gerhardt, Natalie. II. Título. III. Série.

25-97251.0

CDD: 813
CDU: 82-3(73)

Meri Gleice Rodrigues de Souza - Bibliotecária - CRB-7/6439

Este livro é uma obra de ficção. Todos os personagens, organizações
e acontecimentos retratados neste livro são produtos da imaginação da autora
ou foram usados de forma ficcional.

Para Jay, minha razão de tudo.

Apesar de pequena, é perigosa.
William Shakespeare, *Sonho de uma noite de verão*

Amores selvagens
J.T. Geissinger

1:53   4:36

1. **Sit Still, Look Pretty**
   Daya

2. **Fantasy**
   Sofi Tukker

3. **Supermassive Black Hole**
   Muse

4. **Reviver**
   Lane 8

5. **Boss Bitch**
   Doja Cat

6. **Breathe**
   Télépopmusik

7. **Damn It Feels Good to Be a Gangsta**
   Geto Boys

8. **We Are Family**
   Sister Sledge

9. **You're Mine**
   Charlotte de Witte, Oscar and the Wolf

1

RILEY

Quando o telefone toca, estou no meio da edição de um manuscrito que já deveria ter terminado. Decido ignorar e deixo cair na secretária eletrônica.

Secretária eletrônica e telefone fixo são coisas ultrapassadas, eu sei, mas não tenho celular. Odeio a ideia de cada um dos meus movimentos sendo rastreado. E, se quer saber minha opinião, acho simplesmente horripilante esse lance de Siri.

Um telefone que é mais inteligente que eu? Não, obrigada.

Depois que a mensagem da secretária eletrônica informa à pessoa que no momento eu me encontro em outro plano astral e que ela deve deixar um recado que só vou responder quando me manifestar novamente em carne e osso, ouço o bipe, seguido de um suspiro pesado.

— Riley, sou eu, sua irmã.

Lanço um olhar de choque para o telefone na minha cômoda.

— Irmã? — Penso por um instante. — Não. Tenho certeza de que não tenho nenhuma irmã.

O tom de Sloane fica autoritário:

— Sei que está ouvindo, porque é a única pessoa no mundo que ainda tem uma secretária eletrônica. Além disso, você nunca sai de casa. Atende logo.

É impressionante que ela ache que vai conseguir alguma coisa me xingando e me dando ordens. É como se não me conhecesse.

Ah, espere. Agora eu me lembro! Ela *não* me conhece. O que não é nem um pouco culpa minha, mas é a cara da Sloane ligar do nada e agir como se eu lhe devesse alguma coisa.

Meneio a cabeça, enojada, olho para a tela do computador e volto ao trabalho.

— Riley. Sério. É importante. Preciso falar com você. — Segue-se uma pausa tensa e a voz dela fica grave. — Por favor.

Meus dedos congelam no teclado.

Por favor? Sloane nunca pede por favor. Nem sabia que ela conhecia a expressão. Essas palavras não fazem parte do vocabulário das divas.

Algo deve estar muito errado.

— Ah, merda — digo, em pânico. — Meu pai.

Corro para atender o telefone.

— O que houve?! — grito. — O que aconteceu? É o papai? Em que hospital ele está? É grave?

Depois de uma breve pausa, Sloane diz:

— Nossa, isso que eu chamo de reação exagerada.

Percebo pelo tom de voz dela que não aconteceu nada de ruim. Um alívio momentâneo toma conta de mim e, depois, fico puta da vida. Não tenho tempo para esse tipo de merda agora.

— Desculpe, você ligou para um número que não existe. Desligue e tente novamente.

— Ah, o sarcasmo. O recurso dos desprovidos de inteligência.

— Falando em inteligência, não estou a fim de entrar em uma discussão intelectual com uma oponente despreparada. Ligue de novo quando seu cérebro deixar de ser um peito de frango.

— Por que você insiste em fingir que não sou uma gênia?

— Uma pessoa idiota, mas sábia, não é o mesmo que inteligente.

— Só porque você se formou com honras em uma das melhores universidades do país, não quer dizer que é mais inteligente que eu.

— Diz a pessoa que me perguntou quantas moedas de vinte e cinco centavos são necessárias para completar um dólar.

— Se você é tão inteligente assim, então me diz porque está trabalhando como editora freelancer, sem plano de saúde, estabilidade ou plano de aposentadoria.

— Uau. Só o que importa para você é dinheiro. Deve ser muito conveniente não ter alma. Facilita muito na hora de se aproveitar ao máximo dos caras e depois jogá-los fora, né?

Ficamos em silêncio por um tempo. Finalmente Sloane pigarreia.

— Na verdade, é sobre isso que estou ligando.

— Dinheiro?

— Homens. Um em particular.

Espero uma explicação. Quando ela não dá nenhuma, pergunto:

— É pra eu adivinhar ou você vai me contar logo que merda está acontecendo?

Sloane respira fundo e solta o ar com força. Em seguida, em um tom incrédulo, declara:

— Vou me casar.

Pisco várias vezes, tentando processar o que ela acabou de me dizer, mas não adianta.

— Como é? Acho que ouvi você dizer que vai se casar.

— É isso mesmo que você ouviu. Vou me casar.

Solto uma risada descrente.

— Você? Uma viciada em pau, vai *se casar*?

— Vou.

— Impossível — devolvo.

Ela me surpreende com uma gargalhada.

— Eu sei! Mas é verdade. Juro de pé junto. Vou me casar com o homem mais maravilhoso do mundo.

Sloane solta um suspiro suave e satisfeito, tão ridículo que dá pena.

— Você está drogada?

— Não.

— É uma pegadinha então?

Olho à minha volta tentando imaginar alguma explicação para essa reviravolta bizarra, mas não consigo pensar em nada, além de ideias absurdas.

— Você foi sequestrada ou algo assim? Alguém está apontando uma arma pra sua cabeça e te obrigando a dizer isso? — Ouço minha irmã soltar uma gargalhada estridente. — Qual é a graça?

Sloane não para de rir até soltar um suspiro. Eu a imagino do outro lado da linha, enxugando as lágrimas dos olhos.

— Depois eu te conto. A questão é que vou me casar e quero que você o conheça. O casamento vai ser bem simples. Não queremos uma cerimônia grandiosa nem nada. Ainda não sei a data exata, mas pode acontecer a qualquer momento, por isso quero que você venha ver a gente o mais rápido possível.

Ver *a gente*?

Pelo visto, Sloane não vai só se casar, como também já está morando com o noivo. Abro a boca para responder, mas não consigo dizer nada.

— Eu sei — comenta ela, baixinho. — É inesperado.

— Obrigada por ter a decência de reconhecer o quanto isso é estranho.

— É estranho. Eu sei. Por vários motivos. Mas... — Ela pigarreia de novo. — Você é minha irmã. Quero que você conheça o homem com quem vou passar o resto da minha vida.

— Espera um segundo. Volto assim que terminar de ter o meu derrame.

— Não seja cruel.

Ah, as coisas que eu poderia responder. *Hahaha*, as coisas que poderia responder. Mas escolho bancar a superior e faço a pergunta óbvia:

— E a Nat?

— O que tem ela?

— Já ligou pra ela para falar desse cara?

— Ela já o conhece.

Há algo estranho no tom de Sloane, e isso me deixa com uma pulga atrás da orelha.

— E a Nat sabe que você vai se casar com ele?

— Sabe.

— O que ela acha disso?

— Provavelmente o mesmo que você — responde Sloane na defensiva. — Só que ela está feliz por mim.

Cara, essa conversa é um campo minado. Terei sorte se terminar com todos os membros intactos e no lugar.

Tentando manter o tom civilizado, digo:

— Não é que eu *não* esteja feliz por você, Sloane. Só estou chocada. E confusa também, para ser sincera.

— Que eu finalmente sosseguei o facho?

— Não. Quer dizer, sim, isso também. Mas não é só isso.

— Qual é o problema, então?

— Você ter me procurado pra contar isso e me chamar para uma *visita*. Tipo, nós nunca fomos muito próximas.

— Eu sei — diz, com suavidade. — E isso provavelmente é culpa minha. Mas quero muito tentar mudar as coisas. Então, depois de uma longa pausa, minha irmã pergunta: — O que você está fazendo agora?

— Estou deitada no chão, olhando para o teto, desejando não ter tomado tanto *ecstasy* no Burning Man do ano passado.

— Você não está tendo um flashback causado por drogas — comenta Sloane em tom seco.

— Eu discordo.

Ela perde a pouquíssima paciência que tem e rebate com irritação:

— Está decidido. Você vai vir ver a gente e fim de papo. Vou mandar o jatinho te pegar...

— Como é que é? *Jatinho*?

— ... na sexta à noite.

Eu me sento no chão abruptamente. A sala começa a rodar. Minha irmã desconfigurou meu cérebro com essa história absurda de casamento.

— Espera, você tá falando *desta* sexta-feira? Tipo, daqui a três dias?

— Exatamente.

— Sloane, eu tenho um emprego! Não posso simplesmente entrar em um jatinho para... Para onde eu vou mesmo?

Sloane hesita.

— Não posso falar.

— Nossa, que esclarecedor — rebato.

— Para de ser um pé no saco, Riley, e diz logo que vem! Estou tentando ser uma boa irmã! Quero me aproximar de você. Sei que depois que a mamãe morreu as coisas ficaram difíceis, e que nunca fomos muito, você sabe...

— "Amigas" é a palavra que você está procurando — digo em um tom mordaz.

Sloane respira fundo.

— Tá legal. É justo. Mas eu quero mudar isso. Por favor, me dá uma chance.

Outro "por favor". Eu me deito de novo, completamente confusa.

Quem quer que seja o cara com quem minha irmã vai se casar, ele deve ser de outro mundo para transformar a mulher mais durona do universo em uma manteiga derretida.

De repente, decido que preciso conhecê-lo. Aposto que o tal gênio do mal está colocando diazepam no café da manhã dela! E que está batizando o vinho da tarde com alprazolam!

Meu Deus, por que nunca pensei nisso?

— Tá legal, Sloane. Eu vou. A gente se vê na sexta-feira.

Ela dá um gritinho de alegria. Afasto o telefone do ouvido e fico encarando o objeto.

Não faço ideia do que está acontecendo, a não ser pelo fato de que alienígenas abduziram minha irmã e a substituíram por essa esposa-robô enlouquecida.

Essa viagem vai ser, no mínimo, interessante.

Na sexta-feira à noite, me encontro sentada na área VIP do terminal de jatinhos particulares do Aeroporto Internacional de São Francisco, observando tudo à minha volta. Estou completamente embasbacada com o lugar, mas me esforço para fingir costume.

Até agora, já vi duas celebridades, tomei um monte de drinques grátis do bar e aceitei caviar e *crème fraiche* em torradinhas de uma atendente do *lounge* sorridente. Recebi também uma massagem completa na poltrona de couro ridiculamente grande na qual estou sentada.

Se eu apertar um botão, ela simplesmente começa a vibrar.

Outra vodca com suco de laranja e é provável que eu monte na porra da poltrona.

Mais cedo uma limusine me buscou no meu apartamento, e, assim que cheguei à área de aviões particulares do aeroporto, um homem jovem e bonito me esperava para me acompanhar até o *lounge* VIP.

Não precisei entrar na fila para os procedimentos de segurança nem tirar meus sapatos. Apenas disse o meu nome para a mulher agradável atrás do balcão e minha mala foi levada e despachada.

Nunca liguei muito para dinheiro, mas estou começando a achar que talvez deva começar.

O homem bonito volta e me diz com um sorriso deslumbrante que já posso me preparar para o embarque. Ele faz um gesto para um jatinho que está taxiando até parar no meio da pista lá fora.

— Queira me acompanhar, por favor.

Sigo-o até a saída do terminal e caminhamos em direção à aeronave, então me pergunto se existe a possibilidade de eu ser expulsa por estar de chinelo e moletom.

Se fizerem isso, tudo bem. A vida é curta demais para usar calça desconfortável.

O interior do avião é mais elegante do que qualquer hotel no qual eu já tenha me hospedado. Me acomodo em um assento de couro macio e tiro o chinelo. Uma linda comissária de bordo se aproxima e se inclina sobre mim.

— Boa noite!

— Oi.

— Meu nome é Andrea. Cuidarei de você durante o voo.

Andrea é muito atraente. Se eu fosse um cara, já estaria pensando nas formas como ela poderia "cuidar de mim".

Que pensamento horrível. Dez segundos em um jatinho particular e já estou totalmente corrompida.

Que bom que não tenho um pau. Provavelmente estaria acenando com ele para esta pobre mulher antes de decolarmos.

— Hum... obrigada?

Ela sorri diante da minha expressão.

— Primeira vez em um jatinho particular?

— Uhum.

— Bom, você vai adorar. Se precisar de alguma coisa, é só me avisar. O bar está cheio e temos uma grande variedade de comida e lanchinhos. Você gostaria de um cobertor?

Quando eu hesito, ela acrescenta:

— É de cashmere.

Eu rio.

— Só cashmere? Eu queria algo de pelos de alpaca.

— Temos *vicuña*, se preferir — responde, sem pestanejar.

— O que é isso?

— É um animal do Peru, bem semelhante às lhamas. Eles se parecem um pouco com camelo, mas são mais fofos. A lã é a mais macia e a mais cara do mundo.

Ela está falando sério. Não está brincando. Fico olhando boquiaberta por um tempo e então abro um sorriso.

— Sabe de uma coisa? Vou aceitar o bom e velho cashmere. Obrigada.

A mulher sorri como se eu tivesse melhorado a semana dela.

— Ótimo! Você quer alguma coisa para comer ou beber antes de decolarmos?

Ah, que se dane, estou de férias.

— Tem champanhe?

— Claro. Você prefere Dom Pérignon, Cristal, Taittinger ou Krug?

Ela aguarda enquanto decido, mas não faço ideia do que escolher.

— O sr. O'Donnell prefere Krug Clos d'Ambonnay — sugere a aeromoça.

Franzo a testa.

— Quem é o sr. O'Donnell?

— O dono desta aeronave.

Ah, meu futuro cunhado. Um irlandês, pelo sobrenome. Um irlandês muito *rico*, evidentemente. Ele deve ter uns noventa anos, sofrer de demência e não ter dentes.

Minha irmã é uma grande mercenária.

Digo à comissária que aceito o Krug e pergunto para onde estamos indo. Com a expressão séria, ela responde sem dificuldade:

— Eu não faço a menor ideia.

Então a comissária se vira e vai embora, como se aquilo fosse totalmente normal.

Nove horas depois, acabei com duas garrafas de champanhe, assisti a três filmes do Bruce Willis e um documentário sobre bateristas famosos, tirei uma soneca de tempo indeterminado e estou esparramada no assento, babando no meu moletom, quando Andrea volta, toda animada, para me informar que aterrissaremos em breve.

— Deixe-me adivinhar... Você ainda não sabe onde estamos.

— Mesmo que eu soubesse, srta. Keller, não poderia lhe dizer.

A mulher diz isso com gentileza, mas a expressão em seu rosto deixa bem claro que o emprego dela estaria em risco se comentasse qualquer coisa.

Ou talvez algo até mais importante do que o emprego... tipo, a vida dela.

Ou talvez sejam apenas as duas garrafas de champanhe falando.

Quando a mulher desaparece pelo corredor do avião, levanto a cobertura da janela e espio lá fora. Vejo o céu azul e montanhas verdejantes. Ao longe, uma longa faixa de água brilha sob o sol da tarde.

Será que é o oceano Atlântico? Pacífico? O Golfo do México, talvez?

O avião começa a aterrissar. Parece que estamos seguindo para uma ilha mais afastada da costa.

Conforme a aeronave se aproxima da pista, uma sensação poderosa e sinistra toma conta de mim: para onde quer que eu esteja indo, não vai ter volta.

No futuro, eu me lembrarei da sensação e ficarei maravilhada com a precisão.

2

KAGE

O homem sentado diante de mim é imenso, musculoso e silencioso. Vestido todo de preto, incluindo o pesado sobretudo molhado de chuva, ele me encara com uma expressão apática que, de alguma forma, também demonstra uma capacidade de extrema violência.

Ou talvez eu só esteja pensando nisso por causa da reputação dele. Essa é a primeira vez que nos encontramos, mas o homem é uma lenda dentro da Bratva.

Quase tão lendário quanto eu.

— Sente-se, Malek — digo em russo, indicando a cadeira ao lado dele. Ele nega com a cabeça, o que me irrita.

— Não foi uma sugestão.

Seus olhos verdes brilham, e o músculo do maxilar se contrai. As mãos enormes se fecham por um instante, então se abrem de novo, como se precisasse socar alguma coisa. Mas ele é rápido em controlar a própria raiva e se senta.

Ao que tudo indica, o sujeito gosta de receber ordens tanto quanto eu.

Nós nos encaramos em silêncio por um tempo. O tique-taque sombrio do relógio na parede soa como uma contagem regressiva para uma explosão.

Ele não me oferece nenhum cumprimento educado. Não há nenhum papo agradável, nem esforço para me conhecer. O homem simplesmente se senta e espera, paciente e mudo, como uma esfinge.

Sinto que poderíamos continuar assim por uma eternidade, então começo:

— Sinto muito pela sua perda. Seu irmão era um bom homem.

— Não quero seus pêsames. Preciso que me diga onde posso encontrar quem matou Mikhail.

Fico surpreso por ele não ter nenhum sotaque. Sua voz é baixa e contida, tão sem emoção quanto os olhos. A única prova de sua humanidade é a veia pulsando no pescoço.

Mas o que me deixa chocado é o fato de ele se atrever a falar comigo naquele tom, beirando o desrespeito. Poucos eram idiotas a esse ponto.

— Se você quer autorização para operar no meu território, é melhor demonstrar respeito. — Minha voz é tão fria quanto meu olhar.

— Eu não preciso da sua permissão. Nem faço demonstrações de respeito a não ser que seja conquistado. Só estou aqui porque me disseram que você tem uma informação que me interessa. Se não for o caso, é melhor dizer logo e não me fazer perder tempo.

Puto da vida, cerro os dentes e o analiso.

Normalmente eu acabaria com a raça de qualquer um que demonstrasse tamanho desrespeito. Mas já tenho inimigos demais. A última coisa de que preciso agora é de um exército de homens da Bratva de Moscou vindo para Manhattan arrancar minha cabeça porque enterrei o Carrasco que serve ao rei deles.

Não que isso fosse possível. Nem mesmo esse babacão barbudo sentado diante de mim é páreo para minhas habilidades. Se eu quisesse matá-lo, ele não teria a menor chance.

Além disso, se Declan O'Donnell, o chefe da máfia irlandesa e o homem que eu gostaria de ver morto fosse degolado, Malek estaria me fazendo um favor.

Mesmo assim.

Minha casa, minhas regras.

E a regra número um é demonstrar respeito por mim ou ter o sangue derramado. Filho da puta.

Minha voz soa mortalmente suave, enquanto sustento o olhar dele e digo:

— Os irlandeses assassinaram os meus pais e as minhas duas irmãs. Então, quando eu digo que sei como você se sente, não estou falando da boca para fora. Mas, se continuar agindo como um filho da puta sem educação, vou mandá-lo de volta para Moscou em milhares de pedacinhos sangrentos.

Segue-se um breve silêncio.

— Você sabe o que aconteceria se fizesse isso.

— Sei. E não dou a mínima.

Ele analisa a minha expressão. Pesa minhas palavras. Seu olhar se ilumina por um instante, e então se apaga novamente, encoberto pela escuridão.

O homem assente com seriedade.

— Peço desculpas. Mikhail era meu único irmão. A única família que me restava.

Ele vira a cabeça, olha pela janela para a noite chuvosa e engole em seco. Quando olha de novo para mim, o maxilar está contraído e o olhar, mortal. A voz está rouca quando diz:

— Agora, tudo que me resta é a vingança.

Está muito claro: Malek vai fazer Declan O'Donnell desejar nunca ter nascido.

Animado com esse pensamento, sorrio.

— Aceito suas desculpas. Agora vamos beber.

Abro a última gaveta e pego uma garrafa de vodca e dois copos. Sirvo uma dose em cada um deles e ofereço para Malek. Ele aceita e agradece com um aceno de cabeça.

Levanto o copo.

— *Za zdorovie.*

Ele vira a vodca, tomando a bebida num único gole. Então coloca o copo na beirada da mesa e se recosta na cadeira, as mãos tatuadas sobre as coxas fortes.

— Então. Esse irlandês filho da puta. Onde ele está?

— Consigo arrumar o último endereço conhecido dele, mas ele não está mais lá. No momento, o sujeito é um fantasma.

Não falo para Malek que meu contato no FBI não faz ideia de para onde Declan foi. Nem que Diego, o ex-chefe de Declan, está preso em um dos meus armazéns perto das docas.

Não preciso mostrar todas as minhas cartas.

Aquele filho da puta do Diego é teimoso como uma mula e se recusou a me dar qualquer informação. Até agora. Mas se alguém vai conseguir arrancar tudo dele, esse alguém sou eu.

Imagina se eu vou entregar meu refém de mão beijada para esse estrangeiro arrogante.

— Sem problemas. Só me diga tudo que sabe. Deixa o resto comigo — afirma Malek.

Não duvido. Ele parece disposto a queimar todas as cidades da face da Terra só para localizar Declan.

Não há ninguém mais obstinado do que um homem com sede de sangue.

Discutimos mais alguns detalhes que podem ser úteis para a busca dele antes que eu toque em um assunto delicado.

— Ele está acompanhado de uma mulher. Em hipótese alguma ela deve ser ferida.

Eu o observo atentamente para analisar sua reação. Ele não diz nada, mas seu silêncio me deixa em alerta.

— Isso é inegociável. Se ela sofrer um arranhãozinho sequer, considere-se um homem morto.

Malek franze as sobrancelhas.

— E desde quando o Carrasco se importa com danos colaterais?

Hesito, sabendo que o que vou falar agora vai soar muito mal.

— Ela é da família.

Ele digere a informação em silêncio por um tempo, depois repete devagar:

— Família.

— É complicado.

— Descomplique para mim.

Ignoro o impulso de sacar a arma que fica na primeira gaveta da mesa e abrir um buraco imenso no meio da testa dele. Em vez disso, sirvo mais duas doses de vodca.

— Minha mulher é próxima da mulher de Declan.

Uma das sobrancelhas escuras forma um arco de descrença.

Gostaria de arrancar aquela sobrancelha e enfiá-la goela abaixo.

Caralho, esse cara é um pé no saco.

— Elas eram amigas de infância. Isso obviamente aconteceu antes da nossa situação atual — digo entre os dentes.

Malek faz uma pausa para tomar um gole de vodca antes de responder:

— Que inconveniente.

— Você não faz ideia.

— E se parecer um acidente?

— Se a mulher do irlandês morrer antes da hora dela, não importa a causa, vou ser responsabilizado.

Nós nos encaramos por um momento.

— Pela *sua* mulher.

— Exatamente.

Ele faz uma pausa.

— Ela vai acabar superando.

Meu sorriso é sombrio.

— Você não conhece a Natalie.

Malek está começando a ficar confuso.

— Então você não é o chefe da família? Ela que é?

Dou cerca de dez segundos de vida pra esse cara, e o relógio está andando.

— Pelo visto você não é casado — digo, irritado.

Ele faz uma careta.

— Claro que não.

— Tem algum relacionamento?

— Tá de brincadeira com a minha cara?

— Então você não vai entender nunca.

Ele olha em volta como se estivesse tentando encontrar alguém mais sensato com quem falar.

— Não é pra fazer sentido, Malek. Só preciso que faça o que estou te pedindo.

— Soou mais como uma ordem.

Meu sorriso é amargo.

— Chame do que quiser. Se não fizer o que estou dizendo o resultado vai ser a morte. E farei questão de que seja lenta e dolorosa.

Nós nos encaramos em um silêncio tenso até que ele diz:

— Não lembro a última vez que alguém me ameaçou.

— Imagino. Mas não é nada pessoal.

— Claro que é.

— Como eu disse, você não entenderia. Arrume uma noiva e depois conversamos.

Sou obrigado a admitir, a expressão de incredulidade no rosto dele é perversamente satisfatória.

Malek leva um momento para organizar os pensamentos. Passando a mão pela barba escura, ele me observa com olhos astutos. É provável que esteja pensando em como gostaria de me matar, mas simplesmente aguardo enquanto decide qual será o rumo desta conversa.

Por fim, ouço-o dizer:

— Noiva? Suponho que devo parabenizá-lo.

Sabendo que isso é o mais perto que vai chegar de admitir que não pretende me assassinar e que vai poupar a vida de Sloane quando encontrar Declan, sorrio.

— Obrigado. Você está convidado para o casamento, claro.

Ele parece preferir ser comido vivo por cães selvagens, mas *finalmente* mostra que tem educação.

— Será uma honra — diz com ar solene.

Brindamos e bebemos de novo. Conversamos mais um pouco. Dou a Malek uma fotografia de Declan e outra de Sloane, e ele as coloca no bolso do casaco. Então se levanta de forma inesperada e me informa que precisa partir.

Sem se despedir, ele caminha até a porta.

— Malek. — Com a mão na maçaneta, o outro se vira e olha para mim. — Não machuque nenhuma mulher durante sua missão. — Malek olha para mim daquele jeito silencioso e irritante que me faz querer pegar o facão mais próximo e cortar sua cabeça fora, só para ter uma reação. — Porra, só não mate nenhuma mulher enquanto estiver cuidando dos seus negócios, pode ser?

— E que diferença faz?

— Vou conseguir deitar minha cabeça no travesseiro à noite.

— É por isso que homens do nosso ramo precisam ficar sozinhos, Kazimir. Mulheres os amolecem — diz em tom de desdém.

Antes que eu tenha a chance de atirar, ele sai pela porta.

Na mesa, meu celular toca. A tela me diz que é Sergey, um homem de confiança da minha equipe. Atendo e o espero falar. Quando o faz, a voz está tensa:

— Temos uma situação.
— O que houve?
— Um incêndio. — Ele faz uma pausa significativa. — No armazém.
O armazém em que Diego está preso, quer dizer.
— É muito grave?
— Não sei. Acabei de receber uma ligação da empresa de segurança. Estou indo pra lá agora. Os bombeiros já estão a caminho.
— Vá logo então e o tire daquele lugar. Quero ele vivo, entendido?
— *Da.*
— Me ligue quando estiver com ele.

Sergey murmura em concordância e desliga, e começo a pensar nas mil coisas que poderiam dar errado.

E se Malek estivesse certo ao dizer que mulheres amolecem homens como nós?

Antigamente, eu não sentiria nem um pingo de remorso se um dos meus inimigos morresse queimado. O antigo eu, a pessoa que eu era antes de conhecer Natalie, acharia o pensamento de Diego gritando em agonia enquanto queimava vivo bastante divertido.

O novo eu?

Não muito.

— Merda. Se bobear, vou sair correndo daqui para tentar salvar o cara com minhas próprias mãos — murmuro.

Rio da ideia.

Sirvo-me de mais vodca.

Pego a chave do carro e sigo para o armazém, xingando essa porra de nova consciência que desenvolvi depois que me apaixonei.

3

RILEY

Quando a porta da cabine se abre, pisco por causa do sol forte.

Estamos em outro aeroporto, um bem pequeno comparado ao de São Francisco. Há apenas algumas construções no entorno de uma única pista de pouso e decolagem, e nenhum avião comercial à vista.

Não sei onde estamos, mas com certeza é um lugar pequeno e exclusivo.

Também é úmido pra cacete. Meu cabelo está preso em um rabo de cavalo, mas já consigo sentir os fios começando a enrolar.

Uma elegante Range Rover preta com insulfilm nas janelas e capotas reluzentes aguarda na pista. O motorista sai quando me avista no topo da escada.

Ele está de terno preto, tão justo na virilha que chega a ser pornográfico.

Mas acho que se tivesse um pacotão desses, também ia encomendar uma alfaiataria para me exibir. Caramba, o cara é *muito* bem-dotado!

Sorrindo, tento manter contato visual e não ficar encarando os atributos dele. Aproximo-me dessa obra de arte em forma de homem e estendo a mão.

— Oi. Eu sou a Riley.

O garanhão aperta minha mão com tanta solenidade que até parece que somos dois líderes mundiais em uma reunião diplomática da ONU prestes a salvar a humanidade.

O cabelo dele é louro-escuro, e os olhos lindos são castanho-claros. Uma tatuagem de teia de aranha sobe pelo pescoço, e seu maxilar é tão maravilhoso que faria os anjos se emocionarem.

Ele é muito parecido com Thor, o herói dos quadrinhos, deus nórdico do trovão.

— Opa, Riley. É um prazer conhecê-la.

Tá legal, o mundo é um lugar totalmente injusto, porque Thor não só é um garanhão capaz de estimular a ovulação, como também tem a porra de um sotaque irlandês sexy pra cacete.

Aposto que Sloane está se casando com o tal de O'Donnell por dinheiro, mas está trepando com esse Thor por diversão.

Odeio admitir, mas é um bom plano.

— O prazer é meu. Qual é o seu nome?

— Spider.

Eu faço uma careta.

— Spider? Não. Duvido que sua mãe tenha escolhido esse nome para você. Qual é o seu nome de verdade?

Segue-se um silêncio no qual ele parece estar controlando o riso.

— Homer.

— Sério? Que maneiro! Nunca conheci ninguém que tinha o mesmo nome do poeta grego.

Ele baixa a cabeça e observa minha expressão com tanta intensidade, que fico tensa.

— Eu disse alguma coisa errada?

— Não.

— Então por que está me olhando assim?

— Sua irmã disse praticamente a mesma coisa quando nos conhecemos. Quase que palavra por palavra.

— Nossa, que bizarro.

— Correto.

Ai, meu Deus, ele disse "correto". Isso foi tão sexy. Pare de encarar a virilha dele.

— Se não for um problema, prefiro que me chame de Spider. Os caras não sabem o meu nome de verdade.

Minha audição fica aguçada quando ele diz "caras".

Se existem outros Spider para onde estamos indo, vou estender essas férias por tempo indeterminado.

— Claro. Pode contar comigo, minha boca é um túmulo — digo, sorrindo.

Spider me lança um olhar indecifrável e se vira para pegar minha mala que foi trazida por um funcionário do avião. Então ele a joga no porta-malas do SUV, abre a porta de trás para mim e espera que eu entre para fechá-la com força, se acomodando atrás do volante logo em seguida.

Spider dá uma arrancada tão forte que sou lançada contra o encosto do banco.

— Tem algum carro nos perseguindo e eu não sei?

— Não. Por quê?

O SUV canta os pneus ao virar uma curva, e sou lançada pela lateral do banco e bato com a cabeça no vidro.

— Ah, nada de mais. É só que uma fratura craniana não está nos meus planos.

Ele me olha pelo retrovisor e franze a testa. Então faz outra curva com tanta velocidade que preciso me agarrar à lateral da porta para não ser lançada para fora pela janela como um foguete.

— Cara, pode, por favor, ir mais devagar? Estou sendo jogada aqui de um lado para o outro como uma bola inflável no Electric Daisy Carnival!

Dá para perceber pela expressão em seu rosto que não pegou a referência. Mas diminuiu a velocidade e a manteve abaixo de mil quilômetros por hora, então parece ter sacado que demonstrações agressivas de velocidade não são a minha praia.

— Valeu. Nossa.

Ele dirige por mais um tempo sem puxar assunto.

Resisto à tentação de enchê-lo de perguntas, principalmente porque estou com medo de que o sotaque irlandês faça minha calcinha ir para os ares.

Depois de Spider ter lançado uns cem olhares curiosos pelo espelho retrovisor, solto um suspiro pesado e ajeito os óculos.

— Eu sei. Minha irmã e eu não somos muito parecidas.

— O jeitinho é o mesmo.

— Jeitinho?

— Atrevidas. Autoconfiantes.

— Até parece! Ninguém na face da Terra tem a autoconfiança da Sloane.

Ele ri.

— Correto. Talvez só o homem dela.

Eu não planejava fazer perguntas, mas a curiosidade falou mais alto.

— Você está se referindo ao noivo dela? O velho cheio da grana sr. O'Donnell?

Ele me fulmina com o olhar.

— Quarenta e dois está longe de ser velho, moça.

Tá legal. Duas coisas. Primeira: Spider está certo. Embora seja um pouco mais velho que Sloane, quarenta e dois anos não é velho.

Mais importante, ser chamada de "moça" é a minha nova fantasia favorita.

Eu me debruço no encosto do banco do passageiro e olho para o lindo perfil de Spider.

Depois de um tempo, ele me lança um olhar inquisidor.

— Desculpa, só estou tentando imaginar como deve ser andar por aí com essa cara.

— Como assim?

— Você sabe. — Faço um gesto com a mão para indicar a beleza dele. — *Assim*.

— Não sei do que você está falando.

Por mais estranho que seja, Spider parece sincero. A expressão em seu rosto é de confusão genuína. Mas como isso é possível? Se eu fosse linda assim, com certeza saberia disso.

Como a Sloane.

Percebo que Spider talvez tenha dificuldades para fazer sinapses simples e decido deixar tudo bem claro.

— Só estou dizendo que você é muito bonito.

Fico chocada quando o rosto dele fica vermelho como um pimentão.

Ele tenta negar de forma desajeitada, ajeita a gravata e olha para a frente, piscando de forma engraçada.

Awn, ele é tímido! Lindo, bem-dotado e tímido.

Quero rastejar para o colo dele, mas decido apenas sorrir.

— Você deve fazer o maior sucesso com a mulherada.

Mais negação. Spider finalmente consegue se recompor.

— Não tenho tempo para isso — afirma, rigidamente.

Dou uma risada.

— Saquei. Se eu fosse você, também não me comprometeria. Por que se contentar só com *uma*, quando você pode sair por aí pegando geral para a alegria e felicidade das mulheres?

Ele retruca em tom ríspido:

— Você tá viajando.

— Ah, não fica zangado. Foi um elogio.

— Não pareceu.

— Você preferiria que eu dissesse que você é feio e repulsivo? Porque eu ficaria feliz em alimentar seu delírio charmoso de que você não é superatraente. É fofo.

O rosto dele fica todo vermelho, da ponta do colarinho branco até o último fio de cabelo.

Esse cara é ridiculamente atraente.

Eu me recosto no banco e suspiro.

— Tudo bem. Vamos mudar de assunto. Que tal me dizer onde estamos?

— Estamos nas Bermudas.

Arregalo os olhos. *Bermudas?* Não é de se estranhar que o ar seja tão úmido.

Notando minha expressão, Spider diz:

— É temporário. Estávamos em Martha's Vineyard antes, mas tivemos alguns, hum… — Ele faz uma expressão estranha. — Sua irmã vai te explicar melhor.

Hum. Pelo visto a história é complicada.

— Vocês foram expulsos de Martha's Vineyard pelos vários admiradores de Sloane batendo na porta? Aposto que deve ser difícil para o noivo lidar com todos os caras caindo de joelhos aos pés dela — digo secamente.

Spider fez uma pausa antes de dizer baixinho:

— Inveja não combina nem um pouco com você.

Quase perco o ar. Olho pela janela para a paisagem lá fora, sentindo o rosto queimar de vergonha.

Seguimos mais um tempo em silêncio até que dou o braço a torcer.

— Sempre que estamos juntas sinto que ninguém presta atenção em mim. É como se eu fosse invisível.

— As pessoas são idiotas.

Ele está sendo gentil porque eu o elogiei de um jeito efusivo.

Tudo bem. Eu aceito.

Dou um sorriso.

— Obrigada, Spider. Além de sexy, você é um doce de pessoa.

Suas orelhas ficam vermelhas.

Ele vira em uma entrada privativa e me distraio com o tamanho do portão de ferro pelo qual estamos passando. É imenso e se abre devagar para permitir a nossa entrada. O local é ladeado por muros altos de pedra e um bosque que bloqueia a visão da casa.

Quando vejo as câmeras de segurança no alto dos muros e todos os guardas armados sob as árvores, franzo a testa.

— Spider?

— Pois não, moça.

— O noivo da minha irmã é famoso?

Ele contrai a boca

— Tipo isso.

— Não seja enigmático. Fico nervosa quando as pessoas são enigmáticas.

— O sr. O'Donnell é... vamos dizer, um homem poderoso.

A hesitação me deixa ainda mais nervosa.

— Poderoso como? Ele é um político ou algo assim?

Spider ri.

— Os políticos bem que gostariam de ter esse tipo de poder.

— Ai, meu Deus. Isso é bem assustador. Ele é um supervilão?

O sorriso de Spider é discreto e misterioso.

— Eu não iria tão longe assim.

— Então é bonzinho.

Ele dá de ombros.

— Depende para quem você perguntar.

— *Sério?* Você está me matando!

Spider deve ter achado meu pânico crescente divertido, porque começa a rir.

— Não sou eu que tenho que te contar, moça. Mas não se preocupe. Você está segura aqui.

Passamos por um cara de terno preto segurando um fuzil enorme. Agachado nos arbustos, ele nos observa com olhos semicerrados. O sujeito leva uma das mãos à boca e fala no que parece ser um relógio de pulso, mas obviamente é algum tipo de dispositivo de comunicação.

Como o de um espião.

Ou o capanga de um supervilão.

— Ah, sim, agora estou me sentindo muito segura — retruco. Então ofego. — Uau! Vamos ficar hospedados nesse hotel? Que lugar imenso!

Quando Spider ri como resposta, eu entendo.

— Puta merda. Essa é a *casa* dele?

— Correto.

Fico olhando, boquiaberta, para a propriedade de pedras no alto da montanha. Eu já vi castelos menores.

— Isso é *uma* casa? Para *uma* pessoa?

— Duas, se você contar com Sloane.

Lanço um olhar amargo para ele.

— Você está debochando de mim.

— Eu jamais faria isso.

Ele tenta bancar o inocente, mas não consegue. Dou um tapinha em seu ombro.

— Ai! Não precisa apelar pra violência, moça. Você está parecendo um pinscher raivoso.

Agora o idiota está rindo ainda mais.

— Você vai ver só quem é o pinscher raivoso — resmungo.

Seus ombros estão sacudindo, seus lábios estão contraídos e seus olhos brilham. Eu vou acabar com a raça dele.

Mas não faço isso, porque, bem nesse momento, avisto Sloane saindo pela enorme porta de madeira da frente da casa. Ela é seguida por um homem que me deixa totalmente boquiaberta.

Alto, de ombros largos, com um caminhar tipo o do Mick Jagger, seu cabelo é preto como a noite e seus olhos são tão azuis como cobalto, fora o sorriso arrogante e charmoso de um rei pirata.

O homem é tão bonito que faria o próprio diabo morrer de inveja.

Minha voz sai sufocada:

— *Aquele* é o noivo da minha irmã?

Spider parece orgulhoso ao responder:

— Correto. O único e inigualável Declan O'Donnell.

Declan O'Donnell.

Jesus Cristo, até o nome desse homem é sexy. Ele faz o meu último namorado parecer o Shrek.

Assim que essas férias chegarem ao fim, vou pegar um avião direto para a Irlanda.

Quando o SUV para, antes de Spider desligar o motor, Declan abre a porta de trás para mim. Eu saio do carro e fico chocada com a altura dele. Preciso esticar o pescoço para olhá-lo. O que só torna sua beleza ainda mais impressionante.

— Riley — diz ele. — Finalmente nos conhecemos. Sua irmã me falou muito sobre você.

A voz é profunda, o sorriso, brilhante, o que só faz o meu nível de estrogênio subir.

Então, para pifar meu cérebro de vez, sou envolvida em um abraço de urso, levantando-me do chão no processo.

Será que minha irmã vai se importar se eu começar a chamar o noivo dela de "papai"?

Quando Declan me coloca no chão de novo, olho para Sloane. Ela se manteve a uma pequena distância, observando-nos com um sorriso hesitante.

— Ei, baixinha — diz minha irmã suavemente.

Como sempre, ela está incrível. Cabelo perfeito, rosto perfeito, corpo perfeito. Minha linda irmã mais velha, destemida como um leão, charmosa por natureza, devoradora de almas masculinas.

A vida sempre foi fácil para ela. Mesmo na "estranha" fase de adolescente emo, Sloane era o sol para o qual todos se voltavam. Completamente deslumbrante.

Diferente de mim, que pareço com um dos macacos voadores de *O Mágico de Oz*. Pelo menos de acordo com ela.

— Oi, Hollywood. Obrigada por me convidar. Seu homem é um sapo e este lugar é um lixo — respondo.

— Espere só até ver seu quarto.

— Deixe-me adivinhar: você me colocou no sótão junto com os fantasmas?

— Não, vamos colocar você no porão para não assustar os fantasmas.

— Valeu, vagaba.

— Sem problemas, ogra.

Trocamos um sorriso. Percebo que Declan está incomodado com nossa interação, o que me faz pensar que ele não deve ter irmãos.

Então, me esqueço totalmente sobre irmãos ou falta de irmãos, porque meu novo cunhado me pega e me joga por cima do ombro.

Por cima do ombro!

Eu dou um grito e começo a gargalhar como uma louca.

Vejo Sloane, de cabeça para baixo, cruzar os braços, meneando a cabeça em desaprovação.

— Você vai fazê-la vomitar, amor.

— Está brincando? — grito, olhando para a bunda de Declan, que é magnífica, mesmo tão de perto assim. — Isso é demais! Declan, você tem a minha permissão para continuar!

Ele ri, Sloane revira os olhos, e eu bato os pés de alegria.

Que bom que resolvi trazer meus doces favoritos para esta viagem, porque é bem provável que eu nunca mais vá embora.

4

MAL

Estou prestes a puxar o gatilho e enfiar uma bala na cabeça de Declan, quando uma mulher sai do carro.

Pela lente cristalina da mira do fuzil, faço uma avaliação completa.

Jovem e pequena. Cabelo louro-escuro preso em um rabo de cavalo. Calça larga de moletom e chinelo. Óculos de grau e um casaco de moletom grande demais.

Algo em sua aparência sugere que ela vive nas ruas.

Ou que é uma relaxada, pelo menos. A roupa está amarrotada. O cabelo, bagunçado. O jeito que a calça de moletom está frouxa na cintura indica má nutrição.

Talvez Declan esteja adotando uma refugiada.

Tomado pela irritação, observo enquanto ele abraça a magricela maltrapilha. Se ela saísse do caminho, eu poderia acabar logo com isso. Já estou há horas agachado no campanário desta igreja caindo aos pedaços.

O suor escorre pelo meu pescoço. Estou começando a sentir câimbras nas coxas. O ar fede a mofo e a cocô de rato, tudo intensificado pelo calor de matar.

Mal posso esperar para voltar para Moscou. Para o frio e para a escuridão, bem longe desse inferno tropical.

Tudo aqui é tão brilhante. Tão colorido. Tão *alegre*.

Odeio isso.

A mulher que se aproxima e se coloca ao lado de Declan é Sloane. Eu a reconheço da foto que Kazimir me deu. Ela é alta, curvilínea e, sem dúvida, está observando a outra garota com hesitação.

Eu a ignoro e volto minha atenção para Declan.

Ele coloca a magricela no chão, mas ainda não tenho um tiro limpo. A mulher está perto demais. Então Declan a pega no colo e...

Afasto o rosto da mira, pisco para desembaçar a visão e volto a olhar pela mira.

Não, não me enganei.

Ele jogou a magricela no ombro.

Agora Declan está voltando para a mansão, dando a mão para Sloane enquanto carrega a outra de cabeça para baixo. O trio desaparece dentro da casa.

Eu agacho e reflito.

A garota obviamente não é uma refugiada. Talvez uma empregada doméstica? Uma nova contratação? Pela forma fria com que Sloane a cumprimentou, elas parecem não se conhecer. Então isso faz sentido. Pelo visto, era a primeira vez que as duas se encontravam.

Mas o jeito que Declan a abraçou, com tanto entusiasmo... O jeito que pareceu ter intimidade com ela, jogando-a por cima do ombro como se fosse uma posse...

Ah.

Ela é uma prostituta.

Uma jovem pobre e necessitada que precisa se vender para casais ricos e pervertidos para ter o que comer.

— Irlandês filho da puta — praguejo, enojado.

Penso no meu irmão morto e na magricela de aparência triste usando calça larga de moletom, ambos vítimas daquele rei cruel da máfia.

Então, transbordando de ódio, me preparo para aguardar outra oportunidade de eliminá-lo.

Em algum momento o filho da puta vai precisar sair de casa.

5

RILEY

O interior da propriedade/castelo/palácio, ou sei lá o que, é ainda mais impressionante do que o exterior.

Tudo é feito de mármore, cristal ou mogno polido. Estátuas gregas de olhos vazios em alcovas iluminadas enfeitam as paredes. Objetos caros adornam todas as superfícies. Tapetes turcos macios abafam o som dos nossos passos, enquanto cortinas de linho brancas, drapeadas em frente às janelas do chão ao teto, esvoaçam com a leve brisa do mar.

Declan me coloca no chão assim que entramos, me deixando boquiaberta diante de todo aquele glamour.

Ainda não o desculpei por isso.

Sigo ele e Sloane enquanto os dois me levam para o quarto de hóspedes. Não me surpreenderia se tivesse uma piscina privativa.

— Então, Declan, no que você trabalha?

Sloane e ele trocam um olhar.

— Relações internacionais — responde.

Do lado de fora das janelas, dois seguranças armados passam.

— Sério? Que interessante. Vi um filme com Denzel Washington uma vez, e ele falava para as pessoas que ele trabalhava com relações internacionais, mas, na verdade, ele trabalhava para a CIA. Você trabalha para a CIA?

— Eles adorariam isso — debocha Declan.

— FBI?

Ele encolhe um dos ombros.

— Ocasionalmente.

— É, eu também. Só quando eles me obrigam. Prefiro trabalhar para o MI5.

— Seis.

— Oi?

— É seis. MI6 é a força de inteligência que trabalha fora do Reino Unido. MI5 é para ações domésticas.

— Ah, sim. Eu sempre confundo. É difícil lembrar de todos os tipos diferentes de agências de inteligência para quem eu trabalho como espiã.

— Sei bem como é.

Isso me faz sorrir. Adoro pessoas que entram nas minhas brincadeiras bobas.

No fim de um longo corredor, paramos diante de uma porta fechada. Declan se encosta na parede, cruza os braços fortes e sorri para mim. Sinto um friozinho na barriga.

— Vou deixar você se acomodar e dar uma chance para vocês duas colocarem o papo em dia. Se precisarem de alguma coisa, é só ligar.

— Não tenho celular. Sou filosoficamente contra tecnologias que possam me perseguir.

— Estou me referindo ao aparelho ao lado da sua cama.

Quando levanto uma das sobrancelhas, Sloane diz:

— É um interfone da casa. É só você dizer o que quer para quem atender e eles trazem para você.

Olho de um para o outro.

— E quem é essa pessoa que vai atender.

— Quem estiver de plantão — responde Declan.

— Ah, então, você tem *funcionários*, não apenas um exército de guarda-costas. É quase como em *Downton Abbey*, só que com armas.

Declan ri.

— Você se parece demais com a sua irmã.

— Não diga isso pra ela. Vai acabar perdendo a noiva. Aliás, falando em noivado, Sloane, por que você não está usando um anel?

Declan olha para ela e diz com calma:

— Boa pergunta. Mal posso esperar para ouvir a resposta.

Ela revira os olhos.

— Tecnicamente, eu não disse sim ainda.

Quase dou um soco na cara dela e pergunto com a voz alterada:

— Como assim? Você ficou maluca? — Faço um gesto com os braços para lembrá-la da aparência magnífica do meu cunhado. — *Ele* pediu sua mão em casamento e você não disse sim? O que há de *errado* com você?

Declan tenta segurar o riso.

— Amém.

— Além disso, espera um minuto. Não foi você mesma que disse para eu vir porque estava prestes a se casar? Com o seu *noivo*? Ou eu entendi errado.

— Nós *vamos* nos casar a qualquer momento. Quando eu finalmente disser sim — responde Sloane, exasperada.

— Você age como se isso fizesse algum tipo de sentido. Mas deixa eu te dizer uma coisa... não faz.

— Eu peço a mão dela todos os dias — interrompe Declan com aquela voz rouca. — Ela sempre responde "ainda não". Mas, qualquer dia desses, ela vai aceitar, e vamos direto ao cartório oficializar tudo.

Ele lança um olhar desejoso para minha irmã.

Como ela consegue continuar de pé sob aquele olhar sexy e não derreter formando uma poça fervente de desejo eu nunca vou entender.

Indignada, eu me viro para Sloane.

— Você está enrolando esse homem de propósito? Porque isso não é legal.

— Não mesmo — concorda Declan meneando a cabeça.

Ela mordisca o lábio e olha para o chão.

A hesitação é um comportamento extremamente atípico na minha irmã, que nunca pensa antes de responder. Isso me deixa preocupada. A Sloane que eu conheço já teria me dado uma bofetada.

Em termos figurativos, é claro. Com escárnio.

Olhando para os pés, ela diz suavemente:

— Não estou enrolando o Declan. É só que tudo está tão perfeito entre nós. Não tem como ser melhor do que já é. Não quero estragar as coisas.

Declan olha para ela com tanta devoção que fico constrangida por estar ali. Ele a agarra e a beija apaixonadamente.

Então se afasta e fita os olhos da minha irmã com tesão e desejo, e declara:

— Diga sim e juro que cada dia será melhor do que o anterior, sua teimosa. Você tem o meu coração. A minha alma. A minha vida. Quero que você tenha meu sobrenome também, e use um anel para que todo mundo saiba que você é minha. Tenho muito orgulho de ser seu homem, e quero que toda a porra do mundo saiba que você é minha.

Sloane e eu estamos surpresas e ofegantes.

Esse homem é... *uau*.

Terei que procurar um adjetivo impressionante o suficiente. No momento, estou sem palavras. Se minha irmã não se casar com ele em 24 horas, vai estar morta para mim para sempre.

Passo pelos dois, entro no quarto, fecho a porta e me encosto nela, antes de dizer em voz alta:

— Prazer em conhecê-lo, Declan. Me chamem para o jantar. Vou tirar um cochilo nessa cama que é grande o suficiente para dez pessoas. Quando eu acordar, espero ver o anel no seu dedo, Sloane. Sua idiota.

Então me deito de bruços na cama, sentindo pena de mim mesma por não ter nem um pouco da beleza ou do estilo da minha irmã.

Durmo e, nos meus sonhos, sou uma linda rainha dona de um harém de irlandeses viris.

∽

Quando abro os olhos, o sol está se pondo. Sloane está deitada no chão com as longas pernas apoiadas em uma poltrona elegante, brincando com uma mecha de cabelo e olhando para o teto.

Eu me apoio nos cotovelos e olho para ela.

— *Ugh*. Odeio o fato de você continuar linda mesmo quando está viajando na maionese. Quando fico assim, parece que preciso ir ao banheiro.

Sloane fecha os olhos e começa a rir.

— Acha que estou brincando, mas é cem por cento verdade.

— Ah, eu sei — diz Sloane, sentando-se. Ela cruza as pernas com uma flexibilidade felina e sorri para mim. — Eu me lembro das caras que você faz. São iguais as do nosso pai.

— Ele é estranhamente expressivo pra um militar, né? Era de se imaginar que a vida no exército tiraria isso dele. Todas aquelas marchas, ordens e proibições, tudo isso definitivamente me deixaria com olhos vidrados.

— Declan também foi militar e ainda é muito expressivo.

Assim que diz isso, um rubor discreto tinge seu rosto.

Dá para perceber que minha irmã está pensando no quanto ele é "expressivo".

E agora que estou pensando nisso, fico vermelha também.

— Eca. Eu não preciso imaginar minha irmã transando em todas as posições existentes, muito obrigada. Além disso, ai, meu *Deus,* cara. Onde você o encontrou e quantos irmãos ele tem? Eu quero dois, pelo menos.

— Ele é incrível, né?

Sloane começa a piscar e a suspirar como alguém que está fora de si. Ou pelo menos como *outra* pessoa, alguém romântico, doce e com noções idealizadas do amor, não ela.

Eu me sento na cama e a encaro com olhos apertados.

— Você está apaixonada de verdade, né?

— Estou. É horrível. Tipo, é *maravilhoso*, mas é horrível também, porque...

— Você não está mais no controle.

Ela assente, fazendo careta.

— E eu nunca tive nada que eu tivesse medo de perder. Nunca *me importei* com nada, a não ser comigo mesma. Agora me importo com tudo. Sou uma grande bola sentimental de preocupação e carinho. Eu chorei vendo o pôr do sol no outro dia. Puta que pariu!

Tento não sentir satisfação com a consternação dela, mas fracasso miseravelmente.

Sou uma pessoa horrível.

— De todo modo... — Sloane faz um gesto com a mão para mudar de assunto. — Precisamos fazer alguma coisa com o seu cabelo.

— O que há de errado com o meu cabelo?

— Está horrível. Parece que você perdeu uma aposta.

— Ah, graças a Deus.

— Como assim?

— Por um instante achei que um alienígena tivesse te abduzido e colocado outra pessoa no seu corpo.

Ouvimos uma batida suave na porta.

— Pode entrar! — Minha irmã e eu gritamos ao mesmo tempo.

Spider enfia a cabeça por uma fresta.

— Oi. Estou com sua bagagem, moça. Posso trazer?

Lindo, bem-dotado e educado. Juro que vou encontrar uma cientista para clonar ele e Declan com o objetivo de criar o espécime masculino perfeito.

— Pode entrar e deixar em algum canto.

Ele entra, carregando minha mala e os cromossomas dos meus futuros filhos, e dá um oi para Sloane. Então coloca a mala no chão perto da cômoda e se vira para sair.

— Espera — diz Sloane. — Cadê o resto?

— Só tem isso, madame.

Ela faz uma expressão de desagrado.

— Eu já não pedi pra não me chamar assim?

Spider parece estar segurando o sorriso. Eu gosto ainda mais dele agora que sei que está provocando minha irmã. Tem que ter colhão para isso, e já percebi que esse homem tem de sobra.

Tipo, eu vi com meus próprios olhos. Na verdade, está bem na minha cara.

— ... Riley?

— Hã? — Afasto o olhar da protuberância na calça de Spider e me concentro em Sloane. — O que você disse? Não ouvi.

— Já até sei por que — responde ela em tom seco.

Estreito os olhos, transmitindo uma ameaça silenciosa. Minha irmã a recebe com clareza e abre um sorriso condescendente.

— Perguntei onde está o resto da sua bagagem.

— Não tem mais nada. Só trouxe isso.

Ela olha com descrença para minha mala de mão, uma bolsa de lona gasta que comprei antes de ir para a faculdade muitos anos atrás.

— Você só trouxe *uma* mala?

— Você fala isso como se eu tivesse dito que trouxe um cadáver nela.

Ignorando meu sarcasmo, Sloane insiste:

— Como é que você consegue viajar com uma mala só? Onde está sua mala de sapatos? O nécessaire de maquiagem? A mala de roupas formais? Todas as suas *roupas*?

Ela olha ao redor do quarto como se esperasse que um conjunto de malas e baús da Louis Vuitton fosse aparecer num passe de mágica cheio de estolas de pele e vestidos de gala.

Sorrindo, respondo:

— Acho que você vai enlouquecer quando eu disser que meu notebook está aí dentro também.

Antes de sair e fechar a porta, Spider olha para mim e dá uma piscadinha.

Sloane se levanta, vai até a mala, se agacha e abre o zíper. Fica olhando para o conteúdo e remexe as coisas por um tempo. Ela se levanta e me encara.

— Qual é o lance com todas essas caixas de doce?

— Não vou pra lugar nenhum sem meus Twizzlers. Não é fácil encontrar os sabores que eu gosto. Como eu não sabia para onde estava vindo... — Dou de ombros. — Achei melhor prevenir do que remediar.

Sloane fecha os olhos, respira fundo, se acalma e só então volta a olhar para mim.

— Você tem alguma peça de roupa que não seja cinza ou de flanela?

— Claro. Dã-ã. Minhas calcinhas.

— Meu Deus. Não acredito que somos parentes.

Ela está tão horrorizada que parece prestes a fazer o sinal da cruz. Ou talvez chamar um padre para me benzer. Isso me faz rir.

— Ah, relaxa, Beyoncé. Tem mais coisa embaixo dos doces.

— Também trouxe shorts jeans e camiseta branca — respondo quando minha irmã lança um olhar esperançoso para a mala.

Sloane parece estar prestes a vomitar o almoço.

— Pelo visto também vamos precisar fazer umas compras enquanto você estiver aqui.

— *Também?*

— Além de domar o animal feroz que cobre sua cabeça.

— Desculpe, mas nem todo mundo acredita ser necessário parecer uma modelo.

— Tem que existir um meio-termo saudável entre modelo e mendiga.

— Se você está se referindo a pessoas sem-teto, Cruella, o termo correto é pessoas em situação de rua. Mendigo é muito ofensivo.

— Você está morando há tempo demais em São Francisco.

— Podemos dar uma pausa nessa discussão que logo vai escalar para uma briga política por um segundo para eu perguntar o que vamos comer? A última coisa que comi foi um bolinho nojento de ovas de peixe pretas e gosmentas com algum produto lácteo coagulado em um pedaço de pão do tamanho de uma moeda. Estou faminta. Vocês, ricos, comem feito passarinhos.

Ela para por um instante, leva as mãos ao rosto e cai na gargalhada.

— Que bom que minha fome te diverte — digo em tom seco.

— É que eu tinha esquecido como você é engraçada.

— Engraçada divertida ou engraçada esquisita?

— Divertida. — Sloane para e pensa. — E esquisita também.

— Valeu mesmo. Mudando de assunto de novo: o que o Declan faz? E não minta para mim. Eu não sou como os carinhas deslumbrados que se jogam aos seus pés. Sei muito bem quando não está me dizendo a verdade.

O sorriso de Sloane desaparece. Ela caminha devagar até a poltrona que antes usara para apoiar os pés, se senta e cruza as mãos sobre as coxas.

— Quero te contar, mas você não pode me julgar.

Minha risada é curta e descrente.

— *Julgar*? Cara, eu moro em São Francisco há um tempo, nada mais me abala.

— Tá. Se você quer mesmo saber… — Hesitante, Sloane respira fundo. — Ele é dá máfia. Na verdade, ele *é* a máfia. Ele é, tipo, o chefão.

Várias peças se encaixam na minha mente e eu concordo com a cabeça, pensativa.

— Hum. Faz sentido. Então, sobre a situação alimentar… vamos comer antes ou depois de eu te deixar fazer algo horrível no meu cabelo que certamente me arrependerei?

Quando ela permanece sentada ali, olhando para mim com os olhos marejados de lágrimas, entro em pânico.

— Puta merda. O que houve? Por favor, não me diga que ele está traindo você. Não tenho certeza de que lado eu ficaria.

Sloane se levanta da poltrona e se atira nos meus braços, chocando-se contra meu corpo e me abraçando pelo pescoço.

Quase caio de costas no colchão. Apesar do choque e da força do abraço, consigo me manter no lugar. Ela cai no choro, me deixando sem saber o que fazer.

— Hum. O que está acontecendo? — pergunto com certa hesitação.

O choro dela só se intensifica.

— Eu quero me desculpar! É isso que está acontecendo. Fui uma péssima irmã, e você está sendo tão legal, não acredito que a última vez que nos vimos foi no seu aniversário anos atrás.

Há três anos, para ser precisa.

Nunca vou conseguir esquecer.

Na época, meu namorado anunciou que estava namorando a irmã errada assim que colocou os olhos em Sloane. Ele terminou comigo na hora.

No meio da porra da minha festa de aniversário.

Algumas semanas depois, um amigo me disse que tinha visto os dois juntos. Liguei para Sloane para saber se era verdade, ela debochou e disse: "Quem? Ai, meu Deus, aquele pé-rapado? Já dei um pé na bunda dele há muito tempo."

Aquele "pé-rapado" do qual ela mal conseguia se lembrar tinha sido meu namorado por mais de um ano. Perdi minha virgindade com o cara. Na época, pensei que estávamos completamente apaixonados.

Depois disso, comecei a falar para os meus namorados que eu era filha única.

Não vi Sloane desde então.

Dou uns tapinhas desajeitados nas costas dela.

— Tá legal, Hollywood. Pode parar com isso. Vai borrar sua maquiagem.

Ela se afasta, fungando e segurando meu braço como se planejasse me fazer de refém.

— Diz que me perdoa — exige, com veemência. — Por favor. Vamos recomeçar nossa relação. Do zero.

Franzo a testa. Quem *é* essa pessoa?

Quando os olhos suplicantes continuam me encarando, eu cedo.

— Tá legal. Um novo começo. Mas vou guardar meu perdão até ver o que você planejou para o meu cabelo.

Ela mordisca o lábio inferior enquanto lágrimas escorrem do canto dos olhos. *O que foi que aconteceu com a minha irmã?*

Declan deve ser muito bom se conseguiu transformar aquela selvagem fria e sem coração em um docinho de coco.

É uma filha da puta sortuda mesmo.

6

RILEY

Quando Sloane pediu bebida, eu deveria ter imaginado que as coisas iam começar a desandar.

Outro irlandês bonitão apareceu com uma jarra de margarita com suco de lima e *jalapeños* cultivados no jardim da casa, e adoçada com fruta-do-monge. A borda dos copos estava salpicada com sal marinho rosa do Himalaia e enfeitada com cascas de lima em rodelas tão perfeitas que deve ter exigido extrema concentração e umas dez tentativas para sair certinho.

Sim, porque é justamente isso que as pessoas fazem.

O irlandês bonitão também trouxe *tortillas* quentes e um delicioso acompanhamento de abacaxi e manga, dizendo que ele mesmo havia preparado.

Duvidei da afirmação e fiz questão de falar isso. Imagine minha surpresa quando o homem pegou o celular e me mostrou um vídeo como prova.

— Onde você *encontra* esses caras? — perguntei para Sloane quando ficamos sozinhas.

Ela fez um gesto com a mão como se eu estivesse sendo boba.

— É um dom. Agora vá se sentar na cadeira que eu coloquei no banheiro e fique quieta. Preciso me concentrar enquanto trabalho.

Sinal de alerta número dois: ela precisava "se concentrar". A última vez que isso aconteceu, abriu-se um buraco no *continuum* espaço-tempo que nunca mais se fechou.

Mas eu estava faminta, e o molho era delicioso, então fui obediente e permiti que minha irmã passasse uma gosma fedida na minha cabeça que eu erroneamente presumi que era um creme de hidratação profunda. Fiquei sentada ali, dócil como uma ovelha prestes a ser sacrificada, enquanto ela lavava, cortava e dava um jeito no meu cabelo, sempre me incentivando a tomar mais um gole de margarita.

Quando finalmente me girou na cadeira e eu me olhei no espelho, entendi porque Sloane estava tentando me embebedar.

Dei um grito horrorizado.

— Que merda é essa que você fez?

Ela teve a pachorra de rir.

— Eu te salvei da tragédia que era o seu cabelo. De nada.

Então minha irmã saiu do banheiro, deixando-me a sós para ter meu colapso nervoso.

∼

— Eu *não* vou usar isso.

— Só experimenta. Você vai me agradecer depois.

Lanço um olhar indignado para o pedacinho de pano que Sloane está tentando me convencer a usar para o jantar. Eu já assoei o nariz em tecidos maiores.

— Eu vou te agradecer quando você parar de tentar fazer com que eu me pareça uma profissional do sexo. Muitos danos já foram causados com a catástrofe platinada na minha cabeça.

— Fala sério. O seu cabelo está um espetáculo de lindo.

— Claro, se for três horas da manhã e eu estiver trabalhando em um cabaré no Reno como cosplay de Marilyn Monroe com idade o suficiente para sair em uma turnê com Frank Sinatra, e todo mundo na plateia tiver problema de visão ou estiver completamente bêbado. Aí sim seria um espetáculo de lindo. Mas nesta dimensão da realidade, não é — devolvo com acidez.

Ignorando-me, Sloane se vira para revirar mais coisas na caverna que ela chama de armário.

— A gente ainda calça o mesmo número?

Reviro os olhos para o teto.

— Não. Eu calço quarenta agora. Tenho aquela doença estranha que causa um crescimento anormal dos pés.

Ignorando meu sarcasmo, ela diz:

— Que bom. Esse sapato vai ficar maravilhoso com o vestido.

Sloane se vira e atira um par de saltos altos na minha direção. Eu me recuso a tentar pegá-los, e eles batem na minha barriga e caem no tapete aos meus pés. Então ela joga o vestido, que acaba indo parar em cima da minha cabeça e quase cobre o meu rosto como um véu.

Um véu minúsculo, transparente e com recortes na barriga.

Com raiva, arranco o vestido da cabeça e olho para a peça. Sério, eu poderia dobrá-lo e enfiá-lo no bolso da minha calça de moletom.

Sinceramente, como ela espera que eu use isso? É melhor eu colocar uma calcinha fio-dental e uns protetores para mamilo, e tudo certo!

Sloane grita do outro cômodo.

— Anda logo, baixinha. Estou morrendo de fome.

— Ah, agora é uma emergência porque *ela* está com fome. A rainha está faminta, gente! Vamos logo! — resmungo.

— Dá pra ouvir você daqui.

Eu grito por sobre o ombro:

— Como é que você cabe nesse treco? Seus peitos não entram nisso, muito menos a bunda.

— Essa é a beleza do elastano. A capacidade de esticar é imensa. Você conheceria se não estivesse tão ocupada com toda essa flanela. Agora, *vista-se* ou vou te trancar no armário sem comida.

Fecho os olhos e suspiro. *Eu deveria ter trazido menos balas e mais drogas.*

Passo cinco minutos lutando contra o pesadelo chamado elastano até finalmente conseguir vesti-lo. Ele mal cobre minhas partes íntimas, mas estou vestida. Enfio os pés nas tiras da sandália de stripper e saio do closet.

Quando Sloane se vira para olhar para mim, eu levanto os braços.

— Pronto. Está feliz agora? Eu sou a Julia Roberts em *Uma linda mulher*, só que com um figurino mais vulgar e sem um final feliz.

Sloane me encara em silêncio, com os olhos arregalados.

Eu gostaria de rasgar esse vestido idiota, mas acho que vou precisar de uma tesoura para me livrar dele.

— Fala alguma coisa, Hollywood, ou juro por Deus que vou te picar em mil pedacinhos.

— Você está linda — diz ela com a voz suave.

— Até parece. Essa é boa. Exagere ou nem tente, é isso?

— Não. Estou falando sério. Você está linda.

Solto o ar, enojada.

— Claro que estou. Tão linda quanto uma prostituta saindo para uma noite de encontros românticos em becos escuros para ganhar algumas notas suadas. Vamos acabar logo com isso e jantar. Meu nível de açúcar no sangue está perigosamente baixo agora. — Eu a fulmino com o olhar. — Acho que sou capaz de atacar alguém.

— Você trouxe suas lentes de contato? — pergunta ela, em tom esperançoso.

— Vou usar os óculos.

Sloane fica arrasada, mas se recupera rápido.

— Tudo bem, mas deixe-me só... passar um pouco de batom e rímel...

Estou faminta demais para começar outra discussão, então acabo cedendo.

— Você tem exatamente sessenta segundos. E nada de usar essa gosma de base nojenta.

Sloane corre animada para o banheiro e volta com um frasco roxo e um prateado. Para minha sorte, ela trabalha com velocidade, depois dá pulinhos na minha frente e bate palmas de alegria.

— Mana, você enlouqueceu de vez — digo na lata.

— E é isso que vai acontecer com todos os homens que olharem para você esta noite.

— Aposto cem dólares que *nenhum* homem vai olhar duas vezes para mim. A não ser que ele esteja a fim de pagar por uma experiência sexual triste e degradante com uma estranha, mas isso não conta.

Sloane inclina a cabeça e sorri.

— Eu até aceitaria a aposta, mas duvido que você conseguiria o dinheiro para me pagar.

— Tá. Aposto com você duas caixas de Twizzlers e um pacote de bala azedinha de melancia. Mas, quando eu ganhar, você me deve...

Olho em volta do quarto procurando por algo, e aponto para uma mesinha redonda cheia de enfeites que parecem caros.

— Aquela caixinha fofa com um pavão em cima.

— É uma caixinha de música. Ela é de prata e de dar corda, e é de mais ou menos 1860. Vale mais de oitenta mil dólares.

Dou um sorriso.

— Está com medo?

Sloane estende a mão. Fechamos a aposta.

Depois, caminho atrás dela para sairmos do quarto. No meio do corredor, ela tem que me segurar pelo braço para eu não cair.

— Qual foi a última vez que você usou salto alto? — pergunta, me ajudando a manter o equilíbrio.

— Na formatura da faculdade.

— Estou chocada que você não caiu de cara no palco quando foi pegar o diploma.

— Quem disse que eu não caí?

— Meu Deus, você é um caso perdido.

— Fique quieta, por favor. Meus demônios internos estão exigindo que eu mate você, e quero ouvir o que eles têm a dizer.

— Tá legal, mas antes de me calar, eu só preciso dizer mais uma coisa.

— Claro que precisa.

— Obrigada.

Sloane soa tão sincera, que preciso olhar de esguelha para ver seu rosto. Para minha surpresa, sua expressão parece sincera também.

— Por que você está me agradecendo?

— Sei que você está fazendo tudo isso por mim. — Ela olha para minha roupa de dama da noite. — Você poderia ter se recusado e colocado seu moletom mais horroroso, mas não fez isso. Então, obrigada.

Grr. Ela está sendo gentil. Fico completamente indefesa quando faz isso.

É meio como se o Drácula fizesse uma pausa para dizer algumas palavras gentis sobre seu excelente gosto em design de interiores antes de abrir sua jugular com as presas para sugar todo o sangue do seu corpo.

É desorientador.

Estamos no final do corredor e viramos no vestíbulo quando Sloane vê Spider, cruzando a vasta extensão de mármore ecoante que ela chama de "sala de estar". O ambiente é tão grande que poderia abrigar a cerimônia de casamento dos futuros herdeiros do trono da Casa de Windsor, caso a Abadia de Westminster pegasse fogo.

— Spider! — grita ela. — Você pode dar um pulinho aqui, por favor?

O homem está com uma latinha de refrigerante na mão, tomando um gole quando olha na nossa direção.

Ele olha para mim.

O refrigerante jorra da boca dele como um imenso gêiser, como se alguém tivesse lhe dado um soco na barriga. Spider me encara, paralisado e boquiaberto, enquanto a bebida escorre pelo queixo.

Sloane para e se vira em minha direção com um sorriso arrogante.

— Você me deve duas caixas de Twizzlers.

Com o rosto queimando, resmungo:

— Ah, nem pensar. Essa não foi nem uma reação positiva. O pobre homem tomou um susto tão grande que quase morreu engasgado.

— Você poderia preencher os trinta e dois volumes da *Enciclopédia Britânica* com tudo que não sabe sobre os homens.

— O conteúdo já está disponível on-line, vovó.

— Tanto faz. O ponto é que você não sabe nada. Vamos jantar.

— Você pode me dar um segundo? Preciso de um momento sozinha para me preparar mentalmente para a humilhação pública que está por vir.

Sem esperar a permissão dela, sigo na direção oposta, rumo às portas de vidro que levam para um pátio externo.

Não olho para Spider, que continua parado no mesmo lugar desde que eu me virei para ele e o transformei em uma coluna de pedras de terno preto justo, e saio para o ar fresco noturno, jurando para mim mesma que não vou deixar Sloane me ver chorar.

Essa mulher sem coração já me fez chorar muitas vezes na vida.

7

MAL

Ela surge no pátio exalando tanta raiva que consigo sentir de onde estou sentado, a pouco mais de um quilômetro de distância.

Ou melhor, deitado à espreita no campanário da mesma igreja abandonada que escolhi dois dias antes, quando cheguei à ilha.

O local oferece uma visão excelente de ponta a ponta da casa. Daqui, consigo ver tanto a parte da frente quanto os fundos da propriedade. E com um giro do cano da minha arma para a esquerda ou para a direita, consigo mirar na cabeça de Declan, tanto na garagem quanto no jardim.

Minha mira agora está na mulher que anda de um lado para o outro no pátio.

O cabelo dela é louro-platinado, cortado na altura do queixo, liso e com muito movimento. Seu vestido de festa é minúsculo, e ela não parece nada confortável nos sapatos de salto que está usando. Inclusive, se desequilibra algumas vezes ao andar, abrindo os braços para não cair.

Ela é jovem, magra e bem estranha.

Mas algo nela é fascinante. Simplesmente não consigo afastar o olhar.

Por causa do cabelo e do vestido, demoro um pouco para reconhecê-la. Mas então noto os óculos que está usando e ofego. Solto o ar com raiva.

Pobre menina. Ele não ficou satisfeito em usá-la como uma puta, queria que se parecesse uma também.

Ela está claramente chateada com isso. Ou com alguma outra coisa que Declan fez.

Algo muito pior do que uma mudança de guarda-roupa.

A raiva ferve no meu peito. *Aquele filho da puta.*

Eu já sabia que ele era cruel quando matara os líderes de inúmeras famílias nos Estados Unidos. Com exceção de Kazimir, o que não é surpresa. Kazimir é notoriamente difícil de matar. Centenas de homens morreram tentando.

Mas trazer uma garota das ruas para sua casa e comê-la na frente da sua mulher, depois exibi-la para que todos pudessem ver a humilhação…

Isso vai além da crueldade.

Beira a psicopatia.

Minha raiva aumenta conforme observo a garota. Ela para, se encosta no parapeito curvo de pedra do pátio e cruza os braços, enquanto volta o rosto para a lua cheia como se estivesse tentando buscar forças no astro.

Então respira fundo algumas vezes e fecha os olhos.

Depois de um momento, baixa a cabeça como se estivesse rezando.

Furioso, decido que não vou matar Declan na frente dela. Essa garota tem cara de ser bem frágil. Não precisa passar por mais um trauma.

Vou esperar que ele a mande embora. Aí, sim, meto uma bala na cabeça dele.

Mikhail entenderia. Ele tinha um fraco por garotas assim. Maltratadas e indefesas. Um atraso de algumas horas ou dias não vai fazer muita diferença no fim das contas.

Ainda vou ter o que vim buscar: o sangue do meu inimigo.

Com os ombros curvados, a garota se afasta do parapeito e, relutante, volta para dentro. Alguns minutos depois, um grupo sai pela porta da frente.

Declan e a mulher estão lá, junto com a garota e meia dúzia de guarda-costas. Eles entram em um trio de SUVs e se afastam da casa.

Observo o brilho vermelho das luzes traseiras, enquanto travo uma luta interna.

Desço do campanário e monto na moto que está me esperando perto das portas antigas da igreja, sabendo que o que estou prestes a fazer é idiota e perigoso.

Mas também algo que meu falecido irmão aprovaria.

8

RILEY

O restaurante ao qual Declan nos leva é tão elegante e exclusivo que sinto como se eu devesse estar com uma placa no pescoço me desculpando pela minha roupa.

A placa colocaria toda a culpa em Sloane, é claro.

Nós três nos acomodamos em uma mesa nos fundos de um salão iluminado por velas. Spider e os outros guarda-costas ocupam duas mesas próximas.

Sempre que direciono meu olhar para o homem, ele está me fitando de forma firme e séria, como se estivesse avaliando minhas decisões de vida.

Somos dois.

— Então, Riley. Me fale um pouco sobre você.

Recostado na cadeira com o braço apoiado nos ombros de Sloane, Declan, o rei da selva, sorri para mim. Como é possível que um homem exale controle e atração sexual apenas sentado? Eis um dos grandes mistérios da natureza.

Enquanto isso, Sloane olha com ar sonhador para o perfil esculpido de seu amado, com coraçõezinhos vermelhos piscando nos seus olhos.

Juro, eu nunca teria acreditado nesta merda se não estivesse vendo com os meus próprios olhos.

— Nossa, por onde começo? — digo, pegando um pedacinho de pão.

Tá legal, pedacinho é um modo delicado de falar. Estou devorando o pão como um animal faminto. Estou com tanta fome que poderia comer o meu próprio braço. Se a garçonete não voltar logo com as entradas, vou invadir a cozinha e ameaçar todo mundo com um facão.

— Trabalho como editora freelancer, e adoro. Principalmente porque amo livros, mas também porque posso trabalhar de pijama.

— E evitar qualquer contato humano — acrescenta Sloane com um sorriso.

— Sim, essa é uma grande vantagem.

Declan levanta uma das sobrancelhas.

— Você não gosta muito de gente, né?

— Não é que eu odeie as pessoas, só me sinto melhor quando elas não estão por perto.

Sloane ri.

— *Barfly, condenados pelo vício.*

— Adoro esse filme. O Mickey Rourke era tão sinistro quando era mais novo.

Minha irmã faz uma careta para mim.

— Não fala "sinistro". Parece que você é da geração Z.

— Mas eu sou da geração Z.

— *Ugh*! Isso explica por que você é tão antissocial.

— Pelo menos não sou *millennial*. Vocês são todos uns narcisistas.

— Não somos, não! — protesta Sloane, indignada.

Eu a encaro com um sorrisinho nos lábios, ela começa a rir.

— Tá. Você me pegou.

Declan parece interessado naquela reviravolta na conversa.

— De que geração eu sou?

Sem pensar, eu rio e digo:

— Geração P grande.

Ele inclina a cabeça para o lado, e Sloane levanta as sobrancelhas enquanto tento consertar o que acabou de sair da minha boca.

— O P não é de pau!

— É de que então? — pergunta Sloane.

Fazendo careta e sentindo o rosto queimar, ergo os ombros até as orelhas e digo:

— Parça?

— Hum. — Ela joga a cabeça para trás. — Ai, meu Deus, se você soubesse o quanto está certa!

Declan fica olhando para nós duas.

— Não entendi.

Sloane leva a mão à coxa dele e a aperta.

— O "p" é de papai, lindo.

Ele olha para a mão dela em sua coxa e, depois, para os seus lábios. Os olhos azuis parecem esquentar. O sorriso sai lento e caloroso.

Preciso sair daqui agora.

Eu me levanto abruptamente, derrubando meu copo de água.

— Já volto — digo, puxando a bainha do vestido.

— Aonde você vai?

— Ao banheiro

— Spider. — Declan estala os dedos.

O guarda-costas se levanta.

— Acho que posso fazer xixi sozinha, obrigada.

Ignorando o que eu disse, Declan faz um gesto com a mão, indicando a Spider que deve me seguir aonde quer que eu vá.

Sabendo que ninguém vai me escutar, suspiro e sigo para os fundos do restaurante, puxando a bainha do vestido e rezando para que Spider se mantenha um pouco afastado. É provável que consiga ver a poupinha da minha bunda.

Ugh, por que topei usar este vestido idiota?

Entro no banheiro e me tranco em um dos reservados. Fico sentada no vaso, com os cotovelos apoiados nas coxas e com as mãos no queixo, até achar que passou tempo o suficiente para Sloane tocar uma para Declan embaixo da mesa ou seja lá o que eles iam fazer.

Vou até a pia para lavar as mãos. Mesmo que eu não tenha feito xixi, lavar as mãos é sempre uma boa ideia.

Quando fecho a torneira e me viro para pegar a toalha de papel, olho para o espelho e congelo, horrorizada.

Tem um homem parado bem atrás de mim.

Ele é *imenso*.

Assustadoramente alto e forte, ele está com as pernas abertas e as mãos pendendo ao lado do corpo. Está todo de preto, incluindo um sobretudo pesado de lã com o colarinho cobrindo o pescoço tatuado.

O cabelo e a barba são grossos e escuros. Uma argolinha de prata brilha no lóbulo de uma das orelhas. Sob as sobrancelhas escuras, os olhos têm um tom surpreendente de verde claro.

Ele emana uma energia poderosa de violência e escuridão.

É como estar em um aposento com um enorme buraco negro. Estou prestes a ser devorada e desaparecer por toda a eternidade.

Aquele homem é a coisa mais linda e mais aterrorizante que já vi na vida.

Seu olhar intenso prendeu-se ao meu no espelho.

— Você não precisa se vender, *malyutka* — murmura.

A voz é profunda, forte e hipnótica. Assim como o seu cheiro, que parece o de algo que vive e caça na floresta.

— Você é melhor do que isso, não importa o que ele diga.

Ele está falando no meu idioma, mas não faço ideia do que está dizendo, não consigo raciocinar. Não consigo me concentrar. Tudo que faço é fitá-lo, presa ao terror e fascínio, meu coração batendo loucamente. O resto do meu corpo está completamente paralisado.

— Pegue isto.

O homem dá um passo na minha direção e tira um envelope do bolso interno do sobretudo. É um retângulo pardo e grosso preso com um elástico no meio. Ele se inclina para mim e o coloca sem fazer barulho na bancada ao lado da pia. Então olha para os meus olhos arregalados que não conseguem nem piscar.

— Não volte pra ele. Vá embora agora. Busque uma vida melhor pra você.

O sujeito estende a mão e roça os nós dos dedos de leve no meu rosto. Sua voz fica ainda mais baixa.

— Não é tarde demais. Ainda existe esperança nos seus lindos olhos.

Rápido e silencioso como fumaça, ele se vira e desaparece porta afora, deixando-me em choque e sem ar.

Estou suando, tremendo e desorientada.

O que foi que acabou de acontecer aqui?

Depois de alguns instantes, consigo fazer meus dois únicos neurônios voltarem a funcionar e encaro o envelope. Eu o viro, tiro o elástico e enfio a mão lá dentro. Olho incrédula para um bolo de notas novinhas de cem dólares.

— Espera. Espera um pouco aí. *Espera um pouco* — digo para o banheiro vazio.

Passando os dedos pelas notas, calculo que tenha uns cem mil dólares nas minhas mãos trêmulas.

Meu cérebro faz uma série de saltos complexos de ginástica olímpica e chego a um cenário hilariante e impossível: um estranho bonitão, assustador e rico acabou de tentar me salvar de ser a prostituta do meu futuro cunhado.

Repasso o encontro na minha mente de novo. E de novo. E uma vez mais, só para não deixar dúvida. A única outra possibilidade que consigo imaginar é que Sloane está fazendo uma pegadinha de mau gosto.

Ou ela simplesmente não quer perder a aposta. Talvez seja isso. Talvez tenha pagado esse cara para vir aqui e bagunçar a minha cabeça.

Não, espere. Estou misturando tudo. A aposta era que *eu* ganharia se um cara me confundisse com uma prostituta.

Não era?

Eu não sei. Não consigo pensar. O Gigante Estranho Bonitão zerou o meu QI.

Além disso, como Sloane poderia ter encontrado alguém tão rápido? Depois que fizemos a aposta, fiquei no pátio por quatro minutos antes de sairmos. Será que é tempo suficiente para minha irmã conseguir organizar uma pegadinha como essa?

Bem, provavelmente. Estamos falando de Sloane. E parece que ela tem dezenas de caras bonitões e perigosos à volta dela.

E não duvido que carregue todo esse dinheiro no sutiã.

Mas por que ela faria essa brincadeira de forma tão específica? Não havia a menor necessidade de o Gigante Bonitão e Perigoso, vulgo GBP, mencionar Declan. Não que ele o tenha mencionado pelo nome, mas ficou implícito.

Se ele estava presumindo que sou uma prostituta por causa da minha roupa, não faria mais sentido que simplesmente se aproximasse de mim e dissesse que eu não precisava vender o meu corpo?

Além disso, por que um completo estranho presumiria que uma mulher está se vendendo a não ser que haja provas? Muito mais provas do que um vestido vulgar e salto alto?

Muitas garotas da minha idade se vestem como se quisessem envergonhar os próprios pais, e nunca ouvi nenhum relato de que foram abordadas no banheiro por um homem que lhes disse que ainda há esperança nos olhos delas.

Nos olhos *lindos,* especificamente.

Fico sem ar.

Espere um minuto... esse GBP me acha bonita?

Fico pensando por alguns segundos até levantar as mãos no ar, irritada com a minha própria burrice.

— Está tudo bem aí dentro, moça?

Arfo, assustada. É Spider do lado de fora do banheiro feminino. Ele deve ter me ouvido resmungar de frustração.

Estou prestes a responder que está tudo bem, mas paro ao perceber que, se Spider está do lado de fora da porta, deve ter visto o GBP sair.

E se ele *viu* o GBP... não teria simplesmente deixado o cara escapar como se estivesse em um simples passeio no parque.

Não entendo muita coisa sobre mafiosos, mas sei que Spider foi designado para ser meu guarda-costas, e, se ele visse um gigante sair do banheiro onde eu me encontro, duvido que ficaria tranquilo em relação a isso.

Segurando o envelope de dinheiro atrás das costas, abro uma fresta da porta e enfio a cabeça por ela.

Spider está como sentinela ali fora. Olho cuidadosamente de um lado para o outro do corredor. Além de Spider, não há ninguém ali.

— Moça? Tá tudo bem?

— Você já perguntou isso.

— Eu sei, mas seus óculos estão embaçados.

Claro que estão. Um homem bonitão e assustador acabou de atear fogo no meu sistema endócrino.

— Tá tudo bem. Você viu alguém sair daqui há um minuto?

— Não. Por quê?

— Ah, nada de mais. Ele só...

— *Ele?*

Spider parece o Wolverine quando dá um passo na minha direção, com os olhos brilhando. Então enfia a mão por baixo do casaco em direção às costas, onde suponho que tenha uma arma carregada.

Corrijo-me rápido.

— Não, ela. Desculpe. Hum... *ela*... seja lá quem estivesse aqui por último... esqueceu uma coisa na pia.

— Ah, tá.

Como se uma luz tivesse sido apagada, Spider volta a ser amigável e atraente. Ele cruza as mãos diante do corpo e sorri.

— Está pronta para voltar para a mesa, moça?

O dinheiro na minha mão parece mais pesado desde que abri a porta. Não faço ideia do que fazer com isso.

Deixo na pia?

Enfio na calcinha?

Tento encontrar o dono?

Descarto todas as ideias bem rápido, só que ainda estou na dúvida. Não quero deixar essa grana toda no banheiro, mas também não posso levá-la comigo. Meu vestido é tão obsceno que mal dá pra esconder uma nota, que dirá um maço delas. É impossível sair daqui com o dinheiro e tentar bolar um plano depois.

E se o dinheiro *for* de Sloane?

Nesse caso, eu deveria jogá-lo no vaso e dar descarga.

Mas resolvo arriscar e pergunto a Spider se ele se importaria de me emprestar o paletó.

Ele hesita por um instante, o olhar inescrutável.

— Desculpe, é que esse vestido não me protege do ar-condicionado. Sloane me obrigou a usá-lo. Já devo ter pegado uma pneumonia a essa altura.

Quando Spider hesita novamente, eu compreendo.

— Ah, sim. Você precisa do paletó para esconder todas as armas que carrega.

— Nada disso. Não precisamos esconder nossas armas.

— Ah, nas Bermudas é permitido carregar armas livremente?

A expressão dele demonstra diversão.

— Não, eles têm leis rígidas sobre o porte de arma. Mas quem se atreveria a nos desafiar?

Uau. Deve ser bom trabalhar para o rei da floresta. Pelo visto, tudo é possível para eles.

— Aqui, moça.

Spider tira o paletó e o segura para mim, esperando para me ajudar a vesti-lo. Eu saio pela porta, com as mãos às costas, então me viro e as trago para a frente enquanto ele coloca o casaco nos meus ombros.

É quentinho e tem o cheiro dele, apimentado e almiscarado. Deve ser a testosterona.

Eu enfio o envelope no bolso interno, me viro e sorrio para Spider.

— Obrigada. Bonito *e* um cavalheiro.

Ele fica vermelho e pigarreia.

— Não precisa agradecer. Mas, por favor, diga a Declan que a ideia foi sua.

— Mas a ideia foi minha mesmo.

— Correto. — Constrangido, Spider passa uma das mãos no cabelo. — Eu só não quero que ele pense que eu... você sabe.. que eu...

Dou uma risada.

— Spider, ele não vai ficar zangado só porque você me emprestou seu paletó. Foi um gesto muito gentil.

Mudando o peso do corpo de um pé para o outro, ele nega com a cabeça.

— Existem protocolos, moça. Eu não posso... — Então faz um gesto vago que inclui nós dois.

Eu entendo o que está tentando dizer e fico horrorizada na hora.

— Ah, merda! Ai, meu Deus, você não tem autorização para me paquerar! Não que você fosse *fazer* isso se pudesse. Você estaria arrumando um problema só de olhar para a irmã caçula de Sloane. *Ugh*, é por isso que fica desconfortável comigo.

Ele olha para mim por um tempo e responde suavemente:

— Essa não é bem a palavra que eu usaria para descrever como me sinto.

Surpresa, começo a piscar.

Antes que eu possa formular uma resposta, Spider se vira e se afasta, os ombros enrijecidos. Ele espera por mim no fim do corredor, agindo como se preferisse olhar para qualquer outra pessoa menos na minha direção.

Tá... legal.

Imaginando se comi alguma balinha de maconha e não me lembro, cruzo o corredor e sigo Spider de volta à mesa.

Quando chegamos à mesa, percebo que a atmosfera mudou. A tensão é tangível. Sloane está pálida, o maxilar de Declan está contraído como granito, e os guarda-costas nas outras mesas estão tensos e prontos para entrar em ação.

— O que houve? — pergunto, sentando-me no meu lugar.

— Declan recebeu uma ligação. Precisamos ir — diz Sloane.

— Agora? Mas nem comemos ainda!

O olhar da minha irmã poderia fazer meu rosto derreter. Ergo as mãos e me rendo.

— Foi mal.

Todos nos levantamos e seguimos para a entrada do restaurante. Todo mundo está tão tenso que ninguém nota que estou com o paletó de Spider. O que provavelmente é bom.

Enquanto andamos, Spider pergunta para Declan em voz baixa:

— O que houve?

— Encontraram Diego.

— O que você quer dizer? A cabeça dele?

— Não. Aquele corpo que a polícia encontrou no lixão, não era dele. Foi uma identificação errada. Não sei se foi por acidente ou não.

— Puta merda.

— Afirmativo — responde Declan em tom sombrio. — Mas as coisas são ainda mais interessantes.

— Como assim?

— Diego ainda está vivo.

O choque de Spider é palpável. Ele quase tropeça nos próprios pés quando ouve isso.

Seja quem for, fica claro para mim que esse tal de Diego é importante.

9

RILEY

A volta para a casa é estranha. Todos estão tensos e quietos. Spider dirige como se estivesse tentando se classificar para a Fórmula 1. Sloane fica lançando olhares nervosos para Declan, que mantém a mandíbula cerrada com tanta força que começo a me preocupar com seus molares.

Quando finalmente chegamos em casa, os homens desaparecem na cozinha, e Sloane me acompanha até o meu quarto.

Assim que minha irmã fecha a porta, eu me viro para ela e exijo saber:

— Tá legal. Desembucha. Quem é esse tal de Diego e porque tá todo mundo tão nervoso?

Sloane se senta na beirada da cama e respira fundo.

— Diego era o chefe de Declan até ser capturado pela MS-13 e assassinado. Só que agora parece que ele está vivo e alguém armou uma emboscada para que todo mundo pensasse que estivesse morto.

Ela observa enquanto eu remexo na minha mala.

— O que você está fazendo?

— Pegando um lanchinho. Essa história parece boa. Continua.

Sloane espera até eu me sentar diante dela na poltrona e abrir o invólucro de plástico da caixa de Twizzlers com os dentes para continuar:

— Aconteceu um incêndio em um armazém...

— Onde? Aqui?

— Não, em Nova York.

— Em que bairro?

Sloane retruca com acidez:

— Você quer que eu desenhe um mapa?

— Desculpe. Só estou tentando visualizar tudo. Continue.

Coloco dois Twizzlers na boca de uma vez. Sloane fica me olhando mastigar por alguns minutos com uma expressão constipada no rosto, antes de voltar a falar:

— Diego foi encontrado em um armazém quando os bombeiros chegaram para apagar o incêndio. Eles o levaram para o hospital.

— Então ele está machucado.

Ela assente.

— Não sabemos a gravidade.

— Por que alguém forjaria a morte dele e o manteria vivo?

— Também não sabemos ainda.

Fico mastigando enquanto penso.

— Aposto que ele foi torturado por alguma família rival para dar informações.

A voz de Sloane fica fraca.

— Esse é um cenário possível.

— Você era amiga desse tal de Diego?

— Não. Não cheguei a conhecê-lo.

— E por que está tão chateada?

Sloane para um momento para organizar os pensamentos, passa uma das mãos no rosto e solta o ar devagar.

— Diego... tinha muitas informações sobre muitas pessoas. Informações secretas. Coisas que podem ser devastadoras se forem descobertas. Muitas pessoas seriam afetadas.

Seu tom me faz entender que "afetadas" na verdade quer dizer "mortas".

— Puta merda.

— Exatamente.

Ficamos sentadas em silêncio enquanto devoro mais uma bala. Paro quando um pensamento horrível surge na minha mente.

— Declan está em perigo?

— Ele sempre está em perigo. — A voz sai suave, mas Sloane fecha os olhos e aperta o ossinho do nariz, entre as sobrancelhas, sussurrando: — Merda.

Estou prestes a ir até a cama em uma tentativa de consolá-la, quando ouvimos uma batida na porta.

— Pode entrar.

Declan entra, os olhos buscando Sloane. Ele a vê na cama e vai até ela.

— Tenho que ir embora.

Ela se levanta, parecendo assustada.

— Ir embora? Quando?

— Agora.

O homem a segura pelos ombros e a encara com muita intensidade.

— Voltarei assim que possível. Nesse meio-tempo...

— Nada disso, gângster — interrompe Sloane em voz alta, o rosto ficando vermelho. — Você não vai a merda de lugar nenhum sem mim.

Ele a fulmina com o olhar.

— Sloane.

— Eu vou com você. Isso não está aberto a discussão.

A voz dela está calma, mas a expressão é assassina. Declan olha para mim em busca de ajuda.

Faço um gesto com as mãos.

— Fico até lisonjeada por você achar que eu sou capaz de fazê-la mudar de ideia. Mas assim que essa mula sai do celeiro, não tem como colocar uma sela nela.

Sloane faz uma careta para mim.

— De onde você tira essas metáforas horríveis?

— Essa eu tirei de um dos últimos livros que editei. Achei bem boa até.

— Não é. — Ela se vira para Declan. — Vamos lá, se você não me deixar ir junto, juro que compro uma passagem e vou atrás de você.

— Vou deixar ordens expressas para que você fique na propriedade — rosna ele.

Minha irmã levanta as sobrancelhas. Como uma rainha, declara:

— Você acha mesmo que eles vão ouvir você em vez de a mim?

O rosto de Declan fica vermelho. Uma veia começa a pulsar no pescoço dele. A mandíbula está dura como pedra, e ele está rangendo os molares de novo.

Acho que a cabeça do meu cunhado está prestes a explodir.

— Que inferno, mulher...

— Fim de papo. Vamos logo.

Sloane se desvencilha dele e começa a se dirigir à porta. Ele se vira, encarando as costas dela.

Eu como outro Twizzlers, ansiosa para ver o que vai acontecer em seguida.

Mas pelo visto Declan percebeu que essa é uma batalha perdida. Com a mão no cabelo preto, ele prageja e a segue.

— Ei!

A meio caminho da porta, os dois se viram e olham para mim.

— E para onde *eu* vou? Vocês vão me mandar de volta pra casa?

Ao mesmo tempo, anunciam:

— Você vai ficar aqui.

— Aqui? — Olho em volta do quarto enorme, horrorizada. — *Sozinha?*

— Você gosta de ficar sozinha, lembra? — retruca Sloane.

— Eu me lembro. Na minha casa, com as minhas coisas. Não no Coliseu do Triângulo das Bermudas.

— Este é o local mais seguro para você no momento. Ninguém sabe da existência desta casa — afirma Declan em tom sério.

A mensagem implícita é que a maioria dos bandidos faria coisas muito ruins contra Declan e contra qualquer um próximo a ele caso soubessem sua localização.

Pela primeira vez, entendo como a situação de Sloane é perigosa. Ela está literalmente arriscando a própria vida por esse cara.

Está arriscando a vida por amor.

Olho para minha irmã sem acreditar. Em uma história cheia de decisões irresponsáveis, essa ganha de longe.

Ela se irrita.

— Você não vai embora, baixinha.

— Mas...

— Você trouxe seu notebook, então pode trabalhar daqui, não é?

Estou começando a entrar em pânico. *Não* quero ficar sozinha neste castelo, tendo só os ecos como companhia.

Sou uma garota da cidade. Meu apartamento tem menos de noventa metros quadrados. Todo esse espaço aberto me assusta.

— Sim, mas achei que passaria apenas alguns dias aqui. Quanto tempo vocês vão ficar longe?

— Não sei. Mas até que esta situação esteja resolvida, você não vai sair daqui — responde Declan, apontando para o chão para mostrar que aquela era uma declaração final e irrevogável.

Eles se viram e saem batendo a porta.

Filhos da puta!

Olho em volta, aterrorizada.

— Ai, meu Deus! Eu sou uma refém!

Eu me levanto e corro para a porta. Acabo tropeçando porque ainda estou usando esses saltos idiotas. Xingando, chuto os sapatos para longe, junto com o paletó de Spider, saio do quarto e corro descalça pelo corredor.

Alcanço Declan e Sloane na sala de estar, onde parece estar rolando uma convenção de gângsters.

Há dezenas de homens grandes de terno preto cochichando no que acho ser gaélico e lançando olhares tensos para as janelas. Spider também está lá.

— Gente, espera aí! Preciso falar uma coisa importante — digo.

Pela expressão exasperada de Sloane, deve estar pensando que quero discutir com ela de novo, mas estou pensando em outra coisa. Essa situação envolvendo Diego me fez refletir sobre alguns acontecimentos.

Não sei se é aconselhável que todos ouçam o que tenho a dizer, então espero até estar mais perto de Declan e Sloane e mantenho o tom de voz baixo:

— Um cara apareceu no banheiro do restaurante quando eu estava lá. Ele achou que eu era prostituta.

Minha irmã se irrita.

— Não temos tempo para isso agora!

Ela acha que estou falando sobre a aposta.

— Não, ouça. Ele estava *no* banheiro quando eu saí do reservado. Era bem grandão e meio... sei lá. Estranho. Sabe? Tipo perigoso e estranho.

Declan solta o mesmo som sibilado que Spider fez no restaurante. Ele fica literalmente maior, pior e mil vezes mais intenso. Os olhos azuis brilham como gelo.

— O que aconteceu? — rosna Declan, dando um passo na minha direção.

— Como esse sujeito era? O que ele disse? Ele machucou você?

Fico um pouco chateada por ele só se preocupar comigo por último, mas relevo.

— Estou bem. Ele não encostou em mim. Só me assustou. Disse que eu não precisava me vender e que não era tarde demais para mim, que sabia que ainda havia esperança no...

Paro de falar, tentando me lembrar de mais detalhes da grande fera.

Eu me lembro de como o toque dele no meu rosto foi gentil e de como sua voz estava suave ao dizer que meus olhos eram lindos.

Que homem impressionante.

Meu Deus, que rosto. Que boca. Olhos verdes penetrantes, combinados com uma masculinidade bruta, a elegância dos traços era ainda mais surpreendente.

Ele faz o Declan parecer o Justin Bieber.

Furiosa, Sloane se vira para o marido.

— Não havia cara nenhum. Ela só está falando isso por causa da aposta que fizemos antes de virmos para o restaurante.

— Não, Sloane. Não tem nada a ver com isso.

Ela cruza os braços.

— Tá legal. E para onde esse cara estranho e perigoso foi depois de ter feito uma proposta para você?

Sinto uma pontada de irritação. Levanto a voz.

— Ele *não* fez proposta nenhuma. Você não está me ouvindo...

— Spider!

Ao som da voz aguda de Sloane, ele olha para ela e corre até nós.

— Pois não?

Sloane faz um gesto para mim.

— Minha irmã está me dizendo que um homem a abordou no banheiro do restaurante. Você pode nos dizer o que você viu?

Ele olha para mim, franzindo as sobrancelhas.

— Um homem? No banheiro feminino?

— Você estava lá com ela, certo?

Spider parece confuso, e eu começo a ficar desesperada.

— Correto. Eu fiquei com ela o tempo todo. Bem do lado de fora da porta.

— Você viu algum homem entrar ou sair?

— Não. Ninguém entrou nem saiu, a não ser ela.

— Quando minha irmã saiu, ela disse alguma coisa sobre algum cara lá dentro?

Spider olha para mim com uma expressão de desculpa.

— Não.

Sloane se vira para mim, com as narinas infladas e lábios apertados.

— Meu Deus, Riley. Tudo isso por uma caixinha de música? Se precisa tanto assim de dinheiro, é só pedir.

— Isso não tem nada a ver com dinheiro, Sloane!

— A brincadeira acabou. Spider, leva a minha irmã de volta para o quarto.

Todos na sala estão olhando para mim.

Fico parada ali, usando o vestidinho idiota de puta, o cabelo idiota descolorido e me sentindo extremamente envergonhada por ter sido chamada de mentirosa.

E pela minha própria irmã, a babaca que insistiu para que eu viesse visitá-la.

Para evitar que Spider me humilhasse ainda mais ao me pegar pelos pulsos e me arrastar para longe, me viro para sair dali, mantendo a cabeça erguida apesar do bolo na garganta e dos olhos marejados de lágrimas.

Juro por Deus, esta é a última vez que falarei com ela.

10

MAL

Quando retorno ao meu lugar no campanário, a casa de Declan está escura.

As únicas luzes que permanecem acesas são as do paisagismo nos jardins e abajures em três cômodos do primeiro andar.

Um deles é um quarto.

Não consigo enxergar muitos detalhes deste ângulo, mas consigo ver portas duplas com cortinas fechadas. Há um pequeno pátio privativo do lado de fora, decorado com vasos de flores desabrochando.

Um guarda armado passa pelo pátio, com o fuzil a postos.

Eles estão espalhados por toda a propriedade.

Como se isso fizesse diferença.

Não sei se Declan e sua gangue já foram dormir ou se foram para outro lugar depois que saí do restaurante, porque eu não vim direto para cá. Fiquei dirigindo pela ilha pensando. Tentando desanuviar a cabeça.

Dela.

Da magricela.

Estou com raiva de mim mesmo por tê-la assustado.

E com ainda mais raiva por me importar com o fato de tê-la assustado.

Nunca me importo de assustar as pessoas. Independentemente do gênero.

Já fui o responsável por fazer tanta gente sentir medo, por tanto tempo, que isso não significa nada para mim.

Mas o dela significou.

Odeio isso.

Quando fecho os olhos para respirar, a imagem do rosto assustado dela surge na minha mente. Por um momento, me entrego àquilo, deleitando-me com os detalhes.

O diferencial daquela garota está nos detalhes.

Ela não é alta, como a mulher de Declan. Não é exibida, curvilínea ou sexy, nem tem qualquer característica óbvia que chamaria a atenção de um homem.

A mulher é como um passarinho que parece comum à primeira vista. Porém, quando você se concentra, percebe a complexidade das penas.

O anel dourado em volta das pupilas.

As pintinhas douradas que salpicam a íris castanha.

O arco elegante das sobrancelhas.

A curvatura perfeita do lábio superior.

A forma como uma discreta protuberância no nariz faz com que os óculos fiquem ligeiramente tortos. A maneira como a luz reflete na pele sem poros, fazendo-a brilhar.

O jeito que ela olhou para minha boca, fazendo com que eu me sentisse um animal selvagem.

Abro os olhos e ela desaparece. Solto o ar, respirando com mais facilidade.

Até ela aparecer de novo, só que desta vez no pátio do quarto do primeiro andar.

Ela ainda está com ele. Não pegou o dinheiro e foi embora.

Meu coração começa a bater com tanta força que preciso segurar o fuzil com as duas mãos. Fico observando a imagem aumentada pela mira enquanto ela anda até a beirada do pátio.

A mulher pega um dos vasos de flores e o lança por cima do parapeito.

O vaso cai intacto na grama do outro lado e rola por alguns metros até parar.

A magricela pega outro vaso. Desta vez, o lança contra o próprio pátio, pulando para trás para não ser atingida pelos cacos do vaso de barro quando cai sobre as pedras e se espatifa.

Então começa a andar de um lado para o outro.

Parece que está falando sozinha.

Com raiva.

A raiva também começa a tomar conta de mim, queimando-me como o sol do meio-dia nesta ilha horrenda. Não por causa do dinheiro que a entreguei. Dinheiro não significa nada para mim.

Quanto mais tempo ela permanece com ele, maior é o perigo que corre de ter de ceder aos desejos doentios de Declan.

E que merda ele fez com ela?

É bem óbvio que ela está furiosa. Será que foi ferida de alguma forma? Ele bateu nela? Ele a estuprou? Violentou-a de alguma forma que só um homem como ele seria capaz?

Posso ser um assassino com uma reputação que combina com o nível das minhas habilidades, mas um homem como Declan O'Donnell é ainda pior do que eu.

Todos que sentiram a fúria do meu fuzil fizeram por merecer. Tinham sangue nas mãos. Eram mais cruéis que lobos raivosos. Cada um deles.

Não eram inocentes.

Embora venda o próprio corpo, essa garota ainda é inocente. Ela é uma lebre, não um lobo. Vi isso em seus olhos.

É um passarinho capturado em uma armadilha para um leão.

E, se eu não fizer nada, se eu não tentar mais uma vez, ela será devorada.

Isso não é problema seu, Malek. Não é por causa dela que você está aqui. Você já tentou ajudá-la. Esqueça a magricela. Concentre-se.

Não. Não vou conseguir me concentrar até ter certeza de que ela está segura.

Qual é a porra do seu problema?

Eu não sei.

Mas tem alguma coisa. Você não é assim. Você nunca fez isso antes. O que há de errado com sua mente?

Minha mente está tomada por ela.

Abandonando minha discussão interna, eu me levanto e desço os degraus do campanário com um suspiro pesado.

Está na hora de fazer algo estúpido e perigoso de novo.

11

RILEY

Quebrar vasos de flores não é tão catártico quanto eu esperava.

Volto para o quarto, tranco a porta que dá para o pátio interno e fecho as cortinas. Estou morrendo de fome, pois só comi um pedaço de pão e algumas balas no jantar, mas sou orgulhosa demais para usar aquela merda de interfone da casa para pedir comida.

Não quero falar com outro irlandês nunca mais na minha vida. Aquele bando de filhos da puta arrogantes.

Tudo bem, eles estão sendo legais comigo.

A verdade é que estou com muita vergonha.

Parece mais razoável morrer de fome do que enfrentar os olhares condescendentes da equipe de Declan quando trouxerem comida para a irmãzinha mentirosa de Sloane.

Não tenho a menor dúvida de que devem estar fofocando sobre isso desde que saí da sala depois do vexame.

Aqueles filhos da puta só sabem julgar.

Decido tomar um banho quente para tentar esquecer a humilhação. Não funciona, mas, pelo menos estou limpa e menos chorosa. Devoro mais uma caixa de bala e, por meio segundo, fico preocupada com minhas possíveis cáries, então resolvo passar fio dental e escovar os dentes. Depois disso, apago a luz e me deito na cama.

Devo ter pegado no sono, porque, um pouco mais tarde, desperto no meio da escuridão com o coração disparado e a sensação aterrorizante de que não estou sozinha no quarto.

Não ouço nenhum som. Não vejo nenhum movimento. Nem uma única respiração perturba o ar.

Mas sinto um cheiro distinto de floresta e uma *grande* presença.

Eu me sento, totalmente aterrorizada, agarrando o lençol contra o peito e rezando para que um dos guardas de Declan ouça meu grito antes que meu corpo seja cortado em milhões de pedacinhos.

Tremendo dos pés à cabeça, respiro fundo...

— Não grite, *malyutka*. Não vou machucá-la. Eu te dou minha palavra.

A voz é profunda, forte e hipnótica. Eu a reconheço na hora.

Ai, meu Deus do céu. É ele! É ele, é ele, é ele!

Ele está no meu quarto, e é ele!

Fico ofegante, mas parece que o ar não chega aos meus pulmões, corro o risco de desmaiar.

— Obrigado.

Ele está me agradecendo por não gritar. O que ele não sabe é que estou tentando, mas os músculos da minha garganta se recusam a cooperar. Estão congelados de medo, assim como o restante do meu corpo.

Ouço um ligeiro farfalhar à minha direita, e viro a cabeça nessa direção. Infelizmente, estou sem os óculos, então, mesmo que as luzes estivessem acesas, eu não enxergaria nada além do borrão que estou vendo agora.

Eu sabia que deveria ter feito cirurgia quando meu oftalmologista sugeriu.

— Por que você não foi embora quando eu te dei o dinheiro?

Eu estava ocupada demais tentando entender o que estava acontecendo era o que eu queria dizer.

Mas o que saiu, na verdade, estava mais para o som de uma elefanta na hora do parto. O que inclui muitos gemidos e sons abafados.

— Respire, *malyutka*. Você não corre perigo comigo.

Só o perigo dos meus ovários e a minha cabeça explodirem ao mesmo tempo, né?

Não entendo como o timbre rouco da voz dele pode ser excitante *e* assustador, mas acho que eu sempre consegui ser multitarefas.

Continuo sentada na cama, agarrada ao lençol, respirando como se estivesse em trabalho de parto, até que finalmente consigo recobrar o controle da minha laringe e das minhas cordas vocais para falar.

— O que significa essa palavra que está usando para me chamar?

Sei que não é a pergunta mais relevante no momento, mas estou sob tanta pressão que preciso me acalmar um pouco.

— *Malyutka* — diz ele, enunciando cada uma das sílabas. Seja qual for o idioma que está falando, é masculino, rígido e sexy.

Eu me odeio por amar o som.

— O que significa?

— Algo como... pequena, bebê.

Paro de sentir medo por um instante para me maravilhar com a resposta. Ele me deu um apelido?

O Gigante Bonitão e Perigoso está me chamando de *pequena*?

Pigarreio, desesperada para entender o que está acontecendo.

— Hum... ah...

— Você é prisioneira do irlandês?

— Nossa, como você adivinhou?

Tudo bem, consegui formar as palavras. E consegui usar, inclusive, meu sarcasmo ostensivo e habitual. Então não devo estar com tanto medo quanto eu achava.

Só que estou. Puta merda. Estou morrendo de medo. Eu até tentaria fugir, mas sei que minhas pernas estão paralisadas de pavor.

Eu daria um passo, cairia de cara no chão e acabaria inconsciente no processo.

— Eu posso ajudar você. — Ele baixa o tom de voz. — Eu quero te ajudar.

Detecto uma ênfase maior na palavra "quero" que faz minha pele se arrepiar por inteiro. Sinto frio, depois calor, e começo a ofegar mais uma vez.

— Eu... eu... — Frustrada comigo mesma, pigarreio e tento de novo. — Seja lá quem você for, é melhor ir embora. Aqui tem, tipo, um milhão de guardas armados até os dentes.

— Eu sei. Já os vi.

O tom dele é tranquilo. Ele parece não dar a mínima para os guardas armados.

Interessante.

Ficamos em silêncio até eu passar por uma lista inteira de perguntas inteligentes e sensatas que deveriam ser feitas naquele tipo de situação. Então, digo com animação:

— Meu nome é Riley. Como você se chama?

Alguém, por favor, atire em mim. Só atire logo e me livre desse sofrimento. Sou a vítima mais idiota de um crime violento que está prestes a acontecer.

Do borrão da escuridão, ouço um som que causa uma onda de arrepios pelo meu corpo.

É uma risada, sexy e masculina, forte e profunda.

Gostaria que ele fizesse esse som contra o meu pescoço.

Ou no meio das minhas pernas.

Ou talvez eu devesse me levantar e me atirar contra o objeto afiado mais próximo para poupar o mundo da minha estupidez incurável.

Não fico surpresa quando ele não responde à minha pergunta, então ofereço mais uma prova extraordinária da minha total falta de inteligência ao dizer:

— Seu dinheiro está em cima da cômoda.

De alguma forma, aquilo sai como se eu estivesse oferecendo o pagamento a um gigolô que acabou de me prestar serviços sexuais.

Sinto o rosto queimar.

— É por isso que você veio aqui. Para pegá-lo de volta, certo?

Quando ele não responde, insisto bem baixinho:

— Certo?

— Não estou aqui por causa do dinheiro.

Respire. Não desmaie. Pulmões, se vocês falharem agora, vou começar a fumar dez maços de cigarro por dia para me vingar de vocês.

— É muito dinheiro.

— Não para mim. Mas a quantia não importa.

Ficamos em silêncio por mais um tempo, enquanto um zumbido ecoa nos meus ouvidos e a cama inteira treme sob meu corpo até eu ter coragem suficiente para arriscar:

— Se você não está aqui para pegar seu dinheiro de volta nem para... — engulo em seco — ... me machucar... então, por que está aqui?

Ele demora para responder. Sinto que está refletindo, pensando em uma resposta.

— Eu não sei — responde, finalmente.

O homem parece desconcertado. Não como se estivesse fazendo algum tipo de jogo, mas como se realmente não tivesse a menor ideia do motivo de estar no meu quarto no meio da noite.

Sua reação me faz relaxar.

Quer dizer, assassinos em série costumam saber por que invadem o quarto de uma vítima, né?

Decido que gostaria de ver a expressão no rosto dele e estendo a mão para a mesinha de cabeceira onde estão meus óculos. Meu movimento repentino, porém, o faz reagir. Tudo acontece tão rápido que mal tenho tempo de piscar.

Ele agarra meu pulso com a mão imensa e rosna.

— Nem se atreva a atirar em mim. Só vai conseguir me deixar muito irritado se fizer isso.

Ao lado da cama, a figura paira sobre mim como um campo de força exalando calor e tensão, tão próximo que consigo sentir a respiração quente roçando minha orelha.

— Eu só ia pegar meus óculos! — exclamo em pânico. — Não tenho uma arma!

Depois de um tempo, suas mãos afrouxam e ele acaba soltando totalmente meu pulso. Então se afasta, mas se mantém perto o suficiente da cama para que eu consiga enxergar a silhueta dele.

Tateio a mesa de cabeceira em busca dos óculos e os coloco antes de olhar para ele. Ainda estou morrendo de medo.

A altura dele o torna ainda mais assustador. Deste ângulo, sinto que estou esticando o pescoço para olhar para um arranha-céu. Só que é tão alto, que não consigo ver o último andar. Seu rosto está envolto em escuridão.

Ele, então, dobra as pernas enormes e se ajoelha ao lado da cama, e seu rosto aparece no meu campo de visão.

Mesmo na penumbra, vejo a intensidade dos olhos verde-claros.

Percebo como eles me analisam.

Como queimam.

Emito um som baixo, como uma ovelha assustada. É involuntário, e me odeio por ser tão medrosa. A reação dele parece involuntária também.

Ele faz um psiu baixinho e acaricia o meu rosto, soltando um fluxo de palavras ditas em tom suave:

— *Ty v bezovasnoshti so mnoy, malyutka. Ya ne prichinu tebe vreda.*

Russo. Ele está falando em russo.

Reconheço quase sem saber como e por pouco não caio da cama.

Recapitulando: um russo imenso e bonito invadiu meu quarto. No banheiro de um restaurante, ele me deu cem mil dólares e me disse que eu tinha olhos lindos. Ele consegue aparecer e desaparecer como fumaça e tem cheiro de floresta antiga e sua voz, seu corpo e seu rosto me fazem desejar que ele faça coisas obscenas comigo.

Ele acha que sou uma prisioneira. E uma prostituta.

Definitivamente não sabe nada sobre essa situação.

Além disso, ainda está acariciando meu rosto. Espero que continue fazendo isso para sempre.

— Acho você poderia dizer seu nome agora. Preciso saber como devo chamá-lo — digo com a voz trêmula.

Ajoelhado e com uma das mãos tatuadas apoiada nas coxas fortes enquanto a outra se mantém no meu rosto, ele me lança um olhar tão profundo que seria capaz de enxergar o fundo da minha alma.

— Você pode inventar um se quiser. Ou eu posso inventar um, se você preferir. É que ficar te chamando de Gigante Bonitão e Perigoso na minha cabeça é longo demais. Acaba demorando muito, sabe?

Como se estivesse me hipnotizando, o polegar dele acaricia o meu rosto de forma lenta e suave.

— Riley.

Ignorando o fato de eu ter pedido a ele que me dissesse seu nome, ele experimenta dizer o meu. Ele o repete, ainda mais suavemente do que da primeira vez. Pisca, franze o cenho e balança um pouco a cabeça. Percebo que não consegue entender o que está acontecendo.

Eu também não.

— Riley Rose — digo, ofegante, sentindo-me como se eu tivesse sido eletrocutada. De repente consciente de cada batida do meu coração e do sangue correndo pelas minhas veias.

Por que não estou gritando pelos guarda-costas? Assim que me faço essa pergunta, sei a resposta: não quero que eles nos interrompam.

Olhando para mim como se estivesse presenciando o nascer do sol pela primeira vez, ele passa o dedo com cuidado no meu lábio superior. Então sussurra rispidamente:

— Você é feita de material nobre, Riley Rose.

Jesus amado e a porra de todos os pinguins amarelos do universo, esse homem não existe.

Sentindo que ele me contaria qualquer coisa que eu quisesse saber agora, insisto:

— Qual é o seu nome?

Quando ele umedece os lábios com a língua, acho que vou desmaiar.

— Malek.

Malek. Como Alek, só que muito mais sexy.

— Por que você está no meu quarto, Malek? O que você quer de mim?

— Nada — responde de imediato.

Seus olhos me contam uma história diferente.

Nossos olhares se encontram. Minha pele incendeia. Meu coração, minha cabeça e minhas partes íntimas entram em combustão.

Ouço uma voz através da porta.

— Moça, está tudo bem aí? Acho que ouvi vozes.

Spider.

Puta merda! Spider!

Eu me viro para a porta e digo:

— Está tudo bem. Obrigada. Boa noite.

Quando me viro para Malek, ele se foi. As cortinas diante das portas duplas se ondulam um pouco antes de voltarem a imobilidade.

Eu me sento e as observo, surpresa.

Ele é um fantasma. Ou um vampiro. Ou um alienígena que consegue atravessar a matéria sólida.

Ou talvez seja produto da minha imaginação hiperativa, o que faria muito mais sentido.

Com um tom de voz irritado que sugere que ele talvez usasse a força física se eu não o obedecesse, Spider diz:

— Abre logo a porta, moça.

Eu demoro um pouco para me recompor, jogo as cobertas para o lado e caminho descalça até a porta. Abro-a e apoio o ombro no batente, apertando os olhos contra a claridade do corredor.

Tenso e desconfiado, Spider espia o meu quarto.

— Com quem você estava falando?

Em vez de responder, mudo de assunto.

— Por que você está na porta do meu quarto? Está me espionando, por acaso?

A tática funciona. Ele fica vermelho e desvia o olhar.

— Não, moça. É só que... hum... eu queria ver como você está. Me certificar de que está segura — responde, parecendo constrangido.

— E por que eu não estaria? Aconteceu alguma coisa?

Ele olha para mim e nega com a cabeça, mas sinto uma hesitação.

— Fala logo. O que foi?

Spider passa a mão no cabelo, olha para o chão e passa o dedo sob o colarinho da camisa.

— O que aconteceu mais cedo?

Ele está se referindo ao momento que tentei contar para Sloane sobre ter encontrado Malek no banheiro feminino do restaurante. Quando minha irmã me humilhou na frente de todo mundo ao me chamar de mentirosa.

Sentindo o calor subir pelo pescoço, respondo em tom rígido:

— Não quero falar sobre isso, obrigada.

Spider me olha com uma expressão estranha. Sua voz sai abafada.

— Você disse "ele".

— Oi?

— Quando você abriu a porta do banheiro e me perguntou se eu vi alguém sair. Você primeiro se referiu à pessoa como "ele". E parecia confusa.

Meu coração dispara.

— E o que você quer dizer com isso?

Spider olha para mim, a mandíbula cerrada.

— Havia um homem no banheiro com você, moça?

— Você acreditaria em mim se eu dissesse que sim?

Ele pensa por um momento e então assente.

Não sei por quê, mas sua resposta me dá vontade de chorar. Sinto um aperto no peito e desvio o olhar, piscando.

— Obrigada, mas isso não importa mais.

— Claro que importa, moça — diz Spider, suavemente. Depois de um momento, pede: — Olha para mim.

— Não consigo. Estou ocupada demais tentando fingir que não estou chateada para que você não pense que sou louca.

— Não acho que você é louca. Só que é orgulhosa o suficiente para não confiar mais em mim porque precisei dizer a verdade para sua irmã sobre o que eu vi.

— Não. Eu entendo. Você só estava fazendo o seu trabalho.

Spider não parece satisfeito com a minha resposta e começa a alternar o peso dos pés e a passar a mão no cabelo. Ele solta o ar e aperta a própria nuca. Então balança a cabeça como se tivesse acabado de tomar algum tipo de decisão.

Depois de pigarrear, ele diz:

— Vou deixar você dormir. Desculpa o incômodo.

Depois se vira e segue pelo corredor, resmungando em gaélico.

Volto para a cama e fico acordada por um longo tempo. Quando finalmente consigo dormir, é um sono agitado e sem sonhos, e acordo várias vezes sentindo o cheiro de seiva de cedro e pinhos, de neblina contra troncos de árvores antigas e bosques iluminados pelo luar.

Ao acordar de manhã, uma rosa branca de caule longo descansa no travesseiro ao lado da minha cabeça.

12

RILEY

Nos dois dias seguintes, nada acontece. Não recebo visitantes misteriosos no meio da noite, nenhum outro chefe da máfia de cabeça decepada reaparece vivinho da silva em um armazém incendiado, e ninguém me presenteia com um envelope cheio de notas de cem em um banheiro para tentar me fazer abandonar a vida fácil e recomeçar do zero.

Fico trancada no meu quarto tentando trabalhar e não pensar em Malek. Tenho mais sucesso na primeira tarefa do que na segunda.

No terceiro dia, pergunto a Spider se ele me levaria à cidade para eu trabalhar em um café. Não aguento mais passar nem um minuto dentro daquele grande aquário solitário que é o quarto de hóspedes, respirando e desejando sentir mais uma vez o cheiro de pinhos.

A resposta imediata de Spider é um "não" bem firme.

Ele me flagrou na cozinha, para onde eu costumava me esgueirar tarde da noite com a intenção de assaltar a geladeira. Minha esperança era não esbarrar em ninguém da equipe de funcionários e precisar lidar com o escárnio constrangedor.

Na minha cabeça, depois que Declan e Sloane partiram, criei uma série de dez temporadas da Netflix sobre tudo que os guarda-costas irlandeses deveriam estar dizendo pelas minhas costas.

É feio. Mesmo que apenas dois por cento do que eu imaginei seja verdade, jamais vou conseguir encará-los outra vez.

Não sou uma pessoa ansiosa por natureza, mas é bem fácil me deixar muito abalada. Até mesmo um erro bobo me faz morrer de vergonha se eu o cometer em público.

— Por favor. — Eu me esforço para parecer cativante e irresistível. — Preciso sair um pouco daqui. É tranquilo demais. Estou ficando louca. Preciso de um pouco de barulho e pessoas conversando ao meu redor para conseguir me concentrar.

Spider me lança um olhar sério.

— Recebi ordens para que você fique aqui, moça.

— Ordens. Claro. — Faço uma pausa, contraio os lábios e fico observando a aparência rígida em busca de rachaduras.

Ele repete enfaticamente:

— *Não*.

— O quê? Você nem sabe o que eu ia dizer.

— O que quer que fosse, tenho certeza de que envolve algo que eu não deveria fazer.

— Eu nunca pediria para você fazer algo que pudesse te prejudicar.

Quando ele fica parado ali, me olhando de cima com os braços cruzados, falo a verdade:

— Tá legal, eu provavelmente pediria, mas, se te causasse problema, eu juro que ia me sentir muito mal. E se nós apenas saíssemos para dar uma voltinha no quarteirão com o rádio ligado? Tenho certeza de que temos permissão para fazer *isso*.

Spider ri e meneia a cabeça.

— Você se parece tanto com a sua irmã.

— Fala isso de novo e eu vou ser obrigada a dar um tapão nessa sua cabeçona.

Ele finge estar ofendido.

— Minha cabeça não é grande!

Eu rio.

— Claro que é. Tão grande quanto todo o resto.

Ele olha para mim, levantando as sobrancelhas devagar.

Meu rosto decide que é um bom momento para ficar vermelho como um pimentão.

— Eu não estava me referindo a isso.

— Não? Então o resto de mim é pequeno?

Esse babaca está implicando comigo. Hora de mudar de assunto.

— Que tal a biblioteca? Tenho certeza de que Declan concordaria que a biblioteca é um lugar seguro, né?

— Nós não vamos sair.

— Tá. Se você não vai me ajudar, eu vou fugir. Tenho certeza de que isso não vai te causar *nenhum* problema.

Eu não estou falando sério. Só fazendo um draminha porque não consegui o que quero. Eu me viro e saio da cozinha com um prato de asa de frango que encontrei na geladeira.

Dez minutos depois, Spider bate na porta do meu quarto.

— Pois não?

Ele enfia a cabeça por uma fresta.

— Tá legal, moça. Vamos.

Sentada de pernas cruzadas no chão, eu o encaro.

— Sério?

— Afirmativo.

Mastigo uma asinha enquanto penso no assunto e faço que não com a cabeça.

— É muito gentil da sua parte, mas eu estava blefando quando disse que ia fugir. E realmente não quero causar problemas pra você.

Spider ri.

— Não vai ter problema. Eu tive permissão para levá-la pra dar uma volta.

— Permissão do Declan?

— Correto. — O sorriso dele é tão grande que quase ofusca os meus olhos. — Se tem alguém que sabe como as mulheres Keller são capazes de tirar um homem do sério quando querem algo, esse alguém é ele.

Abandono o prato de asas de frango e resmungo:

— É, aposto que ele sabe mesmo.

Eu me levanto e pego as minhas coisas.

Dez minutos depois, saímos pelos portões de ferro e eu entro no modo interrogatório total. Parece que a liberdade me torna mais falante.

— Então, há quanto tempo você trabalha para Declan?
— Há um tempão.
— É um trabalho difícil?
— Depende do que você chama de difícil.
— Você tem que matar pessoas?

Ele me lança um olhar de esguelha que com certeza significa *claro*.

— Ah, uau.

Reflito por um instante sobre o quão complicado deve ser ter que lidar com isso, mas depois deixo para lá, afinal não tem nada que eu possa fazer sobre o assunto.

Não perco tempo com coisas que não tem solução.

— Você sempre quis ser mafioso quando era criança? E sem rodeios, por favor. Quero saber os detalhes agora.

Dá para perceber que Spider está se controlando para não rir.

— Sem rodeios?
— Isso, nada de tentar me enrolar.
— Eu sei o que significa, moça. Mas às vezes eu me divirto com suas escolhas de palavras.
— Ah, eu gosto brincar com as palavras. Tem algum problema? — retruco, ofendida.
— Ah, não precisa ficar chateada. Qual é a sua palavra preferida?

A pergunta me pega de surpresa. Fico refletindo enquanto passamos por mais propriedades imensas, protegidas por portões fechados e cercas vivas imensas. Parece que as Bermudas são habitadas apenas por ricos paranoicos.

— Serendipidade.
— Serendipidade?
— Sim, ela tem um som legal e gosto do significado.

Spider assente.

— Um feliz acidente.

E aqui estava eu, pensando que ele era só mais um rostinho bonito.

— Isso, exatamente. Também gosto da palavra "melífluo" porque quando você a usa em uma frase, as pessoas pensam que você é superinteligente. E é bonita. Me-lí-fluo. Parece até um feitiço. Aliás, era isso que eu queria ser quando pequena. Uma bruxa. Meu Deus, seria demais poder amaldiçoar pessoas, não acha? E voar. Só que eu não ia querer voar em uma vassoura. Montar em uma vassoura deve ser muito desconfortável.

Spider cobre a boca com a mão. Ele está tentando não rir.

— Ei! Estou sendo sincera. Você poderia pelo menos ser educado e manter a compostura.

— É para as bruxas voarem na vassoura sentadas de lado, moça. Não com ela enfiada no meio das pernas.

Reviro os olhos.

— Sinto muito por não saber a maneira adequada de voar em uma vassoura. Acho que faltei essa aula em Hogwarts.

Spider não para de rir, claramente se divertindo. Me pergunto qual foi a última vez que ele se divertiu de verdade. O trabalho provavelmente não lhe dá muitas oportunidades para isso.

Olhando para o perfil sorridente, de repente pergunto:

— Eles vão ficar bem?

Spider sabe de quem estou falando.

— Declan é um homem muito inteligente, moça. Inteligente e poderoso. Ele não vai deixar nada de ruim acontecer com a sua irmã — responde com gentileza.

— E quanto a ele? Aposto que tem um monte de caras querendo acabar com a raça dele, né?

— Correto. Mas ele já está nesse jogo há muito, muito tempo. Conhece todos os truques da cartilha, mesmo os que ainda não foram escritos. Mais de vinte anos nessa vida, e ele ainda está de pé. E vai continuar de pé por mais vinte, guarde o que estou dizendo.

É evidente que Spider sente muito orgulho do chefe. A confiança que ele deposita em Declan parece inabalável, e isso me faz respirar aliviada. Mas também sei que ninguém é invencível.

Não importa o quanto você seja inteligente, sempre existe alguém mais esperto. Até mesmo os castelos com muros mais altos e mais seguros podem ser invadidos.

Prova do meu argumento: Malek.

Ele entrou e saiu sem ser visto por nenhum dos seguranças de Declan. Eu tranquei a porta que dá para o pátio e o cara, de alguma forma, conseguiu abri-la por fora. Não ouvi ninguém falar sobre alarmes de segurança ou perímetros invadidos, mas ele apareceu no meu quarto como um fantasma, onde, tranquilamente, podia ter me matado.

Mas não matou.

Malek me chamou de pequena e deixou uma rosa branca no meu travesseiro.

Ainda não decidi o que fazer se o encontrar de novo.

Não sou ingênua. Sei que ele é perigoso. Sua colônia cheira a violência. Confiar em homens como ele faz com que mulheres como eu sejam mortas.

Mas existe algo nele que me atrai de um jeito irresistível. Uma força poderosa, como a gravidade. Quando Malek se ajoelhou ao lado da minha cama e tocou o meu rosto com a mão grande e áspera, meu coração desabrochou como uma flor.

Claramente, tenho o mesmo cérebro que Deus deu a uma pulga.

— Declan disse alguma coisa sobre a situação dele com o ex-chefe quando vocês conversaram sobre me levar para um passeio?

— Foi uma mensagem de texto.

— Ah.

— Mas conversamos ontem à noite.

Percebo na voz de Spider que há mais informações. Eu me empertigo no banco e o encaro, curiosa.

— E o que ele disse?

— Resumindo para evitar entrar nos detalhes sangrentos, Diego está com amnésia. Não consegue se lembrar de nada que aconteceu.

Eu arfo.

— Fala sério!

— Pois é. Eles o visitaram no hospital. O pobre do cara nem mesmo reconheceu o Declan. Não sabe o próprio nome e não faz a mínima ideia de onde está.

— Que horror!

Spider emite um som, concordando.

— As coisas estão bem confusas.

Examino o rosto dele.

— Parece que é mais do que amnésia.

Com a expressão séria, ele olha para mim.

— Quando Declan pensou que Diego estava morto... vamos dizer que ele não recebeu a notícia e ficou sentado sem fazer nada.

— Eita. Parece que rolaram umas mortes.

— Exatamente. No nosso ramo, é normal que haja retaliação quando um chefe é assassinado. Mas, com Diego vivo, algumas decisões que Declan tomou talvez tenham sido desnecessárias. E o fato de ele não conseguir se lembrar de quem o sequestrou e o prendeu, só piorou ainda mais a situação.

— Mas o Declan tem uma desculpa. Ele realmente achou que Diego estava morto. Havia um corpo e tudo!

Spider dá uma risada sombria.

— Diga isso para as outras famílias.

— Uau. Estou feliz por você conseguir manter a calma em relação a isso. Acho que estou tendo um ataque cardíaco.

Ele encolhe os ombros.

— É a vida. Nunca vivemos em calmaria. Esquivar-se da morte faz um homem se manter jovem — diz, e faz uma pausa. — Por que essa cara?

— O que você acabou de dizer provavelmente é a coisa mais machona que já ouvi.

— Obrigado.

— Isso não foi bem um elogio. Ah, olha, uma livraria! Podemos dar uma passadinha lá?

Eu aponto para uma lojinha linda pela qual estamos passando. A fachada é pintada de azul. Vasos de gerânio vermelho estão alinhados diante da grande vitrine da frente. Algumas bicicletas estão paradas do lado de fora, bem ao lado de uma fileira de mesinhas. Pessoas tomam café e conversam sob o sol matinal.

— Seu desejo é uma ordem — responde Spider com um sorriso.

Ele se vira à direita e contorna o quarteirão.

— Neste caso, desejo entradas para os jogos do San Francisco 49ers.

Spider faz um som de vômito.

— *Eca*. Futebol americano.

— Qual é o problema?

— Vocês, ianques, usam muita proteção. São uns molengas. E capacete! — debocha ele. — Para proteger os cérebros de ervilha.

— Ah, já vi aonde quer chegar. Você está prestes a exaltar as virtudes másculas do rúgbi, não é?

Spider olha para mim, sorrindo, antes de estacionar em uma vaga.

— Exaltar?

Eu retruco em tom leve.

— Ah, cala a boca.

Assim que Spider desliga o motor do veículo, abro a porta e desço, pegando meu notebook. Quando me viro, ele está parado diante de mim.

Com expressão de raiva.

Fico sem reação e pergunto:

— O que houve?

— Você deveria esperar eu abrir a porta para você e ajudá-la a sair do carro — responde em tom cortante.

— Por quê? Por acaso eu tenho cara de quem não consegue descer de um carro sozinha?

— Não, porque eu sou homem e você é mulher.

Quando fico ali parada encarando-o com a testa franzida, acrescenta:

— Além disso, estou trabalhando. Esse é o meu trabalho.

— Você deveria ter começado com isso.

— Por quê?

— Porque aí eu não ficaria sabendo sobre seu pensamento antiquado e inflexível em relação aos papéis de gênero.

Ele ri.

— Eu *tenho* pensamentos antiquados e inflexíveis sobre o papel de cada gênero. Mas acredite quando digo que todas eles te beneficiam. Agora, você vai me deixar abrir a porta da porcaria da livraria para você, ou o seu ego feminista vai insistir em uma queda de braço para decidir isso?

Ergo o queixo e fungo.

— Eu não entraria em uma queda de braço com você.

Eu estava tentando ser esnobe e indiferente, mas ele aproveita a oportunidade para usar a minha recusa e enfatizar o ponto de vista dele.

— Claro que não entraria. *Você perderia*. Sabe por quê?

Sabendo onde aquilo ia chegar, solto o ar com força e reviro os olhos.

— Porque você é mais forte que eu.

— Exatamente. E isso porque...?
— Porque você é homem e eu sou mulher.
— Correto.
— Meu Deus, você é um pé no saco.
— Você não é a primeira mulher a dizer isso.
— Estou chocada.

Spider sorri, fecha a porta do carona e me guia até a loja com a mão nas minhas costas.

As conversas nas mesas param quando passamos. Uma das mulheres encara Spider tão boquiaberta que preciso me controlar para não rir.

Lá dentro, andamos pelo espaço charmoso. Logo à frente há uma pequena cafeteria com algumas mesinhas em um dos lados; e em frente, o caixa para pagamento. Atrás de tudo, há fileiras e mais fileiras de estantes de livros que se estendem até os fundos da loja.

É um paraíso para mim.

— Aceita um café, moça?
— Claro. Obrigada. Americano, sem açúcar, nem creme.

Ele faz uma careta. É engraçado ver um cara tão forte e másculo fazendo isso.

— Então, basicamente, água quente com café. Você passou muito tempo na prisão?
— *Ha*. Não vem julgar a minha escolha de bebidas com cafeína. Tudo bem se eu der uma olhada nos livros antes de nos sentarmos?
— Claro. Eu te chamo. — Spider fica sério. — Só não se afaste muito.

Ele vai para o fim da fila, atrás de um senhorzinho apoiado em uma bengala, e eu sigo pelo corredor principal até chegar à seção de viagens.

Entro naquele corredor por impulso.

É surpreendentemente grande, com uma seleção imensa, desde guias de viagem a pé por Kyoto até guias para explorar cavernas submersas na Nova Zelândia.

Os livros sobre a Rússia ficam no fim do corredor.

Eu folheio vários deles, sem saber ao certo o que estou procurando. Então um volume colorido e grande em uma das prateleiras mais altas atrai meu olhar. Está mais para fora que os outros.

Decido dar uma olhada no exemplar, coloco meu notebook no chão, pego a escada de rolagem que alguém deixou no meio do corredor e a puxo. Subo alguns degraus e estendo a mão para alcançá-lo.

Estou prestes a puxá-lo quando alguém coloca a mão sobre a minha.

É grande, máscula e coberta de tatuagens.

O braço está coberto pela manga de um sobretudo de lã.

O ar que puxo para os meus pulmões, em uma respiração forte, cheira a galhos de pinheiro.

Malek.

13

RILEY

Fico paralisada por vários minutos, encarando com olhos arregalados a mão dele em cima da minha e tentando não cair da escada por causa do choque. Então, sussurro:

— Você me seguiu até aqui?

A resposta dele é baixa e rápida:

— Segui.

— Está me vigiando?

— Estou.

Puta merda. Ele está me observando. Como? De onde?

Engulo em seco. Malek está tão perto que consigo sentir o calor emanando de seu corpo. Ele o irradia. O homem está fervendo. É um incêndio ambulante.

Fico com vontade de perguntar por que está usando um sobretudo de lã preto com o calor de vinte e sete graus que está fazendo lá fora, mas me distraio quando ele se aproxima para falar no meu ouvido.

— Venha comigo agora — pede com urgência. — Consigo despistar o guarda-costas e te tirar daqui. Podemos ir pra qualquer lugar do mundo, é só escolher. Você vai poder recomeçar do zero.

Para tudo.

Merda. Eu esqueci. Ele acha que sou a prostituta sequestrada de Declan.

Viro a cabeça para olhar para Malek e encontro os olhos verde-claros, cintilantes e incendiários.

Uau, isso vai ser superestranho.

— Hum... acho que você está enganado ao meu respeito.

Ele aperta minha mão com mais força. Depois de um segundo, diz com irritação:

— Não estou tentando te comer. Só quero salvar você.

Ouvi-lo falar em me comer faz meu rosto queimar.

Mas não sei como me sinto em relação ao resto. Não sei se deveria ficar ofendida ou lisonjeada por ele achar que ganho a vida me prostituindo, mas que aparentemente não pagaria para transar comigo.

A conversa já está estranha o suficiente sem a justificativa sobre o que acha de mim, então eu me viro na escada para que fiquemos frente à frente. Como já subi dois degraus, estamos da mesma altura. Olhando em seus olhos, percebo que Malek é ainda mais lindo de perto e na luz do dia.

Depois de um momento, consigo colocar minha língua para funcionar:

— Não, estou tentando dizer que não sou uma prostituta.

Ele respira devagar, o que, de alguma forma, faz com que fique ainda mais sexy.

— Não estou te julgando, *malyutka* — retruca ele, com gentileza.

Tudo bem, eu gosto muito quando sou chamada assim. Gosto de um jeito que não é nada razoável. Nem saudável. Mas não posso me distrair do que preciso dizer.

— Eu não sou uma profissional do sexo. E não estou dizendo isso porque estou com medo de você me julgar. Estou dizendo porque é a verdade.

Malek franze as sobrancelhas.

O fato de ele parecer não acreditar em mim me irrita.

— Tirar conclusões precipitadas por causa de um vestido é forçar muito a barra.

— Não foi só o vestido — afirma, franzindo ainda mais a testa.

— O que mais? O salto?

Ignorando a pergunta, Malek se aproxima ainda mais, exigindo saber:

— Quem é você, então? Por que está hospedada na casa de Declan? E por que me disse que era prisioneira dele?

— Não. Você primeiro. Por que está me vigiando? E o que está fazendo aqui nas Bermudas?

— Estou espionando você porque eu gosto. E talvez eu more aqui.

Tentando calar o gritinho agudo que o "porque eu gosto" disparou dentro de mim, retruco:

— Não estou vendo ninguém que mora aqui usando um sobretudo preto de lã.

— Talvez eu esteja de férias.

— Penso que um homem que vigia pessoas e distribui dinheiro como se fosse um caixa eletrônico, fora o fato de aparecer do nada em quartos trancados, está fazendo algo bem mais sério do que curtindo férias.

— Então talvez seja melhor você parar de pensar.

— Então está me dizendo que você é um dos mocinhos?

Depois de uma pausa, diz em tom sombrio:

— Não. Eu não sou o mocinho. Na verdade, Riley Rose, eu sou o pior homem que você já conheceu.

Malek olha para mim e vejo a verdade brilhando em seus olhos.

Estou suando. Meu coração está disparado. Meus joelhos começam a bater um contra o outro, e acho que ele consegue ouvir.

Apesar disso, não estou com medo.

Cheia de adrenalina, sim. Porém, no fundo, não estou com medo.

Mas já estabelecemos que sou uma idiota, então isso não deve ser nenhuma novidade.

— Mas você não é um perigo para mim — digo ofegante.

— Não, não para você.

O jeito que ele diz "você" confirma minhas desconfianças.

Malek não é um perigo para mim, mas *é* um perigo para outras pessoas.

Pessoas, por exemplo, como meu futuro cunhado, o chefe da máfia irlandesa.

Fecho os olhos e umedeço os lábios. Quando os abro, Malek está com o olhar fixo na minha boca.

— Declan — sussurro.

Ele ergue o olhar para mim e não diz nada.

— É por isso que você está aqui, não é? Você veio por causa do Declan. Mas então você me viu e resolveu tentar me ajudar antes de matá-lo.

A expressão no rosto dele é inescrutável, mas não deixa dúvidas: eu estou certa.

Vou seguindo a trilha de migalhas, apressando-me em tirar conclusões ainda mais absurdas do que quando ele achou que eu era uma prostituta, e estou certa.

Começo a tremer e peço:

— Por favor, não o mate.

— Você não sabe o que está me pedindo. E por que se importa se ele vai viver ou morrer? *Quem é você?* — pergunta, veemente.

— Eu sou a futura cunhada dele.

A reação de Malek demonstra tanta surpresa que parece até que eu lhe dei um tapa no rosto.

O estranho abre as narinas. As pupilas se dilatam. Ele se afasta de forma abrupta, como se estivesse se esquivando de uma cobra, e me olha com expressão cheia de nojo.

Um homem chama:

— Riley?

É Spider.

Pelo som da voz dele, sei que está perto. Vai passar pelo corredor a qualquer momento. E, quando fizer isso, só existem dois cenários possíveis: ele vai atirar em Malek ou Malek vai atirar nele.

O pensamento me faz perder completamente o juízo.

Eu pulo da escada pego meu notebook no chão e me viro para Malek.

— Estou implorando, por favor, não machuque Declan. Sei que você conseguiria se tentasse, e isso vai destruir a minha irmã. Eu nunca conseguiria viver comigo mesma se isso acontecesse.

Eu me viro e começo a correr bem a tempo de me encontrar com Spider.

Ele para, segurando um copo de café em cada mão, e olha para mim com desconfiança.

— Por que a pressa?

— Precisamos sair daqui. Agora.

Passo por ele, andando rápido, sem olhar para trás. Em segundos, Spider está ao meu lado.

Como eu sabia que estaria.

— O que aconteceu, moça?

— Explico no carro.

Passo pela porta da frente da livraria e sigo direto para o SUV, apertando o notebook contra o peito como se fosse um escudo. Seguindo-me de perto, Spider joga os copos de café na calçada e corre para me alcançar e abrir a porta do carona. Eu entro e ele bate a porta, contorna o carro correndo e se senta diante do volante.

O carro arranca cantando os pneus.

Enquanto estamos virando uma curva à toda velocidade, Spider ordena:

— Desembucha.

— Um homem me seguiu até a livraria. O mesmo homem que estava no banheiro do restaurante na outra noite. Ele está aqui para matar Declan.

Spider absorve tudo de uma vez e acelera ainda mais, olhando pelo espelho retrovisor. Então eu digo:

— Ele é russo e se chama Malek.

Ao ouvir isso, Spider quase sai da rua e sobe na calçada.

— Jesus, Maria e José! *Malek?* — indaga, desviando-se por pouco de um poste.

Imagino que os dois se conheçam.

— Que inferno, Riley! Ele machucou você?

— Não. Por favor, não me diga que você vai dar a volta para ir até lá tentar matá-lo.

— Como se isso fosse possível! O filho da puta é a porra de um fantasma! Ele teria minha cabeça empalada antes de eu saber o que me atingiu. — Spider para de gritar e olha para mim. — Por que você não quer que eu o mate?

Uma ótima pergunta, na verdade. Busco uma resposta razoável na minha mente.

— Não quero ver ninguém sendo assassinado, tá legal?

Aquilo deve ter soado sensato, porque Spider volta a atenção para a rua de novo. Está tenso e nervoso.

— Me fala o que ele disse. No restaurante e agora. Não omita nada. É importante.

Eu me esforço para contar tudo que me lembro. Quando termino, Spider está horrorizado.

— Meu Deus. *Ele entrou na casa?*

— Entrou.

— Ele poderia ter te matado, moça. Estrangulado você enquanto dormia.

— Obrigada por dizer isso. Mas ele não me machucou. E eu acreditei quando disse que não me machucaria — respondo secamente.

— Isso é burrice.

Sua indignação me deixa na defensiva.

— Burrice ou não, ele foi um doce de pessoa, na verdade.

Spider quase perde o controle do carro de novo.

— *Doce?* O homem é a porra de um assassino! Ele é o filho da puta mais cruel que existe.

Decido que não é um bom momento para dizer que Spider também é um doce e que também precisa matar pessoas como parte de seu trabalho.

— Então você conhece ele?

Passando a mão pelo cabelo, Spider arfa de frustração.

— Ninguém conhece ele de fato. Ele é como o bicho-papão: um pesadelo que só existe pela reputação. É o braço direito do rei da Bratva de Moscou, e o principal motivo de o homem ter conseguido poder. Malek é muito talentoso em remover obstáculos.

E por "obstáculos", quer dizer "inimigos".

O homem que tentou me resgatar de uma vida de prostituição e que segurou o meu rosto com tanto carinho, como se eu fosse de porcelana, é um assassino russo com uma reputação tão aterrorizante que faz assassinos "comuns", como Spider, tremerem de medo.

Cubro o rosto com as mãos e gemo. Isso faz Spider se assustar.

— O que foi? — grita ele.

Ah, nada. Só percebi que estou sentindo atração por um assassino que consegue atravessar portas trancadas e faz o Exterminador do Futuro parecer a Britney Spears. Esse tipo de coisa sempre acontece comigo. Nada para ver aqui. Nada de mais.

— Moça!

— Por favor, para de gritar comigo. Estou tendo um pequeno ataque de nervos aqui. É só isso. Na semana passada, eu estava vivendo uma vida boa e tranquila no meu bom e tranquilo apartamento em São Francisco. Desde então, descobri que minha irmã vai se casar com o chefe da máfia irlandesa e que eu chamei a atenção de um famoso assassino russo, que tem como hobby vigiar pessoas, aparecer do nada e fazer suposições extremamente incorretas com base na roupa das pessoas e distribuir uma quantia absurda para estranhas no banheiro. Ele também tem a missão de matar meu futuro cunhado. Foram dias bem agitados, eu diria.

Spider bufa com força e resmunga um monte de palavrões e xingamentos. Então vira o carro abruptamente para uma estrada de duas faixas e pega uma autoestrada.

Não está nos levando de volta para casa.

— Para onde estamos indo?

— Para o aeroporto.

— Por quê?

Ele olha para mim. O maxilar está contraído, e o olhar, implacável.

— Quando o Carrasco descobre onde você mora, você desaparece antes que ele possa fazer uma visita. — Com um xingamento, Spider se corrige: — *Outra* visita.

O guarda-costas afunda o pé no acelerador. Parece que estamos voando pela estrada. Ele pega o celular e faz uma série de ligações, falando tensamente em gaélico em cada uma delas.

Enquanto isso, eu me encolho no banco do carona, repassando tudo que aconteceu na minha cabeça.

Principalmente o apelido de Malek: "Carrasco."

Eu me esforço para não imaginar como ele o conseguiu.

14

MAL

A toda velocidade, eles chegam ao aeroporto cantando pneu até o carro parar no lado de fora de um hangar.

O guarda-costas louro com a tatuagem de teia de aranha no pescoço tira Riley do carro e, segurando sua mão, a arrasta pela pista.

Eles desaparecem no hangar.

Dez minutos depois, as portas se abrem, exibindo um grande jatinho particular branco, cujos motores logo começam a roncar.

Não me surpreende que tenham encontrado um piloto tão rápido. O chefe da máfia irlandesa é um homem poderoso.

Não que esse poder seja capaz de protegê-lo.

Nada na face da Terra será capaz de protegê-lo agora.

Cerrando os dentes, observo de longe enquanto o jatinho entra na pista e vira em direção à pista principal, esperando pela autorização para decolar.

Observo ele alçar voo, brilhando sob o sol enquanto ganha altitude. Enquanto vai diminuindo até não ser nada além de um pontinho contra o vasto mar de azul.

Durante todo o tempo, eu me obrigo a respirar fundo para controlar a raiva furiosa que queima meu peito.

A última vez que senti tamanha fúria foi quando soube da morte de Mikhail.

Isso é quase pior. O choque vem acompanhado de uma sensação profunda de traição.

A magricela que eu queria ajudar é a cunhada de Declan.

Não uma prostituta.

Não uma vítima.

Sua cunhada.

Sua família.

Pensar nos meus próximos passos faz com que eu me sinta melhor.

Suponho que isso poderia ser chamado de justiça poética. Ou serendipidade, uma palavra da qual sempre gostei. Seja lá o nome, o resultado vai ser o mesmo.

Declan O'Donnell tirou algo de mim.

É a minha vez de tirar algo dele.

Olhando para a pista vazia, penso no número da cauda que memorizei assim que o jatinho começou a taxiar.

15

RILEY

Está caindo uma chuva torrencial assim que chegamos a Boston. O tempo está tão ruim que, até termos autorização para aterrissar, o jatinho fica dando voltas por uma hora. E no momento em que finalmente começamos a descer, a aeronave dá um solavanco tão forte que acabo mordendo o lábio com muita força, fazendo-o sangrar.

Tento não interpretar isso como um mau presságio.

No entanto, de repente, tudo parece um mau presságio. Desde o momento que decolamos nas Bermudas, estou com uma sensação de que algo vai dar errado.

A turbulência brutal durante o voo não ajudou em nada. Nem o bando de gansos que assassinamos durante o pouso em Boston. Quando olhei pela janela, só se via uma chuva de penas e partes sangrentas de pássaros voando. Nesse momento, segurei firme os braços do meu assento até estarmos em terra firme.

Agora que estamos aqui, Spider me puxa com tanta impaciência pelo corredor em direção à porta de desembarque que seria mais fácil se ele me pegasse no colo e me carregasse para fora.

— Bora, moça — pede ele atrás de mim, empurrando-me com uma das mãos no meio das minhas costas.

— Não consigo ir mais rápido do que isso.

Ele me dá um empurrãozinho.

— Faz um esforço.

O fato de Spider estar tão nervoso faz com que *eu* fique ainda mais nervosa. E olha que ele está armado!

Lá fora, outro SUV preto nos aguarda na pista com o motor ligado. Spider joga o paletó em cima da minha cabeça para me proteger da chuva e me segue pela escada bem de perto.

Ele me coloca no carro, entra atrás de mim e bate a porta, tudo na velocidade da luz.

— Kieran. Que bom te ver, cara — diz Spider, fazendo um gesto de cabeça para o grandalhão diante do volante que está usando um terno preto idêntico ao dele.

O grandalhão assente.

— Spider. Como tá?

— Tenso. Tá por dentro?

— Afirmativo. — Ele meneia a cabeça. — Declan quase arrancou a calça pela cabeça quando recebeu sua ligação.

Spider pragueja.

— Eu imagino. Osso duro mesmo.

— Nem diga.

Pelo espelho retrovisor, Kieran olha para mim enquanto tiro o casaco que cobre minha cabeça e o coloco em volta dos ombros, tremendo de frio.

— Oi, moça — diz ele.

— Oi, Kieran. Eu sou a Riley. Não faço a menor ideia do que vocês estão falando, mas já deu para perceber que as coisas não estão nada boas.

— É — responde ele, assentindo. — Mas não se preocupe. Tudo vai melhorar agora que não precisa passar todo o seu tempo com esse pentelho.

Ele faz outro gesto com o queixo na direção de Spider, que responde alguma coisa em gaélico que parece um xingamento.

Os dois riem e saímos a toda velocidade do aeroporto como se estivéssemos sendo perseguidos por um exército de demônios.

Seguimos em silêncio por dez minutos até Kieran pegar uma saída da rodovia principal. Estamos em uma área industrial não muito longe do aeroporto. Grandes armazéns se alinham nos dois lados da rua. Passamos por dezenas deles, até diminuirmos a velocidade diante de uma cerca com arame farpado que bloqueava toda a extensão da rua.

Kieran digita um código em uma caixa preta acoplada a uma barra de metal no acostamento. Em um instante, o portão se abre permitindo a nossa entrada.

Bem na nossa frente está uma construção de quatro andares de tijolos vermelhos. Não há janelas no térreo. As janelas dos andares superiores são protegidas por barras e têm insulfilm. Uma fumaça sai de três chaminés de cimento no telhado.

Parece assustador, como um crematório.

— Onde estamos? — pergunto para Spider.

— Em um esconderijo seguro.

Sem mais palavras, o que eu também acho assustador. Spider não deveria estar me assegurando que eu ficaria bem segura aqui?

Ou será que ele tem dúvidas?

Contornamos os fundos e paramos diante de uma grande porta de metal de rolar. Kieran digita um código em outra caixinha preta. No alto, em cada um dos lados da porta, há câmeras com seus olhos vermelhos acesos.

Noto uma abertura curiosa no centro da parede acima da porta. Deve ter cerca de noventa centímetros de comprimento e uns quinze centímetros de altura.

— Para que serve esse buraco?

É Kieran quem responde:

— As metralhadoras. Elas funcionam por controle remoto. Cinquenta tiros por segundo. Pressione um botão e haverá um buracão sangrento no chão onde o invasor estiver.

Ele ri quando vê minha expressão.

— Por acaso você acha que jogamos balões de água nos nossos inimigos?

— Não, não acho. — Dou um sorriso. — Embora talvez seja divertido jogá-los depois. Subir no telhado e ver quem consegue acertar mais balões dentro do buraco sangrento.

Spider me lança um olhar estranho.

— O que foi?

— Você não se assusta fácil, né?

Kieran dá uma risada.

— A mocinha é igual a irmã, então.

A próxima pessoa que disser que pareço a minha irmã vai correr o risco de perder uma das bolas.

A porta se abre, revelando o espaço interno. As paredes são de tijolo, o chão é de cimento e uma única lâmpada pende do teto.

Todo o térreo da construção está vazio.

Nós entramos com o carro e paramos no meio do espaço. Kieran estaciona o veículo. A porta de metal pela qual entramos começa a descer de novo, batendo com força no piso de concreto com um estrondo que ecoa nas paredes. Nada acontece.

Quando olho para Spider, ele diz:

— Espera.

Estou prestes a perguntar *Esperar o quê?* quando o chão embaixo de nós se move. Com um solavanco, o SUV começa a afundar. Em questão de segundos, o veículo desceu abaixo do nível da rua. Há paredes de blocos de cimento por todos os lados.

Estamos em um elevador hidráulico, descendo pelo subsolo.

— Eita — comento, profundamente impressionada. — Estou me sentindo na batcaverna.

— Nós ficamos lá embaixo — explica Spider.

— E o que tem lá em cima?

Kieran ri.

— Muita munição.

Solto o ar e pressiono a ponta dos dedos contra os olhos fechados.

— Você não tem com o que se preocupar. Nada nem ninguém consegue entrar nesta construção, a não ser que seja convidado. — Spider tenta me tranquilizar.

Aposto que ele pensava o mesmo sobre o castelo das Bermudas.

— Declan e Sloane estão aqui?

— Não. Estão em Nova York. Eles acham que é mais seguro se vocês não ficarem juntos por enquanto.

Baixo as mãos do rosto e olho para Spider.

— Mais seguro para mim ou para eles?

— Para você. Declan é quem tem um grande alvo nas costas.

Então, espero que, onde quer que eles estejam em Nova York, seja tão seguro quanto o Forte Knox. Pelo que Spider me falou sobre Malek, Declan não ficará seguro em nenhum outro lugar.

Observando-me enquanto eu penso, Spider afirma em tom suave:

— Sloane está muito triste.

— Por não ter acreditado em mim quando contei sobre o homem no restaurante?

— Correto. Declan me disse que ela está inconsolável. Que se culpa por não ter acreditado em você e também por ter falado com você daquele jeito na frente do pessoal e tudo o mais. — Ele faz uma pausa. — Eu não deveria ter te contado isso.

— Não se preocupe — resmungo em tom sombrio. — Nunca mais vou falar com a minha irmã, então não tem como ela saber o que você me disse.

Ele sorri, balançando a cabeça.

— O quê?

— Vocês duas se parecem tanto.

— Repita isso, e vou me certificar pessoalmente de que você não possa mais ter filhos.

Kieran ri.

— Você só está provando o que ele acabou de dizer.

— Ah, não. Não me diga que você é tão pé no saco quanto Spider.

Ele finge se sentir ofendido.

— Ei, eu tô bem aqui!

— Ah, calma. Eu já te chamei assim antes. Na sua cara.

— Verdade, mas você estava brincando antes.

— Estava? — retruco com acidez.

Tentando não rir, Spider morde o lábio inferior.

Nossa descida termina com outro solavanco. Kieran dirige para fora do elevador pneumático, estaciona o veículo diante de uma parede e sai do carro. Spider também sai e contorna o carro para abrir a porta para mim. Quando saio, vejo que estamos em uma pequena garagem com espaço para uns dez carros ou mais.

O nosso é o único no local.

— Por aqui — indica Kieran, segurando uma porta.

Nós três entramos por uma passagem estreita e iluminada. No fim, há outra porta. Kieran digita um código no teclado numérico da parede, e a porta destrava.

— Primeiro as damas — diz Kieran, fazendo um gesto para Spider ir na frente.

— Sua mãe tá me esperando?

— Não fala da minha mãe, seu otário, ou arrebento a sua cara.

Os insultos amigáveis terminam quando eu passo por eles e entro. Ambos protestam como se eu estivesse quebrando alguma regra antiquada, rígida e machista.

— Temos que verificar se a barra está limpa, moça! — exclama Kieran, irritado. — Você não pode simplesmente ir entrando como se fosse a porra de uma rainha!

— Espera, *o quê*? Vocês têm que verificar se o esconderijo secreto está seguro?

— Afirmativo!

— Então, por definição, ele não é seguro!

Spider começa a morder o lábio de novo. Sei que está pensando que isso é exatamente algo que minha irmã diria, então eu lanço um olhar para ele que deixa bem claro que a mocinha aqui está prestes a dar um tapa nele.

Ele levanta as mãos e se rende.

— Eu não disse nada.

— Pelo visto, é esperto.

— Espere um só um segundo aqui, moça. A gente já volta.

— Vocês podem me trazer um sanduíche quando voltar? Estou morrendo de fome. Eu não como direito desde que a gente se conheceu. Estou vivendo das balas que trouxe comigo.

Kieran parece escandalizado com a informação. Ele se volta para Spider, chocado.

— Você está tentando matar a pobre *cailín* de fome?

— É, Spider. Você está tentando me matar de fome?

Spider nos ignora e entra, meneando a cabeça.

Kieran o observa ir, com um muxoxo.

— Não se preocupe, moça. Vou fazer algo pra você comer assim que terminarmos a varredura.

— Obrigada, Kieran. Eu bem fui com a sua cara assim que te vi.

Ele estufa o peito e levanta o queixo, todo orgulhoso.

— Já me disseram que eu sou adorável.

Então sai atrás de Spider e me deixa sozinha, imaginando se fora Sloane quem dissera aquilo para ele.

Com minha sorte dos últimos dias, é bem provável.

Spider retorna cinco minutos depois, quando eu já estava prestes a me sentar no chão.

— Tudo liberado. Pode entrar.

— Podemos fazer um tour no local?

Ele parece surpreso.

— Afirmativo. Se é isso o que quer.

— É que eu nunca estive em um esconderijo secreto da máfia. Ei, tem dinheiro escondido nas paredes? Barras de ouro? Drogas?

Ele ri.

— Não.

Isso me deixa estranhamente decepcionada.

Eu o sigo para dentro do lugar, observando tudo com curiosidade. É como uma casa normal por dentro, só que com muitos quartos e nenhuma janela.

Também não vejo uma saída.

— Só tem como entrar aqui pela garagem?

Spider está me mostrando o quarto em que vou ficar hospedada.

— Existe um túnel que podemos usar em caso de emergência. Passa por baixo desse bloco e termina do outro lado do parque industrial. — Ele se vira para olhar para mim. — Por quê? Vai tentar fugir de novo?

— Não vou fugir para lugar nenhum. Só me sinto um pouco claustrofóbica por não conseguir ver o lado de fora.

— Você se acostuma depois de algumas semanas.

Ouvir isso me provoca uma onda de pânico.

— *Semanas*? Espera um pouco aí. Você está me dizendo que vou ficar presa neste bunker subterrâneo por tanto tempo assim?

Ele responde com suavidade:

— Não sou eu quem decide quanto tempo vamos ficar aqui, moça.

— Não foi isso que eu perguntei!

— A prioridade é a sua segurança. Isso pode levar alguns dias ou até semanas.

— Isso?

A expressão dele fica sombria.

— Lidar com Malek.

Pelo seu tom de voz, percebo que "lidar" com Malek não será agradável. Nem fácil.

Eu me lembro da expressão de nojo nos olhos de Malek quando eu lhe disse quem eu era, e um arrepio de medo percorre meu corpo.

Talvez Malek só tenha dito que eu não corria perigo com ele porque achava que eu era uma prostituta.

Talvez ser a futura cunhada de Declan invertesse as coisas para pior.

Eu deveria ter ficado de boca fechada, porque é bem provável que o famoso assassino russo tenha a intenção de eliminar a família inteira de Declan.

— Ah, merda — digo, arregalando os olhos.

Spider franze a testa.

— O que houve?

— Malek está atrás de Declan por algum motivo específico?

Quando o músculo do maxilar de Spider se contrai, sei que a resposta vai ser péssima. Mas eu nunca teria adivinhado a gravidade da situação.

— Sim. Declan matou o irmão de Malek.

E eu vou matar a minha irmã por ter me metido nessa presepada.

Fico ali parada, olhando para Spider, horrorizada.

Ele segura os meus ombros e diz com firmeza:

— Você está segura aqui. Não há nada ligando este lugar a Declan. Ninguém sabe da existência deste esconderijo. Você está segura, moça. Dou minha palavra.

Spider realmente acredita no que está dizendo, mas uma vozinha na minha cabeça não para de me dizer que promessas são feitas para serem quebradas.

E, algumas horas depois, a vozinha prova que estava certa.

Porque eu acordo com a mão imensa de Malek cobrindo a minha boca e seus furiosos olhos verdes me fulminando.

RILEY

— Oi de novo, passarinha. Dê um pio, e eu quebro o seu pescoço. — As palavras são ditas em um tom suave e mortal. Não resta dúvidas de que não vou ser presenteada com outra rosa branca tão cedo.

Meu coração dispara. Sinto um calafrio percorrer minha espinha. Meu corpo todo é inundado com uma sensação de pânico.

Fico totalmente imóvel, olhando para ele com o mais puro terror, convencida de que estou prestes a morrer.

Ou algo ainda pior.

Malek desliza a mão pelo meu pescoço. Quando eu ofego, ele o aperta.

— Isso — sussurra, com os olhos brilhando. — Grite, e eu vou me divertir fazendo você se calar.

Por algum motivo estranho, esse comentário me deixa mais puta do que assustada. O medo que tinha tomado conta de mim se transforma em calor.

— É agora que devo te lembrar que você me deu sua palavra de que não ia me machucar.

Meu tom é tão mordaz, que ele pisca. Mas se recupera rápido e se aproxima mais até seu nariz quase tocar o meu.

— Eu menti.

Isso só me deixa com mais raiva. Fervendo por dentro, eu o fulmino com o olhar.

— Então você é um ser humano de merda. Mentirosos são os piores. Sabe por quê? Porque são covardes. Vá em frente, pode me matar. Mas se prepare para ser assombrado pelo meu espírito por toda a eternidade. E, quando eu digo toda a eternidade, estou sendo literal. Guardo rancores com o mesmo cuidado que uma mãe tem com seu filho.

Os olhos dele parecem se iluminar. Malek infla as narinas. Ele parece não acreditar no que está vendo.

Nem eu acredito. Mas, ao que tudo indica, estar à beira da morte desperta minha ninja interior, que quer derrubar todo mundo que aparecer na sua frente.

Bufamos de raiva até ele dizer com um rosnado:

— Você fala muito pra uma coisinha tão pequena.

— E você tem um cérebro muito pequeno para um homem desse tamanho. Mesmo se você me matar, acha mesmo que vai sair vivo deste lugar?

O homem se irrita.

— Os seus guarda-costas nem sabem que estou aqui.

— Isso é o que você pensa. Eu já apertei o botão de pânico ao lado da minha cama. Você tem dez segundos antes de eles entrarem atirando para te matar.

— Não tem botão de pânico nenhum — declara ele entre os dentes.

— Acho que vamos descobrir em breve.

O assassino solta outro rosnado. Esse vem do fundo do peito. É baixo, retumbante e perigoso, como o aviso de um urso.

Malek está furioso com a minha atitude. Porém, não está me estrangulando, então acho que essa é uma boa forma de distraí-lo.

— Como foi que conseguiu entrar aqui? Isso aqui é uma fortaleza.

— Você sempre fala tanto quando está à beira da morte?

— Sim. Acho uma conversa antes de morrer algo bem relaxante. Responda à pergunta.

Ele intensifica o aperto no meu pescoço e diz:

— Você não está no comando aqui, passarinha.

Eu realmente gostaria que o cheiro dele não fosse tão bom. Ou que não fosse tão lindo. A beleza de Malek é irritante. Encaro os olhos verdes faiscantes, imaginando como é possível que minha irmã e eu tenhamos um dedo tão podre para homens.

Ainda bem que nunca conhecemos Ted Bundy. Assassinos violentos e carismáticos parecem ser o nosso fraco.

— Sei que não estou no comando. Mas estou curiosa. Você parece capaz de atravessar paredes.

— Daí meu apelido.

— O que "carrasco" tem a ver com atravessar paredes?

Ele franze a testa.

— Meu apelido é Fantasma.

— Não foi o que ouvi.

Malek faz uma pausa para pensar. A mão ainda está apertando o meu pescoço, mas o toque afrouxou um pouco.

— Carrasco?

— É. Pensei que você fosse bom atando nós.

— Não. Não faço ideia de como fazer esse tipo de nó.

— Ah.

— Mas uma vez estrangulei um homem com o próprio intestino.

— Que criativo — comento, sentindo-me meio enjoada.

— Obrigado. Também achei.

Ficamos nos olhando. Estou totalmente ciente do tamanho dele pairando sobre mim, do calor da pele dele queimando através da roupa, da sensação da mão áspera no meu pescoço.

— Acho que já se passaram bem mais de dez segundos. Cadê seus guarda-costas?

Quando eu não respondo, Malek se aproxima do meu ouvido e pergunta:

— Quem é a mentirosa agora?

Sua voz é baixa e rouca, e o cheiro amadeirado e selvagem chega ao meu nariz. Um arrepio involuntário percorre o meu corpo. Fecho os olhos e umedeço os lábios, desesperada para me recompor.

— Você está certo. Não tem nenhum botão de pânico. Mas eu ainda vou te assombrar pelo resto da vida se você me matar.

— As pessoas não voltam do túmulo.

— Você não faz ideia de como sou teimosa.

Malek vira a cabeça, e sua barba roça no meu rosto. Olhando nos meus olhos, pressiona o polegar contra o pulsar da veia no meu pescoço e fica imóvel por vários segundos.

Acho que está medindo minha frequência cardíaca.

Ou pode estar decidindo onde enterrará o meu corpo.

— Por que você não tem medo de mim?

— Eu tenho medo de você.

Malek examina minha expressão.

— Não o bastante.

— Isso fere o seu ego?

Ele balança a cabeça de um jeito que não é um *sim* nem um *não*, ficando mais para um *talvez*.

— Se isso fizer você mudar de ideia em relação a me matar, posso agir como se estivesse com muito medo. Posso até chorar.

Malek está começando a parecer frustrado.

— É disso que estou falando.

— Não consigo evitar. Realmente acreditei quando você disse que não me machucaria. — Penso por um segundo. — Quer dizer, acredito nisso a maior parte do tempo. Você é bem assustador. Muito grande. E o Spider quase se borrou de medo quando contei que te vi na livraria.

— Spider é o guarda-costas louro que estava com você?

— É. Ah… será que posso te pedir um favor? Você poderia não machucá-lo? Nem o Kieran? Ele é o outro guarda-costas. O grandão. Eles foram ótimos comigo.

Malek fica me encarando, incrédulo.

— Foi mal. É pedir muito? Acho que nunca me perdoaria se eles se machucassem por minha causa. São só duas pessoas tentando fazer o seu trabalho.

Depois de um momento, ele retruca com raiva:

— Você sabe quem eu sou. Sabe o que eu faço. Não sabe?

— Sei. Já fui informada em detalhes.

— E mesmo estando deitada aqui, com a minha mão em volta do seu pescoço, você está me pedindo para não machucar seus guarda-costas?

Malek fala isso como se questionasse a minha sanidade.

— Sei que pode soar pouco ortodoxo.

— Não — responde o homem com firmeza.

— Por favor?

— O que há de errado com você? — rosna.

— Não precisa ficar apoplético.

— *Apoplético?*

— Só estou dizendo que você não precisa ficar com raiva por causa disso.

Furioso de novo, Malek me fulmina com o olhar, contraindo o maxilar e provavelmente calculando quanta pressão será necessária para quebrar os ossinhos de passarinho do meu pescoço.

Antes que ele faça isso, eu digo:

— Também quero agradecer a você pela rosa que deixou pra mim. Foi um gesto muito bonito. Eu nunca ganhei flores de um homem. Sei que foi só uma, e que você só mandou porque achava que eu era uma prostituta em cativeiro. Mas, mesmo assim... Foi muita gentileza. Então, obrigada.

Malek me encara com uma expressão entre confusão e surpresa, com uma grande dose de desgosto.

— Talvez agora seja um bom momento para lembrá-lo de que eu sou a mesma pessoa para quem você deixou a rosa. Então, se me matar, você a estaria matando também. Só uma coisa pra você pensar.

— Você tá drogada?

— No momento, não. Por quê? Você tem alguma aí?

— Você tem algum problema mental, não tem?

Isso me faz rir.

— Ah, com certeza. Eu tenho alguns parafusos a menos. É o que meu pai costuma me dizer de qualquer forma. Mas ele é supercertinho, não tem *nenhuma* imaginação, então a opinião dele não conta. Não que esteja errado, porque ele não está, mas os normais não deviam julgar os criativos. Eles só não fazem ideia de como pensamos. Por que você está me olhando assim?

— Eu nunca conversei com uma pessoa louca antes.

— Engraçadinho.

— Estou falando sério.

— Ai.

Ficamos nos encarando em silêncio. A expressão dele transborda hostilidade, a minha, esperança.

Ainda estou viva, então as coisas estão melhorando.

— Malek?

— Hum. — Ele parece impaciente.

— Obrigada por não me matar.

— Não me agradeça ainda — afirma.

— Você ainda está decidindo?

— Só se você calar a boca.

— Nesse caso... — Faço um gesto sobre meus lábios como se eu estivesse fechando o zíper.

Malek me observa com indignação, surpresa e total descrença.

— Na verdade, antes de me calar, quero dizer que foi muito doce da sua parte tentar me salvar da prostituição. Tipo, que cavalheiro. Você é um assassino cavalheiro, do tipo que distribui fortunas em banheiros. Você é um verdadeiro mistério, sr. Fantasma. Ou prefere só Fantasma? Não sei direito como esse lance de apelido funciona, a não ser entre mim e minha irmã, mas aí não conta, porque minha família é meio estranha. Nesse caso, é melhor eu te chamar só de Malek, se não se importar. Ou Mal, para facilitar, considerando o fato de que você adora invadir meu quarto e tudo mais, acredito que podemos dizer que somos amigos. Tá. Agora vou ficar quieta.

Pressiono os lábios e o encaro, observando enquanto ele decide se é mais fácil me sufocar ou quebrar alguma coisa na minha cabeça.

Talvez Malek esteja certo em relação à loucura, porque, em vez de estar aterrorizada, eu acho a sua indecisão compreensível.

Não é o primeiro homem que tem vontade de me matar. Só é o mais capaz de levar a cabo a missão.

— Ah, e mais uma coisa...

— Eu sei um jeito de fazer você calar a boca — retruca ele. E então me beija.

17

MAL

Ela respira fundo pelo nariz, em choque. Seu corpo inteiro se contrai, paralisando por um segundo.

Até que acorda do devaneio e mostra as garrinhas ao morder minha boca. Com força.

Praguejando, eu me afasto. Ela me fulmina com o olhar e empurra meu peito com toda sua força, tentando se desvencilhar de mim.

Eu não cedo. Em vez disso, seguro o rosto dela e a beijo de novo.

Riley se contorce embaixo de mim, emitindo sons de raiva, lutando. Sem ceder nem abrir a boca.

Estou surpreso com a resistência. Ela não parece forte o suficiente para ficar de pé caso bata uma brisa forte.

Fico ainda mais surpreso quando puxa meu cabelo, arranhando meu couro cabeludo. No entanto, por trás de toda essa raiva, há atração, e é isso o que realmente me excita.

Eu me afasto, rindo.

— Minha passarinha tem garras.

— Me chame de passarinha mais uma vez e eu...

— O quê? — pergunto, pressionando meu peito contra o dela, até sentir seu coração batendo através da minha camisa. — O que você vai fazer? Vai atirar em mim? Me esfaquear? Me afogar em um mar de palavras?

— Vai se foder.

— Isso é um convite?

— Vai sonhando, seu idiota arrogante.

A mulher está tão irritada que está quase cuspindo.

Gosto desse lado dela. Agressivo e raivoso.

É tão raro alguém me desafiar.

— Cuidado — sussurro, roçando os lábios nos dela. — Se continuar lutando, meu pau vai ficar duro.

Riley para de lutar imediatamente, mas sua raiva não cessa. Ela fica deitada sob meu corpo, com a respiração ofegante, enquanto me fulmina com os olhos. Seus lábios estão tão contraídos que estão pálidos.

É fofo de um jeito que me desarma. Como um gatinho furioso, com o rabo em pé e sibilando.

Não... nós somos inimigos. Não posso me distrair assim.

Já estou distraído. Puta que pariu.

Então, improvise. Você é bom nisso. Mate dois coelhos com uma cajadada só.

Olhando no fundo dos olhos dela para que perceba que estou falando sério, eu digo:

— Abre a boca para mim ou eu vou matar os seus guarda-costas.

Riley se irrita.

— Achei que você quisesse que eu ficasse de boca fechada.

— Vamos tentar de novo, engraçadinha. Ou você me deixa te beijar ou os dois homens morrem. Escolha. Agora.

— Isso é chantagem.

— Exatamente. Eu disse que sou uma pessoa ruim. Escolha.

A raiva é tanta que a faz tremer. Se soltasse raios-lasers pelos olhos, minha cabeça já teria explodido.

Meu pau e eu estamos gostando muito disso.

— E como vou saber que você não vai matá-los mesmo se eu fizer o que está me pedindo?

— Não dá pra saber. Mais uma pergunta e eu vou matá-los.

A mulher está ficando desesperada. Vejo seu esforço para achar uma maneira de sair dessa situação, uma forma de escapar, e eu quase dou uma risada quando percebo que está prestes a ceder.

— Tá. Pode me beijar, mas eu não vou gostar — diz ela em tom desafiador, e então umedece os lábios.

Desafio aceito.

Em vez de cobrir os lábios de Riley com os meus, eu viro sua cabeça e passo o nariz ao longo do maxilar dela. Abaixo da orelha, eu inspiro. E a beijo ali, minha boca mal roçando a pele dela.

Tenho que controlar um riso quando o corpo dela estremece.

Acho que talvez eu esteja lidando com esse lance de vingança da forma errada.

— Mais uma coisa: você tem que corresponder ao beijo. Se ficar deitada como um peixe morto, o seu amigo Spider vai engolir uma bala do meu revólver.

— Retiro o que disse sobre você ser um cavalheiro.

— Eu me lamento por isso *depois* que você me beijar.

Ela respira fundo, engole em seco e fecha os olhos. Quando os abre de novo, sei que é uma guerra.

Já vi assassinos experientes parecerem menos psicóticos.

Meu sorriso a faz ranger os dentes.

— Pronta?

— Vai pro inferno.

— Não posso. O diabo colocou uma medida protetiva contra mim.

— Essa resposta nem é original! Eu já vi isso em uma camiseta!

— Você quer algo original? — Aproximo a boca da orelha dela e rosno: — Quero acabar com você usando o meu pau. Também quero torcer o seu pescoço, mas me contento com um beijo.

— Não acredito que não deixei o Spider atirar em você quando ele teve a chance — resmunga ela.

Ignorando o comentário, pressiono os meus lábios contra os dela.

É um toque gentil, não duro como da primeira vez. Um toque quente e prolongado, ainda com a boca fechada. Eu o repito, roçando nossos lábios de leve.

Ela não estava esperando um toque gentil. Percebo isso ao vê-la me olhar assustada.

— Feche os olhos. Tire suas mãos do meu cabelo e o joelho das minhas costelas.

— Mais alguma regra?

— Faz o que eu tô mandando. Agora.

Mesmo de má vontade, Riley faz o que eu peço. Então, quando fico parado, encarando seus lábios doces, ela sussurra:

— Anda logo. Vamos acabar logo com isso.

Sua voz treme.

Sei que não é de medo.

Também sei que a melhor forma de lidar com essa situação não é por meio de força bruta. Isso só vai fazer com que ela não corresponda e tente se afastar de mim.

Essa mulher precisa ser conquistada com delicadeza.

Como uma flor, que desabrocha lentamente.

Dou um beijo gentil em um dos cantos de sua boca. Depois no outro. Então, beijo suavemente seu nariz e o queixo.

— O que você está fazendo?

— Estou te beijando. Cala a boca.

Riley emite um som de irritação, que eu ignoro. Deslizando meus lábios pelo pescoço dela, paro para dar um beijo na pulsação sob a sua pele. Então passo a ponta da língua ao longo do local.

Ela estremece. Ofegante, diz o meu nome.

Eu ignoro isso também.

Quando roço o nariz na curva entre seu pescoço e o ombro, ela estremece mais uma vez. Inspiro profundamente contra a sua pele. Riley tem um cheiro tão doce que dá vontade de mordê-la.

E eu mordo.

— Malek!

— Quanto antes você ficar quieta, mais cedo isso vai acabar. Se continuar me interrompendo, vou fazer esse beijo durar a noite toda.

O que, pensando bem, não seria uma má ideia.

Ela está ofegante. Tensa e tremendo sob meu corpo. Sei exatamente por que deseja que eu pare. Pelo mesmo motivo que eu não quero.

Ela gosta da sensação da minha boca na pele dela.

E eu gosto do quanto ela odeia estar gostando disso.

Beijo a linha suave da clavícula até o ombro, roçando o nariz no decote da camiseta branca de algodão. Vou beijando pelo caminho de volta e passo a língua na base do pescoço.

— Por favor. Para. Para com isso.

Sua voz está rouca. Seu corpo inteiro treme. Sinto como se alguém tivesse acendido uma fogueira dentro de mim.

— Você quer que o Spider morra?

— Eu só quero que isso acabe logo.

— E vai acabar.

— Quando?

— Em breve.

Quando abre a boca para protestar, eu deslizo meu polegar para dentro e digo, gemendo:

— Chupa. Ou vou te dar um motivo de verdade para engasgar.

Ela morde meu dedo com força. E eu agarro seu cabelo com a outra mão.

— Se sangrar, vou providenciar que a morte de Spider seja lenta e dolorosa.

Riley emite um som raivoso e me encara com fúria.

— Você quer que isso acabe? Feche os olhos e chupa.

Nossos olhares colidem. Ela não me obedece imediatamente, então espero para ver o que vai decidir.

Sei muito bem que a mordida de um adulto pode fazer estrago em um dedo. Até mesmo decepá-lo. Isso poderia causar danos nos próprios dentes e na mandíbula também, mas duvido que ela se importe.

Também não me importo. Valeria a pena perder um dedo só para ver essa expressão no rosto dela.

Finalmente, Riley fecha os olhos, soltando um suspiro curto e irritado pelo nariz.

Quando começa a chupar o meu polegar, meu pau duro lateja em resposta. Baixo a cabeça e beijo o pescoço dela, lambendo e mordiscando. Ela geme contra o meu dedo.

O som faz o fogo correr por todo o meu corpo até as minhas bolas. Nunca ouvi nada mais sexy.

Ela é sua inimiga. Inimiga! Lembra?

Meu cérebro está tentando me dizer isso, mas meu pau tem outras ideias a respeito da minha relação com Riley.

Outras ideias muito fortes.

Tiro meu polegar de sua boca e o substituo pela minha língua.

Ela esquece que odeia estar me beijando e arqueia o corpo contra o meu com um suspiro, abrindo a boca para corresponder com paixão.

Riley é toda fogo e tremores, pulsando contra mim, faminta. Se antes a resistência raivosa dela tinha me surpreendido, o jeito que responde quando está excitada me deixa ainda mais chocado.

Ela é voraz. Insaciável.

Quase tanto quanto eu.

O beijo fica mais profundo e sensual. Nós dois estamos ofegantes. Estou começando a suar. Adoro a sensação dos lábios dela contra os meus. O calor suave. A boca quente. Amo a forma como se agarra a mim, com o corpo curvado e as mãos no meu cabelo.

Amo a sensação dos mamilos rígidos contra o meu peito.

Quero senti-los na minha pele nua, sem a barreira da camisa. Quero chupá-los, mordê-los, provocá-los até que ela me implore para comê-la.

E eu quero muito comer essa mulher.

Quero comer e mergulhar fundo dentro dela. Quero que arranhe as minhas costas e goze para mim. Quero fazê-la gritar meu nome até ficar rouca. Quero…

ELA É SUA INIMIGA!

Eu me afasto e a encaro, tentando recuperar o fôlego. Tentando me livrar da fantasia de ter Riley nua, gemendo sob o meu corpo, os seios balançando contra o meu peito, as pernas esguias envolvendo minha cintura enquanto eu a penetro fundo.

Riley abre os olhos e me encara com um olhar suave e enevoado, piscando como se não fizesse ideia de onde está. Seu rosto está vermelho. Os lábios, úmidos. Então, ela sussurra o meu nome.

E é um sussurro tão doce que me faz querer quebrar alguma coisa.

Declan O'Donnell assassinou meu irmão.

Uma pessoa da família dela matou uma pessoa da minha.

Eu deveria estar em qualquer outro lugar da Terra, menos neste quarto, com esta mulher.

Minha voz sai rouca:

— Se você contar pra alguém que eu estive aqui, todos vão morrer.

Eu me levanto da cama e vou embora.

18

RILEY

Num piscar de olhos, ele desaparece, deixando-me sozinha no quarto.

Sozinha e extremamente trêmula.

Eu me sento na cama e estendo a mão para pegar os óculos na mesinha de cabeceira. Quando eu os coloco, olho em volta do quarto com descrença. Está exatamente como eu o deixei antes de dormir.

Só que agora sinto o cheiro de um homem grande e rude, e muita tensão sexual.

Tiro os óculos e me viro, enterrando o rosto no travesseiro e gritando.

Não ajuda.

Continuo desejando Malek.

Malek, o assassino que vai matar Declan.

Malek, o babaca que ameaçou me matar.

Malek, o assassino, *stalker,* filho da puta que atravessa paredes e me toca como se eu fosse feita de vidro e me beija como um homem faminto.

Cara, eu achava que tinha uma vida amorosa complicada antes, mas atingi um nível inédito.

Virando de novo, coloco os óculos e me levanto. Com o coração disparado, abro a porta e espio o corredor. Tudo escuro e silencioso. Tudo calmo.

Ai, meu Deus, e se tudo estiver assim porque Spider e Kieran estão mortos?

Com um som estrangulado de terror, cruzo o corredor até a sala principal. Está escura também, a não ser pelo brilho azulado do decodificador próximo à televisão que ilumina o meu caminho. Corro até a cozinha e acendo a luz, esperando ver uma trilha de sangue no chão, marcas ensanguentadas de mãos ou pedaços de cérebro preso nas paredes.

Quando me dou conta de que não há nada ali, eu paro e respiro fundo. Então, antes de retomar a busca nos outros quartos, me recosto na bancada e me preparo mentalmente para lidar com qualquer tipo de carnificina que eu possa me deparar.

— O que foi, moça?

Levo um susto, grito e me viro para a voz.

Spider está na porta da cozinha, sonolento.

A camisa social está dobrada no braço e com o colarinho aberto. Seu queixo está coberto pela barba por fazer. O cabelo está bagunçado.

Não há nenhum buraco de bala visível.

O alívio que sinto é tão grande que quase despenco no chão. Em vez disso, levo a mão ao coração e solto uma risada fraca.

Ele franze o cenho.

— Desculpa. Meu Deus, foi mal, eu só... eu só pensei...

Se você contar pra alguém que eu estive aqui, todos vão morrer.

Lembrando-me das palavras de Malek, engulo em seco e desvio o olhar.

— Hum, eu só estou com fome.

— Com fome — repete ele, desconfiado, olhando-me de cima a baixo.

Endireito a postura e tento falar com um tom de voz firme. De alguma forma, consigo encará-lo.

— Faminta, na verdade.

— Não faz nem três horas desde a última vez que você comeu.

Merda. Claro que ele se lembra que horas eu devorei o meu jantar.

— Você está tentando me deixar com vergonha por ter um apetite saudável, Spider? Eu gosto de comer.

Vou até a geladeira, abro e fico olhando.

É quando me dou conta de que estou usando uma camiseta curta e calcinha branca de algodão, a roupa que fui para cama.

Calcinha branca de algodão que deve estar encharcada e transparente.

Fechando a geladeira, eu me viro e cruzo as mãos na frente da virilha. Forço um sorriso.

— Pensando bem, acho que é melhor voltar para cama. Não é uma boa ideia dormir de barriga cheia. Vejo você amanhã.

Volto para o meu quarto da forma mais casual possível, sentindo o olhar de Spider em mim o tempo todo.

∼

Não consigo voltar a dormir. Fico deitada ali por horas, no escuro, olhando para o teto, sobressaltando-me a cada barulhinho, esperando que Malek apareça magicamente a qualquer momento.

Que apareça para me matar. Ou para me beijar.

É um jogo de cara ou coroa.

De manhã, estou me arrastando. Tomo banho e visto a mesma roupa que usei no dia anterior porque é a única que tenho. Tem umas coisas no armário, roupas que alguém deixou aqui antes, mas são grandes demais e fedem a cigarro.

Não sei se conseguirei encarar os olhos sabichões de Spider de novo, então fico no quarto a maior parte do dia. Kieran bate na porta à tarde e traz uma bandeja de comida. Quando pergunta como estou, não minto.

— Parece que fui atropelada por um caminhão.

Seu sorriso é caloroso e compreensivo.

— Vai ficar tudo bem, moça. Tente não se preocupar. Se quiser, posso trazer um golinho de uísque para você. Isso sempre ajuda a clarear os pensamentos.

Ele é tão legal. Spider também.

Espero realmente que Malek não os mate.

— Obrigada, Kieran. Mas acho que é melhor manter a minha mente afiada, sabe? Essa situação está ficando cada vez mais complicada.

O guarda-costas concorda com a cabeça.

— Verdade. Você está precisando de alguma coisa?

— Roupas. Uma lobotomia frontal.

— Posso providenciar o primeiro item. Mas não posso ajudá-la com o segundo — responde ele, rindo. — O pessoal liberou a casa e os veículos. Eles vão resolver uma coisa aqui quando estiverem indo ver Declan.

— Você teve notícias dele? Tá tudo bem?

Se o meu tom saiu muito preocupado, Kieran não notou, pois dá de ombros.

— Ele tá ótimo. Juntando as tropas, fazendo planos. Você sabe. Um lance de chefe.

Espero que esse lance de chefe inclua usar uma armadura de corpo inteiro e capacete à prova de balas vinte e quatro horas por dia, mas não digo isso em voz alta.

Kieran sai. Eu como o que trouxe para mim. Depois ando de um lado para o outro, pensando se conto ou não que Malek invadiu a casa, mas não sei se o cretino do assassino descobriria se eu desse com a língua nos dentes.

E se ele colocou uma escuta no meu quarto?

Ou na casa toda, na verdade? E se instalou câmeras secretas? E se tem o poder de se transportar telepaticamente e ouvir tudo que está se passando aqui?

Não desconsidero nenhuma possibilidade. Esse homem parece capaz de qualquer coisa.

No fim, decido não dizer nada. Não quero que ninguém se machuque por minha causa. Malek pode acabar fazendo isso de qualquer forma, mas pelo menos eu não vou ser a responsável. Não quero que nada aconteça porque ele me disse para não fazer uma coisa e eu fiz.

Malek parece ser o tipo de homem que não tolera desobediência.

Por volta das nove horas, Spider bate à minha porta.

— Oi — digo ao abrir. — Como vai?

Ele olha para mim por um tempo antes de responder:

— Tranquilo. E você?

— Também.

— Suas coisas estão aqui — diz, levantando minha bolsa. — Onde você quer que eu coloque?

— Ah, que bom! Pode deixar na escrivaninha. Obrigada.

Abro a porta e o deixo entrar. Ele está com um terno impecável e gravata, não há nenhum fio de cabelo fora do lugar, e o queixo marcado está bem barbeado. Imagino que Declan tenha um código de vestimenta bem rígido para os homens que trabalham para ele, porque todos usam apenas terno preto Armani.

Spider coloca a bolsa de lona na escrivaninha e se vira para mim. Então fica ali parado em silêncio, parecendo constrangido.

— O que foi?

— Acho que eu te devo um pedido de desculpas.

Isso me pega totalmente de surpresa. Eu o encaro com as sobrancelhas arqueadas.

— Ué? Por quê?

Spider começa a alternar o peso do corpo de uma perna para outra, pigarreia e olha para o chão.

— Por ter te flagrado na cozinha ontem à noite, quando você estava à vontade. Percebi que ficou envergonhada...

Ele está usando um eufemismo. Eu estava só de calcinha e camiseta, e acho que minha calcinha estava molhada por causa da visita de Malek. Claro que fiquei muito envergonhada.

Dou uma risada curta e nervosa.

— Hum... Não tem problema.

Spider olha para mim. As orelhas estão vermelhas.

— Eu não vi nada, se é isso que está te preocupando. — Depois de uma pausa curta, ele se corrige. — Tipo, não vi muita coisa.

Cubro os olhos com as mãos.

— Meu Deus, será que dá pra isso ser mais constrangedor?

— Desculpa.

— Tá desculpado. Agora vá embora, antes que eu me mate de vergonha na sua frente.

— Você não tem do que se envergonhar, moça.

Sua voz ficou rouca de um jeito que eu ainda não tinha ouvido. Acho que Spider está tentando fazer um elogio.

É a minha vez de ficar vermelha.

Escorrego as mãos dos olhos e cubro a boca. Fico olhando para ele em silêncio. Deixo os braços penderem ao lado do corpo e suspiro.

— Tá. Obrigada. Eu acho. Podemos nunca mais falar sobre isso de novo?

Spider passa a mão no cabelo.

— Combinado. — Ele se vira para sair, mas, quando chega à porta, olha para mim. — Sua irmã quer falar com você. Sloane pediu pra você ligar pra ela.

— Fala pra minha irmã que eu prefiro comer um sanduíche de merda a falar com ela.

O homem pressiona os lábios para não rir e assente.

— Pode deixar.

— E para de falar que eu me pareço com ela. Não tem nada a ver.

Spider sustenta o olhar, parecendo estar travando uma batalha interna sobre alguma coisa. Por fim, responde:

— Não, não têm. A não ser pelo sangue de leão da família.

— Obrigada. Mas não sou uma leoa. Comparada a ela, eu sou um... filhote — comento baixinho.

— Um filhote de leoa é uma leoa.

Depois de mais um momento de silêncio constrangedor, ele sai.

Fico ainda mais determinada a fazer tudo que eu puder para não permitir que Malek o machuque.

Spider vai ser um companheiro muito bom para alguém um dia. Não merece levar um tiro enquanto está bancando o babá da irmã desajeitada da noiva do chefe.

Pego o meu computador e aproveito o tempo para trabalhar por algumas horas até eu sentir sono. Pego uma última caixa de Twizzlers na bolsa e acabo com ela. Depois, vou para o chuveiro e fico embaixo da ducha quente por um bom tempo, pensando em tudo que aconteceu desde que saí de São Francisco. Pensando no que vou dizer para Malek da próxima vez que o encontrar.

Porque sei que haverá uma próxima vez. Sinto no fundo do meu coração.

Seja lá o que está acontecendo entre a gente, ainda não está resolvido. Sei que ele quer me odiar, e talvez parte dele me odeie. Mas há outra parte que não odeia.

A julgar pela noite passada, essa parte fica dentro da calça.

Não sei o que fazer em relação a essa situação. O que está acontecendo é algo tão fora da minha realidade que nem consigo pensar direito.

Sou apenas uma introvertida que ama livros, bala e discutir com estranhos na internet. Minha ideia de algo emocionante é basicamente começar uma nova série na Netflix. Moro em uma das cidades mais animadas do mundo, é verdade, mas os homens com quem costumo me relacionar são tão empolgantes quanto pão mofado.

São nerds de computador. Viciados em videogame. Filósofos de cafeteria com coques, graduados em arte e por aí vai.

Não há gângsters no meu mundo.

Nem armas, violência, esconderijos secretos e jatinhos particulares.

E mais importante de tudo: não há lindos, grandes e assustadores assassinos russos movidos pelo desejo de vingança e exalando testosterona invadindo meu quarto na calada da noite para me beijarem até eu ficar sem fôlego.

Não sei o que fazer.

Se eu ligasse para um dos meus amigos e contasse tudo que aconteceu na última semana, eles me perguntariam por que estou escondendo minhas drogas e exigiriam que eu desse um pouco para eles.

Ou seja, ninguém acreditaria.

Nem eu acredito.

Eu preciso de um plano.

Embora eu odeie pensar assim, é exatamente o que Sloane faria. Ela avaliaria a situação e bolaria um plano. Um que acabaria com a concorrência e deixaria uma trilha de destruição e fumaça por onde passasse.

A única trilha de destruição que consegui criar até agora foi na minha calcinha no momento em que Malek estava me beijando.

Quando saio do chuveiro, estou com os dedos enrugados, mas ainda não tenho uma estratégia. Enxugo o cabelo e o corpo com a toalha, enrolo-me nela e escovo os dentes.

Passo a mão no espelho embaçado para conseguir enxergar o meu reflexo.

Neste momento, uma pontada forte atinge meu peito.

Malek está atrás de mim, os olhos claros queimando sob as sobrancelhas franzidas.

19

RILEY

Minha reação é puramente instintiva. Eu me viro e dou um tapa na cara dele.

Ele nem se mexe, só fica ali parado, lindo de morrer.

— Também é bom ver você, Riley Rose.

O tom rouco de sua voz sugere que ele viu bastante coisa, provavelmente quando eu saí do banho.

Sinto o rosto queimar. Furiosa, acerto outro tapa nele, desta vez com toda a minha força.

Malek passa a língua nos lábios e declara:

— Eu não te disse que a única coisa que você consegue é deixar meu pau duro quando tentar brigar comigo?

Ele me puxa contra seu peito, agarra meu cabelo molhado e me beija.

Não é um beijo suave como o da noite anterior. É um beijo selvagem. Exigente. Como se estivesse *tomando posse*. Posse de tudo, na verdade, já que essa é uma constatação de que pode ir e vir o quanto quiser, porque não existe nada nem ninguém — inclusive eu — que possa fazer alguma coisa a respeito.

Nunca senti tanta raiva na vida.

— Seu filho da puta metido a besta! — exclamo, afastando-me do beijo.

— Sai daqui agora!

— Se é isso que você quer.

— É exatamente isso que eu quero!

— Tudo bem, mas vou levar alguns cadáveres comigo.

— Quer saber de uma coisa? Vá em frente e me mate! Pelo menos não vou ter que lidar mais com você.

— Eu não estava falando de você, passarinha. Vou manter você viva para me ver montar uma grande pilha com os cadáveres dos seus guarda-costas e tacar o fogo.

Ofegante e trêmula, eu o fulmino com o olhar, minhas mãos ainda em seu peito forte. Tento empurrá-lo, mas é como se eu estivesse tentando mover um prédio.

— Você é um monstro.

— Sou.

— Me solta.

Olhando para mim com os olhos semicerrados, ele umedece os lábios. Sua voz sai rouca:

— Se eu te soltar, a toalha vai cair.

— Odeio você!

— É justo.

— Você é um babaca.

— Verdade.

Malek apenas concorda com tudo que eu digo, e isso está me deixando puta da vida.

— Ontem você ameaçou me matar.

— Cheguei à conclusão de que existem outras coisas que quero fazer com você primeiro.

Seu tom de voz não deixa dúvidas sobre o que quer dizer com isso.

— Isso é tão... *urgh!* Você é doente, doido...

— Blá-blá-blá. Pode ficar à vontade para me chamar dos nomes horríveis que quiser. Você tá certa. — A voz dele fica mais grave. — Agora me deixa te beijar de novo. Eu só consegui pensar nisso nas últimas vinte e quatro horas.

Ele baixa a cabeça e nosso rosto está bem próximo. Seu olhar ardente me incendeia.

— E é para me beijar de verdade, ou pode começar a rezar pelos seus guarda-costas.

Depois disso, Malek não faz nada. Fica ali parado, fitando meus olhos, segurando o cabelo da minha nuca, e o braço forte me segurando pelas costas, mantendo-me junto a ele.

Está esperando que *eu* o beije, o filho da mãe!

Meu sussurro é veemente.

— Eu não quero beijar você.

— Se eu colocar a mão entre suas pernas agora, consigo provar que você está mentindo.

A NASA deve ser capaz de ouvir o ranger de raiva dos meus dentes lá do espaço.

Quer dizer, ele está certo, mas prefiro morrer a dar o braço a torcer. Então simplesmente ignoro o comentário.

—Tá. Se eu te beijar, você vai embora?

— Não. Mas não vou matar ninguém. Pelo menos não esta noite.

Solto o ar devagar e fecho os olhos.

— E como vou saber que você não vai mudar de ideia?

— Eu te dou a minha palavra.

— Você me deu a sua palavra que não ia me machucar também. Desde então, já me ameaçou várias vezes.

— Isso foi antes de eu saber quem você era.

Abro os olhos e o encaro.

— Eu sou exatamente a mesma pessoa.

— Não pra mim.

Levo um tempo analisando a expressão em seu rosto e digo:

— Não estou pedindo para você poupar minha vida nem nada do tipo. Sei que não se importa comigo. Mas vamos deixar uma coisa bem clara: eu acabei de conhecer o Declan. Não via minha irmã havia três anos. Não tenho nada a ver com a máfia irlandesa. Nem tive relação alguma com o que aconteceu com o seu irmão.

— Talvez não. Mas, se alguma coisa acontecer com você, sua irmã vai se culpar. Então, ela vai culpar o Declan. E a vida dele vai se tornar um inferno. Eu quero muito que ele sofra antes que eu o mate. Quero que sofra a ponto de desejar nunca ter nascido.

Penso um pouco e admito com relutância.

— Até que sua lógica não é ruim.

— Obrigado.

— Mas você realmente espera que eu beije você de novo? Com a minha própria morte pairando sobre a minha cabeça?

— Você pareceu bastante capaz de fazer isso na noite passada.

Seus olhos estão tão cheios de desejo que preciso desviar o olhar. Malek pega o meu queixo e me faz voltar a encará-lo.

— Convença-me a não te matar. Me beije como se sua vida dependesse disso. Porque depende mesmo.

— Você por acaso *quer* que eu te odeie? Porque tá dando certo.

Um brilho surge em seus olhos e ele rosna:

— Minha paciência está se esgotando.

Meu coração dispara. Sinto o rosto queimar, então um nó se forma na minha garganta e meu peito fica apertado. Se eu tivesse uma arma agora, eu a encostaria no queixo de Malek e puxaria o gatilho.

Encarando-o, digo de forma bem deliberada:

— Só vou fazer isso pelo Kieran e pelo Spider. E não se esqueça do que eu disse sobre o meu fantasma voltar para te assombrar. Se você não gostar deste beijo e eu morrer por isso, saiba que irei te assombrar até o fim dos tempos.

Fico na ponta dos pés e o beijo.

Malek entreabre os lábios com um gemido e corresponde ao meu beijo, exalando sede de vingança.

Acho que vingança é a base de sua existência.

Embora eu tenha começado o beijo, ele logo assume o controle. Envolvendo meu pescoço com uma das mãos, Malek inclina minha cabeça para trás com a outra e então me beija profundamente, apoiando minha cabeça enquanto eu me agarro a ele, controlando-me para não emitir os sons de prazer que ameaçam escapar de mim.

Enquanto roça a língua contra a minha, preciso me lembrar de que estou fazendo isso por Spider. E por Kieran. E por mim também, mas eu meio que já morri mesmo.

A cada segundo que passa, esse beijo me mata um pouquinho mais por dentro. Seja lá qual for a decisão de Malek quando isso acabar, eu vou cair no chão e desfalecer aos pés dele.

Talvez esse tenha sido o seu plano o tempo todo. É assim que ele pretende me matar.

Morte por overdose de estrogênio.

— Você é tão doce — diz ele com voz rouca, afastando-se com a respiração tão ofegante quanto a minha.

— São as balas que eu comi. Acabamos? — respondo, sem fôlego.

— Sem chance.

Malek me beija de novo, encaixando seus lábios nos meus, solta meu pescoço e mergulha as duas mãos no meu cabelo. Pressionando o corpo contra o meu, ele me beija com tanta intensidade que eu me inclino sobre a pia. Preciso me segurar em seus ombros para me equilibrar.

Ficamos assim, nossos lábios colados, o corpo de Malek pressionando o meu, desde a virilha até o peito, beijando e beijando, sem parar, até eu me sentir tonta e meus joelhos estarem tão bambos que ficam prestes a ceder.

Ele me pega nos braços e me tira do banheiro.

Fico em pânico quando nos aproximamos da cama.

— O que você tá fazendo?

— Tudo o que eu quero.

A única iluminação do quarto vem do banheiro, mas é o suficiente para eu ver a expressão intensa de desejo no rosto de Malek.

Puta merda, estou prestes a ser devorada.

A pior parte é que eu sei que a única coisa que colocaria um fim naquilo, ou seja, gritar por Spider e Kieran, também é o que faria com que eles perdessem a vida.

À beira de um ataque de nervos, eu peço:

— Por favor, não me machuque. Eu prefiro que você me mate.

Ele sabe exatamente o que estou dizendo.

— Seu eu fosse te comer, passarinha, eu não precisaria obrigá-la. Eu faria você implorar. E você imploraria.

Eu passo do terror à fúria em um estalar de dedos.

— Você é louco!

— Já estabelecemos que você é a louca. Eu sou o monstro, lembra?

O homem me coloca na cama. Eu ofego e seguro a toalha junto ao peito, então me viro, tentando não mostrar mais partes do meu corpo para ele no processo.

Malek se senta na beirada da cama e me puxa.

Ele se inclina sobre mim e coloca as mãos ao lado da minha cabeça, imobilizando-me.

Arregalando os olhos e hiperventilando, eu me encolho no colchão.

Ficamos assim por um tempo, até eu perceber que Malek está esperando eu me acalmar. Respiro fundo algumas vezes, observando-o com cautela, imaginando o que fará a seguir.

— Melhor? — pergunta.

— Não.

— Sim, você está melhor. Inclusive quer que eu te mande me beijar de novo.

— Eu não acredito que você teve a pachorra de *me* chamar de louca.

Ignorando o que acabei de dizer, ele declara:

— Você também quer que eu te mande abrir as pernas.

Sinto o rosto queimar.

— Você é nojento.

— Eu posso colocar meu rosto entre suas pernas e aliviar o seu desejo com a minha língua.

Uma imagem vívida de Malek fazendo isso surge na minha mente, afetando todo meu sistema nervoso. Meu coração dispara. Minha boca fica seca. Eu arfo e estremeço.

Ele vê o efeito que suas palavras têm sobre mim e aproxima os lábios do meu ouvido. Seu tom é baixo e sério.

— É só pedir com jeitinho que eu faço.

Não consigo falar. Só consigo menear a cabeça e rezar para que Malek se canse desse jogo. Que se canse e desapareça. Para sempre desta vez.

Malek dá beijos suaves no meu rosto e sussurra:

— Diga "por favor". Eu quero te provar.

Dando-me uma pequena amostra de sua habilidade, ele prende o lóbulo da minha orelha entre os lábios cálidos e chupa.

Uma onda de calor percorre todo meu corpo. Um gemido baixo escapa dos meus lábios. Meus mamilos ficam intumescidos e meu cérebro começa a gritar *por favor, por favor* sem parar. Mordo o lábio para não emitir nenhum som.

Então, Kieran entra pela porta do quarto e tudo vira o mais absoluto caos.

20

MAL

Num tiroteio, como sempre, as coisas acontecem rápido.
O guarda-costas comete o primeiro erro tático ao não acender a luz. Se ele tivesse feito isso, eu ficaria temporariamente cego. Mas meus olhos estão ajustados à penumbra, os dele, não.

Além disso, o cara está parado no meio da porta, contornado pela luz do corredor.

Não poderia ser um alvo melhor nem se tentasse.

Eu dou o primeiro tiro.

Ele cai de joelhos e atira também.

Não acerta. A bala se aloja na parede de *drywall* sobre o meu ombro.

Estou ciente dos gritos de Riley, mas bloqueei tudo, concentrando-me apenas no guarda-costas. Acerto mais dois tiros nele até o homem cair tossindo sangue.

O guarda-costas louro com a tatuagem de teia de aranha aparece na porta também. Está agachado, com a arma em punho e o dedo no gatilho. Espero sentir uma bala me acertar em algum lugar, mas um movimento à minha direita me distrai.

É a Riley.

Pulando na minha frente.

Gritando.

— Não!

Por um milésimo de segundo, não entendo o que está acontecendo. *O que ela está fazendo? Por que não está na cama?*

Então um tiro é disparado, o corpo dela se contrai e ela cai contra mim com um grito e, depois, desaba aos meus pés e fica deitada ali, sem se mexer.

O guarda-costas agachado perto da porta olha para ela, com uma expressão pálida e aterrorizada.

A confusão momentânea passa, e entendo o que acabou de acontecer.

Ela tomou um tiro no meu lugar.

De propósito.

Uma raiva ardente toma conta de mim. Um rugido de fúria arrebenta o meu peito. Passo por cima de Riley, com arma em punho, aponto para a cabeça do guarda, mas paro quando ela geme:

— Não, Mal. Por favor. Não o machuque.

O guarda-costas está congelado. Não consegue parar de olhar para Riley. Ainda está com a arma em punho, mas seus olhos estão arregalados e ele não pisca.

Já vi isso antes. Esse tipo de descrença. É um tipo de negação tão forte, que pode apagar todo o sistema nervoso de uma pessoa.

O cérebro dele está se recusando a assimilar o que fez. O corpo dele saiu de operação. Eu poderia descarregar o pente inteiro da minha arma no peito do cara e ele nem piscaria.

— Mal. Por favor.

O pedido é fraco. Um sussurro.

Mas ouvir a forma como ela diz o meu nome tira um pouco do impulso assassino de acabar com a vida do guarda-costas com as minhas próprias mãos.

Em vez disso, acerto uma coronhada forte na cabeça dele.

Ele cai com um gemido, enquanto o sangue escorre da têmpora.

Eu me viro, pego o corpo imóvel de Riley e o aninho no meu peito enquanto saio pela porta.

21

DECLAN

Quando atendo o telefone, Spider está tão agitado que não consigo entender o que ele está falando. Tudo que eu ouço são gritos misturando várias línguas em alta velocidade.

— Calma, cara. Você não está dizendo coisa com coisa. O que aconteceu?

Ele respira fundo e responde com uma única palavra que arrepia os pelos da minha nuca.

— Malek.

Puta merda.

De onde estou sentado na cadeira de couro da sala de estar do esconderijo de Manhattan, consigo ver Sloane preparando um drinque na sala de jantar. Serve o uísque em um copo de cristal alto e parece aflita. Preocupada.

Sabendo que se ela ouvir esta conversa, vai ficar ainda mais angustiada, eu me levanto e vou direto para o quarto.

Assim que estou longe o suficiente, digo:

— Desembucha.

Depois de ouvir por menos de trinta segundos, estou tão zangado que eu poderia esmagar o telefone com a mão.

— *Como foi que ele conseguiu entrar?* — pergunto entredentes.

— Não faço ideia. Estávamos trancados aqui embaixo. Nenhum dos alarmes disparou. Ele é a porra de um fantasma. Isso, sim!

— E o Kieran?

— Está ferido. Levou três tiros. Está respirando, mas a situação não é nada boa. — Spider está ofegante. — Tem mais. É ruim.

Eu me preparo para o pior, e é exatamente isso que recebo.

— Antes do russo filho da puta fugir com a Riley... eu... — A voz dele falha. — Um tiro meu a atingiu por acidente. Era pro tiro acertá-lo, mas ela entrou na frente.

O ar sai dos meus pulmões de forma audível. Minha vida passa diante dos meus olhos.

Quando Sloane ficar sabendo disso, estaremos todos mortos: Kieran, Spider, todo mundo.

Inclusive eu.

— Ela está viva? — pergunto afinal.

— Não sei. Estava muito escuro. Merda! Chefe, eu sinto muito. Estou morrendo aqui por causa disso.

A verdade transparece no tom de absoluto sofrimento na voz de Spider, mas a culpa vai ter que ficar para depois, há coisas muito mais importantes para resolver no momento. Respiro fundo e entro no modo de comando.

— Leve Kieran para o hospital. Quando ele estiver internado, verifique todas as câmeras de segurança. Veja se consegue descobrir como aquele filho da puta conseguiu entrar. Depois, tire tudo daí e queime o lugar. Entendido?

— Afirmativo.

— Ligarei para você daqui a duas horas. Não fale com ninguém até lá.

Desliguei bem na hora em que Sloane entrou.

— Ah, merda — diz ela, assim que olha para mim.

É tanto uma bênção como uma maldição o fato de minha noiva conseguir me ler com tanta facilidade.

Enfio o celular no bolso, e caminho lentamente em sua direção, sustentando seu olhar preocupado.

— O que eu vou te falar agora é grave. Acho melhor você se sentar.

Sloane vira a dose de uísque.

— Puta merda, gângster. Eu penso melhor de pé.

Tento abraçá-la, mas ela levanta a mão para me impedir.

— Só desembucha. O que foi?

Respiro fundo, desejando poder tomá-la nos braços e contar uma mentira bonita, mas ciente de que isso só a deixaria com mais raiva ainda.

Mantendo a voz calma, digo:

— Malek encontrou o esconderijo de Boston. Ele conseguiu entrar lá. Teve um tiroteio. Ele fugiu... e levou a Riley.

Todo o sangue parece se esvair do rosto de Sloane. Ela fica ali parada, a veia do pescoço pulsando sem parar.

— Levou a Riley — repete ela lentamente.

Merda, é tão difícil não poder abraçá-la.

— Isso.

— Para onde?

— Não sabemos ainda. Mas vamos encontrá-la. — Faço uma pausa para deixar Sloane absorver tudo e continuo, em tom baixo: — Ela está ferida, meu amor. Levou um tiro.

Sloane desaba no chão e leva as mãos à boca.

Não consigo mais me segurar. Preciso tocá-la. Eu a agarro e a abraço, envolvendo-a com o meu corpo e baixando a cabeça para sussurrar em seu ouvido em tom de urgência:

— Não sabemos se o ferimento é grave, mas vamos encontrá-la. Eu prometo a você. Vamos fazer o que for necessário.

Ela treme nos meus braços e sua respiração está ofegante. Acho que está em choque.

Então Sloane me empurra com força e me lança um olhar fulminante.

— Você também prometeu que ela estaria segura naquela porcaria de esconderijo! Chega de promessas, tá legal? Qual é o plano agora? Como vamos encontrá-la? Como vamos trazê-la de volta? O que especificamente nós vamos *fazer*?

Esse é um dos muitos motivos pelos quais eu amo essa mulher. A clareza de pensamentos. A elegância quando está sob pressão. A atitude absolutamente corajosa, direta e sem frescura.

Eu quase sinto pena do Malek.

Se a minha rainha colocar as mãos nele, ele vai desejar nunca ter nascido.

— Vou espalhar a notícia. Oferecer uma recompensa. Uma recompensa bem alta. Se alguém vir ou ouvir qualquer coisa, a informação chegará bem rápido. Os principais meios de transporte serão monitorados. Se ele tentar passar com ela por algum aeroporto ou rodoviária, será impedido. E ligarei para o Grayson assim que acabarmos esta conversa.

Grayson é o meu contato no FBI. Se alguém pode descobrir por onde um notório assassino russo está circulando nos Estados Unidos, é ele.

Sloane engole em seco. Assente devagar. Umedece os lábios e então diz algo que me enfurece:

— Vou ligar pro Stavros para ver se ele sabe de alguma coisa.

— Nem fodendo.

Quando ela fica parada ali, olhando para mim com os olhos marejados, eu me sinto um babaca e baixo o tom:

— Ele tentou me matar duas vezes no mês passado.

— E não conseguiu. E você sabe que ele não vai conseguir, não importa quantas vezes tente. O homem só atira em peixes. E nunca acertou nenhum. É um assassino totalmente incompetente.

— Mas é obcecado por você.

— Exatamente. Ele é a nossa melhor aposta.

— Vou ligar pro Kazimir. Ele vai ter mais informações do que o idiota do seu namoradinho.

— Kage é seu inimigo. Ele odeia os irlandeses. Não vai te contar merda nenhuma.

Sloane provavelmente tem razão, mas o filho da puta ainda me deve um favor. Eu fiz o arquivo dele no FBI ser apagado.

— A não ser que eu ligue para a Nat primeiro — acrescenta ela.

— Acho desnecessário envolvê-la nisso.

Ignorando completamente o meu comentário, Sloane pensa por um momento e assente, como se tivesse tomado uma decisão.

— Ela conhece a Riley desde que minha irmã era só um bebê. Vai querer me ajudar. E com certeza vai conseguir fazer o Kage falar.

Sem esperar a minha resposta, Sloane tira o celular do bolso da calça jeans e liga para a amiga.

Observo, meneando a cabeça.

Quem quer que tenha dito que o mundo é dos homens estava completamente errado.

22

KAGE

Estou deitado na cama ao lado de Nat, pelado, de barriga cheia, coração feliz e bolas vazias.

Minha linda vai acordar dolorida amanhã.

— Tudo bem? — murmuro com os lábios roçando no cabelo dela.

Sua risada é suave e satisfeita. Com a cabeça no meu peito, ela se aconchega mais, pressionando o corpo nu contra o meu.

— Você sabe que sim. Mas acho que devem ter escutado os meus gritos lá em Seattle.

Inclino a cabeça dela para cima e deposito um beijo suave em seus lábios. Na penumbra do quarto, vejo como os olhos de Nat são suaves e transbordam sua total devoção por mim. Ainda fico maravilhado com a chance que tenho de poder amá-la.

Homens maus como eu não merecem esse tipo de sorte.

— O jantar estava ótimo.

— Obrigada. Fico feliz que tenha gostado.

— Gostado? Eu repeti quatro vezes a lasanha. Quase lambi o prato.

— Em vez disso, você me lambeu todinha — sussurra ela.

Lembrar da intensidade do orgasmo que dei a Nat faz meu pau ficar duro.

— Claro que lambi. E você *gritou* de prazer.

O riso dela é tão doce que faz meu pau endurecer ainda mais. Eu a viro de costas, pressiono meu peito contra o dela e a beijo de novo, desta vez com paixão.

Quando nos afastamos para respirar, ela ainda está rindo.

— Querido, eu preciso de um minuto para me recuperar. Já gozei três vezes na última hora.

— Só três? — pergunto, indignado.

Isso a faz rir mais.

Nat para quando o celular na mesinha de cabeceira começa a tocar.

— Mulher, o que eu te disse sobre deixar o celular ao lado da cama?

— Alguma baboseira autoritária que eu ignorei.

— Desliga.

— Só vou dar uma olhadinha para ver quem é. Pode ser a Sloane.

— É disso que eu tenho medo.

Ela empurra o meu peito. Eu não me mexo. O celular continua tocando.

— E se fizermos um trato de que esta é a última vez que eu trago o celular para o quarto?

— Já fizemos esse trato. E você convenientemente esqueceu.

— Ah, é. — Ela olha para mim, mordendo o lábio, suplicando com aqueles olhos lindos e inocentes.

— *Não*, baby. Não adianta me olhar assim.

— Por favor?

Ah, merda.

Ela sabe que eu não consigo resistir ao tom suave e meigo, nem àqueles olhos suaves e doces. Não sei nem por que me dou ao trabalho de tentar.

Saio de cima dela com um suspiro pesado e me deito de costas, olhando para o teto.

— Obrigada, amor.

Nat se vira e me dá um beijo no rosto, então pega o celular e atende.

— Alô?

Segue-se um longo silêncio enquanto ela só escuta.

— Ah, meu Deus! Não! Sloane, eu sinto muito — exclama.

É Sloane. Claro que é a porra da Sloane. E eu já sei que o que quer que ela tenha contado para Nat é alguma merda fenomenal na qual eu vou ter que me envolver.

Eu deveria ter jogado aquela porra de celular pela janela quando tive a chance.

Nat ouve por mais alguns instantes.

— Com certeza! Coloque-o na linha. Vou colocar o Kage também — responde em tom de urgência.

Ela se vira e empurra o celular na minha direção.

— Você precisa falar com Declan.

Eu viro a cabeça no travesseiro e a encaro.

— Natalie — digo com um tom de voz grave.

— Não use esse tom comigo, Kage! Isso é importante. A irmãzinha da Sloane foi sequestrada por um assassino russo chamado Malek. E parece que ela levou um tiro também. Precisamos ajudar a encontrá-la.

Aquele filho de uma puta.

Eu me sento na cama, pego o telefone e rosno:

— Desembucha, cuzão.

— Vai se foder, seu merda. Você teve alguma coisa a ver com isso?

— Eu nem sei ainda do que *isso* se trata.

— Não? Por acaso deixa seus homens correrem frouxos assim? Eu achei que você fosse o chefão da Bratva. E, se é mesmo, deveria saber exatamente que merda está acontecendo na sua área. Ou será que eu superestimei o seu poder?

A última parte foi dita com tanto desdém que vejo sangue diante dos meus olhos.

O sangue dele. E o cadáver dele em cima de uma poça vermelha bem grande.

— Diga logo o que quer, irlandês.

— Malek Antonov. Esse nome é familiar pra você?

— Sim. Mas ele não trabalha na minha jurisdição.

— Essa porra de país inteiro é a porra da sua jurisdição, seu filho da puta! — grita Declan.

Fecho os olhos e respiro devagar pelo nariz. Conto até dez. Quando abro os olhos, Natalie está andando de um lado para o outro diante da cama, ainda nua, e roendo a unha do polegar.

O fato de ela estar tão preocupada é o único motivo que me impede de desligar na cara dele.

Mantendo minha voz controlada, respondo:

— Malek está fora de Moscou, mas você sabe tão bem quanto eu que eles mantêm a própria cadeia de comando.

— Não aqui.

— Nós já estávamos aqui muito antes de a Máfia ter surgido. A Rússia é duzentas vezes maior que a Irlanda. As coisas são bem mais complicadas.

— Até parece.

— Tá legal. Foi bom falar com você. Vai se foder, irlandês. — Com raiva, devolvo o celular para Nat. — Melhor pegar isso, antes que eu quebre.

Ela me fulmina com o olhar e cruza os braços.

— Termine a conversa, Kazimir.

Merda. Nat está usando o meu nome verdadeiro. Ela só faz isso quando estou em maus lençóis.

Com raiva, coloco o celular no ouvido de novo.

— O que você quer?

— Quero que você me diga onde eu posso encontrá-lo.

— Não faço ideia.

— Você é a porra de um mentiroso.

— Sou mesmo. Mas não estou mentindo agora.

Um xingamento em gaélico ecoa na ligação. Isso me deixa feliz.

Não sorrio porque Nat está me observando.

—Talvez se você não tivesse saído matando todo mundo que via pela frente, inclusive o irmão dele, não estaria nessa situação. Só estou dizendo.

— Eu não sabia que era irmão dele! Eles moravam em continentes diferentes! Além disso, sabe quantos russos têm a porra do mesmo sobrenome?

— Um conselho? Da próxima vez que quiser matar alguém da Bratva, desista.

Ele berra um monte de xingamentos e, quando não para, eu afasto o telefone do ouvido para não ficar surdo.

Assim que a linha fica em silêncio, levo o aparelho ao ouvido.

— Vamos deixar as coisas bem claras. Eu não sei onde ele está nem tenho controle sobre o que ele faz. Muito menos dei permissão pra ele tocar na irmã de Sloane.

Um breve silêncio.

— Mas você sabia que ele estava aqui. Você conversou com ele. Dá pra perceber pelo seu tom.

Então talvez esse babaca seja mais inteligente do que eu pensava. Talvez.

— Eu não tive nada a ver com esse sequestro. Dou a minha palavra.

Ele debocha.

— A porra da sua *palavra*.

Eu baixo o tom de voz.

— Exatamente. Da mesma forma que te garanto que não contei para nenhum dos seus amigos da máfia irlandesa nem para nenhuma das outras famílias quem você realmente é. Nem para quem você trabalha de verdade. Porque, se eu tivesse feito isso, nós dois sabemos muito bem o que teria acontecido.

Naquele breve momento de silêncio, é quase possível ouvir seus pensamentos fervilhando. Mas Declan não diz uma palavra.

— Obrigado por não insultar a minha inteligência com uma negação.

— De nada. E obrigado por não insultar a minha inteligência com uma negação também.

— Gostando ou não, estou dizendo a verdade.

— Não estou falando de Malek.

Meu Deus, esse cara é irritante. Ele fica dando voltas no assunto.

— Então de que *merda* você está falando?

— Do seu envolvimento na morte de Maxim Mogdonovich.

Ele diz isso com tanta convicção, que sei que tem informações que não deveria ter. Não é um blefe.

Ele sabe.

Merda.

Quando não falo por um momento, chocado, Declan continua:

— Você se lembra do Max, não é? O seu antigo chefe? Que morreu em uma rebelião na prisão, tornando você convenientemente o número um da Bratva? Foi muito interessante como tudo aconteceu. Fico imaginando o que os garotos da Bratva diriam se soubessem que você orquestrou tudo.

— Seu animal ignorante.

— E você é um merda. O ponto aqui é que nós dois temos informações sobre o outro que não deveríamos ter. Vamos nos concentrar no que realmente importa agora. Diga onde posso encontrar o filho da puta do Malek. Onde ele mora? Como ele viaja?

— Já disse que não sei.

— Você sabe que ainda me deve um favor por ter apagado seu arquivo do FBI?

— Incorreto. Eu deixei a Sloane ficar com a gente enquanto você estava resolvendo seus assuntos. Seus assuntos *perigosos* que agora estão explodindo bem no meio da sua cara. Eu não precisava ter feito isso.

Ele levanta a voz.

— Ouça bem, seu…

— Eu dei abrigo à sua mulher. Minha dívida está paga. Fim de papo.

O silêncio que se segue é tão longo que acho por um momento que ele desligou na minha cara.

— Se você me ajudar, ficarei te devendo um favor. Um favor. O que você quiser. Sem condições — oferece ele.

— Tá legal. Dê um tiro na sua cabeça.

— Qualquer coisa menos isso, seu babaca.

Quando eu não respondo, Declan insiste:

— Você sabe que o que estou oferecendo é valioso. Tudo que precisa fazer é me dar alguma pista para começar. Um lugar onde procurar. Preciso da porra de alguma informação para nos ajudar a encontrá-la. E eu vou ficar em dívida com você. Qualquer coisa. Sem perguntas.

Considero a oferta.

Penso nas dezenas de coisas extremamente úteis que eu poderia pedir. Por mais que eu odeie admitir, Declan O'Donnell é um homem poderoso. Nunca se sabe quando um cara como ele em dívida com você pode vir a calhar.

Além disso, eu fui bem claro com Malek: nenhuma mulher deveria ser tocada em sua vingança. Fui bastante específico. Agora, uma garota levou um tiro e foi sequestrada no processo.

E não é uma garota qualquer. É uma garota de quem Natalie gosta muito. E que ela quer que eu ajude a encontrar.

Decisão tomada.

— Tá legal, irlandês. Temos um acordo. Vou dar alguns telefonemas e ligo de volta quando eu tiver alguma informação.

Encerro a ligação antes de ter que ouvir aquele sotaque irritante de novo. Então, sob o olhar nervoso de Nat, começo a discar.

23

RILEY

Sinto dor por todo o meu corpo. Principalmente a barriga, mas ela irradia por toda parte. Respirar é uma agonia. O menor dos movimentos é uma tortura. Até mesmo o ar em contato com a minha pele provoca fisgadas.

A dor é tão intensa que eu gostaria de estar morta.

Meus olhos estão fechados e minha mente, confusa, entorpecida pela dor, mas ainda assim tenho uma vaga noção do ambiente à minha volta.

Sinto o cheiro de antisséptico.

Ouço palavras ditas em voz baixa em uma língua estrangeira.

Sinto a pontada fria quando uma agulha é inserida no meu braço e, depois, uma queimação na veia.

A dor parece ceder um pouco. Meu gemido de gratidão é um reflexo.

Um celular toca.

Passos pesados se afastam.

Uma voz que reconheço responde:

— Estou dentro dos meus direitos. Você não pode questionar meus atos.

É Malek. Ele parece furioso.

Faz-se um silêncio. Então ele solta frases rápidas, comendo palavras:

— Eu a peguei como pagamento por Mikhail. O que eu faço a partir de agora não é da sua conta. Essa é toda a explicação que vou dar a você, Kazimir. Ela é minha agora. Não me ligue de novo.

Os passos pesados se aproximam. Malek volta a falar, desta vez em russo.

Também em russo, alguém responde à minha direita.

É a voz de um homem. Ele parece nervoso. Sinto que há outros por perto, observando em silêncio, tão nervosos quanto.

Quando Malek responde, eu entendo, então deve ter falado no meu idioma. Mas meu cérebro parece feito de algodão. Estou confusa. O que quer que tenham injetado nas minhas veias está me arrastando rapidamente para um estado de inconsciência.

— Prossiga — rosna Malek. — Se ela morrer, todos vocês vão junto.

As palavras parecem estar fora do meu alcance enquanto são proferidas, subindo em espirais leves até se dissiparem no ar.

Uma onda de trevas me engole por inteiro.

~

Como o mar, a escuridão recua lentamente.

Uma luz invade minhas pálpebras fechadas. Sinto o cheiro dele em algum lugar próximo, aquele cheiro inebriante de floresta densa em uma noite escura. Meu pulso acelera. Um bipe mecânico acelera para acompanhar o ritmo. Devo estar conectada a algum tipo de monitor.

— Fique viva, passarinha — diz Mal, perto do meu ouvido. Sua voz é baixa e urgente. — Voe de volta para mim.

Esforço-me para abrir os olhos só para ter um vislumbre dele ali, pairando sobre mim como um anjo da morte, lindo e sobrenatural, os olhos claros iluminados.

Percebo que ele acha que eu vou morrer.

Malek pega minha mão e a aperta. Com força.

— *Viva* — ordena.

A onda de escuridão me envolve mais uma vez.

~

Sou erguida por braços fortes. A dor é excruciante, mas não consigo gritar. Não tenho força em nenhuma parte do meu corpo, incluindo minhas cordas vocais. Estou mole, com os braços pendurados e sem vida, como os de uma boneca. Não tenho energia nem para abrir os olhos.

Também estou com frio. Muito frio. Parece que fui enfiada dentro de um iceberg.

Sinto um movimento. Um movimento desorientador. Não sei dizer se estou virada para cima ou para baixo. Os braços que me carregavam desapareceram, e estou em uma superfície confortável.

Acho que me deitaram, mas não consigo me lembrar. Também não consigo abrir os olhos.

Algo macio e pesado cobre meu corpo. Um zumbido baixo acalma meus nervos agoniados. Um movimento leve me coloca em um transe. Estou envolvida em calor e segurança, e apesar da dor intensa por todo o corpo, sinto-me estranhamente calma. Calma e desconectada de mim mesma, como se eu estivesse pairando no ar a alguns metros de distância, observando.

Talvez eu esteja morta.

Pensei que a vida depois da morte seria menos dolorosa.

O balanço diminui e depois para. Respiro fundo e sinto cheiro de neve.

— Boa noite, senhor. Posso ver o seu passaporte, por favor.

A voz é masculina, amigável e desconhecida.

Depois de uma pausa, o homem simpático pergunta:

— Quantos dias você planeja ficar no Canadá, senhor?

— Alguns dias.

— Você está aqui a trabalho ou lazer?

— Lazer. Sempre quis conhecer o outro lado das Cataratas do Niágara.

— Alguma coisa a declarar?

— Não.

Outra pausa e o homem amigável deseja uma boa viagem para Mal.

O zumbido recomeça. O balanço me hipnotiza de volta ao meu transe. Mergulho novamente na escuridão.

∽

Quando abro os olhos um minuto ou cem anos depois, estou deitada em uma cama estranha.

O quarto é frio, claro e silencioso. Um borrão confortável. Sem os meus óculos, não consigo ver os detalhes do lugar onde estou, mas não parece um hospital. Também não tem cheiro de hospital.

O ar tem um cheiro distinto de fogueira e pinheiros. De chuva densa e terra molhada. De musgo verde espesso subindo por troncos de árvores antigas envoltas em neblina.

Do tipo de vida selvagem ao ar livre onde não existem pessoas.

O cheiro me faz lembrar de um acampamento em que estive com minha família perto de Muir Woods quando eu era criança. Catar gravetos para a fogueira, noites frias encolhidas em sacos de dormir quentinhos, o céu brilhando como um cobertor de estrelas. Sloane e eu cochichando e rindo até tarde da noite na nossa tenda depois que nossos pais já haviam se recolhido na deles.

É uma das últimas boas lembranças que tenho de nós duas juntas antes da nossa mãe morrer.

Fico deitada por um momento, apenas respirando. Tentando costurar a colcha de retalhos da minha memória fragmentada. Mas só consigo recuperar algumas partes, breves momentos de consciência entre um longo período de escuridão. Até mesmo as coisas de que me lembro são confusas e cheias de estática.

Não faço ideia de quanto tempo se passou.

— Olá? Tem alguém aqui?

Minha voz está rouca. Minha boca tem gosto de cinzas.

Passos pesados se aproximam e param ao meu lado. Mesmo antes de falar algo, sei que é ele. Reconheço esse passo e esse cheiro em qualquer lugar. Aquela presença sombria, tão potente quanto a gravidade.

— Você acordou.

A surpresa suaviza o timbre naturalmente rouco da voz dele. Surpresa e algo mais.

Alívio?

Provavelmente decepção.

Umedeço os lábios, engulo e tusso. Quando meu abdômen se contrai, parece que um ferro em brasa me corta por dentro e grito de dor.

Ele murmura algo em russo, palavras sem sentido para me acalmar. Então apoia a minha cabeça com uma das mãos e pressiona um copo contra os meus lábios.

Água. Gelada e límpida. A coisa mais deliciosa que já tomei.

Bebo até a última gota. Ele afasta o copo e passa o polegar pelo meu lábio superior para enxugar.

— Onde eu estou? O que aconteceu? Kieran está bem? — sussurro.

O colchão afunda com o peso dele. Malek se inclina sobre mim, apoiando a mão ao lado do meu travesseiro, fazendo seu rosto entrar em foco. Então fita meus olhos e me responde da mesma forma sucinta que eu perguntei.

— Você está na minha casa. Levou um tiro do seu guarda-costas. O louro. Não sei se o outro sobreviveu. Posso descobrir se você quiser.

— Eu quero.

Ele assente. Ficamos nos encarando em silêncio. Lá de fora, um corvo grasna três vezes.

Parece um mau agouro, como o bando de gansos atingido pelo avião quando estávamos pousando em Boston.

— Eu… não me lembro de ter levado um tiro.

Malek assente de novo, mas não responde.

— Vou ficar bem?

Você perdeu um rim, o baço e muito sangue.

— Isso é um sim ou um não?

— Um talvez. Como você está se sentindo?

Penso na pergunta, procurando a palavra perfeita para descrever a sensação de fraqueza extrema, exaustão devastadora e dor latejante, forte e constante.

— Péssima.

Ele olha para mim em silêncio, sem sorrir.

— Sopa? — oferece.

Pisco sem entender, sem saber se ouvi direito, porque meu cérebro está parecendo um mingau.

— Oi?

— Você acha que consegue comer alguma coisa?

Agora entendi.

— Que tipo de sopa?

O homem franze a testa.

— O tipo que eu fiz. Você quer ou não?

Estamos falando de sopa. Que loucura. Concentre-se, Riley. Descubra o que está acontecendo.

Fecho os olhos e solto o ar devagar.

— Por que estou aqui?

Malek faz uma pausa. Sua voz sai bem baixa.

— Porque eu quero que você esteja aqui.

Tenho medo de abrir os olhos, mas abro mesmo assim. Ele me encara com um milhão de palavras não ditas brilhando em seu olhar, todas assustadoras.

Tento parecer forte.

— Por quanto tempo vou ficar aqui?

— O tempo que for necessário.

Não tenho coragem de perguntar o que ele quer dizer com isso, nem energia para lidar com a resposta. Apenas mordo meu lábio e concordo com a cabeça, como se aquilo fizesse algum tipo de sentido.

Malek se levanta e vai embora.

Ouço sons vindos de outro cômodo. Panelas colocadas em um fogão. Uma porta se abre e se fecha. Uma torneira aberta.

Quando volta, ele se senta na cama com uma tigela branca de cerâmica nas mãos, depois a coloca em uma mesa de madeira ao lado.

— Eu vou te levantar. Vai doer.

Antes que eu tenha a chance de dizer que já está doendo, Malek me segura pelas axilas e me coloca sentada.

Não era exagero: dói. Dói pra caralho. É como se milhares de facas perfurassem minha barriga e a rasgassem. A dor me deixa sem fôlego.

Segurando-me com uma das mãos, ele coloca um travesseiro apoiado na cabeceira e me ajuda a me recostar, acalmando gentilmente meus gemidos.

Malek se senta ao meu lado, pega a tigela, mergulha a colher lá dentro e a leva até minha boca. Espera pacientemente até que eu consiga controlar a respiração ofegante, depois a escorrega por entre meus lábios.

A sopa está quente, cremosa e deliciosa. Eu como com voracidade, lambendo os lábios.

Malek emite sons de satisfação e me dá outra colherada.

Só depois de já ter comido metade da tigela é que volto a falar:

— Há quanto tempo estou aqui?

— Chegamos ontem à noite. Você passou seis dias no hospital.

Eu fiquei inconsciente por uma semana? Impossível.
Ele percebe minha expressão de choque.

— Você ficou em uma unidade de trauma até estar estável o suficiente para viajar.

— Unidade de trauma — repito, esforçando-me para tentar me lembrar de alguma coisa.

Nada. É um beco sem saída. Um muro intransponível.

— Um lugar que usamos, que não é conhecido. Você passou por uma cirurgia. Recebeu analgésicos, antibióticos e hidratação intravenosa. Também recebeu transfusão de sangue. — Ele faz uma pausa. — Não era para você estar viva.

— Te disse que eu sou teimosa — respondo com a voz fraca.

— Sim, você disse.

O olhar dele é tão intenso que fico constrangida.

O constrangimento desaparece quando as sinapses do meu cérebro frito decidem começar a funcionar de novo, e eu me lembro de uma coisa que Spider me disse quando estávamos fugindo de Malek depois do encontro na livraria.

Ele é o braço direito do rei da Bratva de Moscou.

A parte importante sendo "Moscou".

Meu coração dispara. Minha voz fica rouca.

— Quando você disse que estou na sua casa... onde estamos, exatamente?

Sustentando meu olhar, ele responde com uma palavra.

Não é no meu idioma.

Meus instintos sugerem que é o nome de uma cidade, mas não pode ser o que estou pensando. Eu me recuso a acreditar nisso.

— Para onde você me trouxe? Onde estamos? — sussurro.

Malek fica em silêncio. O olhar enuviado por uma escuridão tão profunda e impenetrável que a sensação é de que estou encarando um abismo.

— Você já sabe onde está. E é aqui que você vai ficar.

Então ele se levanta, sai do quarto e fecha a porta.

24

DECLAN

— Descobri uma coisa.

O som da voz de Kazimir do outro lado da linha me desperta tanto alívio quanto irritação.

— Já faz uma semana!

— Você tem sorte de eu ter descoberto alguma coisa. — Ele faz uma pausa significativa. — O seu contato no FBI tem alguma pista?

— Você sabe muito bem que não — respondo entre os dentes.

— Sei. E precisei matar três homens para conseguir essa informação. Então demonstre um pouco de gratidão.

— Só vai direto ao ponto, porra.

— Já que você pediu de forma tão gentil, é o que vou fazer.

Sua voz transborda sarcasmo e arrogância. Eu praguejo baixinho.

— Essa situação vai me matar.

— Com sorte. Você quer a informação ou não?

Ele parece interpretar minha raiva silenciosa como um *sim*, e continua. E eu imediatamente desejo que não tivesse feito isso.

— Ela está na Rússia.

— Como isso é possível? Estávamos de olho em todas as saídas do país. Aeroportos, rodoviárias, portos, tudo — indago, depois de me recuperar do choque.

— Ele é um filho da puta sorrateiro. É isso. A fronteira com o Canadá é um ponto fraco.

Canadá. Ele seguiu para o norte. Merda.

— Continue.

— Malek roubou um caminhão, trocou as placas, levou sua cunhada escondida pela fronteira perto das Cataratas do Niágara. Ele foi inteligente, considerando o fluxo diário de turistas. O caminhão foi encontrado perto de um pequeno aeroporto em Hamilton, Ontário. Eles decolaram de lá.

— O destino final?

— A cidade natal dele. Moscou.

Moscou. Uma das maiores cidades do mundo, com mais de doze milhões de pessoas.

E nenhuma delas disposta a nos ajudar a encontrar a Riley.

— Então ela estava viva quando saiu dos Estados Unidos?

— Estava. Mas pelas informações que recebi, o estado dela é grave.

A situação está cada vez melhor.

— E agora?

— Não faço ideia. Perdemos o rastro. Ninguém sabe exatamente onde ele mora, e ninguém em Moscou está disposto a falar comigo.

Eu me irrito.

— Você deveria ter oferecido uma recompensa!

Ele ri.

— Oligarcas não estão interessados em subornos.

— E no que estão interessados? O que podemos oferecer para que eles nos ajudem?

Depois de uma pausa, Kazimir responde:

— Eu concordei em ajudá-lo em troca de um favor valioso. Pessoal. Isso não se estende ao restante da Bratva. Se você quiser fazer um trato com Moscou, entre em contato direto com eles.

Filho da puta.

— Vou contar para eles sobre Maxim Mogdonovich — ameaço, furioso.

— E eu vou contar para a máfia sobre suas atividades extracurriculares como espião. Xeque-mate.

— Não é xeque-mate, seu merda. Na melhor das hipóteses, é um empate.

— Concordo em discordar. A questão é: eu consegui a informação que você estava procurando. Agora você está em dívida comigo. Terá notícias minhas quando eu precisar de você.

Ele desliga, deixando-me trêmulo de raiva.

Riley está em Moscou.

Como vou contar isso para Sloane?

— Para onde ele a levou?

Eu me viro ao ouvir a voz de Spider. Ele está sentado do outro lado da mesa, olhando para mim com olhos assombrados e febris.

Spider chegou a Nova York há dois dias. Desde então, não dormiu, não tomou banho nem comeu nada até onde sei. Ele só fica andando de um lado para o outro de qualquer aposento que esteja, rangendo os dentes o tempo todo.

O cara está péssimo. Os cinco centímetros de pontos que precisou levar em sua têmpora na região onde Malek o atingiu não estão ajudando.

Enfio o celular no bolso da camisa, cruzo os braços e o fito da cabeça aos pés.

— Você precisa descansar.

— Para onde ele a levou? — insiste Spider.

Eu o conheço há tempo suficiente para saber que não vai parar de perguntar até obter uma resposta. Então eu lhe dou uma, embora não tenha certeza se vou me arrepender depois da reação dele.

— Moscou.

O guarda-costas fica imóvel por um segundo, processando a informação.

— Como ela está?

— Quase morreu, pelo que Kazimir me disse.

Spider engole em seco, olha para o chão, e então olha para mim e pergunta veementemente:

— Quando é o meu voo para lá?

— Você não vai.

Ele dá um passo na minha direção, com os olhos brilhando e um músculo saltando em seu maxilar.

— Eu vou. Goste você ou não. Vou para Moscou. A culpa é minha. A responsabilidade é minha. Eu vou encontrá-la.

— Você vai para onde eu mandar. E, neste momento, preciso de você aqui — respondo, mantendo a voz controlada.

Spider balança a cabeça, frustrado.

— Eu sou inútil aqui, e você sabe disso. Não consigo me concentrar, não consigo dormir, eu mal consigo pensar.

— Baixe a voz. Respire fundo e se controle.

Ele fecha os olhos, passa a mão pelo cabelo e solta o ar com força.

— Desculpe. Merda. — Spider deixa as mãos penderem ao lado do corpo e olha pela janela. Sua voz sai bem baixa: — Preciso encontrar a Riley. Eu tenho que ir. Ou vou enlouquecer.

Algo em seu tom me faz olhar para ele com atenção.

Sei que está se afogando em culpa pelo que aconteceu. Spider se culpa mais do que Sloane ou eu o culpamos. Seu sofrimento é palpável. Ele está andando sob uma nuvem carregada de sofrimento tão espessa que tem sua própria atmosfera.

Talvez o motivo para isso seja além do óbvio.

Observando-o, eu digo:

— Preciso que cuide da Sloane enquanto eu estiver longe. Vou organizar uma equipe e manterei você informado do nosso progresso assim que chegarmos lá.

— Eu vou! — grita Spider, batendo com o punho na mesa. — Não estou pedindo autorização!

Eu não reajo. Fico apenas encarando-o até ele perceber que se entregou.

Spider jamais falaria comigo com tamanho desrespeito, a não ser que o coração dele estivesse em jogo.

Ele se senta na cadeira ao lado, afunda a cabeça nas mãos e geme.

Depois de um instante, eu digo em voz baixa:

— Ela não parece o seu tipo.

Spider expira alto.

— Nunca conheci uma mulher que me deixasse constrangido.

Meu Deus do céu. A raiva faz o meu tom sair mais duro do que deveria.

— Tem alguma coisa que eu precise saber sobre essa situação?

Spider levanta a cabeça e me lança um olhar suplicante.

— Nunca encostei um dedo nela. Juro pela minha mãe. Nada aconteceu. Riley nem imagina.

— Você está me dizendo que é unilateral?

— Afirmativo.

Sei que está dizendo a verdade. O rosto de Spider não consegue esconder uma mentira.

Eu me viro para a janela e fico olhando para fora, pensando. *Que merda fenomenal.*

Atrás de mim, Spider fala em um tom baixo e urgente:

— Malek está esperando que você vá até lá. Ele vai estar aguardando. Observando. Ninguém suspeitará de mim.

— Ele já viu seu rosto. Conhece você.

— Conhece você melhor do que me conhece. Todo mundo, na verdade. Se você pisar em uma rua de Moscou, em menos de uma hora, todos os membros da Bratva do país saberão que você está lá.

Spider faz uma pausa para me deixar absorver as palavras.

— E você não pode ir e deixar a Sloane aqui. Mesmo que tente fazer isso, ela não vai deixar. Quer mesmo que sua mulher vá atrás de você até a Rússia? Porque nós dois sabemos que ela faria isso. De um jeito ou de outro.

— Eu sei — retruco, irritado.

— Então me mande no seu lugar. Posso ficar sob o radar deles de um jeito que é impossível para você.

Suspirando, afasto-me da janela e me sento diante dele.

— Moscou é imensa. Você pode demorar mais de dez anos na sua busca. Não temos um ponto de partida. É como buscar uma agulha no palheiro.

— Estou ciente disso — diz Spider, assentindo. — Então, o quanto antes começarmos, melhor.

Não gosto da expressão em seus olhos. Há um brilho incomum de desafio, um brilho de motim.

— A resposta é não. Não vou mandar você. É uma sentença de morte. Vou pensar em outra coisa — respondo com firmeza, sustentando seu olhar rebelde.

Ofegante, Spider me encara. Percebo seu esforço para controlar as emoções e escolher cuidadosamente as palavras que vão me fazer mudar de ideia.

Por fim, ele desiste. Spider se levanta e vai até a porta. Olhando nos meus olhos, afirma com suavidade:

— Eu não vou ficar parado aqui enquanto um russo filho da puta faz o que bem entender com a moça, Declan. Me recuso a não fazer nada.

Ele sai, fechando a porta suavemente.

Duas horas depois, recebo uma mensagem de texto enviada do LaGuardia.

O avião vai decolar. Ligo quando estiver com ela.

— Seu louco filho de uma puta — digo em voz alta para o aposento vazio, surpreso. — Você vai acabar morrendo.

Pego o telefone e ligo para a única pessoa no mundo que pode me ajudar agora. Um homem que sabe tudo e conhece todos, mesmo que ele tenha morrido há mais de um ano.

Killian Black.

25

RILEY

Fico deitada imóvel, olhando para a parede, por um longo tempo. Minha visão está embaçada sem meus óculos, mas dá para perceber que a parede é feita de troncos de árvore.

Estou acamada com um ferimento à bala em uma cabana de madeira, que por sinal é de um assassino, na Rússia. Fiquei inconsciente por uma semana e alguns dos meus órgãos foram removidos.

Eu até poderia rir, se não estivesse com vontade de chorar.

Preciso ir ao banheiro. Então, passo uma perna pela beirada do colchão. Minutos depois, quando recupero o fôlego, passo a outra e me sento.

A dor é tão intensa que meus olhos ficam marejados e eu acho que vou vomitar.

Malek aparece diante de mim e me segura pelos ombros. Tenho a sensação de que ele está com raiva e quer me sacudir, mas não faz isso. Apenas rosna para mim.

Ofegante, digo para os pés dele:

— Preciso ir ao banheiro.

— Você precisa ficar na cama.

— Eu preciso ir ao banheiro. Você pode me ajudar a me levantar ou pode sair do meu caminho. Não vou fazer xixi nesta cama.

Silêncio. Um gemido de insatisfação. Então, ele me levanta suavemente pelas axilas e fica ali me segurando enquanto eu gemo e cambaleio, esforçando-me para me equilibrar.

— Merda. *Merda!*

— Concentre-se na respiração, não na dor.

Eu me apoio nos braços fortes dele e respiro fundo várias vezes, até o pior passar.

Li em algum lugar que um ferimento à bala dói mais do que um parto e me lembro de ter rido disso. Tipo, como é que empurrar um *ser humano* pela vagina poderia ser menos doloroso do que ser atingido por uma bala?

Pois bem. Agora eu entendo.

O parto só rasga a vagina. Uma bala rasga seu corpo todo.

— Eu perdi parte do intestino também? Parece que minhas entranhas foram tiradas de dentro de mim e substituídas por lâminas de barbear.

— Ferimentos abdominais causados por tiros estão entre os mais dolorosos de todos.

— Você diz como se já tivesse passado por isso.

— É porque eu já passei. Você está bem?

— O máximo que consigo agora.

O que não é muito, mas não quero admitir que provavelmente vou cair de cara no chão assim que Malek me soltar.

Posso até estar sem força nas pernas, mas ainda tenho meu orgulho.

— O banheiro é bem ali. — Ele faz um gesto em direção a algum lugar.

— Seria muito útil se eu conseguisse ver para onde você apontou.

— A sua visão é tão ruim assim?

— Eu sou quase cega sem óculos.

— Vou providenciar óculos para você.

— Vai precisar da receita.

— Deixa que eu me preocupo com isso.

Malek dá um passo para trás, mantendo as mãos sob as minhas axilas. Eu arrasto os pés para a frente enquanto o vejo se afastar. Seguimos assim até o meio do quarto, quando ele perde a paciência.

— Isso vai demorar um tempão. Vou levar você no colo.

— Eu preciso andar. Ajuda na circulação e no processo de cura. Ficar muito tempo deitada depois de uma cirurgia aumenta o risco de formação de coágulos e problemas pulmonares, como pneumonia.

Sinto a surpresa na pausa que ele faz.

— Como você sabe disso?

Porque foi isso que os médicos disseram para minha mãe depois que removeram os ovários dela por causa do câncer, mas não estou a fim de compartilhar lembranças pessoais e dolorosas.

— Meu cérebro é grande — respondo, irritada.

A resposta dele é suave:

— Sua cabeça é bem grande para uma mulher tão pequena. Alguém já ofereceu um emprego no circo para você?

— Que piadinha sem graça.

— É por isso que seus lábios estão se curvando?

— Essa é a cara que eu faço antes de vomitar.

Ele me pega no colo e me carrega o restante do caminho até o banheiro, ignorando o fato de estarmos no meio de uma discussão. Quando me coloca diante do vaso e fica parado ali com os braços cruzados, olhando para mim, eu empalideço.

— Você não vai ficar parado aí enquanto faço xixi.

— Você pode cair.

— Sim. E esse seria o momento adequado para você aparecer e me ajudar. Não agora.

Malek não cede. O que, claro, me deixa com raiva.

— Por que ter esse trabalho todo por alguém que você quer matar? Você poderia simplesmente me deixar morrer lá dentro e se livrar de mim.

Como se achasse que está sendo totalmente lógico, ele responde com tranquilidade:

— Você levou um tiro por mim. Sou responsável por você agora.

— Não estou lúcida o suficiente para lidar com essa lógica.

Ignorando minhas palavras, Malek se vira para sair do banheiro.

— Estarei aqui fora, se precisar de mim.

Eu me apoio na beirada da pia, ainda confusa, olhando para a porta até decidir que é melhor me sentar para não cair. Com todo cuidado, eu me arrasto até o vaso.

— Tudo bem aí? — A voz que passa pela porta parece preocupada.

— A não ser que você ouça um barulho de algo caindo, eu estou bem.

— Pensei ter ouvido um barulho.

— Foi apenas o som de toda esperança abandonando o meu corpo.

Só quando termino de usar o banheiro é que eu me olho no espelho acima da pia e percebo que a calcinha e o camisão preto que estou usando não são meus.

Todas as implicações dessa constatação são deixadas de lado pelo mais puro terror de ver meu próprio reflexo no espelho.

Mesmo sem óculos, vejo que eu pareço a Morte.

A personificação literal e física da Morte.

Estou pálida como papel. Meus olhos estão vermelhos e fundos. Meus lábios, rachados, e meu cabelo é um ninho confuso no qual com certeza aconteceu uma briga de ratos.

Percebo que também perdi peso. Uns cinco quilos, pelo menos. Minhas clavículas estão muito evidentes, pareço até um esqueleto.

Sem acreditar, levo a mão ao rosto e, depois, ao meu cabelo.

Devastada com a realidade da minha situação, começo a chorar. Eu me apoio na pia e começo a soluçar tão alto que nem ouço quando Malek passa pela porta.

Sem falar nada, ele me toma nos braços e me puxa contra o peito enquanto eu choro.

Não, dizer que estou chorando parece um eufemismo para descrever meu atual estado. Estou tendo um colapso nervoso. Um evento completo que envolve meu corpo todo, com gemidos, gritos e lamentos, tremores dos pés à cabeça e muito catarro.

Mal permanece em silêncio o tempo todo. Apenas me abraça.

É a única coisa que me impede de cair de joelhos.

Quando o choro mais alto passa e estou soluçando, com o rosto vermelho e melequento, ele me solta por tempo suficiente para pegar um lenço de papel. Então o segura diante do meu rosto e me manda assoar o nariz, como se eu fosse uma garotinha gripada de cinco anos.

Surpreendentemente, isso me acalma.

Eu o obedeço. Malek limpa o meu nariz, joga o lenço no lixo, pega outro e enxuga as lágrimas do meu rosto. Ele me pega nos braços e me leva de volta ao quarto.

Com a cabeça apoiada em seu peito e olhos fechados, sussurro:

— Não entendo o que está acontecendo.

— Não precisa entender. Tudo que você precisa fazer agora é se recuperar, *malyutka*. E isso levará um tempo.

Ouvir o apelido que ele me deu me deixa com vontade de chorar de novo, mas fungo e fecho os olhos para as lágrimas não caírem.

Faço uma careta de dor quando ele me coloca na cama de novo, mas não emito nenhum som. Malek ajeita o travesseiro atrás da minha cabeça.

— Preciso ver os seus pontos. Vou levantar sua camisola.

Não me dou ao trabalho de protestar. Sei que ele não vai me ouvir de qualquer forma. Além disso, também não tenho energia. Tê-lo como meu cuidador é só mais uma das coisas estranhas com as quais minha mente precisa lidar. Vou precisar de toda a minha energia para não dissociar completamente.

Com mãos gentis, ele puxa minha camisola e pressiona de leve minha barriga, enquanto eu cerro os dentes e faço uma careta.

— Não há sinal de infecção nos pontos — afirma em voz baixa. — Seu abdômen não está rígido, o que é um bom sinal. Vou trocar o curativo e trazer seus remédios.

— Remédios?

— Analgésicos e antibióticos.

— Ah.

— Preciso que você me avise na mesma hora se sentir dor ou inchaço nas pernas ou braços, se ficar sem ar ou se sentir tonta ou tiver sangue na urina.

— Ai, meu Deus — respondo baixinho, fechando os olhos.

— Não se desespere ainda. Sua situação ainda pode piorar. Mesmo que você tenha uma recuperação perfeita, pode apresentar sinais de transtorno de estresse pós-traumático. É um efeito adverso comum quando alguém leva um tiro. Pesadelos, ansiedade, nervosismo…

— Já entendi — interrompo. — Mesmo que eu acabe não ficando totalmente destruída, provavelmente vou ficar um caco.

Ele para de me examinar e olha para mim.

— Você é jovem e forte. Suas chances são boas.

Algo no jeito que Malek diz essas palavras me deixa nervosa. Eu observo seu rosto com atenção, mas a expressão dele é neutra.

Neutra demais.

— Espere. Eu ainda corro risco de vida, não é?

— Sim. É bem comum que ocorra uma sepse nesse tipo de ferimento. Você também pode ter trombose, colapso das vias aéreas, fístula, peritonite, abscessos e outras complicações fatais.

Pelo menos está sendo sincero. Sou obrigada a reconhecer.

— Você é bem positivo, não é? — respondo com a voz fraca.

— Além disso, você só tem um rim, não vai mais poder consumir bebidas alcoólicas.

Fecho os olhos e gemo.

— Acho que prefiro morrer.

— Olhe pelo lado positivo.

— Não tem um lado positivo.

— Pense em todo dinheiro que vai economizar. E nunca mais vai ficar de ressaca.

Ele soa tão racional que me faz rir. O que provoca uma dor intensa em todo meu corpo e o riso logo se transforma em gemidos.

Mal aperta minha mão e sussurra:

— Respire que vai passar.

Inspiro profunda e desesperadamente pelo nariz, apertando a mão dele com tanta força que devo até ter quebrado algum de seus ossos.

Mas eu não ligo. É culpa dele que eu esteja nesta situação.

Com os olhos fechados, pergunto:

— Minha irmã. Sloane. Ela sabe o que aconteceu comigo?

Ele faz uma pausa antes de responder:

— Sabe.

Sinto que há muita coisa por trás dessa resposta, porém Malek não dá mais explicações.

— Então ela sabe que estou viva? E com você?

— Sabe.

Abro os olhos e o encaro. Ele está de joelhos ao lado da cama. Ainda estou segurando sua mão.

— Você não está preocupado que eles tentem me resgatar?

— Se Declan O'Donnell pisar neste país, ele é um homem morto.

Mal afirma com tanta convicção que compreendo que ele não apenas tomou todas as providências para isso acontecer, como também não é o único disposto a puxar o gatilho.

— Ele está sendo vigiado.

Malek confirma com a cabeça.

Minha voz sai baixa.

— Por favor, não o mate.

Ele balança a cabeça, parecendo frustrado.

— Você vive me pedindo para não matar outras pessoas, mas nunca me pediu para não matar *você*.

Penso por um momento.

— Tenho certeza de que pedi.

— Não pediu, não. Você só ameaçou voltar do mundo dos mortos e me assombrar se eu te matasse.

— Eu tinha uns noventa por cento de certeza de que você não ia me matar. Por que você está me olhando assim?

— Eu *ia* te matar — responde Malek de forma direta.

— Não ia, não.

— Eu ia, sim.

— Você *queria* me matar, mas não ia me matar. São duas coisas totalmente diferentes.

Suspirando, ele solta minha mão e se levanta, saindo do quarto.

— Você não teria me beijado tanto se quisesse me matar — grito.

— Diga isso para minha falecida ex-mulher.

Sua resposta me deixa sem ar, não só porque minha barriga dói pelo esforço de ter gritado. Fico deitada ali, com o coração disparado, pensando em todas as formas que ele poderia ter assassinado a pobre ex-mulher, até Mal enfiar a cabeça pela porta.

— Eu não tenho uma ex-mulher. Nunca fui casado. Eu só disse isso para assustar você.

— Funcionou.

— Eu te disse que eu sou mau.

Isso me faz sorrir.

— Sim, mas, se você fosse mau *de verdade*, não admitiria.

Ele fecha os olhos, balançando a cabeça.

— Preciso sair. Tentarei voltar antes de escurecer.

Começo a entrar em pânico de novo.

— Você vai me deixar aqui sozinha? E se eu morrer enquanto você estiver fora?

— Aí serei obrigado a cavar uma cova quando voltar.

Fico boquiaberta.

— Agora você está sendo cruel.

Percebo que ele está tentando segurar o riso.

— Você prefere ser cremada? Posso providenciar uma pira funerária, se preferir.

— Isso não tem a *menor* graça.

— Ah, é engraçado.

— Não é não.

— Estou vendo que você quer rir.

— Isso é um espasmo por causa da dor!

A cabeça dele desaparece. Malek volta um tempo depois com uma sacola de papel branco.

— O que tem aí?

Malek se senta na beirada da cama e começa a tirar frascos de remédios de vários tamanhos e cores lá de dentro. Alguns têm rótulos, outros, não. Os que têm parecem indecifráveis, provavelmente escritos em russo.

Quando coloca comprimidos de diferentes frascos na mão e a estende para mim, olho para aquilo com apreensão.

— Como vou saber o que é isso?

— Você sabe porque eu te disse.

— Eu sei, mas você também me disse que ia me matar. Não posso confiar em você agora.

Com uma paciência forçada, ele ordena:

— Pegue a porra dos comprimidos.

Quando estendo a mão de má vontade, Malek me entrega os comprimidos, pega a garrafa de água na mesinha de cabeceira e serve um copo. Então me oferece com uma expressão que mostra que eu vou ter problemas se eu disser mais alguma coisa.

É claro que eu digo.

— Tá, mas, se eu morrer, juro que volto para te assombrar.

— Estou começando a me arrepender de ter salvado sua vida.

Sorrindo diante da expressão de impaciência, coloco os comprimidos na boca e aceito o copo de água. Engulo todos de uma vez só.

— *Ugh*, acho que o branco grandão ficou preso na minha garganta.

— Ah, é o cianeto. Não precisa se preocupar com a garganta, porque, daqui a um minuto, você estará morta.

— Viu? Você não pode fazer isso agora. Eu não sei se está brincando ou não!

— Olha para mim. Esse é o meu rosto de quem está brincando.

O rosto dele está completamente sério.

— Ai, meu Deus. Acabei de descobrir uma coisa.

— O quê?

— Você é um babaca.

Um cantinho da boca dele se curva para cima.

— Você é bem lenta, né?

— Pelo menos não sou babaca.

Mal fica me encarando em silêncio, mas seu olhar está caloroso. Acho que ele quer sorrir, mas não sei se sabe fazer isso.

Então se levanta e me deixa sozinha, dizendo que vai voltar assim que puder.

Quando retorna naquela noite, está coberto de sangue.

26

RILEY

Não noto a princípio porque está escuro lá fora e não há nenhuma luz acesa do lado de dentro. Sem os óculos, sou incapaz de ver um palmo diante do meu nariz. Mas, quando ele entra no quarto e começa a acender as velas que estão espalhadas pela cabana e depois se senta ao meu lado, noto as mãos dele.

— O que é isso?

Malek olha para a mancha escura e de cor de ferrugem no dorso das mãos e tenta limpar com a manga do casaco. Quando não adianta, simplesmente opta por ignorar a minha pergunta.

— Aqui. Acho que isso é o suficiente para você encontrar um que sirva.

Ele coloca no meu colo uma fronha de travesseiro cheia de alguma coisa.

— O que é isto?

— Você saberia se olhasse.

Abro, espio lá dentro e fico surpresa.

— Tem uns quatrocentos óculos aqui.

— Você é tão exagerada. Alguém já te disse isso?

— Já. Meu professor de escrita criativa na faculdade descreveu a minha capacidade de hipérbole como incrível.

— Tenho certeza de que não foi um elogio.

— Eu só tirava dez nessa disciplina.

— Porque ele sabia que se te reprovasse, você teria de fazer a matéria de novo. Seu professor não conseguiria lidar com você duas vezes. Experimente alguns óculos. Vou preparar algo para você comer.

Malek se levanta da cama e acende as velas enquanto eu experimento os óculos, tentando encontrar um com o grau similar ao meu.

— Por que você não tem luz elétrica? — pergunto.

— Eu tenho — responde, do outro cômodo. — Mas não gosto de luzes fluorescentes.

— Compre de LED.

— Também não gosto.

Acho que devo me considerar sortuda por ele gostar de rede de esgoto.

— Ah, encontrei um que funciona!

Com a visão em foco, olho em volta do quarto, maravilhada.

As paredes e o piso são de madeira nodosa polida e cor de mel. Vigas pesadas atravessam o teto de ponta a ponta. As portas são de madeira, assim como a cama na qual estou deitada, com um acabamento que parece feito à mão. Sobre o móvel, várias mantas de lã colorida e uma de pele escura que parece ser de um animal de verdade.

Um animal muito *grande*. Talvez um urso.

Os móveis são simples, rústicos e também parecem ter sido entalhados à mão. Não há computador, televisão, nem relógio no quarto, mas tem uma estante de livros e uma lareira.

Além disso, há uma enorme cabeça de alce empalhada na parede em frente à cama, olhando para mim com olhos pretos de vidro.

É aterrorizante.

Mal volta para o quarto e meu terror aumenta.

— Ai, meu Deus — sussurro ao vê-lo.

Seu rosto está coberto com a mesma substância cor de ferrugem que eu tinha visto nas mãos dele. Está seca agora, mas dá para perceber que antes era um líquido que escorreu pelo rosto.

Um que já foi vermelho vivo e que oxidou pela exposição ao ar.

— O quê?

— Você está coberto de sangue.

Ele reage àquela notícia horrível como se eu tivesse acabado de revelar o meu signo: com total indiferença.

Mal coloca uma bandeja na mesinha de cabeceira, despe o pesado casaco de lã, atirando-o em uma cadeira, então tira a camiseta preta tipo Henly e a joga em cima do casaco. Agora, ele está nu da cintura para cima e eu estou sentada na cama, boquiaberta, imaginando se estou sofrendo de uma concussão grave além do tiro.

Não é possível que um ser humano seja tão bonito assim.

Pisco para clarear a visão, mas tudo que vejo diante dos meus olhos é um corpo musculoso decorado com uma constelação de tatuagens. A largura dele só é ultrapassada pela altura, que só é ultrapassado pelo impacto daquele V que desce pelo abdômen tanquinho como um par de setas de músculo apontando para a área de lazer.

Mal é musculoso, forte e completamente masculino.

Devastada, desvio o olhar.

Estou cega. Ele arrancou meus olhos e nunca mais vou enxergar de novo.

Mal se senta na beirada da cama e pega na bandeja uma tigela com um líquido fumegante, como se fosse a coisa mais natural do mundo. Como se andasse seminu e com sangue nas mãos e no rosto todos os dias.

O que, considerando seu ramo de trabalho, é uma possibilidade real.

— Respire fundo — orienta com calma, enquanto usa a colher para mexer o conteúdo da tigela.

Ele sabe que meu cérebro não está funcionando direito.

— Eu me pergunto quantas vezes você vai me mandar respirar até o fim desta semana — retruco com voz fraca, querendo abanar o rosto para afastar o calor.

Malek aproxima a colher dos meus lábios e espera que eu me recomponha. Quando finalmente consigo, provo a colherada de uma sopa maravilhosa.

Meu sequestrador assassino sabe fazer sopa caseira e está me alimentando como se eu fosse um bebê.

Acho que enlouqueci de vez. Essa é a única explicação.

— Você conseguiu descansar enquanto eu estive fora?

— Um pouco.

Ele coloca mais uma colherada na minha boca.

— Como está o nível da dor?

— Esplendoroso.
— Tente de novo sem o sarcasmo.
— Em uma escala de zero a dez, eu diria quarenta e sete.
— Sem exagerar, se possível.
Aceito outra colherada, tentando olhar para qualquer outro lugar, menos para o peitoral dele.
Meu Deus, esse peito. Os seios são lindos. Peitoral, na verdade. É assim que se chama, não é?
Acho que perdi metade do meu vocabulário nos últimos sessenta segundos.
— Riley, a dor. Como está?
— Tá. Desculpe. Hum... Doendo.
Mal me lança um olhar irritado, mas estou distraída demais para me assustar.
— Por que você está coberto de sangue?
— Trabalho. Como está a sua dor?
— Um pouco melhor. Pelo menos não está piorando.
Parecendo satisfeito com a resposta, assente e me oferece outra colherada. Ficamos em silêncio até eu terminar de comer, alternando o olhar entre os cobertores, a parede, o teto, o alce assustador, qualquer outro lugar que não fosse aquela beleza devastadora.
Então ele coloca a tigela e a colher na bandeja e avisa que vai tomar banho.
Malek se levanta e vai para o banheiro, deixando-me deitada na cama, sem nenhuma energia depois de ver seu corpo e de receber uma única palavra para explicar todo aquele sangue.
Trabalho.
Ele tinha saído para trabalhar.
Para fazer o que assassinos fazem.
Matar pessoas.
Meu cérebro se recusa a lidar com aquilo. Simplesmente não consigo combinar a ideia de Mal, o cuidador gentil e atencioso, que limpa meus ferimentos e me dá sopa na boca, com o Mal que mata pessoas para viver. Que tinha ido para as Bermudas para matar Declan.
Que pode ou não ter planejado *me* matar.
Estou a milhares de quilômetros de casa, ferida, sentindo uma dor horrível, em um país estranho para o qual ele me trouxe enquanto eu

estava inconsciente e onde posso morrer por complicações de um tiro que levei do meu guarda-costas ou das cirurgias que precisei fazer para cuidar disso.

É demais para mim.

Começo a chorar de novo, odiando-me mais a cada lágrima que escorre pelo meu rosto.

Sloane não choraria nesta situação. Ela já teria construído um veículo de fuga usando a cabeça do alce e queimado a cabana.

Quando Mal volta para o quarto, estou deitada com os braços sobre o meu rosto, enquanto tento respirar.

Ele afasta meus braços do rosto e fita meus olhos marejados. Diz algo que parece gentil e calmo, mas não entendo porque ele disse em russo.

— Você sabe que eu não sei o que isso significa.

— Sei. Foi por isso que não disse na sua língua.

— Isso não é muito legal da sua parte.

— Você não teria essa opinião se soubesse o que eu disse.

Mordo o lábio e olho para ele. Seu cabelo está molhado e penteado para trás. A toalha branca amarrada na cintura é a única coisa que está usando. Malek tem um cheiro másculo e de pele limpa. E, pelo amor de Deus, não posso olhar para ele nem por mais um segundo.

Fecho os olhos e viro a cabeça.

— Por que você me trouxe para cá?

Mal cruza meus braços sobre o meu peito e se senta ao meu lado. Sinto seu olhar, mas me recuso a abrir os olhos. Depois de um momento, Mal me faz uma pergunta, ignorando a minha:

— Por que você levou um tiro por mim?

— Sei lá.

— Sabe, sim. Diga a verdade.

Sua voz é baixa e urgente. Imagino os lindos olhos verdes me encarando com aquela intensidade usual, e desejo, com todas as minhas forças, não estar parecendo uma pessoa que dorme embaixo da ponte.

Respiro fundo, solto o ar e digo a verdade ridícula com uma voz tão baixa que ele provavelmente nem consegue escutar:

— Porque eu não queria que você morresse.

O silêncio é longo e intenso. Mal solta o ar, então leva a minha mão aos lábios, roçando sua boca suavemente nos nós dos meus dedos, antes de virá-la e pressionar os lábios contra a palma aberta.

Mal se levanta da cama sem dizer mais nada.

Eu ouço seus passos pelo quarto, abrindo e fechando gavetas, e então se afasta. Quando retorna, abro os olhos e o vejo totalmente vestido, de bota e tudo. Ele se senta em uma grande cadeira de couro marrom no canto.

Malek cruza as mãos na barriga, apoia a cabeça no encosto e fecha os olhos.

— O que você está fazendo?

— Eu vou dormir. Você deveria fazer o mesmo.

— Você vai dormir nessa poltrona?

— O que eu acabei de dizer?

— Como é que você consegue dormir sentado? Não tem um sofá na sala no qual você possa se deitar?

Ele levanta a cabeça e olha para mim.

— Pare de se preocupar comigo.

— Mas...

— Pare.

Quando percebe que estou prestes a fazer perguntas de novo, Mal responde, de má vontade:

— Sim, tem um sofá. Não, não vou dormir lá. Preciso estar aqui. Preciso ouvir se você chamar. Tenho que saber se você está sentindo dor ou se precisa de alguma coisa. Não me pergunte o motivo porque não vou dizer. Agora vá dormir, porra.

Seus olhos brilham para mim por um momento até que ele os fecha de novo, e sou libertada da potência fervente daquele olhar.

27

RILEY

Tenho um sonho horrivelmente violento.
Começa com um tiroteio e vai piorando, com sangue e membros voando por todos os lados. Ouço gritos e sinto cheiro de fumaça. O prédio no qual estou está pegando fogo. Tento correr, mas minhas pernas não funcionam. As paredes estão queimando, assim como minha roupa e meu cabelo. Minha pele fica preta e se solta do meu corpo como se fosse papel.

Acordo com um grito sufocado e o coração disparado.

— Tudo bem. Tá tudo bem. Eu estou aqui.

Mal me aconchega junto ao peito e começa a balançar o corpo, dizendo palavras em russo, enquanto eu tremo e tento respirar. Agarro-me a ele até o sonho se desfazer. Afundo o rosto em seu peito.

— Da próxima vez que tiver um pesadelo, você precisa se lembrar de que está sonhando. Que não é real. E ordene para si mesma que acorde — diz, com voz suave.

— Isso não faz o menor sentido. Como é que posso dar uma ordem para mim mesma se estou dormindo?

— Seu subconsciente vai se lembrar do que eu acabei de dizer. A partir de agora, você vai conseguir acordar de um pesadelo. Isso não vai impedir que você os tenha, mas vai ajudar.

Começo a pensar no que Malek disse, imaginando se ele também tem pesadelos.

— Vou preparar um banho — declara.

— Você não acabou de tomar um?

— Não é para mim. É para você. — Ele se afasta e passa a mão no meu cabelo. — Você está fedendo.

— Isso não ajuda — respondo em tom seco.

— Ajudando ou não, é a verdade. Beba um pouco de água.

Ele se inclina para a mesinha, pega o copo e me entrega. Fica observando em silêncio até eu tomar metade, então se levanta e vai para o banheiro.

Tateio na mesinha de cabeceira para pegar os meus óculos. Quando os coloco, percebo que a cabeça horrenda de alce desapareceu.

Acho isso muito perturbador. Será que eu a imaginei?

Quando Mal volta para o quarto, eu aponto para a parede onde a cabeça horrível estava pendurada.

— Não tinha um alce ali?

— Não. — Antes que eu tenha chance de me desesperar e pensar que estou enlouquecendo, ele acrescenta: — Era a cabeça de um cervo.

— Ah, pelo amor de Deus.

— Eu a tirei.

Fico pensando naquilo.

— Você tirou a cabeça do cervo da parede enquanto eu estava dormindo?

— Tirei.

— Por quê?

— Porque você não gostou dela.

Isso me surpreende.

— Então, além de conseguir atravessar paredes, você consegue ler a mente das pessoas?

— Não, mas eu consigo ler a expressão no rosto delas. E você é muito expressiva.

Ah, que *maravilha*. O que a minha cara deve ter dito enquanto ele andava sem camisa pelo quarto?

Espero que não tenha sido a mesma coisa que meus ovários estavam dizendo, porque aqueles produtores fogosos de óvulos só conseguem pensar em uma coisa.

Sinto o rosto queimar e olho para as minhas mãos. Mal se aproxima da cama, tira as cobertas e me pega no colo.

— Eu deveria estar andando — digo enquanto ele me leva para o banheiro.

— E você vai andar. Mas vamos limpá-la primeiro.

Não tenho muito tempo para me preocupar com o "vamos", porque Mal deixa as intenções dele bem claras quando me coloca diante da banheira e começa a tirar minha camisola.

— Eita! O que você está fazendo?

Eu me afasto dele tão rápido que perco o equilíbrio. Mal me segura pelo braço para eu não cair.

— Você está com vergonha. Não precisa ficar. Eu já vi tudo que tem para ver, dentro e fora — responde ele calmamente.

Eu o encaro, horrorizada com as possíveis implicações daquela declaração, até que ele me dá uma explicação detalhada que não deixa espaço para dúvida.

— Eu estava aos pés da cama quando abriram sua barriga para tirar a bala e os órgãos afetados. Eu te dei banhos de esponja quando você ainda estava anestesiada. Troquei sua roupa, os lençóis, ajudei a enfermeira a trocar o seu cateter. Não tem nenhuma parte do seu corpo que eu não conheça.

Fecho os olhos e começo a dizer:

— Acorde. Acorde. Acorde.

— Você não está sonhando.

— Tenho que estar. Não é possível que tudo isso seja real.

Mal solta o ar com impaciência.

— Não seja dramática. Corpos são apenas carne.

Abro os olhos e o encaro com raiva.

— Desculpa se não perdi todo meu senso de humanidade, sr. Assassino Internacional, mas *o meu* corpo não é apenas carne *para mim*.

Ele analisa minha expressão por um momento.

— Você está zangada porque acha que eu talvez tenha te tocado de alguma forma inapropriada?

— Meu Deus!

— Porque eu não fiz. Eu jamais tiraria esse tipo de vantagem. Sou um psicopata, não um pervertido. Acredito muito no consentimento.

— Nossa, que bom! Estou me sentindo muito melhor agora!

Ignorando meu tom raivoso e a hostilidade fervente, ele acrescenta em uma voz rouca:

— E há muitas coisas para as quais eu gostaria de pedir seu consentimento, Riley Rose, mas tocar em você enquanto está inconsciente não é uma delas.

Realmente pensei que Malek já tinha fodido com a minha mente. De verdade. Mas agora minha cabeça deu um nó, e perco totalmente a capacidade de fala.

Ele se vira para a banheira e testa a temperatura da água. Satisfeito, fecha a torneira e se levanta.

— Você não pode molhar os pontos, então, a água vai cobrir apenas suas pernas. Vou começar lavando seu cabelo.

No lado oposto da banheira, vejo um banco de madeira, uma jarra de plástico, e um grande balde de metal. Fazendo um gesto em direção ao balde, ele explica:

— Incline a cabeça para trás na beirada da banheira.

Malek tenta tirar minha camisola de novo.

— Mal, eu não consigo. Não vou ficar pelada na sua frente. Se esse ferimento não me matar, a vergonha vai.

— Vergonha de quê?

— De você me ver pelada!

— Mas eu já te vi pelada. Acabei de explicar isso.

— Você não me viu pelada enquanto estou acordada!

— Você quer ficar fedendo como um chiqueiro, é isso?

— Não!

— Então você precisa me deixar te dar um banho.

— Você diz isso como se *eu* estivesse sendo irracional.

— Quanto mais rápido você superar essa vergonha inútil, mas rápido vamos acabar com isso.

— Mal…

— Prometo que não vou olhar. Que tal?

— Certo. Você não vai olhar enquanto estiver lavando meu cabelo e todas as minhas partes desnudas. Tenho certeza de que vai ser molezinha fazer isso.

— Mais fácil do que viver com seu fedor.

— Sabe de uma coisa? Acabei de decidir que eu odeio você.

— Pode me odiar à vontade, mas dentro da banheira.

Ficamos em silêncio depois disso. Malek espera pacientemente, enquanto eu o fulmino com o olhar. Sinto que ele seria capaz de esperar até o fim dos tempos antes de falar de novo, então eu digo:

— Será que você não consegue imaginar como isso é difícil para mim?

— Consigo. E sinto muito. Não quero deixá-la constrangida, mas você ainda não tem força o suficiente para ficar sozinha na banheira nem para segurar a jarra enquanto enxágua o cabelo. Até duvido que consiga levantar o sabonete.

Malek parece sincero, mas estreito os olhos.

Esse homem é um assassino profissional. Tenho certeza de que deve mentir muito bem.

— Não vou te obrigar — acrescenta Malek com voz suave. — A escolha é sua. Só quero que você se sinta melhor. E acho que um banho vai ajudar.

— Então, se eu pedir para você me levar de volta para a cama, vai fazer isso?

— Vou.

Ele não hesita, o que aplaca um pouco a minha hostilidade. Olho para a água com vontade de tomar um banho, imaginando como seria mergulhar ali. Tirar o cheiro de doença e suor da minha pele.

— Que se dane — murmuro. Eu me viro para ele com um olhar de aviso. — Mas não faça isso ficar estranho!

Malek é inteligente o suficiente para não responder.

Ele vira de costas, deixando-me confusa.

— O que você está fazendo?

— Você prefere que eu olhe enquanto você tira a roupa?

Veja só quem decidiu ser um cavalheiro.

Suspirando, tiro os óculos e os coloco na pia. Isso vai ser mais fácil se eu não enxergar nada. Depois, pego a gola da camisola e tento puxá-la pela cabeça. É um esforço que me deixa ofegante, mas consigo.

Quando estou ali só de calcinha, cruzo os braços sobre o peito e sussurro:

— Pronto.

Ele se vira e me pega no colo, colocando-me devagar na banheira, ajoelhando-se ao meu lado até eu me sentar com as pernas esticadas.

Cobrindo meus seios com os braços, eu inclino a cabeça para trás.

— Vou te ajudar a deitar mais — murmura ele.

Concordo com a cabeça, sentindo o rosto queimar de tanta vergonha.

Passando um braço em volta dos meus ombros para me apoiar, ele baixa a parte superior do meu corpo até que eu esteja encostada na banheira. Eu pareço ridícula com uma calcinha que agora está molhada, mas pelo menos a peça é preta, então não fica transparente.

Mal segura minha cabeça e pergunta se eu quero uma toalha para apoiar o pescoço.

— Por favor.

Nunca foi tão difícil falar essas palavras. Estou tão constrangida.

Ele coloca uma toalha de rosto enrolada sob o meu pescoço, mergulha a jarra na água da banheira e a derrama no meu cabelo, massageando o couro cabeludo enquanto a água escorre por entre os fios.

A sensação é tão boa que eu quase gemo. Mas não é nada comparado à felicidade que eu sinto quando ele passa o xampu no meu cabelo com as duas mãos.

Seus dedos são fortes e gentis. Mal lava meu cabelo sem pressa, fazendo movimentos circulares com os polegares na minha têmpora e esfregando o couro cabeludo e a nuca, apertando de leve os músculos no alto do pescoço enquanto espalha a espuma.

Por um segundo, receio estar babando, mas rapidamente me rendo ao prazer do momento, à intensidade da sensação. Depois de menos de um minuto, sinto-me relaxada. Solto o ar e tiro os braços do peito, deixando minhas mãos boiarem ao lado dos meus quadris.

Mal começa a falar comigo em russo, em um ritmo lento e baixo, como se estivesse me contando uma história ou explicando alguma coisa importante. Sei que é de propósito, que escolheu não usar minha língua para que eu não compreenda, mas, de alguma forma, isso não me incomoda.

Mal continua falando enquanto enxágua meu cabelo. A água caindo no balde de metal soa como chuva em um telhado. Ele continua falando enquanto mergulha o sabonete e uma esponja na água. E segue falando ao lavar meus braços, axilas, peito e pescoço.

Quando começa a lavar os meus pés, massageando a sola com dedos fortes, estou em um estupor. Minha cabeça rola para o lado. Meus olhos estão fechados. Minha respiração está lenta e profunda.

E ele continua falando.

Não pergunto o que está dizendo. Não quero quebrar o encanto.

Malek levanta minhas costas para lavá-las e eu me apoio em seu braço, meu queixo encaixado na dobra do cotovelo dele. Sinto que não tenho ossos para me sustentar. É como se eu fosse gelatinosa. Mal poderia me dobrar como um pretzel e não doeria.

Quando termina de enxaguar meu corpo, passa a esponja pelo meu rosto e atrás das orelhas.

— Abra os olhos, passarinha — sussurra ele.

Minhas pálpebras se abrem. O rosto dele está bem próximo. Sua expressão é de tormento.

Como se minha voz estivesse vindo do espaço sideral, falo baixinho:
— Você está bem?

Malek balança a cabeça, mas não explica.

— Vou levantar você agora. Você acha que consegue ficar em pé?

Penso um pouco e concordo com a cabeça.

— Mas não por muito tempo.

Ele me tira da banheira e me coloca de pé no tapete do banheiro. Segurando-me pela cintura com uma das mãos, Malek pega uma toalha com a outra. Depois, ele me enxuga com gentileza, enrola a toalha no meu corpo e me pega de novo.

Descanso a cabeça em seu ombro e fecho os olhos quando me leva de volta para cama.

Assim que me deita confortavelmente no colchão, Malek abre a toalha o suficiente para trocar o curativo, deixando meus seios e a calcinha cobertos.

Observo tudo, perguntando-me por que ele está fazendo aquilo.

— Mal?

— Hum.

— Obrigada.

Isso o faz parar. Ele me fita, seus olhos estão mais escuros e as sobrancelhas, franzidas. Nuvens tempestuosas parecem pairar sobre sua cabeça.

— Não me agradeça.

— Por que não?

— Você levou um tiro por minha causa.

— Eu estou viva por sua causa.

Malek contrai os lábios. Fecha os olhos e solta o ar devagar, com raiva. Então abre os olhos.

— Não. *Eu* estou vivo por *sua* causa. Porque você entrou na frente de um tiro que era para mim. Não confunda as coisas na sua cabeça. E não me agradeça.

De cara feia, ele volta a se concentrar no curativo.

— Posso te agradecer por tirar o alce assustador da parede então?

Quando olha para mim com os olhos faiscando, eu me corrijo:

— Eu quis dizer cervo.

— Fica quieta.

— Porque eu realmente odiei aquilo — sussurro.

Mal me dá uma resposta em russo que não soa nada educada e finaliza o curativo na barriga com um esparadrapo. Depois se levanta, vai até o armário e volta com uma camisa preta idêntica à que está usando.

Ele me ajuda a me sentar e a me vestir.

A camisa imensa é confortável e tem o cheiro dele. Acho que nunca mais vou querer tirá-la.

— Deite-se.

Eu obedeço, observando seu rosto enquanto ele puxa a camiseta pelo meu quadril e retira a toalha de baixo do meu corpo. Quando termina, pergunta:

— Com ou sem calcinha?

Em vez de responder, levanto um pouco o quadril.

Ele puxa a calcinha por baixo da camiseta e a desliza pelas minhas pernas, levando-a junto com a toalha para o banheiro.

Quando Malek retorna, estou bocejando. Ele me cobre e me acomoda melhor na cama.

Então se abaixa e me dá um beijo na testa. Ao voltar para a poltrona de couro no canto e se sentar, cruza as mãos na barriga e fecha os olhos.

— Mal?

— O quê?

— Você ia mesmo me matar?

Malek não responde. Interpreto o silêncio como um sim. Bocejo de novo e me aconchego ao travesseiro, sentindo-me limpa e exausta.

Adormeço com meu cuidador assassino me observando, mantendo-me em segurança.

Desta vez, quando sonho com um tiroteio, ele está lá para me proteger com um escudo e uma espada flamejante.

28

RILEY

Nos dias que se seguiram, Mal fica estranhamente silencioso. Não me deixou mais sozinha. Sempre que eu acordo, ele está no quarto, sentado na poltrona de couro, me observando.

Malek me ajuda a fazer caminhadas curtas pela cabana, permitindo que eu me apoie em seu braço enquanto me arrasto com esforço.

Além disso, afere minha temperatura, cozinha e me alimenta, me dá água e remédio e me ajuda a sentar e a me levantar da cama quando preciso usar o banheiro.

Quando pergunto por que não tem televisão, só recebo um balançar de cabeça como resposta. Quando questiono como consegue viver sem computador, ele suspira. Malek recusa todas as minhas tentativas de conversa, principalmente quando tem a ver com seu estilo de vida ou algo pessoal.

No quarto dia do tratamento de silêncio, ele me pergunta do nada se eu gostaria de tomar outro banho.

— Sim — respondo, aliviada por Mal finalmente estar voltando de onde quer que tenha ido dentro da própria cabeça. — Eu gostaria muito.

Parecendo pensativo, ele assente.

Malek fica sentado na beirada da cama com os cotovelos apoiados nas pernas e olhando para o tapete. Está escuro do lado de fora. As velas na cabana estão acesas, conferindo uma iluminação quente e aconchegante.

Quando ele não se mexe nem diz nada, pergunto, hesitante:

— Você quer dizer agora?

Como resposta, ele se levanta, vai até o banheiro e abre a torneira da banheira. Depois volta e me pega no colo.

Não argumento que eu poderia ir andando. Percebo que não está de bom humor para ouvir os meus comentários. Deixo que me leve até o banheiro e tire a minha roupa, sentindo-me horrivelmente constrangida, mas confiando que ele não vai me deixar desconfortável com a situação.

Quando estou na água e Malek está lavando meu cabelo, ele começa a falar em russo de novo, exatamente como da primeira vez que me deu banho.

Ele fala e fala, a voz baixa, a cadência das palavras estrangeiras me hipnotizando.

Seu tom de voz é carregado de emoção, não de raiva. Na verdade, parece o oposto. É como se estivesse tentando me fazer entender algo importante.

Quero perguntar o quê, mas não pergunto. Sei que não vai responder.

Quando acaba de me enxaguar, Mal me veste com outra de suas enormes camisas limpas e anuncia que chegou a hora de tirar os meus pontos.

— Ah, tá. Temos que ir ao hospital para isso?

A expressão de Malek indica que se sentiu insultado com a pergunta. Ele me pega no colo e me leva de volta para cama.

Então afofa o travesseiro abaixo da minha cabeça, puxa o lençol para me cobrir até a virilha, levanta a blusa até um pouco abaixo dos meus seios e tira o curativo. Ele abre uma gaveta na mesinha de cabeceira e tira uma pinça grande e tesoura cirúrgica, os dois instrumentos em uma embalagem que indica que estão esterilizados.

A ansiedade começa a se espalhar na minha pele como uma alergia.

— Vai doer?

— Não. Você vai sentir um puxão ou dois, mas só isso.

Concordo com a cabeça, sabendo que ele me diria a verdade.

Malek abre a embalagem, passa nos materiais uma gaze com um líquido de cheiro pungente que estava em um frasco marrom, inclina-se sobre mim e começa a trabalhar.

Depois de um momento, ele diz:

— A ferida cicatrizou bem. A cicatriz não vai ficar tão grande.

Não olhei para o ferimento até agora, então é meio que um alívio ouvir isso. No entanto, quando me levanto para fitar minha barriga descoberta, qualquer alívio se evapora e é substituído por nojo.

— Não vai ficar tão grande? Essa cicatriz é enorme e horrorosa!

— Você está exagerando de novo.

— Eu sou o próprio Frankenstein! Olha esse corte. Tem uns trinta centímetros! E porque parece um raio? O cirurgião estava bêbado?

— Eles tiveram que desviar do umbigo.

— E não dava para fazer na forma de uma lua crescente? Estou parecendo o Harry Potter, só que dez vezes pior.

— Para de gritar.

Gemendo, volto a me deitar.

— Nunca mais vou poder usar biquíni.

— Você pode fazer uma tatuagem para cobrir. Acrescentar à sua coleção.

A voz de Malek está neutra quando diz isso, mas percebo um eco de ternura que me faz parar.

— Sinto que você tem algo a dizer sobre as minhas tatuagens, Mal.

Cortando e puxando os pontos pretos e feios, ele contrai os lábios.

— Só estou curioso.

Suspiro e reviro os olhos.

— Por qual você quer que eu comece?

— Pela do seu pulso esquerdo.

Ele responde tão rápido que fica óbvio que já estava pensando nisso havia um tempo. É uma frase curta com letra cursiva:

Lembre-se da regra número um.

— Bem, se você quer mesmo saber, essa é a minha favorita.

— E qual é a regra número um?

— Que se dane o que eles pensam.

Ele para no meio do procedimento e olha para mim.

— Quem são eles?

— Qualquer um que não seja eu. É um lembrete de que a opinião dos outros não importa. Para que eu viva a minha vida do jeito que eu quiser, independentemente da pressão externa. Um lembrete para que eu não peça desculpa por ser quem eu sou.

Depois de um tempo, ele assente devagar, parecendo satisfeito. Então volta ao trabalho, cortando vários pontos e os colocando em cima do curativo antigo.

— E as palavras "Claro que consegue" no seu tornozelo direito?

— Quando eu era pequena, eu falava muito "Eu não consigo" para minha mãe. Era só uma desculpa para deixar de fazer algo que eu não queria fazer ou que achava muito difícil, mas ela nunca deixou que eu me safasse. Só respondia com toda calma do mundo: "Claro que consegue." E eu acabava conseguindo mesmo, porque não queria decepcioná-la. A tatuagem me lembra de continuar em frente mesmo que eu queira desistir.

Fico em silêncio por um momento, perdida em memórias.

— Minha mãe foi a melhor amiga que já tive — comento.

Mal me encara com um olhar penetrante.

— Foi?

Concordo com a cabeça.

— Ela morreu quando eu era criança. Câncer de ovário. — Meu tom de voz fica mais baixo. — Não é um jeito bom de morrer.

— Não existe um jeito bom de morrer. Existem alguns que são mais rápidos que outros.

— Minha bisavó morreu dormindo aos noventa e nove anos. Pareceu um bom jeito de partir.

— Claro, se você não precisasse viver até os noventa e nove anos para isso.

— Qual é o problema de envelhecer?

— Você não conhece muitos idosos, não é?

— Não muitos. Por quê?

— A velhice não é para os fracos — afirma ele, enigmático.

A pequena pilha de pontos pretos tirados está crescendo. Malek estava certo: mal senti uma puxadinha. Ele é bom nisso.

Pelo que estou percebendo, Malek é bom em tudo.

— E quanto ao dragão na sua nuca?

Faço uma careta.

— Um grande erro.

— Traduza.

— Eu a fiz na minha fase *Game of Thrones*. Eu estava obcecada com a Khaleesi. Uma mulher fodona que tinha três dragões e acabava com os homens? Sim, por favor. Espere. Isso é um… isso é um *sorriso*?

— Não — responde ele na hora. — É só uma expressão que eu faço antes de lançar um jato de vômito.

— *Hahaha.*

— E o desenho na parte de trás do seu braço?

— Achei bonito. E o esqueleto grande e assustador nas suas costas?

Ele me lança o olhar que diz: *não é óbvio?*

— Ah, sim. — Minha risada é curta e inibida. — E aquela frase perto das suas costelas? Em que língua está escrito?

— Cirílico.

— O que diz?

— Sem passado, sem futuro.

— Uau. Sombrio.

— Não há muito humor no meu ramo de trabalho. A não ser quando é sombrio.

— Faz sentido. E quanto ao grande V vermelho no seu ombro esquerdo? Parece nova. É a inicial de alguém?

— Não.

— É um algarismo romano?

— Não.

— Então, o que significa?

Terminada a remoção dos pontos, Malek deixa a tesoura e a pinça de lado, enrola o curativo com os pedaços de linha cortados, coloca-o na cômoda e olha para mim.

— Vingança.

Abro a boca e fecho de novo.

— Ora, ora — murmura ele, olhando intensamente para mim. — Olha quem finalmente se calou.

Mordo o lábio inferior. O olhar dele acompanha brevemente o movimento e retorna para os meus olhos.

Sinceramente, não consigo pensar em nada para dizer. Não *existe* nada a ser dito. Não existem palavras para essa situação.

Depois de alguns momentos de tensão, ele diz:

— Você não me pediu para te levar para casa.

Existe uma pergunta ali. A pergunta é: *por que não?*

Para evitar aqueles olhos, observo minha barriga e puxo a camisa para baixo para cobrir a cicatriz.

— Tá.

— Isso não é uma resposta.

Não tenho uma resposta, pelo menos nenhuma que faça sentido. Sinto que ele está me encarrando com uma intensidade fervente e meu rosto começa a queimar.

Malek está prestes a dizer alguma coisa quando um barulho alto me faz sobressaltar. O som vem da janela do outro lado do quarto e parece que alguém está lá fora na escuridão, arranhando o vidro.

Minha voz fica aguda com o pânico.

— O que foi isso? O vento? Um urso? Um serial killer?

— É o Poe — responde com tranquilidade.

— O que é um Poe?

Levantando-se da cama, Mal cruza o aposento e abre a janela. O ar frio da noite entra e, no parapeito, vejo um grande corvo preto com as asas abertas.

A ave deve pesar uns dez quilos, tem olhos brilhantes, bico afiado e um ar de inteligência assustador.

O animal olha para mim, guinchando como se o próprio Satã o tivesse mandado com a missão de coletar minha alma.

— Ai, meu Deus.

— Não, Poe.

Mal estende o braço. A criatura pousa ali e faz um barulho de afeição.

— Você só pode estar brincando comigo. Seu bicho de estimação é um corvo?

— Não fala do Poe como se ele não estivesse no quarto. Vai ferir os sentimentos dele.

Não sei se Mal está fazendo uma piada ou não, porque seu rosto está sério. Como sempre.

— Você quer dar comida para ele?

Olho para o pássaro com um pouco de medo. Sem se impressionar, ele me encara.

— O que ele come?

— Globos oculares humanos.

— Ah, que ótimo. Você virou comediante agora — respondo em tom seco.

Ele se senta aos pés da cama e estende o braço em minha direção. O pássaro desce até o pulso, balançando a cabeça. Eu solto um som baixo de medo.

— Distraia-o por um minuto enquanto eu vou buscar a comida.

O corvo desce do braço de Mal e pousa na minha perna. Parece que alguém colocou um bebê no meu colo. O som de medo que emito fica mais alto.

Mal se levanta. Antes de se virar para sair do quarto, eu poderia jurar que vi um riso de deboche estampado em seu rosto.

Poe se mantém na minha perna, com ar de desafio, enquanto ajusta as asas e me observa.

Tentando afundar o máximo no travesseiro, digo baixinho:

— Oi, Poe. Hum... Prazer em conhecê-lo. Espero que você não carregue nenhuma doença.

Squawk!

— Ai, eu ofendi você? Me desculpa. Não costumo conversar muito com criaturas aladas.

Squawk!

Tenho a nítida sensação de que Poe quer um pedido de desculpa melhor, então eu acrescento, sem jeito:

— Sinto muito por insinuar que você pode ter uma doença. Foi grosseiro da minha parte. Hum... Suas penas são... muito bonitas.

Sei que o brilho de satisfação nos olhos dele não são fruto da minha imaginação, porque o pássaro emite um som mais suave e começa a ajeitar as penas.

Mal volta para o quarto segurando um prato pequeno. Quando Poe o vê, cacareja de felicidade e desce da minha perna provavelmente deixando hematomas. Mal entrega o prato para mim. Olho pela borda e vejo algumas bolotas marrons.

— O que é isso?

— Comida de gato. Corvos adoram.

Como se quisesse provar que Malek está certo, Poe abre as asas, pousa no meu peito, leva a cabeça ao prato que estou segurando e começa a comer.

— Mal?

— Sim, Riley?

— Tem um corvo gigante no meu peito.
— Estou vendo.
— Ele é perigoso?

Poe para de comer a comida de gato por um momento e vira a cabeça para me fulminar com o olhar.

— Só para as pessoas que o tratam com desconfiança — responde Mal, com um leve riso na voz.

Poe está em meu peito, esperando.

Sentindo-me uma completa idiota, peço desculpas para a ave de novo.

— Foi mal, Poe. Eu só tive peixinho dourado. Eles não têm tanta personalidade quanto você.

Poe emite uma sucessão de ruídos e estalos para mostrar seu descontentamento comigo, depois volta a comer.

Fui dispensada.

Ficamos em silêncio até Poe terminar de comer. Depois ele voa pela janela aberta, fazendo-me sobressaltar quando deixa o meu peito.

Com um cacarejo de despedida, a ave mergulha na noite. Malek fecha a janela e se vira para mim, encostando-se na parede e cruzando os braços.

— Você tem mais algum amigo animal que pode aparecer para uma visita?
— Tem uma família de guaxinins que às vezes aparece.
— Ursos?
— Nenhum amigável. Hora de dormir.
— Você é mandão assim com todos os seus pacientes?
— E você discute com todos os seus médicos?
— Só com os que eu gosto.

Segue-se uma pausa em que Mal fica ali, parado, olhando para mim, com os olhos calorosos. E então um milagre acontece: ele sorri.

É lindo.

— Vai dormir, Riley Rose — murmura ele.
— Como é que eu vou conseguir dormir com você me observando assim?
— Você não tem tido problemas com isso até agora. É só fechar os olhos.

Solto um suspiro. Deixo os braços caírem dramaticamente ao lado do corpo e faço o que ele manda.

Devo ter adormecido na hora, porque não me lembro de mais nada depois disso.

Quando acordo de manhã, Mal está dormindo ao meu lado, na cama, o braço sob meu pescoço, uma das pernas sobre as minhas duas, e a mão espalmada na minha barriga.

Bem em cima da cicatriz.

RILEY

— Respira — murmura Malek bem perto do meu ouvido.

Tá legal, ele não está dormindo. E obviamente sentiu todos os músculos do meu corpo se contraírem quando me dei conta de que ele estava deitado ao meu lado.

Respiro fundo, mas não consigo me acalmar. Como isso seria possível? Sinto o cheiro masculino entrando pelo nariz, chegando aos meus pulmões e me deixando tonta.

Meus ovários acordam de um sono profundo e começam a gritar como macacos no zoológico.

Um milhão de coisas que eu poderia dizer passam pela minha cabeça, mas o que sai da minha boca é:

— Ah. Oi. Isso é uma novidade.

Ele ri.

— Não entre em pânico.

— Quem, eu? *Pff*. Não estou em pânico. Estou calma. Completamente calma.

Malek escorrega a mão da minha barriga para o meu pulso e pressiona o polegar contra o ponto que permite que ele sinta os meus batimentos. Sei que pode sentir o ritmo acelerado porque meu coração está disparado.

Depois de um tempo, ele ri novamente.

— Não precisa ficar tão satisfeito. Isso faz com que eu queira te esfaquear.

Ele não responde. Só fica segurando meu pulso, envolvendo-o com aquela mão enorme, dobrando meu braço contra o meu peito de forma que eu fique envolta em um abraço seguro, sentindo o peso e o calor delicioso do corpo dele.

Fecho os olhos e me esforço para não estremecer.

— Você se mexe enquanto dorme, parece um filhotinho de cachorro.

O tom de voz dele é baixo e caloroso. Meus ovários pararam de gritar, mas agora estão ocupados correndo por todos os lados e tacando fogo na parte inferior do meu corpo.

Não sei o que dizer, então não digo nada.

— Tenho um trabalho hoje. — Ele faz uma pausa. — Voltarei tarde.

Desconfio de que ele tem mais alguma coisa a dizer. A pausa parece significativa. Espero, enquanto meu coração acelera ainda mais.

Depois de um tempo, ele volta a falar. Desta vez, seu tom mudou, ficou mais sombrio.

— Não tente fugir.

— Não vou tentar — sussurro.

— Mas deveria.

— Por quê?

— Você sabe o porquê.

Ai, meu Deus, a sensualidade dessa voz. O tom rouco, quente e sensual colocado nas palavras me deixa ofegante. Não consigo me controlar e começo a tremer.

Minha reação gera um efeito nele. Desperta o animal selvagem que ele vinha mantendo sob controle, preso atrás dos silêncios tensos e olhos atentos.

Malek me vira de lado e me puxa contra o peito dele, prendendo-me ali com os braços e pernas, envolvendo-me totalmente em seu calor e volume.

— Você sabe exatamente o que eu quero de você, não é? Ou acha que sabe. Mas se soubesse a verdade, você fugiria bem rápido para o mais longe que conseguisse, *malyutka*. Você fugiria gritando a plenos pulmões — diz ele em meu ouvido, em tom brusco.

— Sei que você não vai me machucar.

— Eu quero machucar.

— Não quer, não.

A voz dele parece um uivo lupino.

— Ah, mas eu quero. Quero prendê-la sob o meu corpo, morder você e te foder até você chorar. Quero gozar no fundo dessa boceta, da sua boca e desse cuzinho perfeito. Quero ver as marcas dos meus dentes nos seus seios, e a dos meus dedos, nas suas coxas. Só penso nas suas lágrimas escorrendo pelos seus olhos quando eu te colocar de joelhos e te fizer engasgar com o meu pau. Não se engane, minha doce menina. *Eu quero te devorar inteira.*

Com a respiração ofegante atrás de mim, Mal parece prestes a perder o controle, como se fosse me agarrar a qualquer momento e acabar comigo.

Forte e rija, sua ereção pressiona minha bunda.

Fico deitada ali, de olhos arregalados, excitada e sem ar, esperando o momento que vou sentir os dentes dele afundarem no meu pescoço e as mãos dele arrancarem a minha roupa.

Em vez disso, Malek segura meu queixo, vira minha cabeça e me beija.

É um beijo profundo e minucioso. Intenso e voraz. Passional e quente. Tudo que ele quer de mim está ali, como se ele estivesse se permitindo um momento de alívio para me mostrar a profundidade do seu desejo.

O momento acaba de forma tão abrupta quanto começou.

Ele me solta, levanta-se da cama e sai do quarto batendo a porta atrás de si.

Alguns segundos depois, outra porta se bate, e ele sai da cabana.

∽

Passo o dia em um estado de embriaguez, vagando de um aposento para o outro como um zumbi. Não consigo me concentrar. Sem televisão ou computador, o tempo se arrasta. Estou confusa, agitada e emotiva, sem saber o que fazer a respeito do que aconteceu e nervosa sobre o que vai acontecer quando ele voltar.

Quando Mal chega em casa tarde da noite, estou um caco.

No entanto, eu não precisava ter me preocupado, porque ele voltou ao modo cuidador pensativo.

O animal foi enjaulado de novo.

— Você ainda está acordada — diz ele, parado à porta do quarto.

Estou sentada na grande poltrona de couro, folheando um livro que não consigo ler porque está escrito em russo. Eu o coloco de lado e olho para Mal.

— Não consegui dormir.

Malek está segurando várias sacolas grandes de papel branco, como as de uma loja de departamento. Ele as coloca no chão, tira o casaco e o joga na cadeira da escrivaninha.

— Comprei algumas roupas pra você. Sapatos e mais algumas coisas.

Ele faz um gesto para as sacolas. Espero que minha sanidade esteja ali em algum lugar.

— Obrigada.

Estou tensa e constrangida, sem saber o que dizer.

Mal fica parado ali por um momento até que, inesperadamente, ajoelha-se diante da poltrona, pega meus pulsos e me puxa para perto.

Quando nossos rostos estão a centímetros de distância, ele olha nos meus olhos e murmura:

— Agora você está com medo de mim. Bom.

— Por que você quer que eu tenha medo de você?

— Porque você tem que sentir medo, é isso que vai te manter viva — responde ele em um tom gentil.

— Essas suas mudanças repentinas de humor são exaustivas. Aliás, eu estive pensando...

— Agora sou *eu* que devia ficar com medo.

— Não tem a menor graça. Eu perguntei a você por quanto tempo pretende me manter aqui. Sua resposta foi "pelo tempo necessário". Necessário para *quê*?

Ele meneia a cabeça devagar, e essa é a única resposta que recebo. A recusa me enfurece.

— Eu mereço uma explicação.

Um músculo no maxilar de Mal se contrai, e os olhos verdes brilham.

— Sou eu que decido o que você merece e quando merece.

Ah, a insinuação me deixa arrepiada, mas não vou permitir que isso me distraia.

— Por que você me trouxe para cá? Por que me salvou? Por que você tem se esforçado tanto por mim? Qual é o *plano*, Mal?

— O plano não é da sua conta.

— É da minha vida que estamos falando aqui!

O tom lupino está de volta:

— A sua vida foi confiscada quando Declan matou o meu irmão. Sua vida pertence a mim agora.

Nossos olhares se encontram. Ficamos nos encarando sem piscar. Sinto a fúria ganhar espaço entre nós, e a eletricidade praticamente faz o ar estalar.

Recusando-me a ser intimidada, mantenho a voz calma e controlada:

— Então, eu sou sua escrava. Você é meu dono. É isso que você está dizendo?

Os olhos de Malek ficam quentes, e sua língua umedece os lábios.

Ele gosta da ideia.

— Não estou confirmando nem negando. Tudo que vou dizer é o seguinte: você vai ficar aqui por quanto tempo eu quiser que você fique.

Malek se levanta de forma abrupta, me fitando com olhos raivosos e semicerrados.

— Quanto à questão de posse, você talvez queira se perguntar por que ainda não implorou para que eu te leve de volta para casa.

Mal vira de costas e sai do quarto.

— Eu fui sequestrada! Está implícito que eu quero voltar para casa! — grito.

A risada baixa e satisfeita que ouço no outro aposento me diz que ele não acredita em mim.

∽

Fico sem falar com Malek por dois dias. Não consigo. Estou com muita raiva.

Não sei com quem estou mais zangada: com ele ou comigo.

Malek está certo. O normal teria sido eu implorar para que fosse levada de volta para casa. Esse deveria ter sido o meu primeiro instinto assim que abri os olhos. Mas eu não fiz isso, o que significa alguma coisa.

Alguma coisa perturbadora que ainda não descobri o que é.

Ou talvez eu não queira descobrir. As implicações não são nada boas.

Ou talvez eu não queira saber o que ele faria caso eu pedisse para me levar de volta para casa.

E talvez o meu cérebro só precise de férias de todos esses "talvez", porque nada no mundo faz sentido. Eu não sei mais o que é certo e errado.

No terceiro dia, Malek me leva para dar uma volta pela primeira vez.

Enrolada em um pesado cobertor de lã, usando um suéter e calça de moletom que ele comprou para mim e com os pés protegidos por meias grossas de algodão, fico piscando os olhos na varanda sob a luz forte, apoiando o quadril no corrimão de madeira e erguendo uma das mãos para proteger minha vista do sol. Minha respiração se condensa em nuvens brancas diante do meu rosto.

O frio é congelante. O ar está parado. O céu é de um tom claro e brilhante de azul. Ao redor da cabana, um campo alpino intocado se estende até onde a vista alcança, reluzindo sob uma leve camada de neve. Os abetos altos que circundam o campo também estão polvilhados de neve, os galhos parecendo açucarados, arqueando-se graciosamente.

Além do berro de um pássaro, o lugar é completamente silencioso.

Sinto que somos as únicas pessoas no mundo. Um mundo de conto de fadas, de faz de conta, criado por nós, onde ninguém mais existe, além de nós dois.

De pé ao meu lado, olhando para a vista infinita, Mal diz baixinho:

— Mikhail e eu fomos criados aqui. Os Antonov moram nesta casa há quatro gerações. — Ele faz uma pausa. — Bem, não *nesta* casa. A cabana original construída pelo meu bisavô pegou fogo após ser atingida por um raio. Mik e eu a reconstruímos do zero.

Olho para o perfil dele, tão lindo e marcante.

Malek pertence a este lugar, a esta vastidão silenciosa. Pertence da mesma forma que lobos, alces e seu amigo, o corvo arrogante. Ele é tão indomável quanto as criaturas selvagens que aqui habitam, vive o mesmo tipo de vida que eles.

Feroz.

— Eu também fui criada em uma cabana.

Quando me encara, seus olhos são tão penetrantes que preciso afastar o olhar.

— No Lago Tahoe. Era bem menor que esta e não foi construída pelo meu bisavô. Mas me faz lembrar de lá. O cheiro. Os pinheiros. A natureza selvagem ao redor. Estar em um ambiente nos lembra de que também fazemos parte da natureza. No meu apartamento na cidade, eu sempre me senti muito isolada. Como se a vida real estivesse em algum outro lugar, lá fora. Sem alcance. Mas, no bosque, eu me sinto mais…

Paro em busca de uma palavra, que Malek prontamente sugere:

— Viva.

Concordo com a cabeça.

— E vulnerável.

— E é por isso que eu gosto daqui.

— Combina com você.

Depois de uma pausa curta, ele diz:

— Também tenho uma casa na cidade. Em Moscou. Fico lá quando o trabalho exige. Mas é aqui que prefiro estar.

— Moscou é muito longe daqui?

— Uma hora de carro até a cidade mais próxima e, depois, um voo de duas horas.

Isso me assusta.

— Ah.

— O quê?

— É sério que você consegue cuidar dos negócios e ainda estar em casa no mesmo dia, mesmo a viagem de ida e volta durando seis horas?

— Eu sou muito bom no que eu faço — afirma em um tom baixo.

Respiro o ar limpo e frio, deixando meus pensamentos clarearem e me acalmarem.

— Matar pessoas.

Malek fica um tempo olhando para o meu perfil antes de responder:

— Acho interessante o fato de você não parecer se importar com isso.

— Claro que me importo. — Penso por um momento. — Embora, pra ser sincera, eu me incomodaria muito mais se você matasse gatos. As pessoas em geral são superestimadas. E você provavelmente só está matando outros bandidos, mafiosos e gente assim, então, parte de mim acha que você está fazendo algo benéfico para a sociedade. E, sim, sei que isso é ridículo e que não tenho como saber se você estupra freiras e queima orfanatos ou se explode escolas de jardim de infância, mas tem uma vozinha idiota na minha cabeça que me diz que, para um bandido, você é uma pessoa muito boa. — Meu suspiro é pesado. — Mas não estou no meu perfeito juízo, então é melhor me dar um desconto.

Após alguns minutos de silêncio, ele diz baixinho:

— De todas as pessoas que sabem o que eu faço, você é a única que me trata como um ser humano.

Ficamos em silêncio, olhando para o campo e para as árvores. Sinto uma pontada no peito que começa a me dominar rápido.

— Mal?

— Hum?

— Sinto muito pelo seu irmão.

O corpo dele se contrai.

— Não estou dizendo isso porque não quero que você mate Declan. Tipo, eu *não* quero que você mate o Declan, mas são coisas diferentes. Eu só... sinto muito pela sua perda. Mesmo que não sejamos próximas, se minha irmã morresse, parte de mim morreria também. — Depois de um momento de relutância, eu admito: — Talvez a melhor parte.

Olho para ele. Malek respira fundo, inflando as narinas, enquanto aperta os lábios.

Volto minha atenção para a paisagem, sem saber o que dizer. Ficamos lado a lado por um longo tempo, ouvindo o silêncio, até que ele solta o ar.

— O seu guarda-costas. Kieran.

Prendo a respiração.

— Você teve notícias dele?

— Ele está vivo. Passou um tempo na UTI, mas vai se recuperar.

Pressiono a mão no meu peito e sinto o coração disparado.

— Graças a Deus.

— O outro. O louro.

O tom da voz dele me deixa nervosa.

— O Spider? Ele tá bem?

Malek concorda com a cabeça, pensativo.

— Tenho que dar o braço a torcer. Os seus irlandeses, eles são persistentes. Idiotas, mas persistentes.

— Como assim?

Ele se vira e olha para mim com uma expressão sem emoção.

— Spider está em Moscou. Veio te procurar.

Isso me deixa sem ar. Por causa do choque, mas também pelo medo, porque sei o que Mal vai fazer.

E com certeza não é um presente de boas-vindas.

Em pânico, eu me viro e agarro o braço dele.

— Por favor, não...

— Economize seu fôlego — interrompe ele. — Eu não vou matá-lo.

Eu me apoio no parapeito e fecho os olhos. Respiro fundo.

— Obrigada.

— Você parece gostar muito dele.

Seu tom é calmo, mas sinto uma eletricidade subjacente. Uma irritação. Quando o encaro, seus olhos estão semicerrados, e a expressão é desconfiada. Intensa. Fervente.

E obviamente possessiva.

Sinto a boca seca. Umedeço os lábios antes de falar:

— E gosto. Ele é meu amigo.

— Amigo.

Mal repete a palavra como se ela deixasse um gosto ruim na boca.

— Sim, amigo. Tenho certeza de que conhece o conceito.

Ele contrai o maxilar e me olha de cima, exalando todo o machismo e a raiva de um touro raivoso.

— Eu não tenho amigos.

— Claro que tem.

— Não, eu não tenho.

— Claro que tem, seu teimoso.

— Diga um.

— Eu.

Malek me encara como se eu estivesse completamente louca e devesse ser internada em um sanatório para a segurança da humanidade.

Solto um suspiro pesado.

— Ah, pode parar. Eu sei que não faz sentido, mas é a mais pura verdade.

Ele cerra os punhos. Uma veia salta em seu pescoço. Malek dá um passo na minha direção, os olhos brilhando.

Antes que ele tenha a chance de me insultar, digo com voz alta:

— Não estou nem aí se você gosta disso ou não.

— Eu te sequestrei!

— Você me salvou do tiro que levei.

— Um tiro que era para mim!

— Sim, e, desde então, você cuidou de mim com carinho e se preocupa a cada tosse que eu dou, além do fato de que não matou pessoas que você normalmente mataria só porque eu pedi. A não ser que você esteja mentindo sobre o Spider, o que não acredito, afinal de contas sei que não gosta de me decepcionar.

Quando Mal começa a ter a sua reação típica de macho nervoso e agressivo, faço um gesto desdenhoso com a mão. Eu ainda não acabei de falar.

— Além disso, você não tentou passar a mão em mim e manteve seu pau dentro da calça, e nós dois sabemos que não é isso que você quer e que não teria como eu impedi-lo caso você decidisse fazer o que realmente deseja comigo.

Entre os dentes e com as veias do pescoço saltando, ele repete, sem acreditar:

— Fazer o que eu desejo?

— Você me entendeu. A questão é que pessoas que não são da mesma família e que não estão dormindo juntos, mas que cuidam umas das outras e fazem sacrifícios pelas outras que normalmente não fariam, são chamadas de amigos. É melhor se acostumar com isso.

Ele me fulmina com o olhar. A julgar pela forma como seus olhos se arregalam, sua cabeça vai explodir a qualquer momento.

Em vez de falar alguma coisa, Mal sai da varanda e segue para as árvores. Não o vejo novamente até a manhã seguinte.

30

MAL

Eu jamais a traria comigo se soubesse que ela daria tanto trabalho. Essa mulher mudou tudo. Minha vida virou de cabeça para baixo por causa de uma diabinha magricela com uma boca tão grande quanto a sua coragem.

Ela não tem medo de mim.

Ela acha que sou amigo dela.

Ela me agradece por tudo, quando na verdade deveria estar gritando comigo, apavorada e com raiva.

Eu não consigo entender.

Observo-a enquanto dorme. Ela está encolhida de lado, com as mãos sob a bochecha, parecendo enganosamente angelical.

Sei que isso é uma estratégia. O exterior doce e inocente esconde um gorila de cem quilos com vontade de ferro.

Com exceção da minha Beretta de cano curto, nunca vi algo tão pequeno capaz de ser tão letal.

Saio do quarto sem fazer barulho e resisto ao impulso de deixar um bilhete avisando quando estarei de volta.

Três horas depois, estou no Lenin Hotel em Moscou, observando Spider no bar.

Ele está olhando para o próprio drinque, ignorando uma mulher voluptuosa à sua esquerda que faz de tudo para chamar sua atenção. Outras lançam olhares na direção do irlandês, mas Spider parece não perceber.

Está preocupado. Mexendo o uísque. Perdido em pensamentos.

Sei no que está pensando.

Na verdade, em quem.

A diabinha magricela tem um jeito irritante de capturar a atenção de um homem.

Sento-me em um banco à direita dele. Ele olha para mim, olha de novo, e se levanta com um salto, xingando.

— Puxe o gatilho e você nunca vai encontrá-la — digo calmamente quando ele aponta a arma para mim.

A mulher à sua esquerda grita e sai do banco que ocupava. Outros clientes fazem o mesmo. Quando só estamos Spider, eu e o bartender, uma dose dupla de vodca me é servida.

Depois de colocar a bebida diante de mim, ele faz um gesto para dois seguranças que estão entrando, alertados pela saída intempestiva de todos.

Os seguranças olham para mim e dão meia-volta.

Às vezes é bom ser um gângster.

— Sente-se, Spider.

Lívido, ele grita:

— Cadê ela?

— Em um lugar seguro. Agora sente-se.

Percebo o momento que o irlandês decide atirar na perna, em vez de no meu rosto. Antes que tenha a chance, eu me levanto e encosto o cano do meu revólver sob o seu queixo.

Infelizmente, os reflexos dele são bons. Spider não larga a arma, não retrocede, nem comete nenhum outro erro tático.

Simplesmente responde encostando a Glock dele sob meu queixo.

Ficamos assim, entrelaçados, com armas carregadas, prontas para explodir a cabeça um dou outro, até que ele pergunta entre os dentes:

— Ela está viva?

— Está. Não graças a você.

— Onde ela está?

— Não desperdice meu tempo com perguntas idiotas.

— Eu deveria acabar com a sua raça!

— Provavelmente. Mas, se você fizer isso, ela vai morrer de fome. Sozinha. É isso que você quer?

Ele xinga em gaélico. Fica óbvio que está usando todo seu autocontrole para não puxar o gatilho.

— Mas ela gosta de você, sabia?

Pego de surpresa, Spider pisca.

— O quê?

— Esse é o único motivo de você não estar morto. Ela me pediu para não matá-lo. Mesmo depois de você atirar na barriga dela, Riley disse que vocês são amigos. É uma coisa estranha se você parar para pensar. Pessoalmente, se eu tivesse perdido um rim, um baço e dois litros de sangue, eu estaria bem menos inclinado a praticar o perdão.

Ele umedece os lábios e ajusta o peso do corpo no outro pé.

— Me deixe levá-la para casa — pede ele, com a voz irritada.

— Ela está em casa. Ela é minha.

Os olhos de Spider brilham de raiva diante das coisas horríveis que deve estar imaginando que fiz com Riley.

— Seu docnte, filho da puta.

— Ah, deixa disso. Assim vai magoar meus sentimentos.

— Ela não merece isso. Ela é inocente.

— E você acha que eu não sei?

— Então, deixe-a ir embora.

Encaro-o, já sabendo a resposta antes mesmo de fazer a pergunta:

— Você a deixaria ir se a tivesse?

Spider contrai o maxilar e fica vermelho. Ele pragueja, dessa vez no meu idioma e usando um linguajar criativo e pesado.

— Foi o que pensei. Agora me diga, seu chefe te enviou até aqui ou essa missão de resgate foi ideia sua? Não consigo imaginar Declan embarcando em um plano desesperado e fadado ao fracasso.

— Onde *ela* está?

— Esta conversa já está ficando entediante. Tem alguma coisa que você quer que eu diga para ela antes de eu ir embora?

Spider afunda mais o cano da Glock no meu pescoço.

— Você não vai a lugar algum.

Esse irlandês é teimoso como uma mula. Apesar da minha inclinação para odiá-lo, eu me pego admirando sua determinação.

— Última chance. Não quer mandar um pedido de desculpa?

— Eu quero que você a devolva para mim. Ela não é nada para você.

— Nenhum pedido de desculpa sincero por quase tê-la matado?

— Foi um acidente! O tiro era para você.

— Mas não me atingiu. Você atirou nela. Agora a Riley é minha. Estou percebendo sua dificuldade de entender isso, o que é bom. Você merece sofrer. E eu aplaudo sua persistência, mas, se não deixar Moscou nas próximas doze horas, você será enterrado aqui.

Eu me permito dar um sorrisinho sem humor.

— Eu prometi a Riley que não te mataria, mas não é o caso do restante da Bratva.

Prestes a ignorar o bom senso e puxar o gatilho, ele hesita ao perceber que sua visão ficou turva. Spider pisca e balança a cabeça, tentando focar, mas as pupilas não obedecem.

Quando cambaleia, tiro a arma de sua mão e a coloco no meu cinto.

Ele se apoia no bar para se equilibrar e começa a piscar para clarear a visão.

— O que você fez comigo? — pergunta com voz rouca.

— Nada permanente. Você vai ficar com uma dor de cabeça quando acordar. Tome um remédio para enxaqueca no aeroporto. E é bom não aceitar bebidas de estranhos em um país estrangeiro numa próxima vez. Nunca se sabe o que pode ter na bebida, nem quem pagou para colocar lá.

Ele ainda está praguejando quando desmaia.

Observo-o por um tempo, desmaiado no chão.

Viro-me para o bartender e entrego um maço de dinheiro, tomo minha vodca e volto para casa.

RILEY

Antes mesmo de abrir os olhos de manhã, sei que Mal está deitado ao meu lado.

Se o calor dele não tivesse mostrado isso, a ereção gigante contra meu quadril teria me alertado.

— Não se preocupe — murmura no meu ouvido. — Eu não vou te comer.

Talvez seja fruto da minha imaginação, mas eu poderia jurar que ele deixou um *ainda* no ar.

Começo a ficar sem fôlego e a engolir em seco.

Quando consigo me controlar, sussurro:

— Achei que você estava com raiva de mim.

— Eu estava. Já superei.

— Pra onde você foi?

— Por quê? Ficou preocupada?

— Não, eu só não sabia o que dizer para o Poe quando ele aparecesse te procurando.

Depois de um instante, ele ri.

— Mentirosa.

Abro os olhos e imediatamente desejo não ter feito isso. Ele não está apenas do meu lado embaixo das cobertas. Está também sem camisa.

Sua mão está espalmada possessivamente em cima da minha barriga. Por baixo da minha blusa, contra minha pele nua, o toque dele parece me queimar. Não só a minha pele, mas minha alma.

Jesus, assuma o volante. Estou dirigindo bêbada.

Mal respira contra o meu cabelo. Sua voz fica rouca.

— Você não faz ideia do que eu sinto quando estremece assim.

— Para de dizer essas coisas.

— Eu gosto da sua reação quando eu falo isso.

— Por que você está na cama comigo se você não vai... hum... você sabe.

— Te comer? — fala ele, baixinho no meu ouvido.

Fecho os olhos e sinto uma onda de excitação.

Malek solta uma risada baixa e satisfeita.

— Estou na cama com você porque é confortável. Porque eu gosto de me deitar ao seu lado. Porque eu quero estar aqui.

Droga, ele tem um cheiro tão bom. E o toque também. E é tão quente e forte.

E é duro.

Em todos os lugares.

Malek passa o dedo suavemente pela minha cicatriz.

— Como está a dor hoje.

— Não é mais tão aguda. Parece mais uma dor chata e constante.

— Você tomou os remédios ontem antes de dormir?

— Tomei.

— Boa garota. — Depois de uma pausa, ele pergunta com a voz rouca: — Você está fazendo isso de propósito?

— Eu não consigo controlar meus tremores! — exclamo, irritada.

— É mais como um estremecimento. Por todo o corpo.

— Se você parasse de usar esse tom, eu ficaria bem!

— Que tom?

— Esse tom sexy!

Ele diz algo em russo que parece pornográfico e ri quando estremeço de novo.

Tento me levantar, mas Mal joga a perna em cima da minha e me puxa, fazendo-me virar de forma que minha barriga pressione a dele. Encaixo a cabeça sob o queixo barbudo e escondo o rosto no peitoral forte enquanto ele solta uma risada.

Acariciando as minhas costas, ele me dá tempo para me acalmar antes de beijar o meu pescoço, deixando-me ofegante de novo.

— Porque você está tão agitada? Eu disse que não vou te comer — sussurra.

— É a sua barba.

— Como é?

— A sua barba.

Ele parece confuso.

— O que tem a minha barba?

— Ela faz cócegas.

Malek deixa a confusão de lado e se transforma em um deus sensual em meio segundo.

— E você quer sentir essas cócegas entre suas pernas, não é?

— Não.

— Então porque está pressionando uma perna contra a outra.

— Não estou pressionando nada.

Sua risada é um pouco ofegante, mas extremamente satisfeita.

— Está, sim, *malyutka*.

— Eu detesto quando você fica cheio de si.

Ainda rindo, ele pressiona os lábios contra meu ombro, e passa o nariz pela gola da minha camiseta, certificando-se de que a barba roce na minha pele. Então escorrega uma das mãos pelas minhas costas e aperta a minha bunda, soltando o som mais puramente masculino que já ouvi. Um gemido de mais absoluto prazer que ecoa no seu peito.

Começo a suar. Meu coração está disparado. Meus mamilos estão duros e o latejar entre as minhas pernas fica ainda mais intenso.

E os *tremores*. Parece até que estou deitada em uma cama de gelo.

Malek me deita de costas, segura meu rosto, olha nos meus olhos e faz um discurso longo e passional, mas em russo.

No fim, ele me beija.

Profundamente.

Como um homem faminto.

Tomando cada pedacinho de mim.

Quando sai de cima do meu corpo, ele se levanta, vai para o banheiro e bate a porta.

Então abre o chuveiro.

E fica lá dentro por muito, muito tempo.

～

Depois disso, Malek passa quase uma semana sem olhar para a minha cara direito.

Ele dorme na poltrona de couro no canto do quarto todas as noites.

Corta lenha com um machado como se estivesse cortando a cabeça de alguém da realeza.

Sai para caçar na floresta e desaparece por horas. Depois volta com um alce, um cervo e um coelho, dos quais ele tira a pele e corta com a habilidade de um açougueiro enquanto eu observo totalmente fascinada e enojada.

Malek prepara nossas refeições, faz café, lava a louça, acende a lareira, conserta o vazamento na pia, passa pano no chão, limpa as armas, prega as tábuas soltas do telhado, faz o inventário dos suprimentos, vai até a cidade para fazer compras, tira a neve da varanda, faz a barba com uma lâmina afiada, conserta o peitoril solto da janela e conclui mais um monte de outras tarefas com extrema competência. Sinto que estou tendo uma aula completa sobre masculinidade.

E todas as noites, ele me dá banho de banheira.

O que começou como um exercício de humilhação, surgido pela necessidade de não molhar os pontos, lentamente se transformou em outra coisa.

Uma coisa íntima.

Tornou-se um ritual sobre o qual nunca falamos. Após o jantar, depois que ele lava a louça e eu escovo os dentes, Malek enche a banheira, tira os meus óculos e as minhas roupas.

Fico deitada nua na água quente com os olhos fechados, sentindo seu toque no meu corpo e ouvindo enquanto ele fala.

Sempre, sempre em russo.

O toque é sensual e profundamente relaxante, mas nunca sexual. É como se Mal estivesse decorando cada parte do meu corpo com as mãos, mapeando cada uma das minhas curvas e ângulos com a ponta dos dedos, guardando-os na memória.

Entorpecida de prazer, fico deitada passivamente na banheira enquanto ele desliza os dedos ensaboados pela minha pele.

Mais tarde, sozinha na cama, ardo de desejo.

Não posso negar a resposta física, a forma como Mal me faz tremer de desejo. E eu sei que ele me deseja também. A evidência está em todo o seu corpo. Desde os olhares quentes durante o café da manhã, até a contração do maxilar quando eu me aproximo do volume entumecido atrás do zíper do jeans quando ele me enxuga depois do banho. O desejo dele é óbvio.

Mas Malek o mantém trancado, sob controle, e parece ter jogado a chave fora.

Ele não se deita de novo comigo.

Não fala mais nada sobre me comer.

E, principalmente, não me beija mais.

A não ser pelo ritual do banho, Malek me trata como se eu fosse uma paciente. Demonstra muito interesse na minha recuperação, pergunta todos os dias sobre o nível de dor e se certifica de que estou comendo o suficiente, tomando meus remédios. Porém, fora isso, ele está distante.

Clínico.

Frio.

Penso muito no que Malek disse sobre ser responsável por mim porque eu levei um tiro por ele. Penso em como se esforça para manter um muro emocional entre nós, como só se revela em um idioma que não entendo.

Acima de tudo, penso na batalha que ele obviamente trava consigo mesmo sempre que olha para mim.

Malek não consegue conciliar o que Declan fez com o irmão dele com o que eu fiz por ele.

Não consegue entender como alguém que ele acha que deveria ser seu inimigo pode chamá-lo de amigo.

Está em conflito com o próprio desejo.

Malek me quer, mas não quer me querer. Isso fica óbvio de milhares de formas.

E lentamente, começo a compreender que, quando perguntei por quanto tempo ia me manter aqui e ele me respondeu "o tempo que for preciso",

Mal estava se referindo ao tempo necessário para entender tudo que está acontecendo.

Acho que o que mais o atrapalha é a minha recusa de implorar para que ele me deixe ir embora.

Recusa não é a palavra certa.

É mais um desinteresse.

Para minha profunda surpresa, descobri que gosto daqui.

Gosto do ar limpo e calmo. Gosto de ver milhões de estrelas à noite. Gosto dos rituais simples das refeições, banhos e hora de dormir. Gosto de Poe batendo com o bico na janela a cada dois ou três dias, querendo uma guloseima.

Não me importo quando Mal precisa me deixar sozinha por horas, às vezes, até dias, para ir à cidade, porque descobri que gosto de caminhar sozinha pela floresta, sentindo o sol no meu rosto e o frio queimando minhas bochechas, e o estalar satisfatório de pinhos congelados sob meus pés.

Gosto da cabana que ele e o falecido irmão construíram com as próprias mãos.

Acima de tudo, gosto de ter tempo para pensar.

Eu nunca tive muito tempo para isso, não de verdade. Sempre estudei e trabalhei e passei o meu tempo livre na frente de uma tela, distraindo-me. Matando meus sentimentos.

Algumas pessoas comem quando estão deprimidas. Outras pessoas bebem ou se drogam ou fazem sexo com estranhos. Eu lidei com a dor emocional me alimentando constantemente de mídias sociais e videogames e fingindo que não estava lá.

Parece tão óbvio agora. Eu estava solitária.

Em uma cidade com quase um milhão de habitantes, eu sempre me senti sozinha.

Mas aqui, no meio do nada, tendo apenas um corvo e um assassino como companhia, eu não me sinto assim.

Eu me sinto segura.

Feliz.

Alguns dias, sinto que aquele tiro foi a melhor coisa que me aconteceu.

— Vou passar a noite fora.

Ergo o olhar dos ovos mexidos. Mal está diante de mim, olhando para o prato enquanto empurra a comida com o garfo.

— A noite toda?

Ele assente.

— Partirei logo depois do café da manhã.

— Tá.

Malek olha para mim. De manhã, aquele homem é ainda mais lindo. Os olhos claros parecem ter o mesmo tom de uma jade.

— E a dor?

Eu sorrio. Ele faz a mesma pergunta toda manhã.

— Já não sinto quase nada. A não ser quando tento pegar peso.

Ele franze o cenho.

— Por que você tentaria pegar peso? É só pedir que eu pego.

Isso me faz sorrir mais.

— É bom eu me esforçar.

Malek franze ainda mais o cenho, formando uma careta.

— Não. Isso não é nada bom. Você pode se machucar.

Sustento o olhar por um tempo e respondo suavemente:

— Abaixar para pegar algo não é tão perigoso quanto o que você faz.

— Eu sou profissional. Você está ferida. São coisas completamente diferentes.

Seu tom é tenso. Observo o rosto dele por um momento. Está tenso também, assim como os ombros.

— O que houve?

— Nada.

— Desde quando você mente para mim?

— Desde quando sou seu sequestrador — explode ele.

Mal está com um humor horrível, mas não sei o que causou isso. Coloco o garfo no prato, recosto-me na cadeira e o observo.

— Para de olhar para mim.

Ele come uma garfada de ovo.

— Por que você está chateado, Mal?

— Não estou.

Ele mastiga com raiva. Eu praticamente consigo ouvir os molares se chocando.

— Você está, sim. Eu fiz alguma coisa errada?

Malek engole em seco, fulminando-me com o olhar enquanto contrai o maxilar.

— Por que você não me pediu pra te levar para casa?

Esse papo de novo. Como se eu tivesse uma resposta lógica.

— Você me levaria se eu pedisse?

Minhas palavras parecem deixá-lo ainda mais nervoso.

— Não foi isso que perguntei.

— Eu sei. Foi o que *eu* perguntei.

Mal fica me olhando, sua respiração pesada e audível. Parece que ele está usando toda a sua força para se controlar.

— Spider ainda está em Moscou.

Surpresa com a notícia, permaneço em silêncio.

— Eu o vi. Eu o droguei. Ameacei matá-lo se ele não fosse embora. E ainda assim ele ficou. Você sabe o que isso significa?

Meu coração quase sai pela boca. Levo a mão ao peito e o encaro, horrorizada.

— Você o *drogou*? Por quê?

Mal meneia a cabeça, frustrado, e ignora a minha pergunta.

— Isso significa que ele não vai embora sem você, mesmo que esteja arriscando a própria vida. Ele *não está nem* aí para o fato de estar arriscando a própria vida, entendeu?

Malek está tentando me dizer alguma coisa, mas não sei o que é.

— É o trabalho dele. Spider arrisca a vida o tempo todo. Ele segue as ordens de Declan.

— Duvido que Declan tenha o mandado para cá. Acho que Spider tomou essa decisão por conta própria. E acho que o que o motivou foi muito mais do que a culpa.

— Estou confusa. O que você está tentando dizer?

— O que quero dizer é por que diabos você não está me implorando para levá-la até Spider para que ele te leve pra casa? Ele é seu amigo, de acordo com você. Desconfio de que queira ser muito mais que um amigo. Spider é do seu mundo. Ele é parte da sua família. Ele se importa com você. Ainda assim, você está aqui *comigo*. Por quê?

Olho para o rosto bonito de Malek. Para os olhos lindos. Penso em todas as formas como esse homem provou ser muito mais do que um assassino. Todas as formas que abriu mão do que ele quer, incluindo, até agora, o desejo de vingança pelo assassinato do irmão.

E a verdade simplesmente aparece.

— Porque não tem nenhum outro lugar que eu prefira estar.

Mal entreabre os lábios. Suas pupilas dilatam. Ele me encara, imóvel. Então afasta o olhar e engole em seco, soltando o ar.

— Se você não voltar com ele, ele morre. Eu vou matá-lo — afirma ele.

— Você não vai machucá-lo.

— Claro que vou.

— Não, você não vai.

Malek me encara novamente, os olhos queimando de raiva.

— Puta que pariu! Você não está ouvindo.

— Claro que estou, mas você está mentindo. Porque você sabe que se machucar Spider, eu nunca vou te perdoar. E não importa o quanto tente dizer para si mesmo que isso não faz diferença, sei que faz.

Enfurecido, ele me encara num silêncio cheio de tensão.

Sentindo-me corajosa, acrescento suavemente:

— E nós dois sabemos o motivo.

Malek se levanta de um salto, bate com as duas mãos na mesa e se inclina sobre ela, fulminando-me com o olhar.

— Se você acha que eu me importo com você, está errada.

— Tudo bem.

— Estou falando sério. Você só está aqui porque estou punindo Declan.

— Tudo bem.

Malek eleva o tom de voz.

— Você não passa de um meio para um fim. Você é parte do meu plano. Isso... — Ele faz um gesto entre nós dois. — Isso não é nada. Nada. Você não significa absolutamente *nada* para mim.

Olho para as minhas mãos antes de voltar a encará-lo e respondo baixinho:

— Tudo bem.

O temperamento de Mal explode e ele grita:

— Por que continua concordando comigo?

— Porque nós dois sabemos que você está mentindo, e discutir não vai levar a lugar algum.

Ele me encara. Uma veia lateja em sua têmpora. Mal se empertiga abruptamente e sai da cozinha.

Fico na minha cadeira, ouvindo-o andar furioso pela cabana, pisando forte de cômodo em cômodo. Depois de alguns minutos, a porta da frente bate.

Agora estou sozinha, imaginando se acabei de assinar a sentença de morte de Spider.

Nunca se sabe o que um assassino treinado pode fazer quando perde a cabeça.

Eu me levanto e saio pela porta da frente. Não avisto Mal na campina, então corro para a lateral da cabana e acabo tropeçando. Não sei onde ele estaciona o carro — não há nenhum celeiro ou garagem por perto —, mas deve ser longe, provavelmente em um lugar escondido no meio das árvores.

Recupero o equilíbrio e olho para a frente, preparando-me para correr para a floresta, mas meu coração quase sai pela boca. E eu arfo, aterrorizada, e congelo no lugar.

Um urso está parado a uns três metros de onde estou, e sua atenção está focada em mim.

É adulto. Dá pra perceber pelo seu tamanho. Ele deve pesar uns trezentos quilos.

A cabeça é imensa. Os pelos são de um tom de marrom escuro e lustroso. Se ele ficasse em pé nas patas traseiras, seria vários metros maior que eu.

O animal emite um som aterrorizante, uma espécie de grunhido profundo e agressivo, baixa a cabeça, bate os dentes e golpeia o chão com uma pata enorme.

Tremendo de medo e sem ar, dou um passo cuidadoso para trás.

O urso observa com os olhos pretos e hostis enquanto dou outro passo.

E então parte para o ataque.

32

RILEY

Tudo acontece tão rápido que nem tenho nem tempo de gritar.
Eu me viro e corro. Não chego a dar cinco passos quando sou derrubada por um golpe forte nas costas. Caio de cara na neve, totalmente sem ar. Eu me ajoelho, o coração disparado, mas sou derrubada novamente. Desta vez, pela lateral.

Eu rolo várias vezes. O céu e o chão giram como se eu estivesse em um carrossel. Quando paro, estou deitada de costas, ofegante e desorientada. Meus óculos caíram, não consigo enxergar quase nada.

Eu me esforço para me levantar, sem saber se o urso ainda está atrás de mim. Então ouço um rosnado aterrorizante, sinto o cheiro de pelo molhado e percebo que ele está quase em cima de mim.

Viro um pouco o rosto e consigo vê-lo.

Focinho preto e olhos brilhantes, caninos afiados com saliva escorrendo. O animal está tão perto que tudo que consigo enxergar é a cabeça dele.

O bicho abre a boca bem diante do meu rosto e fica em cima de mim.

Eu grito ao mesmo tempo que o peso dele esmaga meu peito. O urso bloqueia a luz do sol. Sinto os pelos na minha boca e o cheiro pungente de animal selvagem me sufoca.

Penso por um milésimo de segundo que nunca mais vou ver o rosto de Mal de novo. Que vou morrer sem ver aqueles lindos olhos outra vez, e a possibilidade é agonizante.

Mas então ouço um rugido ensurdecedor. Algo quente e molhado se espalha pelo meu rosto.

E sou puxada debaixo do urso inerte pelo braço.

Mal larga o rifle, ajoelha-se ao meu lado e começa a rasgar a minha roupa.

— Onde você está machucada?! — grita ele, agarrando minha camisa com mãos trêmulas. — Riley! Fala comigo! Você está ferida, *malyutka*?

Nunca o vi daquele jeito. Pálido e desesperado. Totalmente fora de si. Como se fosse outra pessoa.

Uma pessoa aterrorizada.

Não parece com um homem que acha que não sou nada para ele, além de um meio para um fim.

Quando não respondo por causa do choque, Mal me pega nos braços e corre de volta para a cabana. Ele abre a porta da frente com um chute e se ajoelha no chão da sala, colocando-me deitada no tapete diante da lareira. Malek começa a puxar minha roupa de novo, desesperado para encontrar onde o urso me atingiu.

— Riley, *malyutka*... Meu Deus... Ah, merda.

Malek está ofegante e em pânico. Gemendo. Suas mãos se mexem tão rápido para encontrar ferimentos, que tudo parece um borrão.

Começo a retomar a consciência depois do choque. Meus pensamentos vão clareando, e percebo que o sangue na minha camisa não é meu. A não ser pela dor no ombro e a incapacidade de respirar direito, não fui ferida.

Porque ele estava lá.

Porque, mais uma vez, Mal salvou a minha vida.

Estendo a mão e a levo ao rosto dele.

Ele congela, olhando para mim. Sua respiração está pesada, os olhos frenéticos, Malek olha para mim como se nunca mais fosse conseguir desviar o olhar.

Minha voz sai fraca, mas surpreendentemente calma.

— Não estou machucada. Está tudo bem, Mal. Eu estou bem.

Ele parece tão confuso que nem consegue falar. Fica só olhando para mim, com a respiração ofegante.

O que vejo em seus olhos acende um fogo na minha alma.

Sinto uma emoção atravessar o meu corpo, como um raio, um trovão ou um céu estrelado, uma onda de adrenalina zumbindo nos meus ouvidos como o mar. Sou tomada por inteiro pela sensação, que parece transbordar de mim, desfazendo-me sob sua força avassaladora.

Eu me sento, seguro o rosto dele e o beijo.

Mal hesita. Parece travar uma luta interna por um segundo, acostumado a não ceder. Então, com um pequeno gemido que escapa por entre os lábios, ele se rende.

Malek me puxa de encontro ao peito, mergulha uma das mãos no meu cabelo e toma minha boca como se estivesse faminto por mim desde o dia que me conheceu.

E eu tenho certeza de que está mesmo.

O beijo é o mais passional e intenso que já recebi. As comportas estão totalmente abertas, como se a represa tivesse rompido. Malek usa todo o corpo para me beijar, me envolvendo por inteiro e me abraçando com tanta força que chega a doer. As mãos estão trêmulas, a respiração, ofegante. Ele faz sons desesperados contra minha boca, enquanto me beija e solta gemidos do mais puro e doce prazer que clama por alívio.

Então apoia minha cabeça na mão enquanto beija desesperadamente todo o meu rosto e eu rio sem fôlego, totalmente abalada pela força da emoção dele.

Não foi só um beijo.

Foi uma porta que se abriu para a alma de Mal.

— Diga de novo — exige ele. — Diga de novo, *malyutka*. Repete para mim.

— Eu estou bem. Não estou machucada. Estou aqui. Tá tudo bem.

Então desaba em cima de mim, pressionando meu corpo no chão e se encaixando. E me beija de novo. Mergulho a mão em seu cabelo e fecho os olhos, tonta com o gosto dele e com as batidas selvagens do meu coração.

Malek beija meu queixo, meu pescoço, falando em russo enquanto seus lábios escorregam pelo meu rosto. As palavras transbordam dele e mergulham em mim, batizando-me com fogo.

Envolvo a cintura dele com as pernas e sinto a dureza de sua virilidade, exatamente como eu esperava. Roço o corpo contra a ereção dele, para que saiba exatamente o que eu quero.

— Você ainda está se recuperando — argumenta com a voz rouca, afastando-se para me fitar com olhos cheios de desejo. — Do tiro. Não podemos...

As palavras morrem em sua garganta quando tiro a camiseta pela cabeça e a atiro longe.

Não estou usando mais nada na parte de cima do corpo. O olhar de Mal para os meus seios nus é tão intenso quanto seus beijos quentes.

Ofegante, olho nos olhos dele e sussurro:

— Podemos e vamos. Agora.

Desta vez, não há hesitação. Ele é puro fogo, velocidade e força física, um touro passando pela porteira.

Mal se ajoelha, tira os meus sapatos, a calça de moletom e a calcinha, abre o zíper da calça jeans que está usando e segura o pau duro na mão. Ele se encaixa entre minhas pernas e mergulha fundo dentro de mim.

Arqueio o corpo e suspiro, segurando seus ombros.

Ele é imenso, quente e penetrante, afundando completamente dentro de mim em um único movimento. Malek cobre minha boca com a dele, engolindo meu gemido de prazer, e começa a me comer com força e voracidade, com uma das mãos segurando minha bunda e a outra puxando meu cabelo.

Ele ainda está totalmente vestido.

Estou totalmente nua e delirante sob o peso do seu corpo.

Nunca estive tão nua na minha vida.

Malek afasta os lábios dos meus e começa a beijar meus seios. A boca quente e úmida é o paraíso nos meus mamilos rijos. Sua barba provoca arrepios na minha pele. Ele chupa meu peito com força e mordisca um dos mamilos, deixando-me ofegante. Eu puxo o seu cabelo.

Então ele se apoia em um dos cotovelos e segura meu pescoço. Mirando o fundo dos meus olhos, Malek me come até eu começar a gemer o nome dele.

— *Malyutka*. Minha passarinha. Meu anjinho. O que você fez comigo?

Sua voz sai rouca e sufocada de emoção. Os olhos parecem angustiados.

Eu gozo com a mão dele no meu pescoço, sufocando um grito.

Ele abaixa a cabeça e afunda o rosto no meu pescoço. Tremendo, continua me comendo enquanto eu gozo. Então, os movimentos do quadril de Mal param e ele solta um gemido gutural.

Com um movimento final e forte, Malek goza dentro de mim.

33

RILEY

Com as costas doendo por causa do tapete, fico deitada, ofegante e tremendo, com os braços e as pernas em volta de Mal, que ainda está enterrado dentro de mim.

Quando sua respiração se acalma, ele levanta a cabeça e olha nos meus olhos de novo.

Mal me deixa ver tudo.

A escuridão. A destruição. O desejo. A necessidade. A solidão que combina exatamente com a minha.

A confusão de perceber o que somos, quando deveríamos ser inimigos.

— Eu sei. Não precisamos resolver nada agora — sussurro.

Suas pálpebras se fecham e ele solta uma expiração pesada e me beija, dessa vez com carinho.

Malek sai de dentro de mim, dá um beijo suave em cada um dos meus seios, depois me pega nos braços e me leva para o banheiro.

Ele me coloca de pé e se certifica de que estou firme antes de abrir o chuveiro. Tira a roupa, pega minha mão e me coloca sob a ducha quente.

Malek passa uma esponja ensaboada pelo meu rosto e tira todo o sangue de urso do meu cabelo. Ele me dá banho com tanto carinho e atenção, que parece que alguém pagou muito caro para que fizesse isso.

Depois, lava o próprio corpo como se fosse um mero detalhe, fecha a torneira e nos enxuga com a mesma toalha antes de me carregar de volta para cama.

— Assim eu vou desaprender a andar — murmuro com a cabeça apoiada no ombro forte.

— Se você não quiser, não precisa mais andar para lugar algum.

Meu coração parece transbordar no peito e eu derreto por dentro.

Malek está dizendo que eu não precisaria andar porque está disposto a me carregar para onde eu quiser.

Ele me coloca na cama, deita-se ao meu lado e nos cobre. Então escorrega o braço sob meu pescoço e descansa a mão espalmada na minha barriga exatamente no mesmo ponto de sempre: bem em cima da minha cicatriz.

Mal afunda o nariz no meu cabelo molhado e inspira.

Quando solta o ar, parece que está liberando décadas de sofrimento, como se tivesse acabado de sair da prisão após longos anos.

Ficamos deitados assim por muito tempo, abraçadinhos, apenas respirando.

Sei que vou me lembrar desse momento pelo resto da minha vida.

Quando ele finalmente fala, sua voz é suave e sonolenta:

— Quando te vi pela primeira vez, achei que você fosse uma pedinte.

Feliz demais para me ofender, dou uma risada.

— Nossa, como você é sedutor.

— Você estava tão desarrumada. Pequena, cinza e amarrotada, como um lenço esquecido no bolso de alguém.

Arregalo os olhos.

— Meu Deus. Talvez seja melhor você ficar de bico fechado ou nunca mais vai se dar bem comigo de novo.

Ele aperta meu quadril e se aproxima mais de mim.

— Você me fez querer te salvar. Cuidar de você. Eu não fazia ideia de que você era um dragão disfarçado, como aquela tatuagem escondida na sua nuca.

— Pode continuar, você precisa compensar muita coisa — respondo com mau humor.

— Um dragãozinho que cospe fogo e que pode acabar com um homem falando apenas algumas palavras com essa boquinha linda. — A voz de Mal se transforma em um sussurro.

Fico pensando no que ele está dizendo, sem saber se está me insultando ou me elogiando.

— O que passou pela sua cabeça quando me viu pela primeira vez?

— Que eu ia virar a vítima de um episódio de *Lei & Ordem: Unidade de Vítimas Especiais*.

Depois de uma pausa, ele começa a rir. É um som totalmente masculino, que começa no fundo da barriga.

Eu amo.

— Estou surpresa por você entender a referência, já que odeia televisão.

— Eu nunca disse que odeio televisão. Só não tenho uma aqui.

— Você tem televisão em Moscou?

— Tenho.

— Ah. E por que não tem aqui?

Ele desliza a mão da minha barriga para o meu peito, envolvendo-o de leve e passando o polegar no mamilo até deixá-lo duro. Sua voz fica grave:

— Porque este é o meu santuário. As únicas coisas que guardo aqui são aquelas sem as quais não posso viver.

Fecho os olhos, viro o rosto para o pescoço dele e espero até meu coração se acalmar.

— Ah, então você assiste a séries americanas de crime, hein?

— São muito divertidas. Os seus criminosos são os mais idiotas do mundo.

— Eles não são *meus* criminosos.

Mal segura meu queixo e beija minha testa.

— Não. Você só tem um.

Eu me viro de lado e me aninho em seu corpo. Ele me dá um abraço apertado. Alguns minutos de silêncio agradável se passam até eu sussurrar:

— Eu quase fui devorada por um urso, Mal.

— Ursos não comem gente. Eles só nos cortam em pedacinhos.

— Nossa, que ótimo — digo secamente. — Obrigada pela informação.

— Você quer que eu empalhe a cabeça dele e a coloque na parede no lugar da cabeça do cervo?

— Você quer me traumatizar pelo resto da vida? Eu passo.

— Você não parece traumatizada.

Sorrio contra o peitoral dele.

— Talvez um orgasmo seja a cura para o transtorno de estresse pós-traumático.

— Ou talvez a minha magricela não fique devendo nada para Khaleesi.

— *Magricela*?

— É assim que eu te chamo na minha cabeça às vezes. A diabinha magricela. — Depois de um tempo, ele pergunta: — Isso é ruim?

— Preciso pensar a respeito.

— Porque eu não quero ofender você.

— Ah, claro. Quem se ofenderia ao ser descrita como uma pedinte esquelética dos infernos?

— É interessante como você faz isso soar como uma ameaça de morte.

— Eu tenho muitos talentos. Espere só até me ver fazendo malabarismo com motosserras enquanto aponto um lança-chamas na sua direção.

Ele ri de novo. Como estou com a cabeça apoiada em seu peito, sinto a vibração sob o meu rosto e não consigo evitar o sorriso.

Malek segura o meu queixo e me faz olhar para ele, e então me dá um beijo carinhoso.

— Eu machuquei você? Nunca vou me perdoar se eu tiver te machucado.

Sei que Mal não está falando do apelido horrendo que me deu. Fito seus olhos lindos com um sorriso.

— Só do melhor jeito.

Ele inclina a cabeça para o lado e eu esclareço:

— Eu provavelmente vou ficar dolorida. Bem dolorida. Você não é... bem... Vamos dizer que o seu dragão não é pequeno como eu.

Ele se vira para se deitar de costas, me levando junto, e ri enquanto eu o observo, maravilhada.

Quem é este assassino feliz? Para onde foi aquele Malek ranzinza e zangado?

— Você ficou todo risonho de repente.

Ele para de rir e olha para mim.

— Risonho? — repete, ofendido.

— Foi mal. Você tem razão. Homens másculos não são risonhos.

— Exatamente.

Mal tenta fazer cara feia, mas não consegue. Seus lábios formam um sorriso.

Estendo a mão e traço o contorno de sua boca, achando impossível não retribuir o sorriso.

— Estou curiosa. Como alguém nascido e criado na Rússia fala outras línguas sem sotaque?

Ele passa a mão pelo meu cabelo, observando-me com olhos semicerrados, enquanto os fios passam por entre os dedos.

— Quando esse alguém viaja pelo mundo usando diferentes passaportes e identidades, é muito útil não parecer russo. Meu tamanho chama muita atenção. Eu pratiquei por um bom tempo para parecer alguém que não é de algum lugar específico.

O homem sem passado e sem futuro que aparece do nada e acende uma chama no coração de uma garota apenas com a força dos olhos verde-claros.

Que mistério fascinante ele é.

Apoio meu queixo nas mãos em cima do peito dele.

— O que foi? — pergunta Malek quando fico olhando por muito tempo.

— Quantos anos você tem?

A pergunta o diverte. Seu sorriso se abre mais e ilumina os olhos dele.

— Por que tenho a sensação de que estamos prestes a começar um árduo e longo interrogatório?

— Isso se chama conversa. Eu pergunto e você responde.

— Não. Isso é um interrogatório. Em uma conversa, as perguntas se alternam.

— Você vai ter sua chance. Mas eu começo.

— Era isso que eu temia.

Estendo a mão e toco na barba dele. É suave e flexível sob meu toque, e maravilhosamente linda. Se a raspar um dia, acho que serei capaz de matá-lo.

— Por que você está rindo?

— Deixa pra lá. Agora eu quero saber sua idade.

— Tenho trinta e três anos. — Depois de uma pausa, ele acrescenta: — Você arregalou os olhos.

— Você é nove anos mais velho que eu.

— Sério? Você parece muito mais nova.

— São todos os conservantes nos doces. Qual é sua cor favorita?

— Preto.

— Eu deveria ter adivinhado. O que você faz no seu tempo livre, além de assistir a séries policiais americanas?

— Venho para cá o máximo que posso. Caço. Leio. Faço caminhadas. Observo as estrelas. Só vou à cidade a trabalho.

— Trabalho.

Ele assente. Sei que não quer entrar em detalhes.

— E como foi que você acabou nesse ramo?

Malek respira fundo e olha para o teto. Depois de soltar o ar, ainda demora um pouco para responder.

— Por acaso.

— Como assim?

Ele fecha os olhos. Um músculo se tensiona no maxilar.

— Matei um homem em uma briga de bar quando eu tinha dezessete anos.

Então fica em silêncio de novo, perdido nas lembranças. Sei que o que quer que esteja recordando é doloroso e, enquanto acaricio sua barba, aguardo com calma que volte a falar.

— O sujeito estava atormentando meu irmão. Mikhail não era um cara grande. Ele era tranquilo, inteligente e reservado. Um alvo perfeito para os valentões. Estávamos em uma viagem de família com os nossos pais, visitando nossa tia em Moscou. Mik e eu fomos a um bar depois que nossos pais foram dormir. Voltei do banheiro e encontrei um babaca falando merda para Mik. Eu o mandei tomar no cu. Ele não gostou. Tentou me socar e errou. Eu revidei e o acertei em cheio. Quando dei por mim, o cara estava caído no chão, coberto de sangue, sem se mexer. Ele nunca mais se levantou.

Soltando o ar devagar, Mal abre os olhos e me encara.

— Ele era da Bratva. Primo de primeiro grau do Pakhan, para o meu azar.

— Pakhan?

— É um título honorífico. Significa chefão. Rei. Todo mundo no bar sabia que o cara que eu tinha socado tinha conexões. Antes de a polícia chegar lá, Pakhan apareceu com uns dez homens e disse que eu e minha família poderíamos morrer para pagar minha dívida, ou que Mik e eu poderíamos trabalhar para ele. Obviamente o cara não ia muito com a cara do primo, ou teríamos morrido na hora.

"Pakhan colocou Mik para trabalhar nas ruas como vigia nas missões. É a posição mais baixa na Bratva, mas, em um ano, ele já era líder da própria equipe. Como eu disse, meu irmão era inteligente. Sabia lidar com situações difíceis. Ele se tornou valioso e continuou crescendo."

— E você?

— Eu também me tornei valioso. Só que não há como subir na minha posição. Eu continuei exatamente onde eu comecei, porque ninguém podia fazer para Pakhan o que eu conseguia.

A voz dele fica mais baixa.

— Eu demonstrei um talento enorme para fazer os inimigos dele desaparecerem.

Mal permanece em silêncio por um bom tempo, perdido em algum lugar dentro da própria mente. Então, respira fundo e continua:

— Pakhan gostava de Mik. Confiava nele. Sabia que a morte do primo tinha sido culpa minha, não do meu irmão. Quando Mik pediu permissão para ir aos Estados Unidos, conseguiu.

— Por que seu irmão quis ir para os Estados Unidos?

— Pelo mesmo motivo de todo mundo: oportunidade. Pakhan sabia que Mik era ambicioso. Sabia que ele ia acabar insatisfeito com a posição que ocupava aqui. Sabia que muitos dos homens da Bratva seguiriam Mik se ele decidisse tentar assumir. Acho que realmente gostava de Mik. Não queria ter que matá-lo se as coisas chegassem àquele ponto, então o mandou para os Estados Unidos e disse que a dívida dele estava paga.

"Já a minha nunca seria paga. Fui eu que tirei a vida do primo de Pakhan. Estarei em dívida até o meu último suspiro. De um jeito ou de outro."

Deito o rosto em seu peito. Ele segura minha cabeça com uma das mãos e acaricia minhas costas lentamente com a outra.

— Nossos pais já tinham morrido quando Mik foi para os Estados Unidos. Morreram em uma avalanche. Dá pra acreditar numa coisa dessas? A tia que fomos visitar em Moscou morreu de câncer. O marido dela teve um infarto. Essa era a nossa família, e Mik e eu fomos os únicos Antonov que restaram.

Ele engole em seco.

— Até que Mik foi assassinado.

Sua voz fica emotiva. Ouço o coração dele batendo forte e rápido.

Fecho os olhos e o abraço com força. Pela primeira vez desde que tudo aquilo começou, estou com raiva de Declan.

Mas essa é a vida deles, de Declan e de Malek.

Matar ou morrer. Não existe outra opção.

É um beco sem saída, porque a vingança começa o ciclo todo de novo. Você matou o meu primo, agora sua vida e a de todos que você ama pertencem a mim. Você matou meu irmão, agora tenho que te matar.

E talvez até mesmo fazer um membro da família refém, só para garantir.

E já que você fez isso, agora tenho que retaliar, e assim por diante.

Não tem fim. E provavelmente funciona assim há séculos. Guerra, sangue, morte, vingança, comece do início e faça tudo de novo.

— E se houvesse outro jeito? — sussurro.

— Outro jeito de fazer o quê?

— De ter um encerramento. E se você conseguisse isso sem usar a violência?

Ele para de acariciar as minhas costas. Quando volta a falar, sua voz é surpreendentemente dura:

— Encerramento é uma ideia de vocês, estadunidenses. Uma fantasia. Não existe nada assim. Quando alguém que você ama é assassinado, essa cicatriz nunca se cura.

Levanto a cabeça e o encaro.

— Então a vingança não serve de nada.

— Não é uma questão de servir. É uma questão de restituição. De ajustar as contas.

— Então você acredita que se matar Declan como retaliação pela morte de Mikhail, a conta vai estar paga?

— Exatamente.

Minha resposta é tão suave quanto a dele foi dura:

— Só que você está errado. A conta nunca será paga. Porque você vai ter machucado a minha irmã.

— Eu não estou nem aí para a sua irmã.

— Mas você se importa comigo. E eu me importo com ela. Você não pode jogar uma pedra na água sem causar ondulações. Tudo que você faz afeta outras coisas. Afeta *alguém*.

Com raiva, Malek olha para mim. Agora sei que estou andando em uma corda-bamba, mas preciso ir até o fim.

— O que você acha que vai acontecer no dia que eu descobrir que você matou Declan? Você acha que vamos ficar deitados aqui? Acha que nada vai mudar entre nós?

— Agora você está me chantageando — retruca ele, direto.

— Não. Estou pedindo para você pensar em resolver isso de algum outro jeito.

— Claro que não existe outro jeito.

— Claro que existe.

— E que jeito é esse?

— Perdão.

Mal olha para mim com os olhos ferventes e os dentes cerrados. Cada parte do seu corpo demonstra que está com raiva. Mas ele mantém a voz controlada.

— Não seja ingênua.

— Não seja condescendente.

— Riley.

O jeito que ele diz meu nome parece uma bofetada. Sinto o rosto queimar, mas não retrocedo.

— Você disse que queria que ele sofresse. Posso afirmar com toda certeza que ele está sofrendo pelo tiro que eu levei. Porque você me sequestrou. Porque minha irmã, apesar dos defeitos dela, vai se culpar por tudo isso, o que vai tornar a vida de Declan um inferno. Um inferno muito pior do que se você atirasse nele e o matasse, porque, se você fizer isso, você vai libertá-lo da culpa e do sofrimento dela.

Mal se senta e fica me observando com aquela expressão séria por muito tempo, fazendo-me acreditar que talvez eu esteja começando a convencê-lo.

Mas o assassino mira para matar e puxa o gatilho:

— Só que não existe nenhum outro lugar na Terra que você prefira estar a aqui, lembra? O que significa que o seu sequestro não é punição para ninguém.

— Eles não sabem disso.

— Mas eu sei.

Ele está tentando me humilhar?

Sinto um bolo na garganta. Meus olhos ficam marejados.

— Mal — sussurro.

Ignorando meu sofrimento, ele diz:

— Tenho certeza de que, se Declan O'Donnell te visse agora, ele não ficaria preocupado. Nem a sua irmã. Eles obviamente não gostariam da situação, por causa de quem eu sou. Mas saberiam que você está segura. Eles saberiam que você está *feliz*, não é, Riley?

Seu tom é ácido. Malek quer me fazer sofrer, e meu Deus, como dói.

Entregue algo bonito nas mãos de um homem e o veja esmagar com o punho.

Eu me afasto de Mal, murmurando.

— Vai se foder.

Antes que eu consiga me levantar da cama, ele me segura e pressiona meu corpo contra o colchão, usando todo o seu peso para me prender na cama. Ele levanta meus braços sobre a cabeça e olha nos meus olhos, cheio de fogo e fúria. Seu tom é cortante como uma faca:

— Você pode manter suas fantasias de perdão. Eu vivo no mundo real. Um mundo no qual as ações têm consequências. E não se esqueça: não fui eu que comecei isso.

— Mas você pode colocar um fim nisso.

— Ele matou o meu irmão!

— E eu levei um tiro por você. Eu poderia ter morrido.

— Mas não morreu.

— Não. Porque você me salvou. E sabe por quê?

— Não se atreva a dizer — rosna ele.

— Porque no fundo, no fundo, você é um homem bom.

O brilho selvagem retorna aos olhos de Malek, aquele que vi mais cedo. Só que desta vez, foi provocado pela raiva, não pelo pânico.

Isso não me impede de continuar.

— Pode me olhar de cara feia o quanto quiser. Sei que é verdade. Você defendeu seu irmão quando ele estava sendo agredido. Você não quis matar aquele cara no bar. Foi um acidente. Desde então, está trabalhando para pagar uma dívida que nunca vai ser paga só para sua família ficar segura. Você está fazendo tudo isso esse tempo todo *pelos outros*.

— Cala a porra da boca — ordena ele, entre os dentes.

— Você não matou o Spider. Você não me matou. Estou começando a achar que você realmente não quer matar ninguém, só está acostumado a seguir ordens.

— Você não sabe do que está falando.

— Você poderia deixar tudo isso para trás agora, não poderia, Mal? Agora que todo mundo que você ama está morto, você não tem mais motivos para continuar trabalhando para o Pakhan.

— Não, não tenho... *mas eu quero!* — grita ele.

Ficamos deitados, cara a cara, ofegantes, olhando nos olhos um do outro, até ele controlar seu temperamento. Sua voz sai baixa e rígida.

— Esta é a minha vida. E este sou eu. Não comece a criar mentiras bonitas para se sentir melhor por ter dado para um assassino.

— Eu te odeio neste momento.

— E deveria me odiar mesmo. *Eu não sou bom*. Nunca serei. Eu disse isso pra você uma vez e vou repetir: eu sou o pior homem que você já conheceu, e essa é a mais pura verdade, *malyutka*. Gostando você ou não, essa é a verdade.

Malek se desvencilha de mim, sai da cama, segue nu até o closet e desaparece lá dentro. Logo reaparece, totalmente vestido, segurando uma mala preta em uma das mãos e carregando o sobretudo na outra.

Sem dizer mais nada e sem nem sequer olhar na minha direção, ele vai embora.

34

KAGE

Deitado no leito do hospital, com tubos saindo do nariz e dos braços e bandagens cobrindo a maior parte da pele, incluindo o rosto, o garoto parece estar mal.

Eu precisava ver com meus próprios olhos. Não acredito que esse filho da puta teimoso ainda está vivo.

— Olá, Diego.

Ele olha para mim. Os olhos escuros surpreendentemente focados.

Pelo que ouvi, seu cérebro virou uma gelatina.

Imagino que é isso que acontece quando uma viga em chamas cai na sua cabeça.

Eu me sento à cabeceira da cama e coloco minha arma na mesinha.

Exceto pelo bipe mecânico do monitor cardíaco, o quarto está no mais absoluto silêncio. Está tudo tranquilo e calmo. As enfermeiras do turno da noite estão de plantão. Assim como os guarda-costas dele do lado de fora da porta.

Diego observou em silêncio enquanto eu descia pelo ducto de ar no teto depois de retirar uma placa. Embora sua expressão esteja oculta pelas bandagens, ele não parece surpreso em me ver. Não mexeu nenhum músculo, nem emitiu nenhum som.

Não parece ser capaz de fazer isso.

Mantendo a voz baixa, eu digo:

— Ouvi dizer que você não se lembra de nada. Nem mesmo do seu nome. Isso é verdade?

Nenhuma resposta. Nenhuma surpresa.

— Se isso faz você se sentir melhor, não estou feliz com isso. — Faço um gesto para mostrar a merda em que ele se encontra. — Você é meu inimigo, mas não sou um selvagem. Não é assim que homens como nós gostam de partir.

Ele não desvia o olhar do meu rosto. Não sei se está ouvindo, nem se está ciente do que está acontecendo aqui.

A perda de memória evitou muitos problemas.

Problemas do pior tipo.

É estranho que eu não esteja mais feliz em relação a isso.

— Se serve de consolo, eu não torturei você. Te mantive trancado em uma cela por algumas semanas, claro, mas estava só esperando o momento em que você fosse começar a dar com a língua nos dentes. Porém você não fez isso. Sou obrigado a dizer: eu admiro sua atitude. Um homem não é nada sem a sua honra.

Solto um suspiro pesado e passo a mão pelo cabelo.

— O mais engraçado, Diego, é que eu perdi o gosto por essas coisas mais duras. Acho que Malek estava certo quando disse que as mulheres amolecem homens como nós. Há pouco tempo atrás, eu teria pendurado você em uma parede e brincado de tiro ao alvo no seu torso para conseguir a informação que eu queria. Agora, ver você assim...

Solto mais um suspiro.

— Isso só me deixa deprimido.

Diego permanece deitado na cama, sem piscar.

Pobre coitado. Eu preferia morrer mil vezes a viver que nem um vegetal.

Estranhamente, o silêncio dele me faz continuar falando.

— Você talvez se interesse em saber que eu fiz parecer que a MS-13 foi responsável pela sua captura. Ouvi dizer que o líder deles fez comentários rudes sobre minha mulher, e isso obviamente é inaceitável. Ninguém fala merda da minha garota. Ele quase perdeu a cabeça por causa disso. — Dou uma risada. — Uma coisa posso dizer sobre aquele pentelho do Declan: ele não mede esforços quando quer se vingar.

"Sei que não faz sentido eu ter tirado você do armazém em chamas. Não faz sentido para mim também. Teria sido muito mais inteligente ter deixado você queimar. Aquela construção está no nome de uma corporação estrangeira que não tem nenhuma ligação comigo. Eu deveria ter lavado as mãos e esquecido da sua existência. Mas, quando recebi a ligação de Sergey, não pareceu certo deixar você lá.

"Os investigadores ainda não sabem o que provocou o fogo. Eles sabem que não foi curto-circuito nem nenhum dispositivo explosivo. Talvez tenha sido uma combustão espontânea. Já ouviu falar disso? Pessoas que pegam fogo sem nenhum motivo?"

Balanço a cabeça.

— O mundo é um lugar muito estranho.

— Não foi combustão instantânea. Fui eu.

Fico tão surpreso por ele estar falando que quase pego a arma e dou um tiro nele.

Em vez disso, fico ali, encarando-o.

Diego me observa com um brilho nos olhos que não tem nada de vegetativo.

— Eu causei o incêndio. Não sei se você pegou essa parte. Achei melhor repetir, já que você parece um pouco distraído.

Sua voz está diferente. Rouca e ríspida. Talvez pela inalação de fumaça. Isso, somado às bandagens e à sua repentina ressuscitação, dão um ar assustador a tudo.

— Você não está com amnésia — digo devagar.

— Parabéns. Você é um gênio.

Estou impressionado que alguém com essa cara de cu ainda tenha algum senso de humor. Além disso, ainda estou tentando entender o que está acontecendo. Deve ser por isso que não o apago de vez e faço uma pergunta:

— Como você provocou o incêndio?

— Com o isqueiro no meu bolso. Eu não aguentava mais ficar enjaulado e imaginei que, se eu morresse no incêndio, pelo menos não teria mais que te ouvir. Você tem uma tendência a fazer palestrinha. Deve ser porque gosta do som da própria voz. Não sei se alguém já te disse isso, cara, mas você tem um ego imenso.

Depois de uma pausa, eu digo:

— Melhor não provocar, Diego. Eu ainda posso te matar.

— Você não vai me matar. Acabei de ouvir sua confissão. Você se sente mal.

— Mas eu posso superar.

Ele ignora minha resposta.

— Além disso, tenho uma proposta para você.

Eu o encaro sem acreditar, aquele cara deitado, queimado e coberto de bandagens em uma cama, o cuzão que eu sequestrei, aprisionei e salvei do incêndio.

— Você. *Você* tem algo para *me* oferecer.

— Exatamente.

— Você está vendo que eu coloquei uma arma na mesinha aqui ao meu lado, não é?

— Estou vendo. Use e, em cinco segundos, você estará morto também. Meus guarda-costas são ótimos atiradores.

— Eu também.

— Então vamos todos juntos para o inferno. Para toda eternidade. Parece divertido, né?

Depois de observá-lo por um minuto, digo:

— Juro que nunca pensei que fosse possível alguém ser mais irritante que Declan, mas você consegue ganhar dele.

— Eis a minha proposta: eu continuo bancando o desmemoriado e você continua fingindo que não sabe o que aconteceu comigo.

Quando ele não diz mais nada, franzo a testa.

— Que tipo de proposta é essa? É exatamente o que está acontecendo agora.

— Isso. Vamos manter a encenação.

— Com que objetivo? O que você quer com isso?

— Eu só quero sair dessa vida.

— Você vai ter que traduzir isso para mim. Eu não falo idiotês.

Ele move a cabeça no travesseiro como se quisesse meneá-la, mas não consegue.

— Olha, pensei que ser o chefão seria ótimo. Grana, poder, bocetas à vontade e tudo o mais, certo?

— Certo.

— Só que é uma merda.

Semicerro os olhos. Talvez ele tenha sofrido algum dano cerebral, no fim das contas.

— Depois de alguns meses, percebi que essa vida não para mim. Vocês, seus *pinche pendejos*, brigam o tempo todo como um bando de putinhas. "Ah, você roubou minhas drogas", "Ah, você roubou me carregamento", "Ah, você invadiu meu território". É tão exaustivo. Minha irmãzinha tem mais cérebro do que todos vocês juntos.

Eu não sei se devo rir ou atirar nele.

— Eu só quero me aposentar. Declan lida com você a partir de agora. Ele vive pra essa porra.

— O seu garoto, Declan, faz muito mais do que lidar comigo, Diego. Ele está metido em muita coisa.

— E eu não sei? Ele acha que está salvando a porra do mundo. Entendo que é admirável e tal, mas, até onde eu sei, é uma total perda de tempo. Você mata a porra de um *vato* aqui e outro *vato* aparece lá. A vida vira aquele filme *Feitiço do tempo*. Uma dor de cabeça.

Analiso o que consigo ver do rosto de Diego.

— Então você sabe que ele é um espião.

— *Pff*. Eu não sei de nada. Sou só um cara que cresceu nas ruas. Essa merda toda está fora da minha alçada.

— Duvido muito.

— Se você está achando que *eu* sou espião, melhor pensar melhor. Quem quer trabalhar para a porra do governo? Quero que esses burocratas de merda vão para puta que pariu. Eles são os piores. Eu só sou um cara que foi promovido para um cargo executivo, mas que deveria ter continuado como garoto de recados. Eu me senti sufocado. Havia muita expectativa, muitos olhares em cima de mim o tempo todo. É muito simples: eu preciso da minha liberdade. Por isso quero sair.

Penso por um tempo e, por fim, admito:

— Não sei bem o que dizer, Diego. Essa é a coisa mais estranha e mais idiota que já ouvi na vida.

Se isso o ofende, ele não demonstra, apenas suspira.

— Sério, cara. Você me fez um favor. Então eu vou fazer outro para você e ficar de bico calado. Sei que se descobrirem que foi você que forjou a porra da minha morte, terá que lidar com muita merda. Não é?

— Você não está errado.

— Exatamente. Muita merda. De nada.

— Eu poderia te matar agora se eu quisesse me certificar do seu silêncio.

— Sim, você poderia.

Ele não parece se importar.

Estranhamente, não o considero um idiota. Diego só quer deixar tudo isso para trás.

— Vou te falar uma coisa. Vou pensar.

Pelas bandagens, ouço um riso seco.

— Faça isso. Se eu não acordar, nos vemos no inferno, *pendejo*.

— Vai levar um tempo até eu chegar lá.

— Eu espero.

Ele fecha os olhos. Quando fica claro que dormiu ou que está cansado demais para continuar, eu me levanto da cadeira.

Antes de eu subir de novo pelo duto de ar-condicionado, Diego me impede dizendo:

— Mais uma coisa. É sobre seu camarada Stavros. Você não pode confiar nele.

Eu me viro e olho para ele.

Seus olhos ainda estão fechados.

— Por que não?

— Digamos apenas que ele não é tão leal a você como deveria.

Os pelos na minha nuca se arrepiam. Quando não digo nada, Diego abre os olhos e me encara.

— Dedos-duros são filhos da puta que viram presunto.

— Que porra é essa que você está falando?

— Significa que você precisa pressionar o arrombado e descobrir.

Eu rio.

— Você vai precisar me dar mais que isso.

Diego faz uma pausa e diz:

— Este quarto de hospital virou a porra de um confessionário. Quando as pessoas acham que você está com amnésia, começam a falar todo tipo de merda. Todo mundo quer contar uma história. Exatamente como você quando desceu aqui.

Entendo o que ele quer dizer e sinto o sangue ferver.

— Stavros fez um acordo com Declan.

— Só pra você ficar sabendo, não foi ideia do Declan. Foi seu homem quem propôs te atirar aos leões sem titubear. Frio como uma cobra.

— E qual era o acordo?

— Não se preocupe. Não deu certo. Vou deixar Stavros te dar os detalhes, mas a questão é, não deixe aquele puto sozinho com sua prataria. Ele vai tilintar como um sino dos ventos quando passar pela porta.

— Por que você está me contando isso? Mesmo que seja verdade, o que você ganha me dando essa informação?

— Ah, você me tratou bem quando me prendeu. Parecia até que eu estava de férias. Me deu tempo pra pensar no futuro. Além disso, ainda salvou minha vida. Como você mesmo disse, teria sido muito mais inteligente me deixar morrer queimado. Mas você não deixou.

Estreito meus olhos e me dou conta de que Diego é mais inteligente do que parece.

— Você sabia que eu iria te salvar, não é? Quando começou o incêndio, sabia que eu ia aparecer para tentar te salvar.

Seu sorriso é discreto. Ele fecha os olhos.

— Não leva isso pro lado pessoal, mas quem quer que seja esse tal de Malek que você mencionou, ele está certo quando diz que mulheres amolecem os homens. Já vi isso muitas vezes, com homens ainda mais durões que você. Um homem começa a ficar manso como um gatinho e não se lembra mais porque estava com raiva o tempo todo. Parece familiar?

Eu não respondo.

Diego não fala mais nada.

Eu odeio quando os outros estão certos.

35

MAL

Está caindo o mundo quando volto para cabana algumas horas antes do amanhecer.

Fico parado em meio à escuridão, diante da porta da frente, com as mãos apoiadas no batente e a cabeça baixa, enquanto tento me acalmar.

Conforme eu me aproximava da cabana, mais eu tinha que me controlar para não enfiar o pé no acelerador.

Riley é o meu ímã mais potente, puxando-me de volta para casa.

Assim que parti, não pensei em mais nada. Na viagem de carro, no avião e nas reuniões, e enquanto eu enfiava um picador de gelo no crânio de um homem. O rosto dela estava diante dos meus olhos o tempo todo. Pairando ali, como uma assombração.

Riley é um fantasma que entrou na minha cabeça e não saiu mais.

Um fantasminha doce e tagarela, que está me deixando louco. Que me desafia a cada passo e que vê o melhor em mim, mesmo quando estou berrando que ela não deveria fazer isso.

Principalmente quando estou fazendo isso.

Nunca conheci uma mulher que eu quisesse estrangular, proteger, brigar, adorar, discutir e foder, tudo ao mesmo tempo.

É uma loucura.

É frustrante.

Pior de tudo: é viciante.

Eu me tornei dependente de algo do qual não consigo me livrar, por mais que eu tente. Não adianta negar, ficar com raiva ou negociar. Nada vai me livrar disso.

Não existe reabilitação para a minha obsessão.

Nem a abstinência.

É um fato simples: sem minha dose de Riley, eu vou enlouquecer.

Respiro fundo, pego a mala que larguei aos meus pés e abro a porta.

A não ser pela lareira acesa, a cabana está escura. Aquecida e na penumbra, tranquila e calma. Fico parado ali por um momento, respirando o ar com o cheiro dela.

O cheiro dela é excitante.

Ouvi dizer que o cheiro natural da pele de uma mulher é descrito como doce ou floral, ou algo natural como raio de sol ou chuva. Mas Riley tem um cheiro diferente. Não existe comida, flor ou bala na face da Terra que possa ser comparado a esse aroma.

Não consigo descrevê-lo também, a não ser que ela tem cheiro de lar.

Isso por si só já é um desastre. Sei que é. A situação toda. Ela, eu, o que estamos fazendo juntos. Se eu já não soubesse disso, esse tempo curto separado de Riley serviu para provar.

Desta vez, como já provei o gosto dela, ficar longe quase me enlouqueceu.

Somos os músicos no deque do *Titanic*, tocando felizes nosso violino sabendo que a porra de um iceberg está no nosso caminho.

Bem, só um de nós sabe, pelo visto. Mas ela vai conseguir entrar em um bote salva-vidas. Vou colocá-la em um, custe o que custar.

E eu ainda estarei tocando o violino quando o navio afundar.

O que começou como uma vingança, transformou-se em algo muito mais perigoso. Algo que provavelmente será o meu fim.

A pior parte é que eu nem me importo.

Riley entrou na minha vida quando eu achava que não me restava mais nada, e preencheu cada canto vazio, escuro e sombrio como um raio de sol.

A porra de um raio de sol brilhante, idiota e horrível que eu odeio.

Só que não.

Agora, tudo que eu quero é me deitar nu no sol e me banhar nos seus raios curandeiros.

Merda. Eu mal posso me ouvir. Sou patético demais.

Caminho devagar pela cabana até o quarto, meus passos silenciosos no chão. Diante da porta do quarto, paro mais uma vez para me recompor.

É tão difícil não dar um chute e entrar. É quase impossível.

— Mal?

Meu coração. Nossa, meu coração. A voz de Riley. Tão doce e suave. Tão esperançosa.

Ela está lá dentro, acordada na minha cama, esperando por mim. Riley me sentiu, sentiu minha energia, como eu sempre consigo sentir a dela. Não dá para explicar o fato de conseguirmos sentir a presença um do outro através de uma porta fechada, mas conseguimos.

Meu Deus, nós conseguimos. Meu peito dói quando me dou conta disso.

Viro a maçaneta e abro a porta. Lá está ela.

Sentada na cama. A coberta puxada até o pescoço.

Olhando para mim como se eu fosse a razão para tudo.

Deixo a mala cair no chão, cruzo o quarto, ajoelho-me ao lado da cama e a puxo para um abraço. Enterro o rosto em seu pescoço e gemo.

Riley retribui o abraço, trêmula.

Ficamos assim enquanto a chuva aumenta, fustigando as janelas, martelando sua canção no telhado.

— Senti saudade.

A declaração sai em um sussurro, mas é o suficiente para queimar a minha alma.

— Eu sei.

— Por favor, não me deixa sozinha de novo.

— Não vou deixar.

— Você vai me levar para a cidade quando tiver que trabalhar?

— Vou. Eu também não suporto ficar longe de você.

Ela afunda ainda mais o rosto e estremece.

— Desculpa se eu te deixei zangado.

Gemo de novo, afastando-me para mostrar para ela com um beijo que não precisa se desculpar comigo por nada. Riley corresponde com paixão, emitindo sons baixos de desespero.

E eu sou tomado pelo mesmo desespero. Desespero de desejo. Desespero por ela. Sei que o relógio está andando e que nossos dias juntos estão contados, porque homens como eu não têm seu próprio conto de fadas.

E mulheres como ela merecem um príncipe montado num cavalo branco, não um monstro.

Não o dragão, mas o cavaleiro que jurou matá-lo.

— O quê? Príncipe montado num cavalo branco e dragões? Do que você está falando?

Merda. Estou delirando. Estou pensando em voz alta.

— Nada — respondo, segurando seu rosto. — Só que você é minha. Nunca se esqueça disso. Aconteça o que acontecer, você é minha.

Riley me encara com um brilho nos olhos, os lábios úmidos com os meus beijos.

— Você está diferente — sussurra ela. — O que aconteceu?

Eu não me preocupo em esconder nem em negar. Paro de resistir e digo a verdade:

— Decidi ceder ao meu vício.

— Que vício?

— Você, *malyutka*. Você.

Ela mordisca o lábio inferior. Seus olhos ficam marejados.

Se eu já não estivesse perdido, aquela emoção brilhando nos olhos com pontinhos dourados teriam terminado o trabalho.

Como eles têm feito desde o início.

Quando nossos lábios se encontram, é com um novo tipo de urgência. Uma nova compreensão que guia o nosso desejo. Eu a empurro contra a cama e a beijo com paixão, minhas mãos mergulhadas em seu cabelo, os seios dela contra o meu peito. Nós nos beijamos até parecer que caímos em um buraco na Terra, na escuridão quente, caindo e perdendo todo senso de direção.

Ela abre meu cinto e o zíper da minha calça. A mão macia se fecha em volta do meu pau duro.

Levanto a camisola de Riley e chupo o mamilo rijo enquanto ela me acaricia, ofegando e mexendo os quadris. Quando ela escorrega o polegar pela cabeça do meu pau, gemo e estremeço.

— Me deixa... eu quero...

Riley está empurrando o meu peito, tentando me tirar de cima dela. Levanto a cabeça e a encaro sem entender o que quer.

Até que ela escorrega por baixo de mim e enfia meu pau na boca.

Meu gemido de prazer é alto e entrecortado.

Riley segura o meu quadril e me empurra de novo. Caio de costas no colchão e mergulho as mãos em seu cabelo. Ajoelhada ao meu lado, ela abre a boca e me recebe por inteiro, a cabeça se movimentando enquanto me chupa. Riley segura meu pau com as duas mãos e lambe a ponta.

Quando passa a língua na dobra e segura minhas bolas, tenho que me controlar para não segurar a cabeça dela e foder aquela boca quente como se eu fosse um animal selvagem.

— Puta merda, *malyutka*. Puta merda. Que boca *gostosa*.

Ofegante, deslizo a mão pela coxa e acaricio a bunda dela, apertando de leve antes de enfiar meus dedos pela calcinha e mergulhá-los nela por trás.

A boceta de Riley está encharcada.

Deslizo dois dedos dentro da abertura apertada e quente. Ela geme em volta do meu pau, rebolando o quadril e empinando mais a bunda. Encontro o clitóris inchado e o acaricio, espalhando a prova do desejo dela ali.

Depois, levo os dedos à boca para provar o gosto doce.

Quando deslizo os dedos dentro dela de novo, ela geme e me chupa com mais intensidade, usando as mãos no mesmo ritmo da boca.

É uma sensação incrível, mas eu preciso de mais.

Eu a puxo para cima de mim de forma que os joelhos fiquem ao lado dos meus ombros, e a barriga se apoie no meu peito. Enfio o rosto no meio das pernas dela, afasto a calcinha e mergulho naquela boceta encharcada.

Quando chupo seu clitóris, ela estremece. Meu pau escapa de sua boca quente e Riley solta um gemido baixo e longo.

Dou um tapa na bunda dela e a sinto estremecer novamente.

— Chupa meu pau, *malyutka* — ordeno com um rosnado. — Engole tudo.

Ela obedece na hora, abrindo bem a boca para me envolver por inteiro.

Eu volto a chupar seu clitóris, passando a minha língua e lambendo com voracidade. Enfio meus dedos dentro dela enquanto faço isso, ouvindo os gemidos abafados de prazer ficarem mais altos.

Quando estendo a mão livre e aperto os seios de Riley, ela estremece em resposta. Aperto um dos mamilos e ela começa a rebolar o quadril no meu rosto, com um desejo incontrolável, enquanto chupa meu pau e busca o próprio prazer contra a minha boca.

Eu preciso gozar e ainda nem tirei minha roupa.

Mas minha *malyutka* tem que gozar primeiro.

Ainda brincando com o mamilo, tiro os dedos do calor macio e os deslizo entre suas nádegas. Enfio a língua dentro dela ao mesmo tempo que exploro o nozinho apertado no meio de sua bunda.

Enfio meu dedo bem ali.

Ela geme contra meu pau.

Então Riley goza, afundando mais o quadril no meu rosto enquanto eu fodo a boceta dela com a língua e o cu com o dedo.

Ela geme e estremece e emite sons desesperados, enquanto meu pau ainda está mergulhado fundo em sua garganta.

Quando os tremores ficam mais calmos, sinto seu corpo relaxar e estou a segundos de gozar na boca quente. Eu a puxo pelo cabelo.

— Calma, *malyutka*. Ainda não.

Mal consigo falar, de tão ofegante que estou.

Eu a deito de costas e me sento, tirando a camisola e a calcinha que ela ainda está usando, arrancando minhas roupas. Jogo tudo no chão.

Pego Riley nos braços e nos deitamos juntos, e então me posiciono no meio de suas pernas.

Deitada de costas, ela me observa com ternura e um sorriso doce nos lábios que quase me parte ao meio.

Enquanto eu escorrego para dentro dela, Riley diz:

— Oi para você.

— Oi para você também.

— Isso foi pornográfico.

— Você amou cada segundo.

— Amei mesmo — concorda ela, assentindo. Depois, com a voz ainda mais suave: — Eu amo tudo que fazemos juntos.

Riley envolve minha cintura com as pernas, abraça-me pelos ombros e me beija.

É como cair de um penhasco de novo.

Toda a adrenalina e a tontura de despencar em um lago de chamas. Eu mergulho no calor quente e sedoso, amando a forma como os seios dela balançam contra o meu peito, engolindo os gemidos baixos de prazer com os quais Riley me alimenta.

Quando ela se afasta do beijo e eu a encaro, quase perco o ar.

Tudo parece ficar em câmera lenta.

Sinto cada batida do meu coração, cada gota de suor escorrendo pela minha pele, cada pulsar de sangue quente correndo pelas minhas veias. Estou ciente da dor no meu peito, do cheiro do cabelo dela, dos sons que nossos corpos fazem ao se moverem juntos.

O quarto se encolhe, e por um momento só há nós dois nesta cama.

A força que estamos gerando é suficiente para incendiar o mundo inteiro.

É por isso que alguns homens não gostam da posição papai-mamãe.

É intenso demais, vulnerável demais. Íntimos demais, todas as emoções e energia sendo trocadas tão de perto.

É avassalador observar as dezenas de expressões diferentes que surgem no rosto dela ao mesmo tempo.

Sei que a experiência é avassaladora para ela também.

Riley olha no fundo dos meus olhos enquanto nossos corpos se movem em sintonia, enquanto compartilhamos tudo que não conseguimos colocar em palavras.

Aquelas coisas sagradas que só podem ser ditas quando dois corações batem no mesmo compasso.

A linguagem silenciosa e sagrada que só as almas conhecem.

Com as pálpebras semicerradas, Riley sussurra meu nome, arqueia o corpo e geme.

Contrações fortes e rítmicas tentam arrancar o meu gozo.

Ela goza com os olhos fechados e a cabeça para trás enquanto eu observo, mergulhando cada vez mais fundo, sentindo a boceta dela pulsar e os mamilos roçarem no meu peito.

Com um movimento brusco, eu também chego ao clímax.

Deixo a cabeça cair em seu ombro, fecho os olhos e estremeço enquanto meu orgasmo me toma por inteiro.

É tão intenso que perco o ar. Não consigo emitir nenhum som. Só me deixo levar, pulsando cada vez mais fundo dentro dela, que continua rebolando o quadril enquanto as coxas tremem em volta da minha cintura.

O som alto de um trovão disfarça o gemido de sofrimento que escapa dos meus lábios.

Mesmo enquanto gozamos juntos na escuridão do quarto e nos abraçamos, eu escuto o tique-taque do relógio ao fundo.

Talvez ela tenha razão quando diz que eu não sou mau de verdade.

Se eu fosse, não me importaria de ser egoísta e mantê-la acorrentada na montanha do dragão. Se não fosse pela porra daquele príncipe montado no cavalo branco, eu a manteria acorrentada comigo para sempre.

36

RILEY

Quando a chuva diminui e o sol aparece, estou exausta, deitada nos braços de Mal, entorpecida pela sensação de plenitude.

Ouço as batidas fortes e constantes do coração dele. Meu braço descansa em seu peito, enquanto nossas pernas estão entrelaçadas. Estou aconchegada ao seu lado, exalando felicidade.

Minha cabeça acompanha o movimento do peito de Mal quando ele respira fundo. Ao despertar, dá um beijo no meu cabelo.

— Como está sua dor?

Dou um sorriso suave.

— Você seria uma ótima vovozinha.

— Vou fingir que você não falou isso. Como está sua dor?

— Neste momento, posso dizer com toda sinceridade que não sinto mais dor.

Ele resmunga para demonstrar insatisfação.

— E no resto do tempo?

Afundo o nariz em seu peito e inspiro. Solto um suspiro de mais puro contentamento.

— Só algumas fisgadas ocasionais.

— Consegue descrever melhor? — insiste ele.

Tão mandão.

— Eu me sentei rápido demais na cama ontem à noite e senti um pouco de dor.

— Quando eu cheguei?

— Não. Um pouco antes. Eu tive um pesadelo.

Malek dá outro beijo na minha cabeça, enquanto acaricia as minhas costas.

— Foi muito ruim?

Foi horrível, mas não quero admitir isso e arruinar o clima gostoso.

— Usei o truque que você me ensinou para conseguir acordar. Eu disse para mim mesma que era só um sonho, e funcionou. Nem acreditei.

— Isso se chama sonho lúcido. Agora, se você quiser, pode conjurar uma espada no sonho e usá-la para cortar a cabeça do seu inimigo.

— Ou então, meu querido assassino, eu poderia simplesmente estalar os dedos e transformar meu inimigo em um coelhinho. Assim eu não precisaria matar ninguém.

— *Hmpf.* E se o coelhinho tivesse três metros de altura e fosse raivoso?

— Aí, eu estalaria meus dedos de novo e faria com que se apaixonasse por mim.

— Sim, você tem talento para isso. — Depois de um momento, ele sussurra: — Você começou a tremer.

— Para com isso.

— Está com frio?

— Dá para parar? Você sabe que não estou com frio.

Malek me deita de costas, apoia-se no cotovelo e olha para mim com um sorriso no rosto.

A luz da manhã cai sobre ele, enaltecendo o ângulo das maçãs do rosto e conferindo um tom de bronze lustroso em seu cabelo escuro e na curvatura suave dos cílios.

E os olhos! Puta merda. Eles poderiam ser esmeraldas caríssimas!

— Meu Deus, você é tão lindo que chega a doer — sussurro.

Ele joga a cabeça para trás e começa a rir.

— Que bom que você me acha uma piada.

Ainda rindo, Malek dá um beijo na ponta do meu nariz.

— Sou eu que deveria estar cobrindo você de elogios.

— Sabe de uma coisa? Você tem razão. Pode começar. Estou esperando.

Segurando meu rosto, ele fita meus olhos e diz suavemente:

— Não existe elogio no mundo à sua altura.

Faço o som de buzina.

— Resposta errada. Tente novamente.

Pressionando os lábios para segurar o riso, Malek esconde o rosto no meu pescoço.

— Nossa, você é péssimo nisso!

— Não estou acostumado a fazer elogios sob demanda.

— Bom, é melhor ir se acostumando! Preciso de um elogio, Mal. Tipo, agora!

Ele se deita de costas e me puxa para cima de seu corpo, afasta o cabelo do meu rosto e olha novamente nos meus olhos.

— Tá legal — diz ele, com voz séria. — Lá vai. Você me faz desejar ter vivido uma vida diferente. Você me faz desejar poder voltar no tempo e começar tudo de novo. Você me faz pensar que o mundo não é um lugar de merda, que a bondade existe e que o amor verdadeiro é possível. Você me faz acreditar em milagres, Riley Rose. Quando estamos juntos, sinto que minha vida não foi um desperdício.

Depois de um longo momento de silêncio, eu me debulho em lágrimas.

— Ah, merda — fala ele, assustado. — Foi tão ruim assim?

Dou um soquinho no ombro de Mal e afundo o rosto em seu peito, soluçando.

— *Malyutka*, minha querida, não chore.

Malek me abraça forte.

— Eu não costumava chorar antes de conhecer você! Juro por Deus, eu nunca chorava. E agora, olhe só para mim! Totalmente descontrolada!

— Você não é descontrolada.

— Estou chorando igual a um bezerro desmamado!

Ele ri, fazendo o peito balançar.

— Fico feliz de saber que sua tendência ao exagero não desapareceu na minha ausência.

— Para de rir de mim, seu babaca!

Mal solta o ar e murmura:

— Ah, minha passarinha.

E fica me abraçando enquanto eu choro e fungo.

Constrangida com o meu descontrole, decido fingir que nada aconteceu. Enxugo as lágrimas e mudo de assunto.

— Ainda tem um urso morto lá fora?

— Não sei. Você tirou?

— *Haha*. Não, eu não tirei.

— Então ainda tem um urso morto lá fora. Vou resolver isso hoje.

— Perdi os óculos durante o ataque, mas achei outro na sacola que você trouxe para mim.

— Que bom.

— Onde você os comprou?

— Eu os roubei.

Levanto a cabeça para encará-lo.

— Você tá brincando?

— Não.

— Você roubou um oftalmologista?

— Eu roubei uma ótica, não uma pessoa. Não havia ninguém lá na hora.

— Ah, tá.

Ele sorri diante da minha expressão confusa.

— Você é tão fofinha. — Ele me observa. — Por que está fazendo essa cara?

— Porque as pessoas só usam "fofinha" para falar de bichinhos. Eu pareço um bichinho?

Mal estreita os olhos enquanto me analisa.

— Você se parece um pouco com um *chevrotain*.

— O que é a merda de um *chevrotain*?

— É uma criatura que parece ter saído direto de um conto de fadas. Tem o tamanho de um coelho, mas parece com um cervo. Tem orelhas grandes, pernas finas e um focinho pequeno e fofo. Em vez de chifres, os machos têm caninos afiados como se fossem pequenas presas. São chamados de cervo-rato ou trágulos, dependendo da região.

Eu o fulmino com o olhar.

— Você quer morrer?

— Eles são fofinhos!

— Repita essa palavra mais uma vez e vai ver só!

— Acho que se visse as presinhas que eles têm, você mudaria de ideia.

— Ah, com certeza! Presas e orelhas grandes são muito fofas mesmo.

Malek começa a rir, deitado com os olhos fechados, a cabeça apoiada no travesseiro e os braços me envolvendo. Ele ri tanto que faz a cama tremer.

— Pode rir à vontade, babacão. Põe tudo para fora. Mas, assim que eu encontrar um machado, você vai parar de rir — resmungo.

Malek rola na cama e fica em cima de mim antes de me beijar.

— Você não vai me cortar em pedacinhos — afirma Malek, sorrindo contra os meus lábios.

— Ah, não? Me fala um bom motivo pra eu não fazer isso!

Seu olhar se suaviza e a voz sai macia:

— Você gosta muito de mim.

A expressão no rosto de Mal faz meu coração disparar e me dá um frio na barriga. Desvio o olhar para ele não perceber que estou me derretendo.

— Você até que é legalzinho.

Malek enche meu pescoço e meu ombro de beijinhos.

— Eu te acho legalzinha também — cochicha no meu ouvido.

Só que nós dois sabemos o que ele está dizendo de verdade.

Mal deita de costas de novo e me aconchega ao seu lado, entrelaçando as pernas nas minhas. Passo o dedão do pé pela canela musculosa e suspiro de contentamento.

— Tenho uma coisa para dizer.

Ele ri, fazendo o cabelo perto do meu ouvido esvoaçar.

— Sério? Nem posso imaginar o que seja.

— São duas coisas, na verdade.

— Espere um pouco. Preciso me preparar mentalmente. Tá. Pode falar.

— Sua sorte é ser tão bonito. Porque sua personalidade deixa muito a desejar. Então, como eu ia dizendo… o Spider.

O comportamento caloroso de Mal desaparece como se ele tivesse sido jogado em uma piscina gelada. Seu corpo se contrai e a voz fica dura.

— Nunca mais quero ouvir você pronunciar o nome de outro homem na minha cama.

Sei que é completamente errado eu achar tão atraente o fato de ele ser possessivo. Errado, horrível e sem cabimento, mas, ao mesmo tempo, tão certo.

E eu que achei que era uma mulher independente.

— Tá. Vou me referir a ele como Aracnídeo a partir de agora. Satisfeito?

— Eu tenho deixado passar muita coisa, *malyutka*, porque você ainda não está completamente curada, mas vou me lembrar dessa impertinência toda quando você estiver boa. Você vai se arrepender — resmunga.

Talvez não. Julgando pelo calor em sua voz, vou sentir muito prazer com qualquer punição que ele possa ter planejado para mim.

— Você disse que o drogou. Ele está bem? — digo, ignorando a ameaça sensual.

— Está.

A resposta é tensa, zangada. Como se estivesse querendo gritar um "vai se foder" para mim.

Inclino a cabeça e beijo o queixo dele.

— Desculpa. Não quero aborrecer você.

— Mas é exatamente isso que você está fazendo.

— Você está com ciúmes do Spi... Aracnídeo? Porque não há a menor necessidade.

— Qualquer um que queira o que é meu está na minha lista de inimigos.

O que é meu.

Fecho os olhos por um momento, absorvendo a frase.

— Não existe nada entre nós. Nunca existiu.

— Talvez não para você.

Eu me pergunto por que ele tem tanta certeza disso, mas não me atrevo a questioná-lo. Tipo, eu sou corajosa, mas não quero cutucar a onça com vara curta.

— Qual é a porra do outro assunto? — questiona, irritado.

— Tá. Hum...

Mal levanta a cabeça e me fulmina com o olhar.

— O quê?

— Ah, calma, Hulk. Isso não tem nada a ver com outro homem.

Ele parece não acreditar. Ainda não piscou.

Suspirando, eu digo:

— Achei que você gostaria de saber que uso Depo-Provera.

— Isso é um remédio?

Antes que eu tenha a chance de responder, ele se apoia no cotovelo e olha para mim, falando em voz alta:

— Você toma um remédio controlado? Por que você não me contou? Eu poderia ter comprado pra você! Você poderia estar tomando esse tempo todo!

— Mal...

— Meu Deus, Riley, você tem que me dizer do que você precisa pra eu poder providenciar. Apesar do que você pensa, eu não sei ler mentes!

Estendo a mão e acaricio a barba dele, sorrindo.

— Você é um psicopata.

— Não tente escapar com seu charme.

Isso me faz abrir ainda mais o sorriso.

— Só você mesmo pra achar que uma mulher está fazendo charme ao te chamar de psicopata.

Ele faz uma cara feia e contrai os lábios, então infla as narinas, esperando por uma explicação.

— É um método contraceptivo. Uma injeção. Só estou dizendo isso para que você não se preocupe com a possibilidade de eu engravidar — digo, com voz suave.

A raiva desaparece e é substituída por algo que não sei definir. Nunca vi essa expressão específica antes.

Depois de um tempo, Malek apenas responde:

— Ah.

— Tá legal. O jeito que você acabou de dizer isso me faz pensar que talvez você tenha um superesperma geneticamente modificado para rir da cara de todos os métodos anticoncepcionais enquanto seguem a toda velocidade para inseminar meu óvulo.

— Não. Na verdade, meu esperma é superpoderoso, mas não tanto.

Depois de um tempo observando a expressão dele, eu digo:

— Porque seu esperma não ri, é o que você está dizendo? O seu esperma é sério como você?

Ele levanta as sobrancelhas.

— Como é?

— Não se azorete.

— *Azorete*?

— Se você quer a definição da palavra, é exatamente o que está fazendo agora.

— Eu não estou me azoretando porra nenhuma!

— Claro que não. Só espera um segundo, preciso recuperar meus tímpanos para que possamos continuar a conversa.

Seu rosto expressa alguns sentimentos: fúria, diversão, descrença. Então ele me vira de barriga para baixo e dá cinco tapas na minha bunda.

É chocante.

Malek bateu com força, sinto uma ardência na pele. Mas também fico chocada por ter ficado excitada.

Uma onda de calor sobe pela minha pele. Meu traseiro parece estar em chamas. Assim como o resto do meu corpo, porque Mal está olhando para meu rosto espantado com desejo nos olhos.

— Você gostou disso.

Sua voz ficou baixa e grave. Ele me observa e umedece os lábios como um predador diante de uma refeição suculenta.

Quando respondo, meu coração está disparado:

— Vou ter que dividir a resposta em duas partes, porque, primeiro, não, eu não gostei disso. Meu cérebro está nos julgando duramente neste momento. Minha professora de Estudos Feministas da faculdade também está. Só que, por outro lado, *puta merda, que tesão.*

— Você já levou uns tapas antes?

A minha expressão é de incredulidade.

— Quem se atreveria a bater em um cervo-rato com presinhas afiadas?

Um sorriso totalmente sacana se abre no rosto dele.

— O que mais que você nunca fez?

— Não é da sua conta, Romeu.

Malek passa a mão sobre a vermelhidão provocada pelos tapas e dá um beijinho no meu ombro. Ele leva os lábios ao meu ouvido e sussurra:

— Você gostou quando eu segurei seu pescoço, não gostou?

Eu me lembro de quando transamos no chão da sala. Atribui a intensidade daquela experiência ao ataque do urso, mas talvez a forma como Malek pressionou o meu pescoço tenha tido algo a ver com isso.

Meu orgasmo foi tão intenso que vi estrelas.

Ele também fez isso quando invadiu o esconderijo de Boston. Colocou a mão enorme e áspera em volta do meu pescoço e o pressionou, ameaçando me sufocar.

Foi mais ou menos nessa época que parei de ter medo e comecei a agir de forma agressiva.

Puta merda.

Será que Twizzlers não são minha única esquisitice?

Mordendo o lábio inferior, concordo com a cabeça.

Ele baixa a cabeça e roça os lábios nos meus.

— Tá legal. É um bom começo.

Posso morrer agora ou é melhor esperar para experimentar as perversões que ele está planejando?

Não tenho tempo para decidir, porque Mal se levanta da cama, me pega no colo, me leva para o banheiro e me come de novo no chuveiro. Ele me pressiona contra a parede, enquanto me invade e morde meu pescoço.

Talvez ser fofinha não seja tão ruim no fim das contas.

∼

Os dias se passam. Mal não viaja para a cidade de novo.

Nosso ritual noturno do banho continua, só que agora Mal fala no meu idioma, em vez de russo, enquanto me banha. Ele me conta coisas de sua infância, sua família. Seus amigos. Seus bichos de estimação.

Seu irmão, Mikhail.

Ele me diz que assistiu a um filme de Clint Eastwood quando era criança e decidiu que seria caubói quando crescesse. Depois, entrou na fase do boxe e achou que poderia ter uma chance de lutar profissionalmente.

Até aquela noite no bar. Até aquele soco fatal.

Até conhecer o Pakhan, e todos os seus sonhos serem esmagados.

Malek pinta o retrato de um homem vivendo totalmente sozinho, tanto na mente quanto no corpo, existindo apenas para cumprir ordens vindas de cima. Mal nunca se casou nem teve filhos, porque isso não era permitido.

A vida dele não lhe pertencia.

A Bratva vinha em primeiro lugar. Para sempre.

Dever ou morte.

Às vezes, eu gelava por dentro ao ouvir as histórias. Outras, sentia vontade de chorar. Mas sempre me perguntava como teriam sido as coisas para ele se a vida tivesse tomado outro rumo.

No entanto, eu me sinto perversamente feliz pelas coisas terem acontecido do jeito que aconteceram, porque, se a vida dele tivesse sido diferente, nunca teríamos nos encontrado.

Sinto-me culpada por pensar assim, afinal, sei que é errado. Mas é a verdade. Fico feliz por toda a trajetória sombria e tortuosa, porque foi isso que me trouxe até ele.

É um segredo que guardo com cuidado.

Um dia, quando estamos terminando de tomar o café da manhã, Malek me pergunta do nada se eu gostaria de aprender a atirar com uma arma.

Isso me assusta, e a resposta dele não me tranquiliza em nada.

— Por que preciso aprender a atirar?

— Melhor saber e nunca precisar do que precisar e não saber.

Parece um bom conselho, mas também um aviso. Como se, a qualquer momento, nosso pedacinho do céu na floresta pudesse ser destruído.

Então, ele me ensina a atirar com um revólver.

Depois com um fuzil.

Quando descobrimos que não só sou muito boa em acertar alvos fixos, como também curto fazer isso, Mal sugere que eu saia para caçar com ele para tentar acertar algo em movimento.

— Eu nunca atiraria em um animal — respondo sem pestanejar.

— Se você estivesse com a minha espingarda no dia que aquele urso te atacou, você teria atirado?

— Legítima defesa não é o mesmo que sair procurando alguma coisa para matar.

Mal olha para mim em silêncio por um momento. Os olhos infinitos e escuros.

— Matar é matar. Não importa a motivação. Tentar racionalizar moralmente não muda o fato de que você tirou uma vida.

Ele para por aí.

Como é o especialista no assunto, decido sabiamente não discutir.

Um dia, já tarde da noite, Mal recebe uma ligação que muda tudo.

Estamos na cama, deitados de conchinha, as pernas dele enroscadas nas minhas. Estou quase dormindo quando uma vibração me traz de volta à realidade.

É o celular dele, vibrando dentro do bolso do casaco.

— Você vai atender?

— Eu deveria.

Ele não se mexe.

— Tudo bem por mim. Eu não me importo.

Mal me aperta de leve e murmura:

— Mas deveria.

Então suspira, sai da cama e pega o telefone. Segura o aparelho no ouvido e diz secamente:

— *Da.*

Ele fica em silêncio por vários segundos, apenas ouvindo. Depois, baixa a cabeça e diz:

— *Da.* — Mal parece resignado.

Quando se vira para olhar para mim, parece que uma cortina se fechou sobre seus olhos.

— O que houve?

— Você precisa fazer a mala. Agora.

Meu coração dispara enquanto eu me sento.

— Por quê?

— Nós vamos para a cidade.

37

RILEY

Caminhamos por dez minutos pela floresta até o local onde Mal guarda a picape, oculta em uma estrutura baixa de tijolos construída na encosta de uma montanha. De lá, é necessário mais uma hora de viagem por uma estrada de terra batida até um vilarejo alpino e charmoso com uma pista de decolagem para pequenas aeronaves. O voo para a cidade leva menos de duas horas.

Mal pilota o Cessna como tudo que faz: com facilidade e confiança.

Pousamos em Moscou sem dizer uma só palavra desde que partimos.

Não sei o motivo.

Também não sei por que estou com medo.

Mas meus instintos me dizem que, para ele estar me trazendo nesta viagem, deve ser algo importante. Moscou não é apenas o lugar onde trabalha, também é o lugar onde o chefe dele está. Onde Spider está. Onde o perigo aguarda por nós dois.

Na floresta, conseguíamos fingir que tínhamos uma vida diferente. As ausências dele não passavam de breves interrupções em nossa bolhinha de paz. Éramos como um globo de neve em uma prateleira.

Mas o globo de neve se espatifa no instante em que pousamos no aeroporto Sheremetyevo, e eu vejo o outro lado da vida de Mal.

O lado mais sombrio.

Onde todos os monstros dele vivem.

Um Phantom preto nos espera na pista. O motorista pega nossas malas e as coloca no bagageiro sem olhar para mim ou reconhecer a minha existência.

Parece intencional. Como se soubesse que algo terrível aconteceria se fizesse isso, ele não se arrisca.

Mal diz alguma coisa em russo para o homem. O motorista faz uma reverência — uma *reverência*! — e abre a porta do carro.

Malek entra atrás de mim e partimos.

Eu não consigo parar de olhar pela janela. Moscou à noite é um conto de fadas brilhante, cheio de luzes, pessoas e movimento. Parece ser umas dez vezes maior do que São Francisco.

Mal pega minha mão e a pressiona de leve.

— No que você está pensando?

— Não tem neve.

— Não estamos mais nas montanhas. — Depois de um tempo, ele insiste: — No que mais?

Ele consegue me decifrar muito bem. Quando olho para as minhas mãos, Mal envolve os braços nos meus ombros e me puxa para mais perto.

— O que mais, *malyutka*? — sussurra.

Recosto a cabeça em seu ombro e fecho os olhos.

— Em todo o resto.

Malek beija minha testa com carinho. Fico feliz quando ele não diz mais nada.

O caminho do aeroporto até a casa dele leva menos de meia hora, mas, quando chegamos, estou uma pilha de nervos. Nem mesmo as belíssimas paisagens da cidade passando pela janela conseguem me distrair do pânico.

Estou esgotada e à beira de um colapso, como se tivesse tomado muita cafeína. Depois da tranquilidade da floresta, tudo parece alto demais, perto demais, iluminado demais. Meu coração está disparado.

Entramos na garagem de uma torre de vidro e paramos diante dos elevadores. Quatro homens imensos de terno preto dão um passo na direção do carro. Um deles abre a minha porta, outro contorna o carro por trás e abre a de Mal.

Não preciso que me diga para ficar no carro. Minha intuição me diz que existem regras aqui, regras que desconheço. A principal é seguir as orientações dele.

Mal sai do Phantom, contorna o veículo até o meu lado e estende a mão para mim.

Os homens de terno dão um passo para trás, formando uma fileira diante dos elevadores. Todos colocam as mãos para trás, mantendo a expressão impassível, enquanto olham para algum ponto à distância.

Pego a mão de Mal e desço do carro, sentindo-me trêmula. Ele a segura para me acalmar.

Um dos homens de preto chama o elevador e volta a fingir que é uma estátua.

Quando as portas se abrem, passamos pelos homens e todos fazem uma reverência com um sincronismo impressionante.

Espero as portas se fecharem e o elevador começar a subir antes de perguntar:

— Mas que merda foi essa?

A resposta dele é simples:

— Respeito.

— Eles são seus guarda-costas?

— Eu não tenho guarda-costas.

— Por que não?

Ele me olha de esguelha.

— Ah, sim. Você é o motivo de as outras pessoas precisarem de guarda-costas.

Mal me encara por um momento, os olhos semicerrados, depois me puxa para um abraço, inclinando minha cabeça para poder me beijar.

É um beijo firme, mas não apaixonado.

É um beijo que me diz para me acalmar, porque ele está no controle e eu não preciso me preocupar com nada.

Porque Malek não vai deixar nada de ruim acontecer comigo.

Apoio a testa em seu peito e suspiro.

— Obrigada.

— Você precisava disso.

— Sim.

— Eu sei.

Apesar dos nervos à flor da pele, eu sorrio.

— E o que acontece agora?

— Agora nós vamos acomodar você. Depois, eu vou para o meu trabalho.

Trabalho. Tanta violência em poucas sílabas.

O elevador para e as portas se abrem. Mal pega minha mão e me leva até o hall de um apartamento escuro. A vista da cidade pelas janelas do chão ao teto conferem um brilho espectral ao lugar.

— Puta merda.

— Gostou?

Eu não sei se gostar é a palavra certa, mas me mantenho positiva.

— É incrível.

Mal me conduz por uma sala sem móveis a não ser por um imenso sofá preto diante de uma grande TV presa à parede. Passamos por um espaço aberto que parece ser destinado à sala de jantar, mas que também está vazio. Chegamos à cozinha, um espaço amplo e ecoante de mármore branco e vidro, tão estéril quanto um centro cirúrgico.

Ele acende a luz, iluminando o ambiente. É tão claro que meus olhos ficam marejados. Segue até a geladeira de aço inoxidável e abre a porta do freezer, cheio de caixas idênticas de comida, pega duas e as joga na bancada.

— Está com fome?

Sem esperar a resposta, ele abre a caixa, tira a bandeja de plástico de dentro e a coloca no micro-ondas acima da pia. Ajusta o timer e fecha a porta.

Quando se vira para mim e me vê parada ali, parecendo perdida, deixa a outra caixa de lado e se aproxima.

Malek sussurra alguma coisa em russo e me envolve em um abraço apertado.

— Estou bem — digo baixinho.

— Não está, não.

— Eu vou ficar bem.

— Do que você precisa?

— Não sei.

— Pense no que você precisa.

Eu penso por alguns minutos enquanto ele me abraça e acaricia meu cabelo, mantendo os lábios contra minha têmpora.

Solto o ar e fecho os olhos. Com o rosto colado ao peito de Mal, digo:
— É só... estranho.
— Continue.
— Este lugar. Toda essa comida congelada. É bonito, mas tudo é muito frio aqui.
— Eu vou te esquentar.
Ele coloca a mão sob o meu queixo, erguendo minha cabeça, e então me beija.
Esse beijo é diferente do que ele me deu no elevador. É mais profundo, mais emotivo e muito mais quente. Eu me agarro a ele, tremendo, enquanto sua língua invade minha boca e meu sangue se transforma em lava.
Ouço uma batida na porta e me sobressalto, ofegando.
— Calma, *malyutka* — murmura contra os meus lábios. — É só o Dom com as malas.
— Dom?
— O motorista.
— Ah, tá.
Mas, quando Mal abre a porta, não é o motorista, mas sim uma linda jovem de cabelos castanhos carregando uma grande caixa preta com um enorme laçarote branco.
Ela faz uma reverência exatamente como os homens do elevador, diz algo que não consigo ouvir e estende a caixa.
Mal pega o embrulho sem dizer nada e fecha a porta. Ele fica de costas para mim por vários segundos. Seus ombros se contraem. Quando se vira, eu gelo por dentro.
Seu maxilar está contraído. Os olhos, escuros. A expressão dura.
O conteúdo da caixa não é bom.
Ele cruza o apartamento devagar até estar na minha frente. Mal fica parado, segurando a caixa e olhando para mim como se fosse o fim do mundo.
— O que é isso?
— É para você.
O tom frio de sua voz me aterroriza. Olho para a caixa preta com o lindo laço branco e dou um passo involuntário para trás.
Mal a coloca em cima da grande ilha de mármore e pousa a mão na tampa.

— É um vestido.

Fico confusa.

— Um vestido? Para mim?

— Sim.

— Ah. E por que você está todo estranho?

— Porque não fui eu que comprei.

Sinto o estômago embrulhar. Uma sensação desagradável atravessa minha espinha, como uma centopeia deslizando pela minha pele com suas patinhas frias e afiadas.

— Quem comprou?

— Pakhan.

O barulho do micro-ondas é o único som que quebra o silêncio que se segue. Ficamos nos encarando até o timer soar.

— Ele nos convidou para jantar. Saímos em dez minutos — diz Mal.

— Agora? Mas é uma hora da manhã.

— A hora não importa.

Consigo sentir todo tipo de tensão emanando dele, o que faz com que meus nervos fiquem ainda mais à flor da pele.

— Isso não é nada bom, não é?

Ele hesita.

— É inesperado.

Mal está evitando uma resposta direta. Tem alguma coisa que ele não quer que eu saiba, e isso me assusta demais.

— Você contou para ele sobre mim?

— Não.

— Como ele descobriu?

Malek hesita de novo.

— Pode ter sido de milhões de maneiras. Pakhan é o homem mais poderoso da Rússia.

Com a respiração ofegante, o coração acelerado e as mãos começando a suar, olho para a caixa como se ela estivesse cheia de cobras.

— Mas... mas se ele mandou o vestido, quer dizer que sabia de mim antes mesmo de chegarmos aqui.

— Sim.

Ai, meu Deus. Ele estava nos observando? E se estava... por quê?

Consigo pensar em alguns motivos, mas nenhum deles é bom. Sinto a adrenalina inundar meu corpo, deixando-me trêmula.

Mal se aproxima de mim e segura meu rosto.

— Você não está em perigo.

— Tem certeza? Porque parece que só está dizendo isso mais para convencer a si mesmo.

— É uma jogada de xadrez. Uma jogada de poder. Pakhan quer que eu saiba que ele sabe sobre você. Isso é tudo. Eu nunca teria trazido você para a cidade se achasse que você não estaria segura.

Umedeço os lábios e engulo em seco. Minha boca está tão seca quanto o deserto. O medo drenou todos os líquidos do meu corpo. Fecho os olhos e respiro fundo.

— Olhe para mim, *malyutka*.

Quando fito os olhos dele, Mal afirma com veemência:

— Qualquer homem que olhe pra você de um jeito errado, vai morrer. Inclusive ele. Se eu sentir qualquer sinal de ameaça, se algo me incomodar, ele morre. Está entendendo?

— Na verdade, não — respondo, ainda tremendo.

— Mas você confia em mim?

Seu olhar é firme. A intensidade me deixa sem ar. E sua sinceridade ressoa em cada fibra do meu ser, em cada músculo, em cada poro.

Este homem vai matar para me proteger. Nem mesmo seu chefe, o sujeito mais poderoso da Rússia, está a salvo da corda do Carrasco.

Da arma. Da faca. Seja lá o que ele usa. O fato é: o meu assassino vai me proteger.

Com isso na cabeça, eu me empertigo, respiro fundo e digo:

— Confio.

Ele me puxa para um abraço apertado. Sinto sua respiração no meu cabelo.

— Que bom. Agora vá se arrumar. Quanto antes resolvermos isso, melhor.

Com essa declaração enigmática pairando sobre minha cabeça, Mal pega a caixa e me leva até o quarto.

38

RILEY

Com exceção da cama king-size, o quarto é tão destituído de móveis quanto o restante do apartamento.

As paredes são todas brancas. O piso é de mármore branco. A cama tem um ar masculino com um edredom preto e travesseiros pontudos. Não há tapetes nem cortinas para abafar o eco dos nossos passos.

Quem decorou este lugar não estava pensando em conforto. O apartamento é tão acolhedor quanto um mausoléu. Mal me mostra tudo e me deixa no banheiro, dando um beijo na minha cabeça e me lembrando de que só tenho cinco minutos até a hora de sairmos. Fico parada no meio do espaço amplo, sentindo como se eu tivesse acabado de pousar em Marte e avistasse alienígenas hostis no horizonte.

Quando coloco a caixa em cima da pia, a sensação de insegurança se intensifica.

Não por causa do vestido, que é lindo, de veludo cor de safira, sem manga, com uma saia longa e ajustada ao corpo e a cintura marcada. Também não por causa dos sapatos, um par de sandálias de tiras de salto baixo em um tom elegante de champanhe que misteriosamente são do meu tamanho.

São as lentes de contato.

A caixinha retangular de lentes de contato tem meu nome impresso na etiqueta externa, junto com todas as informações da minha receita.

A minha receita exata, incluindo o grau, a curvatura, cilindro, eixo e marca. Tudo de que preciso para corrigir meu astigmatismo.

Em suma, alguém teve uma conversinha com o meu oftalmologista.

Esse não é o tipo de coisa que você consegue comprar em uma loja. Essas lentes são feitas sob medida. Costuma demorar algumas semanas para chegar quando as encomendo, e são caras. Também são delicadas e quebram à toa, motivo pelo qual prefiro usar os óculos.

Mas esta noite, os óculos vão ficar em casa.

Não vou me atrever a insultar o homem mais poderoso da Rússia antes mesmo de conhecê-lo.

Tiro as roupas que estou usando e as deixo dobradas em cima da pia. Coloco o vestido, que serve perfeitamente, assim como as sandálias e as lentes.

Então encaro meu reflexo no espelho, perguntando-me se ainda estou no hospital. Talvez tudo isso não passe de um sonho estranho.

Pelo menos eu recuperei meu peso, graças à comida de Mal. E a cor e o corte do vestido me valorizam. Quem quer que seja esse tal de Pakhan, o gosto dele é melhor do que o de Sloane.

Ninguém vai me confundir com uma profissional do sexo esta noite.

É um pequeno consolo, mas estou aceitando tudo que posso. Dou as costas para o espelho e volto para o quarto. Então paro com um suspiro.

Mal está esperando por mim perto da cama.

Está lindo com um terno preto e camisa de alfaiataria com o primeiro botão aberto e sem gravata. Os sapatos de couro preto foram polidos. O cabelo ondulado foi penteado para trás e modelado com algum tipo de gel. As pontas indomáveis dos cachos descansam na dobra do colarinho.

Malek está lindo de tirar o fôlego. Com um estilo chique de gângster, uma fera perigosa disfarçada em roupas de cavalheiro.

Ele me observa dos pés à cabeça com um olhar de desejo, umedece os lábios e rosna alguma coisa em russo.

Meu sangue corre acelerado nas veias e eu sussurro:

— Você está bonito também.

— Venha aqui.

Ele estende a mão, que me atrai como um ímã. Assim como o olhar faminto com que me observa. Cruzo o quarto sentindo um frio intenso na barriga e me aconchego em seus braços.

Mal me beija profundamente, um dos braços contorna minha cintura e a outra mão está na minha nuca. Quando parece que estou prestes a entrar em combustão, ele interrompe o beijo e declara:

— Gostosa demais.

Nem o lobo mau diria isso de uma forma tão voraz. Estremeço, pressionando meu corpo contra o corpo rijo e o abraçando pelos ombros.

— Obrigada.

— Quero arrancar esse vestido com os dentes.

— Acho que não temos tempo para isso.

O olhar dele é de puro desejo enquanto umedece os lábios mais uma vez. Ele parece avaliar a questão por um segundo e, em seguida, meneia a cabeça.

— Você tá certa. Mais tarde. Onde estão seus óculos?

— Na bancada do banheiro. Havia um par de lentes de contato na caixa junto com o vestido. Exatamente do meu grau, na verdade.

— E tenho certeza de que o vestido e os sapatos também serviram perfeitamente — retruca secamente.

— Estou tentando não me assustar porque confio em você. Mas tudo isso parece uma mensagem do seu chefe.

— Exatamente.

— Você concordar comigo não faz com que eu me sinta melhor.

Mal me observa por um momento, pensativo. Ele afasta uma mecha do meu cabelo da testa e a coloca atrás da orelha.

— Vou dizer uma coisa a você. É importante.

— Puta merda.

— Você só precisa ouvir com atenção e se lembrar disso. Se Pakhan te fizer uma pergunta, não importa qual seja, você precisa dizer a verdade. A mais pura e completa verdade. Não tente florear ou fazer com que soe mais agradável. — Seu tom de voz fica mais baixo: — E não tente mentir. Ele sente o cheiro de mentira como um tubarão sente uma gota de sangue na água.

Nervosa, respondo com a voz fraca:

— A comparação é ótima, obrigada.

Malek me dá um abraço e um beijo.

— Vai ficar tudo bem. Você está pronta?

— Não.

— Claro que está. Vamos. Lembre-se do que eu disse.

Com esse aviso ecoando em meus ouvidos, Mal pega minha mão e seguimos até a porta.

∽

Levamos dez minutos para chegar ao restaurante. O lugar parece estar localizado no centro da cidade, cheio de arranha-céus por todos os lados e, apesar do horário, há pedestres transitando pelas calçadas. Sinto a atmosfera agitada e cosmopolita de movimento vinte e quatro horas por dia, sete dias por semana, que novamente me lembra São Francisco, mas em uma cidade muito maior e sem cadeias montanhosas.

Espero que isso me faça sentir saudade de casa, mas não acontece.

Sentado ao meu lado no banco de trás do Phantom, Mal está em silêncio.

Não dá para saber se ele está nervoso. Seu corpo está relaxado, mas percebo uma atenção no olhar. A forma como os olhos se movem de um ponto a outro me lembra os de um grande felino à espreita, aguardando o momento certo para atacar a gazela.

Quando paramos diante do balcão de manobrista do lado de fora de um prédio de vidro com suntuosas torres em tons de dourado e azul no topo, engulo em seco, nervosa.

— Não saia do meu lado por nada — diz Mal. — Não vá ao banheiro. Não solte a minha mão. Se alguma coisa acontecer, corra para debaixo da mesa e fique lá até eu te chamar. Preciso que você confirme se você entendeu o que estou dizendo.

— Entendi.

Pronto. Tento parecer uma pessoa totalmente controlada que não está prestes a se mijar de medo.

O motorista abre a porta para Mal, que, por sua vez, abre a porta para mim. Entramos no restaurante de mãos dadas. Mal segue um passo à frente. Tudo que eu quero neste momento é um saco de papel para tentar controlar a respiração, enquanto a mulher mais linda que já vi se aproxima de nós por trás do balcão da recepção.

Parece que a palavra "majestosa" foi cunhada especialmente para ela. Algumas outras palavras me vêm à mente, incluindo "estonteante", "deslumbrante" e "sensual". A mulher é exuberante, loura e perfeita, e eu de repente me sinto como uma ratinha que alguém fantasiou para o Halloween.

— *Privet*, Malek — ronrona ela, dizendo mais alguma coisa a que não me atento porque o decote dela rouba toda a minha atenção.

O minivestido dourado e cintilante que está usando se abre em um decote profundo até o umbigo. Não faço ideia de como os peitos dela não saltaram na cara de Mal.

— Masha — responde com frieza, olhando para o restaurante. — Ele está aqui?

Uma leve demonstração de irritação surge no rosto perfeito da mulher.

Não sei se é porque Mal não está mordendo a isca dela ou se é porque ele está falando no meu idioma, mas Masha decide que o problema sou eu e me lança um olhar fulminante.

Dou um sorriso para ela, sentindo-me melhor.

— *Da*. Queiram me acompanhar, por favor.

A deusa dourada desliza pelo salão do restaurante, rebolando os quadris.

— Sua amiga? — pergunto com acidez.

— Eu não transei com ela, se é isso que está perguntando.

— Não por falta de tentativas dela.

Ele levanta uma das sobrancelhas e olha para mim.

— Está com ciúmes, passarinha?

— Quem, eu? Da Miss Universo? Não. Ela provavelmente não tem nenhuma calça de moletom.

Conforme adentramos o salão de mãos dadas, seus lábios se curvam em um sorriso discreto.

É de longe o lugar mais pomposo que já vi na vida.

Assim como Masha, a recepcionista, tudo é dourado e cintilante. O papel de parede, os lustres, as toalhas de mesa e as cadeiras. O carpete sob nossos pés é macio e com um arrojado padrão de espirais em dourado e púrpura, que deixaria qualquer cassino de Las Vegas no chinelo. O teto, com milhares de painéis espelhados, reflete todo o ambiente. Samambaias e vasos de palmeiras enfeitam os cantos e reentrâncias do salão, enquanto um perfume discreto e sofisticado impregna o ar.

As elegantes mesas de jantar estão vazias, exceto as três para as quais nos dirigimos.

Duas mesas redondas e grandes estão ocupadas por homens de ternos escuro e bem-cortados. Todos grandes, barbudos e de meia-idade.

Mas eles não são do tipo pais de classe média dos Estados Unidos. Eles estão mais para vikings. Guerreiros. O tipo de homem que sabe muito bem brandir um machado para cortar cabeças.

Sentado atrás deles, em uma mesa reservada com uma divisória arredondada de couro contra a parede, está aquele que deve ser rei do grupo.

É um homem maior do que todos os outros, forte e largo. A barba castanho-avermelhada ostenta alguns fios grisalhos. Está usando sobretudo preto de lã com gola cinza de pele. Tatuagens enfeitam a mão esquerda: estrelas, flores, iniciais, uma faca cravada em um crânio. A fumaça do charuto coroa sua cabeça de leão.

Dá para perceber que ele já foi bonito um dia. Mas o rosto agora está enrugado e os olhos são duros como pedra, sem dúvida por conta de toda violência que já cometeu.

Devo ter emitido um som baixo de medo, porque Mal aperta minha mão e sussurra:

— Calma.

Quando passamos pelas primeiras duas mesas, todos os homens se levantam, inclinando a cabeça para Mal, que os ignora.

Em seguida, estamos diante de Pakhan.

Ele olha primeiro para mim, totalmente em silêncio. Seu olhar é poderoso e frio. Fico totalmente parada, me esforçando para não deixar meu medo transparecer.

Quando o olhar dele se volta para Mal, sinto-me como um coelhinho que se libertou de uma armadilha. Preciso de todas as minhas forças para me manter de pé.

— Malek — diz Pakhan em uma voz sonora e com sotaque carregado. — Você tem estado bem ocupado, garoto.

Ele fala na minha língua, sem dúvida para que eu possa entender. Mas o tom é tão neutro como a expressão, então não sei se está zangado ou se está se divertindo.

Parecendo totalmente relaxado, Mal responde em russo. Parece um cumprimento, porque, depois disso, ele inclina ligeiramente a cabeça.

Pakhan olha brevemente para nossas mãos entrelaçadas e então volta a me encarar. Ele faz um gesto com a mão que segura o charuto.

— Venha se sentar ao meu lado, srta. Keller. Quero dar uma olhada em você.

Ah, não, o rei da máfia russa sabe o meu nome. Isso não é nada bom.

Quando não consigo me mexer, Mal me dá um empurrãozinho de leve em direção à mesa. Eu deslizo pelo assento e me aproximo de Pakhan, evitando olhar para ele. Mal se senta ao meu lado e pega a minha mão por baixo da toalha da mesa redonda.

Assim que nos sentamos, os outros vikings também se sentam. Algumas jovens bonitas em vestidos curtos e dourados aparecem do nada carregando bandejas com bebidas. Elas servem Pakhan primeiro, eu sou servida em seguida e só depois Mal e os outros vikings, que começam a conversar entre si em russo como se essa fosse apenas mais uma noite do clube do bolinha.

Pego o uísque que uma das garotas colocou diante de mim, mas, antes que eu possa tomar um gole, Mal segura meu pulso para me impedir.

Merda. Eu me esqueci de que não posso beber! Este é o pior momento possível para ter perdido um dos rins. O silêncio reina por um instante, antes de eu colocar o copo de volta à mesa.

— Você está nervosa — declara Pakhan.

Solto o ar com força.

— Não, estou apavorada. Obrigada pelo vestido. É adorável. Agradeço também pelas lentes de contato.

Ele dá uma tragada no charuto enquanto observa o meu perfil. Do meu outro lado, Mal permanece imóvel e em silêncio. Um lago sombrio de águas profundas ocultando monstros perigosos sob a superfície.

— Do que está com medo, menina?

Pakhan fala de um jeito que parece um avô se dirigindo à neta, e talvez tenha sido isso que me deixou um pouco mais à vontade, embora eu não consiga encará-lo sem começar a tremer.

— Bem… de você.

— De mim? — Pakhan olha para Mal com as sobrancelhas levantadas.

— A culpa não é dele! — digo sem pensar.

Agora os dois homens estão olhando para mim de cenho franzido. Estou olhando para Pakhan, mas sinto o olhar fulminante de Mal sem precisar me virar para ele. O pânico volta a tomar conta de mim. Mordo o lábio inferior para não soltar nenhum som.

— O que exatamente não é culpa dele?

— Eu sentir medo de você. Ele não disse nada de ruim a seu respeito. Você é só... tipo... assustador.

Quando Pakhan olha pra mim sem dizer nada, eu me encolho.

— Desculpa. Não era a minha intenção insultá-lo nem nada. Eu só estou dizendo a verdade.

— A verdade. Hum...

Ele dá outra tragada no charuto.

Mal ainda não disse nada.

— Diga-me, srta. Keller, como você tem passado?

Isso me pega totalmente desprevenida. Eu pisco. Mal aperta minha mão e respiro fundo, rezando para que ele esteja certo sobre esse lance de dizer a verdade. Afinal, é o que vou fazer.

— Neste momento? Estou bem assustada, mas, no geral, eu me sinto melhor do que nunca.

— Melhor do que nunca? A maioria das mulheres que foram baleadas, sequestradas e mantidas em cativeiro talvez encontrem uma maneira diferente de descrever sua situação.

Ele diz isso pra mim, mas está olhando para Mal.

Pakhan não parece feliz.

Como é que ele sabe tudo isso? E por que ele se importa se Mal me sequestrou?

Não importa. Concentre-se.

— Malek salvou a minha vida. Duas vezes. E sim, tecnicamente ele me sequestrou, mas eu não pedi pra ele me levar para casa. Se eu tivesse pedido, ele me levaria, mas eu não quero que ele faça isso. Eu meio que tenho... hum... sentimentos por ele.

Reconheço a expressão que vejo no rosto de Pakhan. Mal já me olhou desse jeito milhares de vezes, isso acontece quando digo algo que considera mais louco do que o habitual.

— Ele mandou você falar isso?

— Não.

Os olhos de Pakhan parecem os de um cão de caça ou de um agente da CIA interrogando prisioneiros em Guantánamo. São detectores de mentira, e ele me torturaria se pudesse.

Permito que ele me observe. Loucura ou não, estou falando a verdade.

Depois do que parece ser uma eternidade, Pakhan pergunta:

— Você está dormindo com ele?

Que porra é essa? Respiro fundo e tento manter minha expressão e meu tom de voz calmos.

— Estou.

— E ele está te forçando a isso.

A insinuação me irrita absurdamente. Estou indignada em nome de Mal e falo com mais dureza do que deveria.

— *Não.* Ele jamais faria uma coisa dessas, mesmo que ele quisesse muito. Eu sei disso porque ele *queria.* Na verdade, fui *eu* que dei o primeiro passo.

Pakhan faz um gesto de indiferença com a mão. Não parece impressionado.

— Mulheres costumam mentir para si mesmas nessas situações. Ajuda a lidar com o trauma se não se virem como vítimas. Se sentirem que tiveram escolha.

Ele está insinuando que Mal se aproveitou de mim, mas que eu não sou inteligente o suficiente para saber a diferença.

Está me dizendo que fui estuprada sem nem me dar conta disso.

Está me dizendo que sou uma garotinha idiota.

Sinto o calor subindo pelo meu pescoço. Meu coração dispara. Eu o encaro, querendo arrancar o charuto de sua mão e apagar no meio da testa dele. Todo o salão parece desaparecer à nossa volta.

Não me importo se ele é o homem mais poderoso da Rússia.

Olho no fundo dos seus olhos e afirmo:

— Não sei com que tipo de mulher você anda, mas, se este homem tivesse me machucado ou tirado vantagem de mim, ele estaria sem o pau a esta altura. Eu *jamais* me sentaria aqui e o defenderia, nem mesmo se ele tivesse ameaçado me matar se eu não o fizesse. Ele teria de me arrastar até aqui pelos cabelos, enquanto eu o chutava e berrava.

Respiro fundo antes de continuar:

— Sim, ele me sequestrou. Sei que esse não é o jeito ideal de começar um relacionamento, inclusive será uma ótima história quando alguém nos perguntar como nos conhecemos. Só que ele também providenciou a operação de emergência que salvou a minha vida quando meu próprio guarda-costas atirou em mim por acidente, ele trocou os curativos, certificou-se de que eu tomasse todos os remédios, preparou comida para mim e fez questão de me dar colherada por colherada na boca, como um bebê, e tirou a cabeça de um cervo da parede só porque eu a odiava. Além disso tudo, assaltou uma ótica para que eu pudesse enxergar, matou um urso que queria me devorar e me ensinou a atirar para o caso de eu precisar me defender. Fora um monte de outras coisas das quais não consigo me lembrar agora porque estou com raiva.

"Mal é o homem mais generoso, competente, inteligente, disciplinado e maravilhoso que já conheci. Ele trabalha matando pessoas, eu sei, mas ninguém é perfeito. E, antes que você me pergunte, sim, eu sei como ele começou a trabalhar com você. Também me disse que nunca vai deixar de trabalhar para você, mesmo que toda a família dele já tenha morrido e que ele não precise mais proteger ninguém, o que faz dele uma pessoa extremamente leal. Então, por favor, não venha insinuar que eu não sei do que estou falando quando digo que tenho sentimentos por ele, porque eu sei. Porque ele merece!"

Durante todo o meu discurso, todos ficaram em silêncio. Fico horrorizada ao perceber que levantei a voz a tal nível que os homens das outras mesas também ouviram tudo que eu disse.

Todos no restaurante estão olhando para mim.

Engulo em seco e umedeço os lábios. Minha respiração está trêmula.

— Peço desculpas pelo tom desrespeitoso. Não era a minha intenção. Eu só estava... — digo em tom mais baixo.

— Defendendo Malek — interrompe Pakhan.

Seu tom é suave. Os olhos são duros. Não sei se vai me dar um tapa na mão ou se vai me matar.

— Isso — digo com um sussurro.

Por um instante, ele não faz nada. Fica apenas me observando. A tensão no salão é palpável, como se todos estivessem prendendo a respiração, esperando para ver o que ele vai fazer.

A mão de Mal segurando a minha está fria, seca e firme.

Então Pakhan voltar a tragar o charuto, sopra uma nuvem de fumaça e abre um sorriso.

Todos no salão relaxam.

Os homens voltam a conversar, as garotas trazem a comida, e o meu coração volta a bater.

Rindo, Pakhan diz algo em russo para Mal.

— Você deveria vê-la quando está realmente zangada — comenta Malek, tomando um gole do uísque.

Tudo que acontece depois é um borrão.

Sei que comemos, mas não vi o que foi servido. Sei que todos conversaram, mas falaram em russo, então, não entendi nada. Em determinado momento, Mal diz o nome Kazimir em tom questionador, e Pakhan nega com a cabeça. O jantar termina e nos levantamos para partir.

— Srta. Keller — diz Pakhan ainda sentado. Ele estende uma das mãos cheias de anéis.

Quando olho para ela sem saber se devo beijá-la ou apertá-la, ele fala:

— Eu não mordo, menina.

Eu duvido disso, mas estendo a mão e, para minha total surpresa, ele a pega e a leva aos lábios para depositar um beijo.

— Obrigada por esta noite tão interessante. Foi um prazer conhecê-la.

O olhar poderoso e profundo faz com que eu me sinta tímida. Minhas bochechas queimam levemente e tenho dificuldade de encará-lo.

— Imagina. O prazer foi meu. E obrigada por não se zangar com a minha falta de decoro.

Ele dá um sorriso breve e misterioso.

— Esse comportamento vai ser bom para você no futuro. Impérios não são governados pelos fracos.

Aquilo soa como uma profecia sombria.

Como se Pakhan soubesse algo sobre mim que eu não sei.

Mas não tenho tempo para pensar nisso, porque Mal está me puxando para fora do restaurante em direção ao carro que nos aguarda.

Ele me empurra para o banco de trás, fecha a porta e vem para cima de mim.

39

RILEY

O beijo é intenso, dominante, exigente. Também é totalmente inesperado e me deixa sem fôlego.

Mal segura minha cabeça com as duas mãos, enquanto me beija vorazmente até que eu comece a gemer e a tremer, agarrando a gola de seu terno. Com a respiração ofegante, ele se afasta e me encara com olhos ardentes.

— Você disse que tem sentimentos por mim para o rei da Bratva — diz ele bruscamente.

Estou tonta demais para saber se isso é uma coisa boa ou ruim, então meneio a cabeça sem falar nada.

— Você disse sim. Você disse na porra da cara dele, na frente de todo o comando da máfia. E disse isso usando a porra de um tom que teria feito qualquer outra pessoa ser morta na hora.

Mal me beija de novo, devorando a minha boca.

Quando se afasta, meu coração está disparado e estou ofegante.

Malek me puxa para o colo, abrindo minhas pernas para que eu monte nele com o vestido levantado até o meio das coxas. Ele finca os dedos na pele macia da minha bunda e me puxa em direção à sua ereção.

Mergulhando os dedos de uma das mãos no meu cabelo, ele puxa minha cabeça e diz com a voz rouca:

— E você disse que eu era generoso, maravilhoso e leal.

Mal volta a me beijar de maneira voraz, de um jeito selvagem e profundo, e eu começo a gemer.

Ele aproxima a boca do meu ouvido e sussurra:

— *Você me defendeu.*

— Eu não sei se você está feliz ou com raiva — falo, ofegante.

Mal arqueia o quadril, roçando a ereção na minha calcinha. A resposta vem entre os dentes:

— Ah, *malyutka*, vou te mostrar exatamente como me sinto em relação a isso.

Malek leva as duas mãos ao decote do meu vestido. Com um puxão firme, ele rasga o tecido e revela meu corpo, tomando um dos mamilos expostos entre os lábios e sugando-o com força.

Quando eu suspiro, Mal segura meus seios e começa a alternar entre os dois, chupando e lambendo, provocando meus mamilos intumescidos com o polegar, com a língua, com os dentes. Trêmula, mergulho os dedos no cabelo dele.

Entre minhas pernas, sua ereção está dura como uma pedra.

— Mal — sussurro. — O motorista.

— Dom! — grita ele sobre o meu ombro, e diz mais alguma coisa em russo.

Ouço um zumbido baixo e olho para trás. Uma divisória de vidro escura se eleva entre o assento do motorista e o banco dos passageiros, dando-nos privacidade.

Mal leva os dedos até a minha calcinha, afasta o tecido e os mergulha dentro de mim.

— Sempre pronta para mim — diz com voz rouca. — Tão molhada e macia, prontinha pra receber meu pau.

Enquanto usa os dedos para me dar prazer, ele volta a chupar meu peito, e eu me esfrego em sua mão, louca de tesão. Quando pressiona o polegar no meu clitóris, eu gemo e jogo a cabeça para trás, fechando os olhos.

Meu coração está acelerado, e meu sangue parece ferver. Estou com os mamilos latejando e a respiração ofegante.

Quero que Mal me coma bem aqui, no banco do carro.

Ele sabe disso. Claro que sabe. Com um rosnado animalesco, Mal tira os dedos de dentro de mim, abre o cinto, desabotoa a calça e desce o zíper, liberando o pau duro. Ele o esfrega nas minhas dobras encharcadas de tesão e sussurra:

— Me beija.

Eu obedeço. Mal corresponde como se a vida dele dependesse disso. Ele mexe o quadril, posicionando a cabeça do pau na minha entrada. Com uma estocada, me invade.

Seu pau é grande, duro, grosso e latejante. Mal agarra minha bunda e começa a se mexer dentro de mim, gemendo de prazer, antes de tomar um dos meus seios na boca.

Malek crava os dentes na pele sensível sob meu mamilo.

Amo a sensação, dor e prazer juntos em uma onda quente e intensa. Meu sexo lateja e meu peito dói. Acelero os movimentos contra a pelve dele, roçando meu clitóris contra seu corpo enquanto seu pau afunda em mim.

Mal desliza a mão pela minha bunda até chegar à pele sensível entre as nádegas e me acariciar bem ali.

— Quero comer seu cuzinho — sussurra ele, ofegante e cheio de tesão.

— Você já deixou alguém comê-lo?

Tremendo, sussurro o nome dele.

— Não. Eu sei que não. Mas você vai me deixar. Você vai me deixar ser o primeiro e o último. Mas, antes disso, você vai gozar no meu pau, *malyutka*. — Seu tom de voz fica mais baixo. — Eu quero que você goze para mim.

Malek pressiona o dedo e invade o meu cu. Eu grito, tremendo e me curvando para ele. Agarro-me ao seu ombro e cavalgo seu pau, enquanto ouço obscenidades que nunca pensei que eu precisasse ouvir um homem dizer.

Quando meus gemidos ficam mais altos e mais entrecortados, eu enterro os dedos no ombro dele e meu corpo inteiro se contrai. Mal leva uma das mãos aos meus cabelos e aproxima a boca do meu ouvido.

Com a voz rouca e baixa, ele ordena:

— Goza para mim agora. Goza com tudo.

Ele afunda o dedo no meu cu e morde meu pescoço de forma selvagem. Eu chego ao clímax, gemendo.

Minha boceta se contrai ritmicamente em volta do pau dele, enquanto tremores intensos causam espasmos no meu corpo. Meu clitóris lateja e pulsa. Minhas coxas tremem. Parece que sou lançada ao espaço a um milhão de quilômetros por hora, cravada no pau de Malek, enquanto sinto sua boca voraz e quente contra minha pele.

A sensação parece durar uma eternidade. O prazer me atinge em ondas. Sinto-me cercada por ele, devorada, possuída.

Não quero que isso acabe nunca.

Mal começa a me beijar e a acelerar os movimentos, gemendo e puxando meu cabelo, me comendo com intensidade. Ele apoia a cabeça no meu ombro e solta meu cabelo, envolvendo minhas costas com um dos braços e me puxando contra o peito dele.

Com uma estocada final e violenta, ele goza, gemendo contra o meu pescoço.

O som ecoa dentro de mim.

Sinto o pau de Malek pulsar e latejar enquanto ouço os gemidos roucos de prazer, e algo desperta dentro de mim.

O momento parece fortemente significativo. Preciso controlar a vontade repentina de chorar.

Ficamos assim, abraçados, ofegantes e trêmulos até Mal roçar a barba no meu pescoço. Ele solta o ar e me abraça mais.

Murmura algo em russo. É algo incrivelmente suave.

Não pergunto o que ele disse.

Já estou totalmente abalada.

~

Quando o carro estaciona na garagem do prédio de Mal, estou aconchegada em seu colo, com seu paletó sobre os meus ombros e os braços dele em volta do meu corpo. Sinto-me fraca, como se estivesse bêbada e fosse feita de gelatina.

Com o vestido rasgado coberto pelo paletó, ele me carrega no colo até o elevador, enquanto descanso a cabeça em seu peito. Mesmo com os olhos fechados, sei que os homens de terno fazem uma reverência conforme passamos.

Malek não fala nada enquanto subimos, permanecendo em silêncio enquanto me leva até o quarto. Sem enunciar nem uma palavra sequer enquanto me coloca na cama e me despe.

Ajoelha-se ao lado da cama, coloca minhas pernas sobre os ombros e enfia o rosto no meu sexo. Enquanto acaricia meu corpo nu, ele me chupa. Arqueio o corpo e gemo, tremendo de prazer.

Tenho a sensação de que estou sendo recompensada.

Quando meus gritos começam a ficar mais altos e eu estou quase gozando, Mal vira o rosto e morde minha coxa.

— Você disse relacionamento — sussurra.

Ofegante e delirante, eu pergunto:

— Oi?

Ele olha para mim. Os olhos dele brilham intensamente na penumbra.

— Você disse que sequestro não é o melhor jeito de começar um relacionamento, mas que isso seria uma ótima história para contarmos depois.

Sustentando meu olhar, ele baixa a cabeça e chupa delicadamente meu clitóris.

Meu útero se contrai. Meus mamilos enrijecem. O quarto parece estar pegando fogo.

— Ai, meu deus... Mal... *ah*...

— É isso que você acha que temos? Um relacionamento? Porque, para mim, parece mais uma obsessão. Uma compulsão. Um nó apertado demais para ser desfeito — sussurra ele.

Mal volta a me chupar enquanto enfia um dedo em mim e começa a movê-lo lentamente, enfiando e tirando.

Quando gemo alto, ele me puxa até a beirada da cama para que minha bunda fique para fora do colchão. Ele segura minhas nádegas enquanto me devora, alternando entre lamber meu clitóris e enfiar a língua dentro de mim do jeito que gosta de fazer.

Mergulho os dedos em seu cabelo enquanto me esfrego no rosto dele, sem me preocupar com os sons que estou fazendo, nem com a forma como meu coração parece estar se partindo.

Posso dizer com toda sinceridade que nada mais importa.

Só ele.

Só a gente.

Esse sentimento sombrio e poderoso que nos une e parece tão definitivo quanto a morte.

Quando chego ao ápice, o nome dele escapa dos meus lábios.

Malek emite um som de aprovação contra minha pele enquanto eu me retorço na cama. Puxo o cabelo dele, totalmente sem controle por causa do prazer que estou sentindo.

Quando volto a mim, estou deitada, trêmula e exausta. Ele ri.

Mal se levanta, desabotoa a camisa e me observa com um sorriso preguiçoso.

— Boa garota — diz ele, com a voz rouca.

Choramingando, eu me viro de lado e afundo o rosto no edredom.

Malek ri de novo, mas desta vez sinto o perigo.

— Você acha que pode se esconder de mim? Não pode. Ainda consigo te ver, passarinha. Eu vejo tudo.

Ele agarra meus pulsos e me coloca sentada na beirada da cama. Olhando para mim, Mal pega meu rosto e desliza o polegar na minha boca. Com a outra mão, ele abre o zíper. A cabeça inchada do pau dele aparece por sobre a cueca.

— Vou foder sua boca, minha garotinha — rosna ele. — Depois, vou te colocar de quatro e apertar o seu pescoço enquanto meto em você. Você quer? É só dizer que sim.

Ele tira o polegar da minha boca e me segura pela nuca com firmeza enquanto espera a minha resposta, em uma postura dominadora, mesmo no silêncio paciente.

— Sim.

Embora seja a mais pura verdade, nunca na história da humanidade foi tão difícil dizer uma palavra monossílaba. Eu a pronuncio com voz trêmula e ofegante, observando o sorriso letal se abrir.

Levo uma das mãos ao elástico da cueca e a puxo, enquanto envolvo a ereção dele com a outra mão. Sustentando o olhar de Malek, abro a boca e envolvo seu membro por inteiro.

A cabeça do pau dele é grossa e sinto meu gosto nela. Serpenteio a língua ali. A excitação volta a tomar conta de mim quando vejo o abdômen dele se contrair e ouço um gemido fraco e involuntário.

— Puta merda — sussurra Mal, observando minha boca avidamente. — Agora quero que você me chupe.

Eu obedeço, chupando apenas a cabeça, enquanto seguro a base rígida.

— Mais fundo.

Tiro uma das mãos do pau dele e seguro as bolas, enquanto o engulo mais, sentindo-o latejar contra minha língua. Minha mão e minha cabeça começam movimentos rítmicos, e então aumento a pressão quando o ouço gemer ainda mais alto.

— Minha garotinha perfeita. Chupa esse pau e mostre o quanto você ama fazer isso.

Sua voz está entrecortada. A respiração, ofegante. Ele me encara com olhos ardentes e o maxilar contraído, tão sexy e másculo que me sinto totalmente desinibida e ávida para realizar qualquer pedido.

Talvez Mal esteja certo quando diz que isso é uma compulsão, porque não me sinto mais no controle.

O que está acontecendo entre nós é o que me guia, e estou feliz em permitir isso.

Eu chupo, lambo e o acaricio até sentir as mãos de Malek tremerem na minha cabeça, enquanto ele mete na minha boca. Com um gemido, Mal tira o pau da minha boca, me vira de bruços, me coloca de quatro e dá um tapa na minha bunda.

Eu grito e estremeço.

Ele se inclina e começa a beijar o lugar ardente antes de empurrar minha cabeça contra o colchão, deixando minha bunda empinada no ar. Ajoelhando-se atrás de mim, Mal se inclina para agarrar meus seios, apertando os mamilos. Suas mãos deslizam pelo meu torso, passam pela cintura e apertam meu quadril.

— Riley Rose — diz ele em tom rouco, enquanto esfrega o pau entre minhas dobras molhadas. — Minha linda obsessão. Este monstro pertence a você, minha garotinha. Estou totalmente rendido a você.

Com isso, ele mergulha dentro de mim.

Quando eu gemo, Mal envolve meu pescoço com a mão imensa e o aperta.

Ele me fode com força, levando-me à loucura enquanto suas bolas batem contra minha boceta e os gemidos roucos ecoam nos meus ouvidos.

Sinto tudo de forma mais intensa e amplificada. O sangue correndo nas veias, o lençol roçando no meu rosto, o líquido da minha excitação escorrendo pelas coxas e os dedos dele firmando meu quadril.

A outra mão está apertando meu pescoço.

Com um grito, agarro o lençol, enquanto fogos de artifício parecem explodir atrás das minhas pálpebras durante meu clímax.

Sentando-se nos calcanhares, Malek me puxa contra o peito e me segura junto ao corpo enquanto eu ofego e sinto meu sexo apertar o pau dele de forma incontrolável. Ele leva a mão entre as minhas pernas e pressiona a pele sensível enquanto murmura repetidas vezes no meu ouvido:

— *Ty moya. Ty moya. Ty moya, dorogoya.*

Em seus braços, com as pernas abertas e com ele ainda dentro de mim, sinto um orgasmo tão forte que sou tomada de emoção e começo a chorar.

— Eu sei — sussurra Mal. — Puta merda, *malyutka*. Eu sei muito bem.

Quando ele lança a cabeça para trás e grita para o teto enquanto goza dentro de mim, percebo que qualquer pensamento que eu possa ter tido sobre me proteger dele agora é inútil.

Não importa o quanto isso seja louco ou errado, eu mergulhei de cabeça.

Tudo que posso fazer é segurar firme e seguir nessa montanha-russa até o fim, não importa para onde ela nos leve.

40

RILEY

No escuro, Mal e eu ficamos enroscados um ao outro na cama por um longo tempo até ele finalmente quebrar o silêncio:

— Tudo bem?

Sua voz está séria, como se ele estivesse preocupado de ter feito algo errado.

— Você não me machucou, se é isso que está perguntando.

— O seu pescoço...?

— Você poderia ter apertado mais e eu não teria nem sentido.

Ele solta um suspiro aliviado.

— Enforcamento no sexo pode ser perigoso. Devíamos ter conversado sobre isso antes. Ter definido uma palavra de segurança.

Meu Deus, ouvi-lo dizer "enforcamento" e "palavra de segurança" faz minha imaginação correr solta em todos os cenários pervertidos que as pessoas podem criar em pares, trios ou até mesmo grupos.

Eu o imagino no meio de um monte de gente nua e cheia de desejo em um clube de sexo, divino e com a pele lustrosa, metendo o pau em cada orifício aleatório que aparece, e me sinto prestes a desmaiar.

— Aqui está uma palavra de segurança para você: tenho zero interesse em ouvir sobre suas experiências sexuais passadas. Só de pensar em você fazendo o que acabamos de fazer com outra mulher, tenho vontade de enfiar uma machadinha no seu peito e atear fogo no seu corpo.

Depois de um momento, Malek retruca:

— Acho que o que você acabou de dizer é longo demais para uma palavra de segurança. É difícil de lembrar no calor do momento.

Ouço o tom de riso na voz do filho da puta.

— Você sabe exatamente o que quero dizer.

— Claro que sei — sussurra Mal, apertando mais o abraço. — Você está com ciúmes.

— *Pfft.*

— Pode negar o quanto quiser, mas eu não mencionei nada sobre o meu passado. Apenas sugeri que precisamos nos comunicar sobre o que fizermos juntos, e de repente você está me ameaçando de morte.

Envergonhada porque ele está certo, escondo o rosto na dobra do pescoço dele. Quando Mal distribui beijinhos leves na minha pele, sussurro:

— Foi mal.

— Não precisa se desculpar. Eu sei exatamente como você está se sentindo.

— Sabe?

— Por que você não tenta falar do seu guarda-costas lourinho de novo para ver como eu vou reagir?

A resposta de Mal diminui meu constrangimento até um nível com o qual consigo lidar.

— Não, valeu. Mas podemos falar sobre o que aconteceu no jantar?

Ele salpica beijinhos no meu pescoço e no meu ombro.

— O que aconteceu foi que você foi bem atrevida com o rei da Bratva, e ele te adorou por causa disso.

— Tem certeza de que ele não vai mudar de ideia depois?

— Tenho. Aquele homem não ouve ninguém levantar a voz para ele há mais de vinte anos. Ele achou o seu discursinho raivoso muito divertido.

— Mas não sei por que ele estava com tanta raiva de você.

Malek para de me beijar e responde com ar pensativo.

— Nem eu.

— Você não tem permissão para sequestrar pessoas?

Ele ri. Interpreto isso como um não.

— Do que vocês estavam conversando em russo?
— Sobre negócios, na maior parte do tempo.
— Ele contou como ficou sabendo a meu respeito?
— Não. Eu perguntei se foi o homem que ele me orientou a procurar quando cheguei a Nova York para me ajudar a encontrar Declan, mas ele disse que não, que tinha sido um homem morto, um velho amigo dele que conhece todo mundo e sabe de tudo.
— Um homem *morto*? Ele costuma invocar espíritos usando um tabuleiro Ouija?
— Também não entendi, mas Pakhan disse que queria me apresentar a ele. — Mal abaixa o tom de voz. — Agora que ele te conheceu.
— Eu? Mas o que eu tenho a ver com isso?
— Não sei.
— Isso tudo é muito estranho.
— É mesmo. Principalmente quando ele me disse para tirar férias.
Levantei a cabeça para encará-lo.
— Férias?
— Um mês de folga — responde ele, assentindo.
— Ele já te deu folga antes?
— Nunca.
— E você não acha isso estranho?
— Acho.
— Então, o que você vai fazer a respeito?
Ele abre um sorriso.
— Vou tirar um mês de férias.
Uma emoção sinistra percorre o meu corpo, como se eu estivesse parada à beira de um desfiladeiro perigoso, olhando para baixo.
— E para onde você vai? — pergunto, tentando parecer casual.
Malek abre um sorriso indulgente.
— Olha só pra você, tentando bancar a inocente. Você sabe exatamente para onde eu vou. — Ele dá beijinhos na minha boca. — E com quem.
— Para a cabana — sussurro correspondendo aos beijos. — Comigo.
Mal rola o corpo, vem para cima de mim e me dá um beijo profundo e excitante, enquanto envolve meu pescoço com uma das mãos.
— Sim, com você. Minha pequena refém.

Eu o abraço, estremecendo de felicidade ao sentir o corpo forte e grande contra o meu.

— Seu lenço cinza e amassado que alguém esqueceu no bolso por muito tempo.

— Minha pequena guerreira.

— Sua trágula, com presinhas afiadas

— Meu mundo.

Ele diz isso em um sussurro enquanto me olha nos olhos com uma expressão de adoração no rosto.

Engulo em seco, com o coração acelerado.

— Posso dizer uma coisa agora?

— Não.

— Mas é um baita elogio. Você vai gostar.

— Eu já sei, *malyutka*. Consigo ver nos seus olhos.

— Ah, tá. Então, o sentimento é mútuo?

— Puta merda, mulher. Para de falar.

Ele me beija de novo, dando-me um bom motivo para ficar calada.

∽

De manhã, voltamos para a cabana na floresta.

Quando deixamos o aeroporto e pegamos a estradinha de terra, junto coragem para perguntar a Mal sobre Spider. Minha esperança é que, como não estamos na cama, ele não fique com tanta raiva.

Ledo engano.

Assim que menciono o nome, Malek se contrai inteiro.

— Ele está vivo.

— E vai continuar assim?

— Não se você continuar perguntando sobre ele.

— Eu só estou perguntando porque você não disse mais nada. E a última notícia que eu tive foi que você o drogou e o mandou deixar o país, mas ele não obedeceu.

Malek ficou em silêncio por um tempo. Fico na dúvida se vai me responder, mas então, com o maxilar contraído e olhos fixos na estrada à frente, ele responde:

— Ele ainda está em Moscou. Farejando como um cachorro.
— O que você planeja fazer em relação a ele?
— Nada.

Examino o perfil de Mal, mas não consigo decifrar o que ele está pensando. É como olhar um muro de tijolos.

Um muro que quer esmagar alguma coisa, na verdade.

— Sinto muito se esta conversa está te irritando. Mas eu preciso saber que ele vai ficar bem.

Com uma enunciação precisa e lenta, Malek retruca:

— E porque isso é tão importante para você?
— Mal, olhe para mim.

Ele contrai o maxilar e mantém os olhos na estrada.

— Fala sério. Só uma olhadinha.

Malek solta um suspiro exagerado e cede ao meu pedido.

Assim que nossos olhos se encontram, declaro com voz suave:

— Eu não sinto nada por ele. Nunca senti. Juro pra você. Mas eu gosto do Spider, e ele sempre me tratou muito bem. Não quero que nada de ruim aconteça com ele, entende?

Mal sustenta meu olhar por mais um instante e volta a atenção para a estrada.

Seguimos em silêncio por um tempo. Eu o deixo refletir sobre tudo que falei sem incomodá-lo e sou recompensada.

— Eu já avisei que não é para ninguém tocar nele. Se alguma coisa acontecer com ele, não vai ser por nossa causa — revela Malek a contragosto.

Aliviada, deslizo no banco e me enfio por baixo do braço dele, aconchegando-me ao corpo grande. Dou um beijo em seu rosto e sussurro:

— Obrigada, lindo.
— Eu odeio aquele irlandês filho de uma puta — responde com veemência.
— Eu sei.
— Você também deveria odiar. Ele atirou em você!
— Foi um acidente. Tenho certeza de que Spider deve se sentir péssimo com isso.

Minha resposta é recebida com um rosnado. Dou mais um beijo no rosto de Mal, e ele me puxa para mais perto.

Decido deixar minhas perguntas sobre o futuro de Declan para depois. Mas meu coração já sabe a resposta.

Se Mal fosse matar Declan, já teria feito isso.

Chegamos à cabana quando Poe está pousando na cerca da varanda, grasnando impaciente por petiscos.

∼

As semanas seguintes parecem um sonho feliz.

A neve começa a derreter na campina. Uma profusão de flores do campo começam a desabrochar. Eu aperfeiçoo minhas habilidades de tiro ao alvo e também aprendo a usar arco e flecha, embora só atire em árvores. Até começo a escrever um livro, um projeto que sempre sonhei, mas que nunca tinha tempo para fazer.

Quando Mal me pergunta sobre o que é a história, respondo que é sobre uma garota que não sabe que está morta.

— Como no filme — diz ele. — Eu vejo gente morta.

Eu sorrio.

— Não. Esse livro é uma história de amor.

— Uma história de amor com *fantasmas*?

— Se você ficar de deboche, nunca vou deixar você ler.

Ele ri, me beija e resolve deixar o assunto de lado.

Nós sempre vamos para cama cedo e dormimos tarde e, às vezes, passamos o dia na cama. Fazemos amor em todas as superfícies da cabana, incluindo as paredes. Eu nunca fui tão feliz.

Prometo a mim mesma que, quando Mal voltar ao trabalho, vou ligar para minha irmã e lidar com a vida "real", mas não ainda.

Pela primeira vez, estou feliz, completa e totalmente em paz. Sinto como se antes eu estivesse vagando, perdida pela floresta, mas agora fui encontrada. Quero viver nesta cabana para sempre.

Até o dia que Mal vai à cidade para reabastecer a despensa e tudo desmorona.

Eu deveria saber que algo tão lindo era bom demais para ser verdade.

41

MAL

No instante em que entro no mercado, eu o vejo, ninguém daqui tem aquela aparência.

Ninguém de lugar nenhum tem aquela aparência.

Encostado na parede dos banheiros, nos fundos da loja, com os braços cruzados sobre o peitoral musculoso e um palito preso entre os dentes, como um astro de cinema, ele é a imagem de uma pessoa descolada sem esforço.

É alto, forte e tem os dois braços fechados de tatuagens. O cabelo ondulado e escuro chega aos ombros. O maxilar é quadrado como o de um super-herói, e a postura, de um toureiro.

Usando uma camiseta branca justa, jeans desbotados, botas de caubói e óculos espelhados tipo aviador, ele parece uma mistura de James Bond e Elvis Presley, com uma pitada do pirata Barba Negra para finalizar.

Eu o detesto logo de cara.

Também sei instintivamente que não está aqui por acaso.

Está aqui por minha causa.

O mais estranho é que ele não está tentando esconder isso. O cara quer que eu o veja. Isso fica bem óbvio. Julgando pelo jeito que está recostado na parede, tão arrogante quanto o próprio diabo, quer que *todo mundo* o veja.

O sujeito tira os óculos e me olha da cabeça aos pés.

Fico satisfeito ao vê-lo contrair os lábios em sinal de insatisfação.

— *Dobroye utro*, Malek — diz a senhora atrás do balcão à minha esquerda.

— Bom dia, Alina — respondo em russo, voltando o olhar para ela. Caminho com naturalidade até o balcão, certificando-me de que o astro de cinema veja o meu sorriso relaxado. — Como tem passado? Como anda esse joelho?

— Perfeito! Eu nem acredito ainda. Os anos e anos que passei mancando chegaram ao fim assim... — Ela estala os dedos. — Deus foi muito bom quando me colocou na frente da fila para a operação.

Não foi Deus que a colocou na frente da longa fila de espera do Ministério da Saúde, mas não digo nada.

— Que bom saber disso. Meu pedido está separado?

— Vanya está terminando. Vai demorar só mais alguns minutinhos. Fique à vontade e beba alguma coisa enquanto espera.

Ela faz um gesto para um balcão self-service de café do outro lado da loja. Atrás de uma parede de vidro com vista para a rua.

— Vou aceitar sua oferta. Obrigado.

Sem olhar na direção do astro do cinema, que ainda está apoiado na parede perto dos banheiros, observando-me, sigo até o balcão, pego um copo de papel em um cesto e me sirvo de café.

Nunca coloco leite, nem açúcar, mas faço isso hoje.

Faço um show elaborado ao escolher um adoçante artificial, procurando pelos pacotinhos coloridos organizados em um recipiente de metal, como se esperasse encontrar uma barra de ouro. Assoviando, mexo o café. Então tomo um gole, parecendo pensativo, balanço a cabeça, apoio o copo no balcão de madeira e adiciono uma generosa porção de leite.

Tomo outro gole, e, quando solto um suspiro alto, uma voz ao meu lado diz:

— Jesus, Maria e José, você está no trabalho errado. Você deveria ser ator, cara. Essa performance foi digna da porra de um Oscar.

A voz dele é seca. O sotaque, irlandês. Quero cravar uma faca em seu peito.

Ele se senta em um banco de metal ao lado do meu e coloca os óculos no balcão. É quando noto as tatuagens nos nós dos dedos: estrelas, flores, iniciais, uma caveira com uma adaga cravada. Um quadrado preto que parece estar cobrindo outra coisa.

Meu corpo se aquieta.

Conheço essas tatuagens. Já as vi antes. Na mesma ordem específica para cada dedo.

Eu as vejo constantemente há mais de dezesseis anos.

— Pakhan mandou lembranças — diz o homem em russo.

Esse irlandês fala russo. Ele conhece Pakhan. Tem as mesmas tatuagens que ele. E sabia onde me encontrar e o horário que eu estaria no mercado.

Coloco lentamente o copo de café no balcão, aproveitando o momento para me recompor.

Quando me viro e o encaro, percebo que sou observado com uma expressão de alerta, possivelmente respeitosa, mas sem nenhum traço de medo.

— Quem é você?

— Um amigo. Ou um inimigo. Depende de você.

Lembro-me de algo que Pakhan me disse no jantar e uma luzinha parece se acender em cima da minha cabeça.

— O morto que sabe de tudo.

O sujeito faz uma careta. Voltando para o meu idioma, ele responde:

— Ah, é assim que estão me chamando agora? Parece o nome de um filme de qualidade duvidosa.

Depois de um momento em que eu apenas o observo, ele faz um gesto para o banco ao lado dele.

— Por que você não se senta? Não gosto de ficar olhando para cima. Você é a porra de um gigante.

Eu me sento e continuo encarando-o, e o sujeito sorri como se estivesse dando uma entrevista para um canal de televisão. Tem uma covinha na bochecha dele, e eu fico com vontade de cravar o garfo ali.

— E então? Por onde devo começar?

— Seu nome.

— Killian.

— Sobrenome?

— Você só vai saber se decidirmos que não vamos nos matar.

— Se eu quisesse te matar, você já estaria morto.

Ele sorri.

— Essa fala é minha. Já gosto de você.
— O que você está fazendo aqui?
— Resumidamente, vim tratar do futuro das nações.

Killian diz isso com seriedade, como se eu devesse saber do que está falando.

— Hum. Parece importante.
— Não precisa ser sarcástico.
— Você é uma dessas pessoas irritantes que nunca vai direto ao ponto?
— E agora você está me insultando. — Ele meneia a cabeça. — Quando Pakhan me disse que você não tem charme nenhum, ele não estava brincando.
— Vá. Direto. À. Porra. Do. Assunto — digo devagar, lutando contra o impulso de esmagar a cabeça desse cara com as minhas mãos.

O tom dele é seco ao responder:

— Já que pediu com tanto jeitinho. — Killian pega o meu copo de café e toma um gole. — Hum. Que delícia.

Estou prestes a dar um soco em seu nariz.

— Pakhan está com câncer. No pâncreas. Ele só tem alguns meses de vida. Se tanto.

Isso me faz parar. Fico em silêncio por um tempo, tentando digerir a informação.

Killian me observa com olhos de águia.

— E por que ele não me contou isso?
— Ele vai. Quer dizer, se você estiver vivo.
— Me ameace de novo para ver o que acontece.

O sujeito levanta um dos ombros de forma casual.

— Não é uma ameaça. É um fato. Se essa reunião degringolar, você é um homem morto.

Dou uma risada.

— Você é a pessoa mais idiota que já conheci.
— Eu não espero que você sinta medo, mas estou te dizendo a verdade. Eu sou muito bom no que faço.
— Não tão bom quanto eu.

O irlandês sorri para mim como se eu fosse um bebê.

— Tá. Melhor continuarmos. Você ainda planeja tentar matar Declan O'Donnell?

— Tentar? — pergunto entre os dentes.

— Não tive a intenção de ofendê-lo. Só preciso saber onde sua cabeça está.

— Você tem exatamente dez segundos antes que eu perca minha paciência e te mande para conhecer o seu criador — rosno.

Pode ser minha imaginação, mas acho que esse filho da puta quer revirar os olhos.

— Pakhan recomendou seu nome para substituí-lo.

Eu quase caio do banco.

— Ah, vejam só — diz Killian, parecendo se divertir. — O Godzilla está surpreso.

— *Substituí-lo*? — repito, com esforço.

— Isso. Mas tem uma questão, Malek. Pakhan não está fazendo o trabalho que você acha que ele está fazendo. O trabalho dele? Chefão da Bratva? É só para inglês ver, como dizem por aí. O que ele está fazendo é muito mais importante. É melhor parar de me olhar assim. Isso não vai te ajudar a entender a situação.

— Se isso é a porra de uma piada, não estou achando a menor graça — digo, depois de um momento.

Killian abre outro sorriso condescendente.

— Você realmente parece não ter muito senso de humor, mas eu garanto que não estou brincando.

Ficamos nos encarando. Enquanto decido o que vou fazer, ele toma mais um gole de café.

— Foi você que contou para Pakhan sobre a Riley.

A voz dele fica calorosa.

— Ah, sim. A Riley. Eu gostaria de conhecê-la. Acho que ela e minha esposa vão se dar muito bem. Elas têm muito em comum. Juliet é filha de um homem que tentou me matar várias vezes. Um dos meus piores inimigos. Ah… talvez você já tenha ouvido falar dele. Antonio Moretti? Conhece? Ele era o chefão da Cosa Nostra em Nova York, mas já morreu.

O homem dá uma risada e continua:

— Está morto como eu, quero dizer.

Quanto mais tempo essa conversa levar, maior é a probabilidade de uma das veias do meu cérebro romper.

— Pakhan ficou muito preocupado de ter errado na avaliação que fez a seu respeito quando soube que você sequestrou a Riley. Ele não imaginava que você pudesse ser um estuprador. Achou isso muito estranho. Não preciso dizer o quanto ele ficou aliviado ao descobrir que a mocinha não só não foi molestada como parece estar encantada por você.

— Molestada? — repito, surpreso. — *Encantada*?

Ele faz um gesto impaciente com a mão.

Já vi Riley fazer o mesmo gesto quando acha que estou sendo um pé no saco.

— Você salvou a vida dela. A futura cunhada do assassino do seu irmão. Tudo isso é bem shakespeariano, não acha? Exatamente como aconteceu comigo e Juliet.

Killian abre o sorriso de novo. Parece gostar de fazer isso.

— Você não adora um bom drama romântico?

— Eu adoro mesmo um bom assassinato — digo, fulminando-o com o olhar.

— Ah, você é um estraga-prazeres.

— Como posso ter certeza de que tudo isso é verdade?

— Ligue para o Pakhan. Ele vai te atualizar.

— E por que ele ia me querer como sucessor? Eu matei o primo dele.

— O cara era um imbecil. Todo mundo achava isso. E você tem sido um exemplo de lealdade e eficiência. Além disso, você tem esse lado bom samaritano. Ele acha que você é o homem certo para o trabalho.

— Bom samaritano?

— Defender seu irmão quando ele estava sendo assediado. Tentar salvar prostitutas com grandes doações em dinheiro. O joelho da Alina. São só alguns exemplos.

— Como é que você sabe de tudo isso?

O sorriso dele é convencido.

— Não é por acaso que tenho a fama de ser o homem que sabe de tudo. Tirando Declan O'Donnell, nunca conheci ninguém que eu quisesse tanto matar.

— E por que não é o próprio Pakhan que está me dizendo tudo isso?

— Eu tenho poder de veto.

— *Veto*?

— Pare de repetir tudo que eu digo.

— Se você não estivesse dizendo coisa com coisa, não seria preciso.

Killian solta o ar, irritado.

— Vamos lá. Eu sou o líder de uma organização multinacional. Um grupo clandestino de treze homens especializados em espionagem, geopolítica, táticas de guerrilha, métodos avançados de combate ao terrorismo mundial. Constituímos o verdadeiro poder atrás dos tronos. Não faz essa cara para mim, seu acéfalo de uma figa.

— É que você está contando uma história fascinante. Continue.

Ele pragueja algo em gaélico.

— Como eu estava dizendo, todos nós trabalhamos como agentes secretos por assim dizer, disfarçados como reis da máfia, políticos corruptos, magnatas com negócios questionáveis e esse tipo de coisa.

— Hum. E por que vocês precisam de disfarce?

— Para salvar o mundo.

É inacreditável como o irlandês diz isso com a maior cara de pau e a maior seriedade, sem perceber o quanto aquilo parece ridículo. A autoconfiança desse homem é inabalável.

Decido que é melhor dar corda para a loucura.

— E como esse grupo se chama? Os Vingadores?

— Os Treze.

Eu rio.

— Parece uma *boy band*.

— Vai se foder.

— Ah, deixe-me adivinhar... Foi você que escolheu o nome?

Killian me fulmina com o olhar e agora sou eu que estou me divertindo às suas custas.

— E suponho que você seja o Número Um, certo?

— Sabe de uma coisa? Eu gostava mais de você quando estava fazendo um verdadeiro show da Broadway só para servir a porra de um café.

— Quem é o Número Dois? Porque isso é meio estranho. Todo mundo dá risinhos nas reuniões quando o nome é chamado?

Percebo que o cara está pensando se deve ou não me matar, mas não consigo evitar o sorriso.

Do outro lado da loja, Alina me chama.

— Seu pedido está pronto!

— Tenho que ir, Número Um. Você sabe que o seu apelido quer dizer mijo, né? Você é o mijador-chefe.

— Só dizem isso nos Estados Unidos.

— Não, todo mundo sabe disso.

— Não sabe, não.

— Sabe, sim.

Killian cerra os dentes por um tempo e se levanta. Coloca os óculos e leva as mãos à cintura.

— Claro que nosso interesse em você não tem nada a ver com a sua personalidade, porque ela é uma merda. Mas você tem habilidades que são úteis para nós. Armamento, tecnologia, idiomas, disfarces, pensamento crítico. Demorei muito para te encontrar, o que não é comum, então, você sabe muito bem encobrir seus rastros. Além de saber pilotar avião e operar drones. É profissional no ingresso e egresso de lugares trancados.

— Você poderia dizer só entrar e sair. Não precisa ser pretensioso.

Sua expiração é lenta e controlada. Estou fazendo com que ele perca a paciência.

Meu sorriso poderia ser descrito como cínico.

O sujeito decide que chegou a hora de acabar com a brincadeira.

— Se recusar o convite para entrar no grupo, você morre.

Levanto as sobrancelhas.

— Esse slogan de recrutamento não é muito bom.

— Essa ameaça não é da boca para fora.

— Sim, já percebi que você está falando muito sério. Sua covinha está piscando para mim.

Depois de uma pausa, ele declara em tom amargo:

— Seu merdinha arrogante.

— Eu diria o mesmo sobre você, mas receio que você se irrite e me mate.

Quando pressiono os lábios para não rir, Killian balança a cabeça em sinal de desgosto.

— Entrarei em contato novamente daqui a alguns dias. Converse com Pakhan.

— Prazer em conhecê-lo, Número Um. Divirta-se no hospício.

Praguejando em gaélico, ele se dirige à saída.

Eu falo para as costas dele:

— Mande um oi para o Número Dois!

A porta bate e ele desaparece.

Coloco as compras no carro e começo a viagem de volta à cabana. No caminho, ligo para Pakhan. Conversamos durante todo o trajeto para casa, que leva uma hora.

E Pakhan confirma tudo que Killian disse.

Ele está morrendo de câncer.

Ele quer que eu seja o sucessor dele.

Ele e o irlandês metido à besta com complexo de Jesus trabalham infiltrados há anos para eliminar os maiores ratos do próprio ninho, junto com os outros membros dos Treze, que definitivamente não são uma *boy band*.

Por fim, mas não menos importante, minhas opções são limitadas: aceitar o papel que estão me oferecendo ou passar o resto da vida tentando escapar da morte por ter irritado a porra do tal do Killian e seu grupo de doze discípulos assassinos altamente treinados, mas do bem.

A verdadeira questão é que, não importa o que aconteça, eu não posso mais manter minha passarinha na gaiola.

Ou eu serei um homem morto ou o rei da Bratva com mil novos alvos nas minhas costas e mais segredos do que qualquer homem deveria ter.

Só existe uma forma de protegê-la.

Abrir a porta da gaiola e deixar que voe para a liberdade.

Quando faltam menos de dois quilômetros para chegar à cabana, paro a picape no acostamento. Praguejando, descarrego minha arma na árvore mais próxima. Recarrego e volto a atirar. Depois, pego um machado que carrego na caixa de ferramentas na caçamba do carro e derrubo várias árvores até estar suado e ofegante e com as mãos feridas.

Nada disso me ajuda. Não há nada que eu possa fazer para me livrar desse sofrimento.

Eu sabia que esse dia chegaria mais cedo ou mais tarde. Ainda não estou preparado. Porém, isso não muda o fato de que a Riley não deveria estar com um homem como eu. Um homem com a minha vida e todo o horror que acompanha ela.

Todo mundo sabe que o dragão não fica com a princesa no final.

Não é o dragão que salva o mundo.

É para isso que servem os príncipes em cavalos brancos.

Jogo o machado no chão e solto o ar de forma explosiva. Olho para o céu, fecho os olhos e fico parado, apenas respirando, até ter certeza de que minha voz vai soar firme.

Então, pego o celular no bolso, disco para o Lenin Hotel, em Moscou. A recepcionista atende, e eu peço para falar com o quarto 427.

Com o coração partido e um nó na garganta, espero na linha até Spider atender o telefone.

42

RILEY

Percebo que há algo de errado no instante em que Mal passa pela porta.

Carregando as sacolas de papel pardo das compras, ele está tenso. Sua energia está estranha. Nem sequer olha para mim.

Sentada à mesa da cozinha com meu bloco de páginas amarelas, observo enquanto ele coloca as sacolas na bancada e se vira para sair de novo.

— Mal?

Ele para no meio do caminho, mas não se vira.

— Vou perguntar o que houve e você vai me dizer a verdade. Está pronto?

Malek não responde.

— O que houve?

Vejo seus ombros se levantarem enquanto ele respira fundo. Quando fala, o tom é baixo e brusco:

— Eu conversei com Pakhan.

Sinto um frio na barriga. Se ele falou com Pakhan, isso só pode significar que chegou a hora de voltar ao trabalho. As férias acabaram.

Nossa bolha perfeita estourou.

Eu me levanto, vou até Mal e seguro sua camisa. Ergo a cabeça para encará-lo antes de perguntar:

— Tá tudo bem com você?

Malek fecha os olhos e solta o ar de uma vez só.

— O fato de você se preocupar comigo acima de tudo só torna as coisas ainda mais difíceis — responde, parecendo infeliz.

— Não consigo evitar. Eu gosto de você.

Ele abre os olhos e me lança um olhar angustiado.

— Uau. Você está me assustando.

Mal segura o meu rosto com as duas mãos e me dá um beijo dolorosamente lento que me deixa ainda mais assustada.

Meu coração está disparado quando pergunto:

— Você está assim porque vamos ter que voltar pra cidade?

Quando assente, sinto um pequeno alívio. A forma como Mal estava agindo parecia indicar que era algo inesperado.

— Olha, se for melhor pra você, posso ficar aqui enquanto você resolve seus assuntos.

Ele apenas me encara em silêncio. Parece que está esperando por algum tipo de explicação.

— Tipo, eu já estou recuperada. Já sei atirar com todos os tipos de arma para o caso de outro urso resolver aparecer. E, sendo totalmente sincera, a ideia de ficar naquele apartamento frio enquanto você está trabalhando não me atrai muito. Não quero ficar longe de você, mas espero nunca mais ver a deusa dourada Masha de novo, nem comer comida congelada no jantar. — Dou um sorriso para ele antes de continuar: — Além disso, você só costuma viajar por um ou dois dias, então, acho que consigo sobreviver.

— Vou ter que passar mais tempo desta vez — responde Malek com a voz pesada.

— Quanta dedicação. Pakhan deve estar tão orgulhoso — provoco.

Mal engole em seco e vejo o movimento do pomo de adão.

Fico na ponta dos pés e o abraço pelo pescoço, dando-lhe um beijo.

— Eu sei — sussurro contra seus lábios. — Eu também não queria que isso acabasse. Mas talvez Pakhan te dê mais dias de férias. Já que ele gostou tanto de mim.

Com um gemido baixo, Malek me beija com desespero, inclinando-me para trás enquanto devora minha boca. Quando nos afastamos para respirar, eu dou uma risada.

— Eu deveria te mandar fazer compras mais vezes!

Ele me lança um olhar torturado de novo, então me solta abruptamente e sai.

Fico olhando para Mal e me perguntando se eu deveria segui-lo ou não, mas decido lhe dar espaço. Começo a guardar as compras e retomo a escrita.

∽

Naquela noite, transamos com tanta intensidade que chega a me assustar.

Ficamos deitados no escuro depois, em silêncio e suados, enroscados um no outro. Ouço as batidas de seu coração e quero dizer alguma coisa, mas não sei exatamente o quê. Então, fico quietinha em seus braços.

Pouco antes de amanhecer, Malek se levanta, vai pelado até a janela e fica olhando para fora, abrindo e fechando o punho, como se precisasse socar alguma coisa.

— Lindo? Volta para cama.

Sem se virar, ele sussurra:

— Vou te fazer uma pergunta, *malyutka*. Se você tivesse que escolher entre manter algo que gosta muito em segurança, mesmo que isso significasse nunca mais ter essa coisa por perto, ou ficar com essa coisa mesmo que isso significasse deixá-la constantemente em risco, o que escolheria?

— Hipoteticamente?

— Sim.

— Tipo, se fosse você?

Ele apoia um dos braços na parede, baixa o olhar e concorda com a cabeça.

O comportamento dele me assusta. Sei que não é uma pergunta hipotética. Mal está pesando os prós e contras de uma escolha que tem a ver comigo.

— Eu escolheria ficar com a coisa, mesmo que isso significasse um risco constante — respondo com firmeza.

Ele dá uma risada baixa e sem humor.

— Não, você não faria isso. Você não é tão egoísta assim.

— Claro que sou.

Mal se vira para olhar para mim. Na penumbra cinzenta, ele está lindo como sempre. Há um ardor em seus olhos.

— Você nunca mentiu pra mim antes.

— Nunca achei necessário. O que está acontecendo?

Malek não responde. Evitando meus olhos, ele entra no closet e sai totalmente vestido. Quando desaparece na cozinha, eu me levanto correndo e me visto também. Eu o sigo, tentando não entrar em pânico.

Eu o encontro parado diante da pia com o olhar perdido.

— Mal. Malek.

Ele não responde, o que me deixa puta da vida.

— Vou ficar aqui chamando o seu nome até você me dizer que merda está acontecendo.

— Preciso voltar para a cidade. Esqueci uma coisa no mercado — afirma, parecendo resignado.

— Eu vou com você.

Malek vira a cabeça e olha para mim. A expressão em seu rosto é inescrutável.

— Eu vou com você — insisto. — Se acha que vai me deixar aqui depois de jogar essa bomba, você está doido.

Sinto um pequeno alívio quando ele sorri.

— Tudo bem, *malyutka*. Você pode vir comigo — responde suavemente.

Ele estende a mão e eu o abraço, enquanto afundo o rosto em seu peito. Minhas palavras saem abafadas pela camisa:

— Quando voltarmos, promete que vamos conversar?

Malek respira fundo e solta o ar devagar.

— Prometo — sussurra.

Não entendo por que a resposta soa tão angustiada.

∽

Um silêncio ensurdecedor prevalece durante a viagem até a cidade. Estou sentada ao lado de Mal, segurando sua mão enquanto lanço olhares preocupados em sua direção.

Sua expressão está tão dura quanto pedra. Ele está inalcançável, retraído em algum lugar da própria mente que não quer compartilhar comigo.

Sei que essa nova distância tem a ver com a ligação de Pakhan.

Talvez Mal esteja com problemas. Ou talvez a nova missão seja perigosa demais. Os detalhes não importam, estou preocupada com o porquê ele não está conversando comigo sobre o assunto.

Seu silêncio é a parte mais assustadora. Mal está se escondendo dentro da própria mente, brincando com seus monstros, sem me deixar entrar.

Chegamos no momento em que o mercado está abrindo. Malek estaciona a picape na frente, e desliga o motor.

— Eu já volto. Fique aqui.

— Nem pensar — respondo.

Eu desço, bato a porta e fico esperando por ele com os braços cruzados, enquanto o fulmino com o olhar.

Malek me olha pelo para-brisa por um momento, então balança a cabeça e sai também.

Ele pega o meu braço e me guia até a entrada do mercado.

O lugar é pequeno e charmoso, com uma atmosfera bem familiar. Há um balcão de café em um canto, em frente à caixa registradora, e uma grande bancada de verduras e legumes com grandes cestos redondos na frente. Além de nós e da senhora que está virando a placa para indicar que o estabelecimento está aberto, a loja está vazia.

Mal cumprimenta a mulher com algumas palavras em russo. Ela assente, sorrindo, e vai até os fundos da loja.

— Preciso ir ao banheiro. Não se meta em confusão.

Ele me dá um beijo na testa e fica respirando ali por um tempo até pressionar um pouco mais o meu braço e seguir abruptamente para os fundos da loja.

Observo enquanto entra no banheiro masculino e fecha a porta. Volto minha atenção para os cestos de verduras.

Depois de um tempo, sinto uma sensação estranha que faz os pelos da minha nuca se eriçarem. Franzindo a testa, eu olho para trás e ofego.

Vestido de preto dos pés à cabeça, incluindo os coturnos e o colete à prova de balas, Spider está de pé ao lado da caixa registradora, olhando para mim.

Ele está horrível, mais magro e fraco, e com o olhar assustado como o de um viciado em drogas. Vejo uma cicatriz rosada em sua têmpora.

Com uma onda de terror tão fria, que me deixa sem ação, percebo o que Mal fez.

— *Não* — sussurro.

Spider entra em ação ao mesmo tempo que eu, mas nem consigo sair pela porta antes de ele me alcançar.

— Mal! — berro, enquanto me debato nos braços de Spider. — Mal! Não! Não! Não faça isso!

Spider está dizendo alguma coisa para mim, falando em uma voz baixa e rápida, enquanto me arrasta porta afora, mas não consigo prestar atenção porque estou ocupada demais berrando e tentando escapar.

É inútil. Mais magro ou não, Spider ainda é bem mais forte que eu. Seus braços são como aço. Eu chuto e me debato, mas ele consegue me enfiar dentro de uma van preta que está parada no meio-fio com a porta de correr aberta. Ele me empurra para dentro e bate a porta.

Eu me lanço contra ela e tento abri-la, mas não adianta.

Está trancada.

De quatro no assoalho metálico da van, sigo até as portas traseiras, mas elas também estão trancadas.

Spider liga o motor. A van se afasta, fazendo com que eu me choque contra a janela traseira.

Mal sai da loja.

E fica parado, olhando para mim com uma expressão angustiada enquanto eu berro seu nome sem parar e soco o vidro da porta.

Ainda estou berrando muito depois de ele ter desaparecido de vista.

43

DECLAN

Respirando aliviado, desligo o telefone depois de falar com Spider e me viro para Sloane.

Ela está parada como uma estátua, os olhos buscando os meus. Desde ontem, quando recebemos a ligação de Spider contando que havia localizado Riley e que ia resgatá-la, Sloane parou de comer, dormir ou falar. A única coisa que fez foi retorcer as mãos e ficar andando de um lado para o outro.

— Ele está com a Riley — digo suavemente.

Ela se ajoelha no carpete, cobre o rosto com as mãos e começa a chorar.

Eu me ajoelho ao seu lado, acalentando-a nos meus braços, sem dizer nada.

Quando o acesso de choro diminui e ela só está fungando, sussurro:

— Eles estão no avião agora. Vão demorar umas nove horas até chegarem aqui.

— E como ela está? Ele disse alguma coisa? Ela está ferida?

— Ela não parece estar ferida. — Hesito, não querendo preocupá-la ainda mais. — Mas Spider disse que ela estava histérica.

Sloane ergue os olhos vermelhos e marejados para mim.

— Bom, não é de se estranhar! Depois de tudo que passou, ela deve estar histérica de alívio, coitadinha! Certamente está morrendo de vontade de chegar em casa!

Não foi bem isso que Spider disse, mas prefiro não comentar nada. Preciso avaliar a condição de Riley com meus próprios olhos.

— Por que você não tenta descansar um pouco?

— Vou dormir quando minha irmã estiver aqui. Se for pra cama agora, só vou ficar encarando o teto — responde ela com irritação, então cobre o rosto de novo e geme. — Ai, meu Deus. Riley me odeia. E com razão. Tudo que aconteceu foi culpa minha.

— Vamos focar no lado positivo, meu amor. Nós a resgatamos, e ela logo estará em casa. Vamos para o sofá. Eu preparo um drinque pra você.

Eu a ajudo a se levantar e dou um beijo em sua testa antes de seguir para a cozinha, onde sirvo uma boa dose de uísque para cada um de nós.

Tenho a sensação de que vamos precisar.

∼

Dez horas depois, minha previsão se confirma quando Riley entra pela porta na frente de Spider, canalizando a energia de Katniss Everdeen de *Jogos Vorazes* e da assassina samurai de *Kill Bill*.

Se ambas estivessem tomando anfetaminas e vivendo em florestas isoladas.

— Vocês têm que me mandar de volta — grita ela, como uma saudação. — Vocês têm que me mandar de volta neste exato minuto!

Riley para no meio da sala, com as pernas abertas e os punhos cerrados ao lado do corpo. Está ofegante e praticamente rosnando.

Sloane está em choque. Ela entreabre os lábios e arregala os olhos, sem acreditar no que está vendo.

É compreensível, porque a irmãzinha dela obviamente não é mais a mesma.

Riley se transformou em uma versão punk de Rambo de cabelo curto.

O cabelo descolorido exibe três dedos de raiz escura. Ela parece mais alta por causa do coturno militar que está usando. A calça é camuflada, como as usadas por caçadores, com muitos bolsos de velcro para carregar equipamento, e a camiseta preta apertada mostra bíceps surpreendentemente desenvolvidos.

E os olhos. Meu Deus.

Eles sempre estavam escondidos atrás de óculos de lente grossa, mas agora ela está sem óculos, e os olhos dourados faiscantes emanam a mais pura fúria.

— Riley? — diz Sloane, hesitante.

O olhar furioso de Riley pousa na irmã. Ela a olha de cima a baixo.

— Oi, Hollywood. Você quer fazer o favor de avisar ao seu homem para me enfiar em um avião e me mandar de volta para a Rússia em uma hora? Ou eu vou atear fogo nesta casa inteira.

Spider entra na sala devagar atrás de Riley. Horrorizada, Sloane olha para ele em busca de ajuda.

O guarda-costas balança a cabeça.

— Ela está assim desde que eu a peguei.

— Desde que você me sequestrou — corrige.

— Ele te *resgatou*! — exclama Sloane.

— Sério? Ele me perguntou se eu queria ir embora? Porque se ele perguntou, eu não ouvi. Eu estava ocupada demais chutando e berrando.

— É claro que você queria ir embora! Você estava na *Rússia*!

— Sim. E quer saber? Lá é a minha casa agora.

Sloane leva a mão ao pescoço e faz uma pausa para se recompor.

— Vamos nos acalmar um pouco. Declan, você pode servir alguns drinques?

— Não posso mais beber — retruca Riley.

— Por que não?

— Perdi um rim.

Riley não disse isso para afetar Spider, mas ele se contrai ao ouvir a resposta.

— Você sabe que foi o próprio Malek que me disse onde eu podia encontrar você, não sabe? Ele me ligou. *Ele* — comenta, irritado.

O olhar que Riley lançou para Spider poderia derreter aço.

— Claro que sei. Ninguém é tão altruísta quanto ele.

Spider fica vermelho. O guarda-costas dá um passo para a frente, alterado.

— Altruísta? O assassino que entrou no seu quarto e fugiu com você no meio da noite é *altruísta*?

Riley olha para ele por um longo tempo, antes de dizer em voz baixa:

— Você é um cara legal. E eu sei que você queria ir até a Rússia para tentar me ajudar. Sou grata por isso. Mas você e seu chefe já mataram gente, então, não acho que seja adequado o uso da palavra "assassino" por aqui com algum tipo de julgamento moral. Malek Antonov é o homem mais bondoso que já conheci.

Spider parece ter levado um chute no saco.

Riley se vira para mim e me fulmina com um olhar letal tão intenso que eu quase dou um passo para trás.

— E *você*.

— Eu? O que foi que *eu* fiz?

Ela balança a cabeça como se estivesse profundamente decepcionada comigo.

— Esse trabalho que você tem. Esse lance que você faz para viver. O Sr. Todo Poderoso Chefão da Máfia. Você escolheu essa vida, não é?

Sinto que é uma pegadinha, então cruzo os braços e fico olhando para ela. Riley não parece se intimidar.

— Foi o que imaginei. Ninguém obrigou você a entrar nessa vida. Ninguém colocou uma arma na cabeça dos seus familiares, não é? Ninguém disse: "Ou você se torna meu assassino de aluguel, ou todo mundo que você ama vai morrer." Mas foi exatamente o que rolou com o Mal. Tudo que ele já fez na vida foi servir aos outros, incluindo a mim.

— Não vamos pintar o mundo de cor-de-rosa, moça. Ele foi para as Bermudas para me matar, lembra? Ele estava a serviço de quem, se não dele mesmo?

Os olhos de Riley brilham, e sua voz fica mais grave:

— Você matou o irmão dele. A única família que ele tinha. Uma pessoa que Malek amou e protegeu a vida inteira. Então, sim. Ele foi atrás de você pra se vingar, mas acabou não fazendo isso. E você sabe por quê?

Quando ninguém diz nada, ela levanta a voz:

— O motivo está parado aqui na frente de vocês. Eu pedi para ele não te matar. Nem você nem Spider. E ele concordou, *porque não queria me decepcionar*. Então, de nada por salvar a porra da vida de vocês. Agora, queira fazer o favor de me colocar em um avião de volta para a Rússia!

Depois de um longo momento de silêncio, Sloane se vira para mim.

— Nossa, que divertido. Parece que a síndrome de Estocolmo é um mal de família.

44

RILEY

É engraçado estar apaixonada. Não dá para ter dimensão do sentimento. É forte demais.

Só é possível ver o panorama geral quando você está em um avião a oito mil quilômetros de distância. Então você percebe que a pessoa que está deixando para trás é alguém sem a qual você não consegue viver.

Você percebe isso porque, a cada quilômetro, seu coração se aperta mais, seu estômago embrulha e todas as células do seu corpo gritam o nome da pessoa amada a plenos pulmões.

A dor da separação é devastadora.

A sensação é de que você vai morrer.

Você *quer* morrer quando percebe que nunca mais vai vê-la.

E a raiva. Meu Deus! A raiva por ele ter sido responsável pela separação. Malek com seus princípios estúpidos e sua disposição superdesenvolvida para se sacrificar.

Se Mal soubesse que estava me matando com essa separação, e não me salvando, talvez pensasse duas vezes.

Assim que nos encontrarmos de novo, vou dar uns tapas naquela cara barbada.

Uma batida hesitante na porta interrompe meus pensamentos. Estou em um dos quartos da casa nova de Sloane e Declan, quase abrindo um buraco no chão de tanto andar de um lado para o outro.

Também estou prestes a abrir um buraco na minha cabeça, repassando várias vezes tudo que Mal me disse antes de irmos para a cidade.

Malek sabia que eu ia insistir em acompanhá-lo. Também sabia que eu faria questão de sair do carro e ir com ele até o mercado. Mal conseguiu prever exatamente o que eu ia fazer em cada etapa do caminho, e agora eu estou puta da vida comigo mesma por ser tão previsível.

E estou ainda mais puta com ele por não ter me contado o que aconteceu com Pakhan.

O que poderia ser tão horrível para ele me mandar embora?

— Pode entrar.

Sloane abre a porta, entra e então a fecha. Ela apoia as costas na porta e fica me olhando, enquanto eu continuo andando de um lado para o outro no espaço diante da cama.

— Oi, baixinha.

— Hollywood.

— Você parece... diferente.

— É a lente de contato.

— É tudo.

— Sério? É por aí que você quer começar? Pela minha aparência?

Sloane levanta as mãos em um gesto exasperado.

— E por onde eu deveria começar?

Paro de andar de um lado para o outro e olho para minha irmã. Olheiras escuras e profundas no rosto, cabelo escorrido e despenteado. Eu nunca a vi abatida e desgrenhada dessa forma. Mesmo quando tinha apenas quinze anos e usava um corte moicano preto, ela o mantinha estilizado de forma artística.

A preocupação de Sloane derrete um pouco a ponta do iceberg dos meus sentimentos por ela.

— Eu estou bem. Mal cuidou de mim. E obrigada por enviar Spider para me resgatar, mesmo que eu não precisasse ser resgatada — respondo com um tom de voz mais suave.

Ela fica em silêncio por um tempo, observando-me.

— É, não parece que você precisava.

Nós nos olhamos por mais um tempo e Sloane pergunta:

— Você perdeu um rim?

Faço que sim com a cabeça e completo:

— E o baço também.

— Meu Deus — sussurra ela.

— Pois é, tomar um tiro não é brincadeira.

Sloane passa a mão no rosto, suspirando.

— Spider está se remoendo pela culpa.

— Não tem necessidade disso. A não ser por uma cicatriz de raio e um ou outro pesadelo, estou bem.

— Cicatriz de raio?

Levanto a camiseta e puxo o cós da calça. Sloane arregala os olhos e empalidece, levando a mão à boca. Ela fica olhando para minha barriga como se estivesse tentando não vomitar.

Lembrando-me de como Mal descreveu o ferimento, resmungo:

— Não está ruim uma ova.

— Ai, meu Deus, Riley.

Abaixo a camiseta e faço um gesto de pouco caso.

— Não foi tão ruim quanto parece.

É mentira, mas ela não parece capaz de lidar com a verdade no momento. Sentindo-me como um animal enjaulado, começo a andar de um lado para o outro novamente.

— Então, esse tal de Malek...

— Não fala o nome dele como se fosse algo ruim.

— Desculpa, é que tudo que ouvi nesses últimos três meses é que ele é um monstro e que...

— Espere. *Três meses?* Eu não fiquei longe por tanto tempo.

— Ficou, sim.

Começo a pensar, tentando montar uma linha do tempo.

— Em que mês estamos?

— Junho. Hoje é dia 18 de junho.

— Puta merda.

— Pois é.

— E Spider ficou esse tempo todo em Moscou?

Sloane faz uma pausa rápida.

— Sim, contra a vontade de Declan.

— Como assim?

— Declan o proibiu de ir, mas Spider foi mesmo assim.

Se Spider foi contra as ordens do chefe, isso só pode significar uma coisa: Mal estava certo ao dizer que ele tinha sentimentos por mim.

Que confusão.

Paro de andar de um lado para o outro e me sento na beirada da cama, apoiando a cabeça nas mãos. Sloane se aproxima e se senta ao meu lado. Então coloca a mão nas minhas costas e ficamos assim por um tempo, até eu me lembrar de uma coisa.

— O que você quis dizer com o comentário da síndrome de Estocolmo?

Ela pigarreia e solta uma risada curta e constrangida.

— Declan me sequestrou. Foi assim que a gente se apaixonou.

Chocada, eu me empertigo e olho para ela.

— Fala sério.

— Tô falando. Juro por Deus.

— É mesmo?

— É.

— Eu diria puta merda de novo, mas seria redundante.

— Eu sei. É bem bizarro.

Depois de um momento reorganizando os meus pensamentos, dou uma risadinha.

— Olhe pelo lado positivo: finalmente temos algo em comum.

Quando os olhos dela ficam marejados de lágrimas, eu fico horrorizada.

— Juro que não disse isso para ser cruel.

— Eu sei. — Ela funga, olhando para o chão. — Mas é verdade. E durante todos esses meses eu me torturei por não ter sido uma irmã melhor para você.

Meu Deus, quem é essa rainha do drama? Solto um suspiro pesado.

— Cara, a única vez que você falhou comigo foi quando roubou meu namorado.

Ela levanta a cabeça e olha para mim.

— *Como é?* Eu nunca fiz isso.

— Fez, sim.

— Não fiz, não.

Eu debocho.

— Não sei que tipo de história revisionista você criou na sua mente, mana, mas com certeza foi isso que aconteceu.

Indignada, ela se levanta da cama e me fulmina com o olhar.

— Quem? Quando?

— Sério? Você quer entrar nesse assunto agora?

— Claro! Agora mesmo. Desembucha.

Tá, *essa* é a Sloane que eu conheço. Mandona, impulsiva, confiante, aquela que um dia cogitou tatuar na virilha as palavras "Princesa Xana".

Sinto um certo alívio. A Sloane chorona me assusta.

— Foi o Chris. No meu aniversário de vinte e um anos.

Ela franze a testa e pensa.

— Sua festa de aniversário de vinte e um anos foi naquela boate em São Francisco. O Chris era aquele cara alto com olhar esquisito? Meio estrábico?

— Pelo visto você se lembra então — respondo com amargura.

— Eu nunca fiquei com ele.

Perco a paciência e grito com ela:

— Pelo amor de Deus, Sloane, você *me disse* que vocês estavam saindo!

Minha irmã cruza os braços e me lança um olhar de superioridade.

— Cara, você devia estar totalmente chapada na época.

— Hum… não. Eu liguei pra você depois que minha amiga me disse que achava ter visto vocês dois juntos. E você admitiu!

— Que ridículo! Eu nunca pegaria um cara estrábico!

— Nossa, às vezes eu fico chocada com as suas prioridades.

Ignorando minhas palavras, ela insiste:

— Você faz ideia de quantos caras chamados Chris eu já namorei?

— Sei lá, uns milhares — resmungo.

— Exatamente! Meu Deus, Riley, eu nunca faria uma coisa dessas com você. *Nunca.*

Ficamos nos encarando até Sloane fazer uma careta.

— Você não acredita em mim.

— Não se atreva a começar a chorar de novo. Sou eu que deveria estar chorando aqui, não você — aviso.

Ela morde o lábio e começa a piscar. Quero me levantar e dar um tapa nela, mas uma batida à porta me distrai.

— Posso entrar?

É Declan. Meu coração dispara. Pulo da cama e abro a porta. Ele está parado ali, com uma expressão de dor, como se estivesse com prisão de ventre.

— Conseguiu o voo? Quando vou partir?

Ele olha para Sloane. Ao voltar o olhar para mim, responde:

— Olha só, moça. Eu preciso contar uma coisa, mas é melhor você se sentar.

Dispenso-o com um gesto de mão, desconsiderando o pedido.

— Penso melhor quando estou em pé. Só me diga logo o que está acontecendo.

Ele olha para Sloane de novo. Isso me deixa nervosa.

— O quê?

— Vocês duas são muito parecidas.

Merda, esse disco quebrado de novo não.

— Tá, eu vivo ouvindo isso. O que está acontecendo?

— Posso entrar?

Eu dou um passo para o lado e permito que Declan entre no quarto. Ele vai direto para Sloane, abraçando-a e beijando-a, depois acaricia a bochecha dela com o polegar enquanto a observa com ternura. A impressão é de que a qualquer momento ele vai começar a recitar um poema.

Jogo os braços no ar.

— É pra hoje?

Declan se vira para mim, apoiando o braço nos ombros de Sloane.

— Você quer as boas ou as más notícias primeiro?

Olho para Sloane.

— Ele por acaso sabe que está correndo perigo de vida?

Ela o abraça pela cintura e o encara.

— Talvez seja melhor ir direto ao ponto, querido. Gosto mais de você sem marcas de facadas no corpo.

Declan dá de ombros.

— Tá legal, se é isso que você quer. Malek é o novo chefe da Bratva russa.

Fico sem ar.

Então é isso. Por isso que Mal quis me tirar da Rússia.

Lembro-me da pergunta hipotética dele sobre manter algo precioso por perto, mesmo que fosse perigoso, e me arrependo de não ter dado uma panelada na cabeça de Malek para obrigá-lo a se abrir comigo.

Um erro que nunca mais vou cometer.

Trêmula com a onda de emoção que ameaça me dominar, pergunto:

— O que aconteceu com Pakhan?

Declan levanta uma das sobrancelhas.

— O que você sabe sobre Pakhan?

— Que ele tem um gosto bem duvidoso para moda, incluindo usar pele de verdade e anéis no mindinho. O que aconteceu com ele?

Declan levanta a outra sobrancelha, olhando para mim com uma expressão de total surpresa.

— Você o *conheceu*?

— Conheci. Nós jantamos. Ele é um doce de pessoa. *O que aconteceu com ele?*

— Ele tem câncer e decidiu que Malek é seu *protégé*.

Câncer. Ah, não. Ele foi tão legal comigo. Pensando no jantar, comento distraída.

— Você quer dizer sucessor.

— Como é?

— *Protégé* quer dizer que está sendo treinado. Um sucessor assume tudo a partir do momento que o outro deixa a posição.

— Ela tem um lance com palavras. Pode continuar — explica Sloane.

— Isso é tudo.

Eu me recomponho e pergunto:

— E a boa notícia?

O olhar de Declan assume um brilho misterioso, como se ele tivesse um segredo.

— Como você sabe que essa não foi a boa notícia?

Eu olho para Sloane.

— Sério, querido. Olha pra cara da Riley. Você está correndo risco de vida aqui.

— Valeu, mana.

Ela sorri para mim.

— Não precisa me agradecer.

— Tá... Digamos que Malek e eu agora temos um amigo em comum — diz Declan.

Franzo a testa.

— Você quer dizer o cara que Mal visitou em Nova York para conseguir informações sobre como te encontrar?

Declan fica totalmente imóvel.

— Que cara? — pergunta ele devagar.

— Um tal de Kazimir. Ouvi Mal dizer o nome dele no jantar com Pakhan e depois perguntei quem era.

A imobilidade se transforma em tensão. Um brilho assassino se acende em seus olhos.

— Kazimir disse para Malek como me encontrar? *Para que ele pudesse me matar?* — questiona entre os dentes.

Sloane assovia.

— Ah, ele vai pagar *bem* caro por isso.

— Sinto que estou perdendo alguma coisa aqui — comento.

Sloane faz uma careta e olha para mim.

— Kazimir é noivo da Nat.

— Eita! Peraí, que merda é essa?

— Kage... Kazimir... ele é o chefe da Bratva aqui nos Estados Unidos.

Sinto meus olhos quase saltarem do rosto.

— *E a Nat está noiva dele?*

— É uma longa história, eu te conto depois. Agora, acho que nós três precisamos fazer uma ligação.

— Eu não vou participar de uma ligação com aquele filho da puta traidor — rosna Declan.

Sloane dá um tapinha no peito dele.

— Eu estou me referindo às mulheres, querido.

Demonstrando toda sua fúria, ele diz:

— Você não vai conversar com a Natalie! Eu te proíbo!

Sloane dá um beijo em seu rosto.

— Que fofo. — Ela estende a mão para mim. — Venha, quanto antes resolvermos isso, mais cedo a pressão sanguínea dele vai voltar ao normal.

Deixamos Declan no meu quarto, gritando alguma coisa em gaélico que não parece ter nada a ver com a sua pressão arterial.

45

RILEY

Sloane e eu passamos duas horas em uma ligação com Nat. A conversa começou com o meu pedido:
— Tudo bem, expliquem essa história como se estivessem falando com uma criança.

Fico tonta depois de receber tantas informações.

O ex-noivo de Nat, David era, na verdade, um contador da Bratva chamado Damon. Ele desviou dinheiro, entregou os chefes e entrou no programa de proteção à testemunha. Com uma nova identidade, se mudou para o Lago Tahoe, onde conheceu Nat. Depois de anos de relacionamento, ele desapareceu no dia do casamento, deixando Nat de luto por muito tempo, já que todos achavam que o cara tinha morrido.

Até que um estranho muito gato chamado Kage se muda para a casa ao lado da de Nat, e o tesão dormente e enlutado dela ganha vida como zumbizinhos ressuscitados e famintos por cérebros.

Cérebros sendo um eufemismo para o pau gostoso e potente de Kage.

Mas Kage, esperto do jeito que é, escondeu de Nat que ele era, na verdade, um assassino, enviado para localizar Damon e todo o dinheiro que ele roubou da Bratva e então matá-la.

Tipo, é compreensível que ele tenha omitido esse detalhezinho, né?

Seria realmente um empecilho para a maioria das mulheres.

Mas Nat, que também não é boba, descobriu a verdadeira identidade de Kage e do ex-noivo — peraí, no meio do caminho surgiu outro assassino para matá-la porque Kage não deu conta do recado —, e foi para o Panamá encontrar Damon, que, na verdade, estava vivinho da silva, esperando que ela o encontrasse a partir de uma mensagem secreta que ele havia deixado em um quadro. Ele não foi ao próprio casamento porque o FBI avisou que a Bratva tinha descoberto onde estava.

Só que, quando Nat o encontrou, ele já estava casado com outra mulher, que também não sabia o nome verdadeiro dele, nem que estava envolvido com a máfia.

De todo modo, Kage e Nat superaram toda a questão espinhosa de "fui mandado para te matar" e se mudaram para Nova York. Depois, é claro, Sloane foi fazer uma visita à amiga em Manhattan porque o número de milionários per capita por lá é maior do que em qualquer outro lugar dos Estados Unidos.

Quando pergunto para Sloane como sabia disso, ela responde que pesquisou.

Que surpresa.

Então, Kage mandou um avião particular para buscar Sloane — juro, esses gângsters e seus jatinhos —, e minha irmã foi para Nova York. Só que assim que ela saiu do carro no prédio de Kage e Nat, Declan apareceu com a cavalaria irlandesa para sequestrá-la a mando do chefe dele na época, Diego, que queria informações sobre Kage e um tiroteio que aconteceu em um restaurante mexicano em Tahoe, no qual irlandeses e russos morreram por causa de Sloane.

Diego morreu — supostamente, mas não de verdade —, e Declan se tornou o chefão da máfia irlandesa.

Eu sei. Quase não consegui acompanhar também.

Mas consegui entender a parte na qual Declan conseguiu muito mais do que esperava com a sua refém, porque, em poucos dias, toda a equipe dele estava comendo nas mãos de unhas bem-feitas da minha irmã, e ele próprio estava aos pés dela.

Teve uma história secundária sobre um tal de Stavros e outro jatinho, mas parei de prestar atenção.

O ponto é que Sloane se apaixonou por Declan, transformou-se em uma pessoa melhor (eu tentei de verdade não revirar os olhos quando ela disse isso) e quis fazer as pazes com a irmãzinha caçula de quem nunca tinha sido próxima, em parte porque a irmã acreditava erroneamente que ela havia roubado um antigo namorado.

No fim de tudo, estou exausta.

Desligamos a ligação com Nat — que, pelo que percebi, estava prestes a fazer algo bem violento com o tal de Kage por ter dado informações a Mal sobre Declan —, e eu me deito no chão.

— Então quer dizer que nós três somos apaixonadas por um trio de mafiosos poderosos — digo para o teto.

— Que são inimigos entre si. Isso mesmo — completa, Sloane.

— Por que Mal e Kage seriam inimigos?

— Talvez inimigos não seja a palavra certa, mas digamos que esses garotos não gostam de dividir seus brinquedinhos.

— Então, eles não se odeiam tanto quanto ambos odeiam Declan.

Ela se deita no chão ao meu lado e pega a minha mão.

— Isso. Embora eu não tenha entendido o que Declan quis dizer quando falou que agora ele e Malek têm um amigo em comum. Vou ter que tirar isso a limpo depois.

O que quer que isso signifique, sei que Sloane vai arrancar a verdade dele. Minha irmã tem um jeito especial de fazer os homens abrirem mão do seu livre-arbítrio.

— Voltando um pouco. Como foi que Spider descobriu que eu estava em Moscou?

— Kage contou para Declan em troca de um favor.

— Isso é algum tipo de gíria da máfia que eu deveria saber?

— É um favor. Dos grandes. Pode ser cobrado a qualquer momento, e Declan não pode se recusar.

— Eita.

— Exatamente.

Sinto-me mal pelo discurso raivoso que fiz para Declan logo que cheguei, mas fico confusa de novo.

— Espere um pouco. Então, Kage e Declan são inimigos, mas trabalham juntos?

— Às vezes. Outras vezes eles tentam se matar.

Isso me faz rir.

— Parecem irmãs.

— *Haha*.

— E esse tal de Diego? Ele ainda está no hospital?

— Ele foi morar com a irmã em Nova York. Ainda não se lembra de nada que aconteceu. Está trabalhando em uma lanchonete como cozinheiro.

— Coitado.

— Não sei, não. Acho que ele pode estar melhor.

— O que te faz pensar assim?

— Acho que não deve ter muita gente na fila para matar um cozinheiro, né?

— É um bom ponto. E Kieran? Eu fiquei bem preocupada com ele.

— Aquele cara é forte como um touro. Sobreviveu a três tiros no torso! Declan o colocou de licença por um tempo, mas ele já voltou à ativa. — Ela vira a cabeça e sorri para mim. — Ele é quase tão forte quanto você.

— Ah, sim, nós trágulos, com nossas presinhas afiadas, somos superfortes. — Quando ela faz uma expressão confusa, eu digo: — Esquece. É uma piada interna.

E é quando a depressão me toma por inteiro. De repente e de maneira avassaladora. A saudade que sinto de Malek começa a me causar dor física, e eu mal consigo respirar.

— Ele me deixou. *Ele me deixou* — sussurro.

— Parece que ele estava tentando te proteger.

— Sei disso, mas só um idiota pra fazer uma coisa dessas!

— Você não acha que ele é idiota.

— Acho, sim! De verdade!

Sloane contrai os lábios e me lança um olhar de esguelha.

— Você se lembra de quando Edward, de *Crepúsculo*, deixou a Bella para protegê-la, mesmo que fosse muito difícil pra ele, e você achou que foi a coisa mais romântica do mundo?

— Não!

— Pode parar! Você sabe do que estou falando.

— Eu odiei o filme.

— Eu sei, mas você amou todos os livros. E você *amava* o Edward, o sr. Vampiro Telepático e Contemplativo capaz de sacrificar tudo, incluindo a própria vida, pela namorada humana e burra como uma porta.

Penso em como Mal tem uma tendência a se sacrificar e em como ele ama me morder durante o sexo, e sou obrigada a admitir que talvez minha irmã esteja certa.

— Então, você está dizendo que, nesse cenário, eu sou a namorada burra como uma porta?

— Não. O que estou dizendo é que você não acha que o Mal é um idiota. Na verdade, acha que ele é o suprassumo do heroísmo.

— Quem ainda diz "suprassumo"? Você parece uma velha de oitenta anos.

Ignorando meu comentário, ela continua sua reflexão:

— Sabe o que é engraçado? Ninguém nunca menciona que o Edward tinha, sei lá, uns cem anos, e a Bella só tinha dezessete. Isso que eu chamo de perversão com uma novinha.

Faço uma careta diante da imagem do meu querido Edward Cullen como um molestador sexual.

— Valeu por arruinar minha série favorita de livros.

— Haha! Eu sabia que você amava *Crepúsculo*.

— Tanto faz. E ele só deixou a Bella em *Lua Nova* — resmungo.

Ficamos deitadas em um silêncio tranquilo por um longo tempo até eu me sentar e esfregar o rosto.

— Cara, que situação de merda.

Sloane se apoia nos cotovelos e olha para mim com expressão pensativa.

— Acho que estamos olhando para essa situação do jeito errado.

— Como assim?

— Bom, eu, você e Nat conseguimos dar uma chave de boceta nos três caras mais poderosos dos Estados Unidos e da Rússia.

— Vejo que você continua sendo uma romântica incurável — retruco em tom seco.

— Tipo, imagina só o que poderíamos conquistar!

Vejo um brilho perigoso nos olhos dela e percebo que minha irmã está planejando alguma coisa. Como derrubar todos os governos do mundo para se tornar a Líder Suprema do Planeta.

Já consigo ver o seu trono, uma estrutura imensa construída com a alma e o coração de todos os homens que ela fez sofrer.

— Primeiro, o mais importante: preciso voltar para a Rússia.

— Pode haver um pequeno problema com isso.

Sloane e eu nos viramos ao ouvir a voz de Declan. Ele está parado na porta, segurando a maçaneta e com uma expressão inescrutável no rosto.

— Tipo? — pergunto.

— Malek espalhou que qualquer um que ajude você a voltar pra ele vai morrer.

Chocada, eu grito:

— *Como é que é?*

— Parece que ele te conhece bem demais.

Eu me levanto com um salto e encaro meu cunhado, sentindo a raiva fazer meu corpo tremer.

— Parece que ele não me conhece tão bem assim. Porque eu vou nadando se for preciso!

— Talvez seja melhor assim, moça. Você nunca estaria segura com ele, não com o que ele está fazendo — responde Declan, com suavidade.

— Você quer dizer do mesmo jeito que Sloane não está segura com você, mas mesmo assim ela ainda está aqui? Ou como Nat, que não está segura com o Kage, mas eles estão juntos apesar de tudo?

Declan me encara por um segundo com um milhão de palavras não ditas passando no olhar.

— Não exatamente.

Quando ele não elabora, eu digo:

— Eu juro que vou te dar um soco, gângster.

— Lindo, é melhor você dizer o que está acontecendo — pede Sloane, levantando-se.

Ele alterna o olhar entre nós duas e depois fita o teto, suspirando.

— Para de rezar e desembucha logo.

— Existe um grupo chamado os Treze — começa.

Ele é interrompido por Sloane, que pergunta:

— Um grupo? Tipo uma *boy band*?

Declan pragueja.

— Eu disse pra ele que esse nome era uma merda. — Então volta a se dirigir a nós com o tom de voz mais alto: — Eles não são uma *boy band*.

Declan começa a descrever uma trama digna de um filme do James Bond. Bandidos disfarçados de mocinhos e mocinhos disfarçados de bandido, espionagem internacional, governos corruptos, e mais algumas coisas que não presto atenção.

— Você faz parte desse grupo? — pergunta Sloane.

— A gente se ajuda de vez em quando, mas eu não sou um dos treze.

— E o Kazimir?

Declan parece ofendido.

— Não!

— Não precisa ficar nervoso. Só estou perguntando.

— Gente, calem a boca. Eu tenho uma pergunta importante — interrompo.

Os dois olham para mim.

— Nenhum outro membro desse grupo internacional de espionagem com nome ruim de *boy band* de terceira categoria é casado ou tem namorada?

— Com certeza — responde Declan.

Ele percebe o erro quando eu o fulmino com o olhar. Então levanta as duas mãos como se estivesse se rendendo.

— Não sou eu que faço as regras, moça.

— Sabe de uma coisa? Isso tudo é um monte de besteira e babaquice. Coloque o Mal no telefone, agora.

— E quem disse que eu tenho o número dele?

— Quem quer que seja esse cara que *você* conhece, *ele* conhece. Esse tal de amigo em comum. Liga pra *ele* e pede o número.

Declan parece ter se arrependido de toda aquela conversa.

— O número desse conhecido não está na lista telefônica.

— Eu tenho o telefone do seu namorado.

Todos nós nos viramos. Spider está atrás de Declan no corredor. Ele está olhando para mim com as sobrancelhas franzidas.

— Você quer o número? — Ele faz um gesto com o dedo e se afasta sem dizer nada.

Quando Spider sai do cômodo, Sloane pergunta em um tom tenso:

— Por que eu tenho a impressão de que ele vai cobrar um preço?

— Não é por acaso que chantagem é uma prática tão popular — resmungo.

Eu saio do quarto e vou atrás de Spider.

46

RILEY

Spider me guia pelo corredor até outro quarto e fecha a porta. Ele está com a mão na maçaneta, sem olhar para mim.

— Me ajuda a entender isso — pede em voz baixa.

— Não tem nada pra você entender.

Ele se vira para mim. O que eu vejo em seus olhos me faz dar um passo para trás.

Nos encaramos em silêncio, até ele dizer bruscamente:

— Três meses. Passei quase três meses procurando você.

Percebo que essa vai ser uma conversa dramática e me preparo para o pior.

— Eu sei — digo.

Prestes a explodir, ele se afasta da porta e se aproxima de mim. O olhar intenso está fixo no meu rosto.

— Sabe mesmo? Sabe o que passei? Sabe que eu não conseguia comer? Nem dormir? Sabe que eu não conseguia nem sequer fechar os olhos sem ver a expressão no seu rosto depois que atirei em você?

— Foi um acidente — respondo suavemente.

— Um acidente que não teria acontecido se aquele filho da puta não estivesse no quarto com você. — A voz dele se altera.

Uma veia pulsa no pescoço de Spider. Ele está ofegante e visivelmente chateado, e parte de mim quer abraçá-lo.

Mas sei que fazer isso seria desastroso.

— E eu sei que você acha que está apaixonada por ele. O assassino que veio atrás de Declan. O homem que sequestrou você e te levou para outro país — diz, em tom amargo.

— Por favor, Spider...

— O homem que te jogou fora como lixo depois que te usou.

Aquilo foi como um soco no estômago.

Quando vê a expressão no meu rosto, Spider fecha os olhos.

— Merda.

Eu viro de costas e abraço meu corpo, tentando normalizar minha respiração.

— Me desculpa — fala ele.

— Tudo bem.

— Não está, não. Olha para mim, moça. Por favor.

Quando não me viro, ele se aproxima e se coloca diante de mim. Spider olha para minha postura, para como estou com os braços em volta do corpo, e solta um suspiro pesado e longo, enquanto passa a mão pelo cabelo.

— Agora você está com medo de mim. Que maravilha.

— Não tenho medo de você. Mas não consigo entender por que você não me ouviu quando eu implorei, várias e várias vezes, para não me colocar naquele avião. Para me levar de volta ao mercado. Eu não medi as minhas palavras.

Ele faz uma pausa e então diz em tom grave:

— Você sabe o motivo. — Quando eu não respondo, Spider insiste: — Não sabe, moça?

Eu hesito e mordo o lábio, antes de assentir.

Meu silêncio faz com que ele fique mais corajoso.

— Por quê? Fala.

— Por favor, não torne isso mais difícil para mim do que já é — imploro, sentindo o rosto queimar de vergonha.

Spider dá um passo em minha direção. Seu tom de voz fica mais baixo:

— Diga. Diga que você sabe como me sinto. O que eu quero. Diga tudo, e eu te dou o número dele.

Quando permaneço em silêncio e ele dá mais um passo em minha direção, emendando uma energia quase ameaçadora, coloco a mão em seu peito. Olho nos olhos dele e declaro:

— Já chega.

Sob a minha mão, o coração de Spider está disparado.

Mantendo a voz gentil, apesar da raiva que estou sentindo, eu digo:

— Você é meu amigo e eu me importo muito com você. Odeio saber que tenha vivido um verdadeiro inferno por causa da culpa...

— Você não sabe da missa a metade.

— ... E eu odeio que você não aceite que eu não te culpo por nada. Que eu sei que você não queria que isso tivesse acontecido. E eu te agradeço, do fundo do coração, eu te agradeço por tentar me encontrar, por passar todo esse tempo me procurando. Nunca vou me esquecer disso. — Eu respiro fundo antes de continuar: — Mas não ache, nem por um minuto, que você pode me intimidar e me obrigar a dizer algo que não quero dizer, ou fazer algo que eu não quero fazer, porque passei os últimos três meses descobrindo a minha própria força. Eu encarei a morte de frente e disse para ela ir se foder. Ninguém vai me manipular de novo.

Ele fica me encarando com o maxilar contraído e inflando as narinas.

— Por favor, Spider. Por favor, podemos continuar como amigos e deixar tudo isso pra trás?

Depois de um momento, ele responde:

— Claro, vamos ser amigos.

Ele dá um passo para trás e se encaminha para a porta.

Fico com o coração na mão, enquanto o observo se afastar.

— Acho que você não vai me dar o número de telefone do Mal.

— Eu nunca tive a merda do número dele — responde ele por sobre o ombro.

Spider sai, abrindo a porta com tanta força que ela se choca contra a parede.

~

A semana seguinte é a mais longa da minha vida.

Fico hospedada na casa nova de Declan e Sloane em Boston, vagando e suspirando pelos corredores, até minha irmã gritar que o meu comportamento é enlouquecedor. Eu me tranco no meu quarto e me dou um tempo para sofrer sozinha.

Declan concordou deixar um recado para o tal amigo misterioso dele, na esperança de conseguir falar com Malek por mim, mas fez questão de deixar claro que não sabia se a mensagem de fato chegaria ao destino que eu desejava.

O texto era simples: "Trágulos nunca desistem."

Não obtive resposta.

Passei horas e horas no computador, olhando o mapa da Rússia, criando rotas em todas as direções que poderiam me levar a uma cidadezinha a uma distância de duas horas de avião de Moscou.

Existem centenas de cidades que se encaixam nesse critério.

Mesmo que, de alguma forma, eu conseguisse chegar à Rússia, eu passaria anos tentando encontrar a cabana na floresta. O país é imenso.

Se ao menos eu conseguisse me lembrar da palavra que Mal disse assim que acordei na cabana. Perguntei-lhe para onde ele tinha me levado, e ele respondera com uma palavra russa que talvez fosse o nome da cidade dele, mas minha memória se recusa a colaborar.

Eu poderia começar por Moscou, procurando o arranha-céu com fachada toda de vidro no qual ficava o apartamento de Mal, mas duvido que eu conseguisse reconhecer. Só o vi duas vezes e foi no meio da noite. Além disso, Moscou é uma cidade imensa. Eu não dirigi, então não tenho pontos de referência. Também não posso pedir informações, já que não falo o idioma.

E qualquer um que me ajudasse colocaria a própria vida em risco.

Tenho pesadelos todas as noites. Não consigo acordar. Ou talvez eu não queira acordar, porque eles são tão vívidos, e incluem Mal.

É sempre a mesma coisa. O rosto dele desaparecendo pela janela da van, enquanto Spider me leva para longe. A expressão angustiada em seu rosto é um reflexo da minha.

Os lindos olhos assombrados.

Fico alternando entre quase todos os estágios do luto, como em um ciclo, sem nunca chegar à aceitação. Eu simplesmente volto para a negação e passo muito tempo na raiva, depois na negociação, até chegar à depressão, onde fico lambendo as feridas até ficar puta de novo.

Eu passo mal com isso. Literalmente.

Vomito pelo menos uma vez por dia.

Spider desaparece. Declan explica vagamente que ele precisou de um tempo afastado do trabalho, e eu não faço perguntas.

Então, nada.

Mais uma semana se passa. E depois outras. Junho se transforma em julho. Sloane pergunta se quero voltar para São Francisco, porque eles continuaram pagando o aluguel do meu apartamento enquanto eu estava fora, mas digo que não. Lá não é mais a minha casa.

A minha casa é a cabana na floresta com o homem que prefere me ver nos braços do próprio inimigo do que com ele, se isso significar que estou em segurança.

Cara, como eu o odeio por isso.

Cavalheirismo é uma merda.

Então, o destino decide me lançar uma bomba.

E cara, se eu achava que ele está me fodendo antes, dessa vez, é a cereja do bolo.

∼

— Você está péssima.

— Valeu mesmo — respondo, seca. — O seu apoio sempre me ajuda muito.

— Não, é sério — insiste Sloane, observando-me do outro lado da mesa da cozinha. — Você parece doente, baixinha. Sua cor não está muito boa. Você vive vomitando. E acho que está perdendo peso.

Com o garfo, empurro as panquecas no prato diante de mim. O cheiro excessivamente doce do melado faz meu estômago embrulhar.

— Deve ser um tumor.

Demonstrando um incrível autocontrole, ela se esforça para não se exaltar.

— Não é um tumor.

— Talvez seja a doença do carrapato. Insetos sempre me acharam gostosa.

— Será que você pode falar sério? Estou preocupada com você.

Quando eu olho para ela, vejo a preocupação em seus olhos.

— Tá tudo bem. Juro, juradinho. É só que... você sabe — respondo, suspirando. Faço um gesto vago para englobar toda a merda na qual minha vida se transformou. — A situação.

Quando ela faz uma expressão de dúvida, eu digo na lata:

— Não estou grávida, se é isso que você está pensando.

— Como você sabe?

— Eu tomo injeção anticoncepcional.

Quando ela estreita os olhos, meu coração quase para de bater.

Peraí. Quando foi que tomei a última dose?

Engolindo em seco, sinto o gosto ácido da bile subindo pela garganta, enquanto começo a fazer cálculos desesperados na cabeça.

Fiquei com Mal por três meses. Já faz três semanas desde que voltei.

Quanto tempo antes de ir para a Rússia eu tomei a injeção?

Meu cérebro, que não tem colaborado muito comigo nos últimos tempos, fica muito feliz em me dar uma resposta precisa: seis semanas.

Foi em fevereiro, na semana antes do Dia de São Valentim, o que significa que a injeção só funcionaria até o início ou meados de maio.

Eu fiquei com Mal até meio de junho.

Estamos na segunda semana de julho.

E eu não menstruei ainda.

Puta merda.

— Riley? — chama Sloane em tom duro.

— Hã?

Evito olhar para ela e fico encarando minhas panquecas como se os números da loteria fossem aparecer miraculosamente no melado. *Puta merda, puta merda, puta merda.*

— Então você está protegida?

— Uhum. Já está na época de tomar mais uma injeção, mas como não pretendo transar com ninguém e só vou ter sexo solitário pelo resto da vida, acho que nem preciso.

Puta que pariu, caralho, que merda!

Ela solta o ar.

— Acho melhor marcar um médico para fazer um check-up. Isso não é normal.

— Tá tudo bem. Eu juro. É só a depressão.

Depois de um momento de silêncio, minha irmã se levanta, contorna a mesa e me abraça.

— Vai ficar tudo bem — sussurra ela. — Não se esqueça de que eu te amo.

Essa filha da puta está tentando me matar. Sloane nunca disse que me amava. Não que eu me lembre.

Minha voz falha quando digo que eu a amo também.

Então, sou atingida por uma onda de náusea. Corro até a pia da cozinha e vomito.

Com os olhos marejados de lágrimas e olhando para o conteúdo do meu estômago na pia, fico imaginando como é que vou conseguir contrabandear um teste de gravidez para um esconderijo secreto.

~

Por sorte, não preciso fazer isso. Encontro três caixinhas fechadas de testes de gravidez em uma gaveta no banheiro de Sloane enquanto procuro por um frasco novo de xampu.

Basta um deles para descobrir.

Com o coração disparado, olho para as duas linhazinhas cor-de-rosa no bastão de plástico e sussurro:

— O seu pai é um babaca, filho.

Depois, faço a única coisa racional que me resta: eu me debulho em lágrimas.

RILEY

Passo o resto do dia anestesiada. Vou para cama, enfio-me embaixo das cobertas e me cubro até a cabeça, tentando pensar no que eu deveria fazer.

Mas não adianta. Meu cérebro não funciona.

Para combinar com o outro órgão partido dentro do meu peito.

Agora, Mal terá mais um motivo para me manter longe. Um motivo ainda mais potente. Não é só mais a minha segurança que está em jogo.

Estou esperando um filho de um gângster.

E, se Malek é tão protetor a ponto de me manter longe dele para minha própria segurança, imagina as loucuras que será capaz de fazer se descobrir que estou grávida.

Ele provavelmente me levaria para outro planeta, montaria um lugar para mim em Mercúrio e administraria a Bratva Russa de lá.

Não consigo pregar os olhos à noite. Na manhã seguinte, decidi que só precisava dar um passo de cada vez e lidar com o mais óbvio primeiro.

Preciso contar para minha irmã que estou grávida do assassino que jurou vingança contra o homem que ela ama por ter matado o irmão dele.

Meu Deus do céu. Como posso começar uma conversa dessas?

Acontece que não preciso, porque Sloane tem a própria notícia para dividir comigo.

Ela bate na porta e enfia a cabeça pela fresta quando eu não respondo.

— Já acordou?

Por baixo das cobertas, solto a respiração de forma audível.

— Estou de olhos bem abertos. Pode entrar.

O colchão afunda sob o peso dela. Sloane tira a coberta do meu rosto.

— Bom dia, raio de sol.

— Eca. Não fique sorrindo assim. As pessoas vão achar que você é a líder de algum culto.

— Ai, que mau humor. Eu quero te contar uma coisa, e quero que você fique feliz por mim.

— Espera, vou adivinhar. — Observo o sorriso brilhante e incômodo. — Tá rolando um saldão na sua loja favorita?

Em vez de responder, ela levanta a mão. Vejo uma pedra imensa brilhar em seu anelar.

Eu ofego e me apoio nos cotovelos.

— É um anel!

— É um anel!

— Você finalmente disse sim!

— Eu disse!

— É real e oficial! Você está noiva!

— Exatamente. Não é demais?

Minha voz sai engasgada e meus olhos ficam marejados, enquanto balanço a cabeça, concordando enfaticamente.

— Ah, merda — diz ela, arregalando os olhos. — Eu sou uma idiota.

— Claro que não. Eu estou f-feliz por você! — Começo a chorar, porque esse é o meu *modus operandi* do momento.

Vou culpar os hormônios.

Ela me abraça com força até me deixar sem ar.

— Meu Deus, eu não dou uma dentro! Pode me dar um soco na cara se isso fizer você se sentir melhor.

Penso na possibilidade por um momento, mas não sigo adiante. Não posso sair no tapa com a tia do meu filho. Entre todas as facções da máfia, teremos conflitos familiares suficientes.

— Não. Eu estou feliz por você ter me contado. — Eu me afasto e enxugo as lágrimas. — Estou muito, muito feliz por você. Vocês já marcaram a data?

— Depois de amanhã.

Isso me faz piscar, surpresa.

— Ah. Uau. *Carpe diem*.

— Exatamente. Enquanto você estava longe, percebi que a vida era curta demais e cheia de babaquices aleatórias. Precisamos aproveitar as coisas boas enquanto elas estão lá para serem aproveitadas.

— Espere um pouco, você sabe que *carpe diem* significa aproveitar o *dia*, não é?

— Não, significa "aproveite o que é bom". Eu conheço um cara que tem isso tatuado no antebraço. Ele explicou para mim.

— Hum... E esse ph.D. sabia que ele tinha uma frase em latim derivada da décima primeira ode de Horácio tatuada na pele, ou ele só achou que era um meme legal do Instagram?

Sloane suspira.

— Cara, você poderia provocar um AVC em alguém.

— Não é de se estranhar que as pessoas continuem dizendo que somos parecidas. Mas voltando ao casamento. Onde vai ser a cerimônia?

— Na Igreja Old North, a antiga paróquia de Declan.

Acho interessante que o chefão da máfia irlandesa frequente a igreja, mas acho que ele deve ter muito a confessar.

— O papai vai?

O rosto da minha irmã se anuvia.

— Eu não o convidei. E, antes que você me pergunte o motivo, tem uma história que eu preciso te contar, mas não quero estragar meu bom humor discutindo isso agora.

Sei que eles se afastaram muito quando Sloane entrou na adolescência e não se dava muito bem com a nossa madrasta, mas parece ser algo pior do que isso.

Melhor não insistir até que ela sinta vontade de tocar no assunto.

— Tudo bem, próxima pergunta: E a Nat?

— Ela vai.

— Com o digníssimo?

Sloane sorri.

— Como se ele fosse deixar ela ir sozinha.

— Parece que estou de fora de alguns detalhes logísticos dos bastidores.

— Eu disse para o Declan que não vou me casar sem a presença da minha melhor amiga. E a Nat disse ao Kage que ela *consideraria* não castrá-lo por ter dado ao Mal as informações sobre Declan se ele fosse ao casamento e pedisse desculpa.

Sloane aperta a minha mão.

— Desculpe, baixinha. Eu não queria falar como se o Mal fosse o vilão da história.

Faço um gesto como se aquilo não importasse, interessada demais no drama para me importar com o detalhe.

— Então a Nat *e* o Kage vão ao casamento?

— Isso.

— E o Declan aceitou que o Kage fosse?

Ela ri.

— De jeito nenhum. Mas essas são as regras com as quais os caras têm de lidar. E não é como se eles nunca tivessem estado no mesmo ambiente antes. — Ela para um pouco e pensa. — Se bem que eu acho que todas as vezes que isso aconteceu, alguém acabou levando um tiro.

— Uau. Seu casamento vai ser divertido.

Sloane parece totalmente despreocupada com a possibilidade de ocorrer um massacre durante a cerimônia e diz, distraída:

— A segurança vai ser reforçada. Todos precisarão passar por uma revista, e as armas serão removidas antes de entrarem na igreja. Tenho certeza de que eles conseguem se controlar por trinta minutos.

Não tenho tanta certeza quanto ela, mas admiro a confiança.

— E o que eu vou usar? Não posso pegar nenhuma de suas roupas emprestada para o casamento. Parece que isso dá azar, já que é a noiva que deve usar algo emprestado.

— Eu já encomendei o seu vestido. A costureira vai vir aqui amanhã para fazer a prova.

Isso me surpreende, mas não muito, considerando o presente que ganhei de Pakhan.

— É impressionante como essa galera da máfia consegue encomendar vestidos sob medida em um estalar de dedos.

— Não posso permitir que minha madrinha de casamento atravesse a nave da igreja usando calça de caça com estampa camuflada, não é?

Agora eu não estou apenas surpresa, mas boquiaberta.

— Madrinha? *Eu*?

— Você e a Nat.

Minha voz fica embargada de emoção.

— Você vai ter duas madrinhas?

Os olhos Sloane estão brilhando quando declara com voz suave:

— Você é minha irmã, sua boba. É claro que vou ter duas madrinhas.

Quando ela vê meus olhos marejados de lágrimas, fica com pena de mim e se empertiga.

— As pessoas vão me achar uma babaca se minha própria irmã não for minha madrinha.

— Todo mundo já te acha bem babaquinha — digo, tentando esconder a emoção.

Ela dá um sorriso indulgente.

— Não viaja. Todo mundo me ama.

Volto a me deitar e cubro a cabeça de novo. Só que, desta vez, estou rindo.

Vivo me esquecendo que este é o mundo da Sloane. Os meros mortais que a cercam só estão vivendo nele.

∽

Faço a prova do vestido. É um vestido longo e sem manga que se ajusta ao meu corpo como uma luva.

É preto, então também pode ser usado para o velório quando o casamento com convidados da máfia irlandesa e da máfia russa começar a dar errado e as balas começarem a voar por todos os lados.

Estou tentando ser otimista, mas sério. Parece ser um erro maior do que as doze editoras que recusaram o manuscrito de J.K. Rowling quando ela ainda estava escrevendo Harry Potter.

No dia do casamento, o que parecem ser quinhentos gângsters irlandeses de smoking aparecem na casa.

Spider está lá também. Está lindo de smoking. Mas ele nem olha na minha direção, o que me magoa, mesmo sabendo que provavelmente é melhor assim.

Ajudo Sloane a colocar o vestido, um longo maravilhoso de chifon com um decote profundo e uma fenda que exibe suas pernas quando ela caminha.

Não é branco, porque estamos falando da minha irmã. Todas as noivas usam branco.

O vestido de Sloane é vermelho-vivo, cor de sangue.

Coberta de diamantes, com o cabelo caindo em cascata pelas costas e uma tiara de verdade na cabeça, ela parece uma verdadeira deusa. Nunca vi uma mulher mais linda na minha vida.

Quando digo isso, minha irmã abre um sorriso:

— Não é? Declan tem tanta sorte. Ele não me merece.

— Se um dia formos atacados por zumbis, você estará segura — respondo, seca.

— Como assim?

— Eles se alimentam de cérebros.

Vamos juntas de limusine para a cerimônia. Estamos cercadas na frente, atrás e dos dois lados por Escalades pretos cheios de gângsters fortemente armados e de smoking, para quem Sloane não para de acenar, como se fosse a própria rainha da Inglaterra acenando na parada de Natal.

Quando chegamos a uma linda igreja antiga de pedra, fico chocada ao ver os degraus da frente cheios de gente.

Olhando pela janela da limusine enquanto seguimos para o estacionamento, eu pergunto:

— Hum, Sloane?

— O que foi, baixinha?

— Por que tem quatrocentas pessoas aqui?

— Porque estamos em Boston, e o chefe da máfia irlandesa vai se casar. É um evento importante. Vieram convidados de todos os cantos do país e até mesmo de fora.

Eu me viro para ela com olhos arregalados.

— Achei que você tinha dito que estava planejando uma cerimônia pequena?

— E eu estava. — Sloane fez um gesto presunçoso para todos os diamantes. — Mas aí toda essa glória seria desperdiçada.

— Você conhece essa gente?

— Não. A maioria são colegas de trabalho do Declan.

— Colegas de *trabalho*? Você quer dizer gângsters?

— E associados. Ah, não me olhe assim. Vai dar tudo certo.

— Uma igreja católica repleta de mafiosos é praticamente um roteiro pronto para uma série documental de *true crime*!

Sloane dá tapinhas na minha mão para me acalmar.

— Olha só, Declan está cuidando de tudo. A segurança é máxima. Temos até atiradores de elite. Tudo que precisamos fazer é sermos lindas e aproveitar a atenção. E, se alguma coisa acontecer, o que não vai, é só se jogar no chão.

Olho para ela.

— *Me jogar no chão*? Esse é o seu conselho de sobrevivência?

Ela dá de ombros.

— Sempre funciona para mim.

Solto o ar, sentindo a respiração trêmula, imaginando se eu poderia roubar um revólver de um dos bons camaradas diante da igreja antes que as armas sejam confiscadas.

Somos tiradas da limusine e levadas até a igreja por um círculo de guarda-costas de três camadas. Fico esperando alguma bomba explodir, mas conseguimos entrar sem nenhum incidente e nos acomodamos em um aposento nos fundos, reservado para o grupo da noiva.

Os buquês estão esperando ali, guardados em caixas brancas e envoltos em papel de seda e algodão. O meu é uma esfera perfeita de *Stephanotis* salpicados com pérolas. O cheiro é divino.

O de Sloane é uma cascata dramática de orquídeas de um tom forte de rosa com cristais Swarovski. É glamoroso, exagerado e a cara dela.

Dois minutos depois da nossa chegada, Nat também chega.

No momento em que ela passa pela porta e vê Sloane vestida de noiva, sua expressão se contorce e lágrimas começam a escorrer pelo seu rosto.

— Você parece uma princesa.

Sloane sorri.

— Eu sou a porra de uma rainha. Agora vem aqui.

Minha irmã abre os braços e Nat corre para ela. As duas ficam abraçadas no meio do quarto por tanto tempo que me pergunto se precisaremos atrasar a cerimônia.

Então, Nat se vira para mim. Ela arregala os olhos marejados e me olha dos pés à cabeça.

— Riley? A pequena Riley? Uau.

Dou um sorriso.

— Vou considerar isso um elogio.

Ela se aproxima e me dá um abraço também. Faz tanto tempo que não a vejo que quase me esqueci de sua aparência. Cabelo preto, olhos azul-acinzentados, boca vermelha... Ela é linda.

— Tá tudo bem? — sussurra Nat.

— *Ugh*. Sim e não. Depois conversamos sobre isso. Tem muita coisa para eu resolver agora.

— Tudo bem, querida. Estou feliz de ver você.

— Digo o mesmo.

— Olhe só para as minhas garotas. A igreja vai ficar cheia de caras de pau duro. Até mesmo aquela estátua triste pela qual passamos vai ficar com tesão — afirma Sloane, com um tom caloroso.

— Aquela é uma imagem da Virgem Maria — digo por sobre o ombro de Nat.

— Então ela vai ficar molhadinha.

— Você vai pro inferno.

— Ah, eles bem que querem.

Nat se afasta do abraço e sorri.

— A rainha está orgulhosa das suas damas de companhia — diz ela.

— Nós estamos lindas mesmo. E você está *cintilante*.

— Isso porque ela está sendo bem servida com o salsichão da Bratva regularmente — retruca Sloane.

Nat fica vermelha.

— Minha irmã tem um jeito peculiar com as palavras, não é?

— Ela abandonou a verdadeira vocação de escrever músicas de amor.

Sloane ri.

— Nat, seu vestido está pendurado atrás da porta do banheiro. Temos dez minutos antes de a cerimonialista vir nos buscar para entrarmos.

Quando Nat entra no banheiro para trocar de roupa, eu pergunto:

— Quem são os padrinhos que vão nos acompanhar até o altar.

— Kieran e Spider são os padrinhos, mas já vão estar no altar esperando junto com Declan.

— Ah, sim. E qual é ordem?

— A ordem de quê?

— Tipo, a Nat entra primeiro, depois eu entro e finalmente você entra. Sloane se aproxima de mim e coloca a mão no meu rosto.

— Nada disso, bobinha — diz ela sorrindo. — A noiva deve entrar pela nave acompanhada das pessoas mais importantes da vida dela. Então, nós três vamos entrar juntas, de braços dados.

Meu queixo treme. Meus olhos ficam marejados de lágrimas. Preciso engolir o bolo imenso que se forma na minha garganta.

— Se você me fizer chorar, vou arrancar essa tiara da sua cabeça.

— Para uma garota que chegou lá em casa parecendo saída direto de um manual de sobrevivência na floresta, você é uma manteiga derretida.

— Pensei que você acharia uma evolução dos moletons cinza.

— Mana, você mudou o look de moletom para o de G.I. Jane. Esse é um movimento lateral, não uma evolução.

Maravilhosa, Nat sai do banheiro com o vestido. Damos os últimos retoques no cabelo e na maquiagem, pegamos o buquê e seguimos para a porta quando ouvimos a batida da cerimonialista.

E, acreditem ou não, a cerimônia acontece sem nenhuma intercorrência. Declan está lindo de smoking. Sloane parece ter saído de um conto de fadas. Eles trocam os votos e se beijam sob aplausos estrondosos.

Sabiamente, eles omitem a parte dos votos na qual o padre pergunta se alguém tem alguma objeção.

Há um breve momento de constrangimento durante as fotos após a cerimônia, quando Spider fica me olhando com tanta intensidade que sinto minhas orelhas queimarem. Mas é um probleminha sem importância em um evento perfeito.

É só na recepção que tudo vai para os ares.

48

RILEY

A recepção acontece em um salão magnífico no hotel Four Seasons, com janelas do chão ao teto, lustres resplandecentes e vista panorâmica para o Boston Public Gardens.

É preciso passar por um detector de metais para entrar, além de uma revista manual, feita por irlandeses com expressão séria.

Fico surpresa por não haver revista íntima, de tão paranoicos que esses caras são.

Sloane optou por não ter uma mesa para os padrinhos e madrinhas e seus respectivos acompanhantes, uma escolha bastante inteligente. Ela preferiu uma mesa para dois, só para ela e Declan.

Maravilhada com o que eles conseguiram organizar em questão de dias, eu me sento à mesa com Nat, Kage e cinco sicilianos de cabelo escuro, usando tanto perfume que quase consigo sentir o gosto.

Kieran e Spider se sentam a uma mesa do outro lado da pista de dança. Sempre que olho na direção deles, Spider está olhando para mim.

Depois que todos estão sentados, Nat me apresenta o noivo dela.

Ele é lindo de morrer. Com cabelo escuro bagunçado, um maxilar com barba por fazer e ombros largos, ele passa uma energia de pau grande que qualquer mulher ou homem no salão é capaz de sentir.

Embora esteja de smoking, parece o tipo de cara que estaria muito mais à vontade com uma jaqueta de couro, coturno e um lenço no pescoço. Anéis grossos de prata adornam o polegar e o dedo do meio da mão direita. Um deles é uma caveira.

Ele é a imagem de um pirata fanfarrão do Caribe.

— Prazer em conhecê-lo, Kage. Ouvi muito a seu respeito.

Seu olhar me lembra o de Mal, aquela intensidade de raio-laser penetrante capaz de partir uma pessoa ao meio. Mas os olhos dele são escuros em vez de verde-claros.

— Aposto que sim — diz ele, apoiando o braço no encosto da cadeira da Nat. — Você deve ter tido muitas conversas interessantes naquela casa.

Dou um sorriso para ele.

— Não se preocupe, eu não acreditei em nada que disseram. Se Nat gosta de você, você já caiu nas minhas graças.

Kage inclina a cabeça e me avalia. Depois de um momento, pergunta:
— Tudo bem?

Ele coloca tanto significado nas duas palavras, que fico impressionada. Meu coração dispara.

Sei que ele foi a pessoa que deu informações a Mal sobre Declan quando tudo isso começou, mas também me lembro de Sloane dizer que a Bratva russa e a Bratva estadunidense não são muito amigáveis entre si.

Eu só não sei se Kage e Mal mantêm algum contato.

Caso mantenham, não vou perder a oportunidade de mandar um recado.

— Se você está se referindo ao meu estado físico, estou bem. Se você está se referindo ao mental, ao espiritual e ao emocional… estou morrendo.

Ele inclina a cabeça.

— É. Ouvi dizer que você desenvolveu sentimentos enquanto estava lá.
— É muito mais sério que isso.

Ele me lança um olhar mais atento.

— Você acha que podemos conversar depois do jantar? Em algum lugar não tão… — Lanço um olhar para os sicilianos. — … barulhento?

— Você quer mandar um recado?

Concordo com a cabeça, ficando trêmula de repente.

— Declan não vai gostar nada disso. — Ele olha para Nat. O tom fica cauteloso. — Já tenho problemas suficientes.

Nat aperta a coxa dele.

— Tudo bem, querido. Isso é diferente.

Kage lança um olhar para ela que é uma mistura de desejo e amargura.

— Não quero causar problemas para ninguém — digo. — Não vou dizer nada para Declan, mas duvido que ele vá se importar, já que ele mesmo tentou mandar uma mensagem minha para Mal.

Kage estreita os olhos.

— Ele tentou mandar um recado para o homem que quer matá-lo?

— Mal não vai matar Declan.

— Desde quando?

— Desde quando eu pedi a ele que não fizesse isso.

Ele mergulha em um silêncio surpreso por um segundo, então meneia a cabeça e dá uma risada.

— Isso é o que chamo de profecia autorrealizada.

— Não entendi.

— Não é importante. É só uma coisa que Malek me disse uma vez. Mas, claro, podemos falar depois do jantar.

— Obrigada.

Mais tarde, de alguma forma, estou conversando com os sicilianos, que parecem tão ávidos para saber se sou solteira que me preocupo se eles querem me vender no mercado clandestino. Fica claro depois de alguns minutos, porém, que o que eles realmente querem é estabelecer uma aliança com Declan.

Um dos homens tem um filho que ele gostaria de ver casado com alguém da família de Declan. O outro tem uma filha com idade próxima a minha, que ele casualmente menciona que é virgem e que vem de uma excelente linhagem.

Ele diz isso como um fazendeiro falando sobre criação de cavalos.

Acho que todo o lance de casamento arranjado ainda é uma prática bem comum na máfia.

O jantar é servido e logo a pista de dança é liberada. Pelo que percebo, Kage é o único homem da Bratva no salão. Todo o restante ou é irlandês ou italiano, embora eu tenha ouvido alguns sotaques que não consigo identificar.

Quando sinto um toque no meu ombro e me viro para ver quem é, congelo.

Spider está atrás da minha cadeira, olhando para mim.

— Quer dançar?

Eu hesito, mas ele está relaxado e sorridente, então eu sorrio também e concordo com a cabeça.

— Claro.

Ele puxa minha cadeira, depois me leva para a pista de dança e me toma nos braços.

Porque é claro que a porra da música mudou de uma canção animada para uma melódica, não é?

É como se o destino me odiasse.

Dançamos em silêncio, ouvindo a música sem olhar um para o outro.

— Você está linda esta noite — diz ele.

— Obrigada. E você está muito bonito de smoking.

Spider olha para mim. Um músculo se contrai em sua mandíbula.

— Eu lembro que você me disse que eu era bonito no dia que a gente se conheceu.

— E eu lembro que você ficou vermelho.

— Foi a primeira vez que isso aconteceu comigo.

Ele me gira. Vejo Declan e Sloane na mesa para dois, mas Spider me gira de novo e os dois desaparecem de vista.

— Queria te pedir desculpa pela forma como agi algumas semanas atrás. Eu fui um idiota.

Ele parece sincero. Fico aliviada, mas não quero valorizar demais o que aconteceu. Então, mantenho a voz controlada.

— Já passou. Vamos esquecer tudo disso.

— Não consigo. Eu bem que tentei. — Spider me abraça mais apertado. Seu tom de voz fica mais baixo e rouco: — Eu não consigo me esquecer de nada do que aconteceu entre nós.

Meu alívio desaparece e sinto um frio de pânico na barriga.

Dançamos o resto da música em silêncio. Assim que termina, eu me afasto, murmuro um agradecimento e vou direto para o banheiro para me esconder.

Eu me tranco em um reservado e me apoio na porta. Fecho os olhos enquanto tento pensar em uma solução para toda essa situação com Spider. Além de um chute no saco, nada parece ser capaz de pará-lo.

Aguente firme esta noite. Depois converse com Declan e Sloane e deixe que eles cuidem de tudo. Spider vai ouvi-los.

Só que talvez não ouça, considerando que ele me seguiu para outro país indo contra a vontade de Declan.

Solto um suspiro, faço xixi e vou lavar as mãos.

Quando fecho a torneira e me viro para pegar a toalha de papel, olho para o espelho e congelo, horrorizada.

Tem um homem parado bem atrás de mim.

Ele é *imenso*.

Assustadoramente alto e forte, ele está com as pernas abertas e as mãos pendendo ao lado do corpo. Está todo de preto, incluindo um sobretudo pesado de lã com o colarinho cobrindo o pescoço tatuado.

O cabelo e a barba são grossos e escuros. Uma argolinha de prata brilha no lóbulo de uma das orelhas. Sob as sobrancelhas escuras, os olhos têm um tom surpreendente de verde claro.

É o homem mais lindo que já vi na vida.

— Você está aqui. — A frase sai em um soluço abafado.

— Você acha que eu deixaria você vir sozinha a um casamento da máfia sem a minha proteção? — responde Mal em tom suave.

Meu Deus, a voz dele. Aquela voz adorável, profunda, linda e hipnótica. Sinto os pelos dos braços arrepiarem, e todas as minhas terminações nervosas ganham vida. Sinto uma corrente perigosa de eletricidade percorrer o meu corpo. Sinto como se eu tivesse pisado em um fio desencapado.

— Acho — sussurro.

— Você sabe que não.

— Sei? Você não queria nem estar no mesmo país que eu.

— Você sabe exatamente o que eu quero. — A voz dele fica mais grave.

— Eu sei que você é um tolo obstinado que deveria confiar um pouco mais em mim.

No espelho, nossos olhares estão fixos um no outro. Eu viraria para ele, mas não consigo mexer as pernas. Não consigo mexer nenhuma parte do meu corpo.

— Confiar em você? — repete ele. — Eu confio completamente em você.

— Pakhan confiou mais.

Seus olhos cintilam.

— O que você quer dizer com isso?

— Você se lembra o que ele me disse no jantar? "Impérios não são governados pelos fracos." Eu finalmente entendi o que ele quis dizer. Ele não estava falando de você, mas de mim. Ele achou que eu estaria ao seu lado quando você assumisse. — Minha voz falha. — Mas você decidiu abrir mão de mim.

Os olhos de Mal emitem um brilho caloroso. Ele se aproxima, trazendo consigo aquele cheiro que conheço tão bem. Pinheiros e luar, a névoa acariciando os galhos das árvores antigas e perenes da floresta.

Da *minha* floresta. A floresta onde aprendi a ser feliz.

— Eu não abri mão de você, *malyutka* — rosna ele.

— Você com certeza não me manteve ao seu lado.

— Não?

A emoção que estava me deixando com olhos marejados e as pernas bambas desaparece de forma abrupta, enquanto sou tomada pela mais completa fúria. Eu me viro e o fulmino com os olhos.

— Eu não tenho o menor interesse em fazer joguinhos de palavras com você. Ou joguinhos mentais, na verdade. A resposta é *não*, você não me manteve ao seu lado. Você me enfiou em um avião e me mandou pra bem longe, como se eu fosse uma encomenda!

O olhar quente como carvão passeia pelo meu corpo. Malek absorve a minha expressão e o meu vestido em um único olhar faminto antes de estender a mão e me agarrar.

Ele me puxa contra o peito e afunda os lábios nos meus.

Todo espírito de luta se esvai de dentro de mim como se alguém tivesse aberto o ralo.

Eu me rendo contra o seu corpo, correspondendo o beijo com desespero. Seu cheiro, o gosto, o calor... Como foi que consegui sobreviver a um dia sequer sem tudo isso?

— Eu nunca abri mão de você — afirma ele, com um tom sério, enquanto sua boca se move contra meus lábios sensíveis. — Nem pela porra de um segundo. Você ficou comigo o tempo todo, me assombrando com o seu jeitinho sabichão e tagarela, seus lindos olhos e esse sorriso de partir o coração que me mata a cada vez que eu o vejo. Eu não durei uma semana antes de fazer a primeira viagem até aqui.

— Como é? — Pisco para ele, confusa. — Você esteve aqui? Eu nunca te vi.

— Porque você estava dormindo.

Depois de um momento de surpresa, eu começo a rir.

— Você invadiu o meu quarto de novo?

— E essa é a última vez que isso vai acontecer.

A voz baixa e letal vem da nossa direita.

Olhamos para o lado e vemos Spider parado na porta.

Ele está com uma arma.

Eu congelo, horrorizada. Sinto gosto de cinzas na boca. Embaixo do meu vestido, a cicatriz pinica e fica quente, como se tivesse acabado de pegar fogo.

Eu me pergunto por um segundo como ele tem uma arma quando todo mundo foi revistado, mas percebo rapidamente que a equipe de segurança não apenas liberou o guarda-costas pessoal de Declan, mas que, provavelmente, ele tinha escolhido as armas para a ocasião.

O corpo de Mal fica totalmente imóvel.

Spider faz um gesto com a arma.

— Riley, afaste-se dele.

— Não.

Seu olhar furioso não desvia do rosto de Malek.

— É melhor você obedecer. Agora. Não quero repetir o que aconteceu da última vez.

Tremendo dos pés à cabeça, eu consigo manter a voz calma.

— Você não vai atirar nele. Guarde a sua arma e saia.

Spider dá uma risada curta e seca.

— Ele pode ter prometido não me matar, mas eu não prometi nada. Saia da porra da minha frente agora mesmo.

Em um rosnado baixo e mortal, Mal declara:

— Fale com Riley nesse tom novamente, e eu vou ficar muito feliz de quebrar a promessa que fiz a ela.

— Vai se foder.

A voz de Spider é alta e cheia de ódio, e ecoa nas paredes ladrilhadas.

No salão, a música continua, assim como o riso e a conversa. Passando por um corredor próximo, uma mulher ri. Ela parece bêbada.

Mal me solta, movendo-se com cuidado. Ele me coloca atrás dele e fica diante de Spider, mantendo-me protegida quando tento me colocar no meio dos dois.

Sinto o pânico começar a tomar conta de mim.

— Spider, por favor! Por favor, não faça isso! Você não pode fazer isso! Eu estou...

— Não quero ouvir que você está apaixonada por ele — retruca o guarda-costas com irritação.

— Não é isso, ouça...

— Afaste-se dela e vá até a porta. Vamos fazer isso lá fora, para todo mundo ver. Você merece uma execução pública. O Carrasco deve morrer diante de uma plateia.

Empurrando-me para trás, Mal dá um passo à frente.

Sinto a visão ficar turva e o pânico me toma, fazendo com que eu consiga sentir meu sangue correndo pelas veias.

Não entendo por que Malek está obedecendo o pedido de Spider. Por que ele está o seguindo pela porta do banheiro. Eu cambaleio atrás dos dois, gritando para pararem. A música abafa meus gritos.

Então, estamos abrindo caminho pela multidão na pista de dança. As pessoas se afastam, assustadas. Alguém vê a arma de Spider e grita.

A banda para de tocar. O baixista é o último a perceber, dedilhando seu instrumento até notar que o som dele é o único. Ele pisca, surpreso.

Então, a não ser pelo zumbido nos meus ouvidos, o silêncio é completo.

Não sei onde Sloane ou Declan estão. Não sei o que os outros convidados estão fazendo. Só consigo ver Spider a alguns metros de Mal no meio da pista de dança, apontando a arma para a cabeça dele.

Eu começo a me recompor, respiro fundo e digo com toda convicção que consigo:

— Spider, larga essa arma agora mesmo!

— Me dê um bom motivo para não estourar os miolos dele agora mesmo, Riley.

Tá legal. Se você insiste.

— Porque estou esperando um filho dele!

A surpresa se espalha pela multidão. Várias pessoas arfam. Spider me encara, boquiaberto.

Não consigo olhar para Mal. Canalizo toda a minha energia em Spider, torcendo para que ele recue.

— Você sabe o que isso significa? Somos todos uma família agora. Eu, Mal, Declan, Sloane... e você também. Somos todos uma só família. Esse bebê une todo mundo. A máfia e a Bratva agora têm laços de sangue.

Alguém solta uma exclamação de comemoração no salão.

Tenho quase certeza de que é a Nat.

Com uma das mãos erguidas e com o sangue rugindo nas veias, caminho devagar na direção de Spider. Paralisado pelo choque, ele me observa enquanto eu me aproximo. Qualquer movimento abrupto pode fazer com que ele aperte o gatilho.

Quando estou próxima o suficiente, apoio a mão de leve em seu pulso. Mantendo o olhar fixo no dele, digo suavemente:

— Abaixa a arma. Acabou.

Spider engole em seco. Depois de uma pausa que parece uma eternidade, ele deixa o braço cair ao lado do corpo e abaixa a cabeça.

Declan aparece do nada. Tira a arma da mão de Spider e o empurra para um grupo de irlandeses que estão esperando na lateral. Um burburinho começa a se espalhar pelo salão, enquanto o tiram dali.

Sou envolvida por um abraço de urso.

Mal me levanta do chão e meus pés balançam no ar enquanto ele me segura. No meu ouvido, ele pergunta com voz a rouca:

— Você está grávida?

— Estou.

— Você vai ter um filho meu?

— Vou. E se você se mudar para Mercúrio para tentar nos proteger, o seu trágulo vai te caçar até o fim do mundo para acabar com a sua raça.

Ele geme e me abraça contra o peito. Um dos meus sapatos de salto sai do meu pé.

Ficamos assim, abraçados, sem perceber o burburinho da multidão até alguém pigarrear.

Quando ergo o olhar, vejo Declan e Sloane de braços dados atrás de Mal.

Minha irmã está radiante. Meu cunhado parece precisar de uma bebida forte.

— Me coloca no chão, meu bem — cochicho para ele. — Os noivos querem dar uma palavrinha.

— Os noivos podem esperar a porra da vez deles. Eu preciso falar com a minha mulher primeiro — resmunga Malek.

Ele me pega no colo e sai a pista de dança. Por sobre o ombro dele, vejo Nat e Sloane se abraçarem, enquanto Kage e Declan trocam um olhar carregado.

A banda começa a tocar uma versão de "We Are Family".

Como se nada tivesse acontecido, os convidados voltam para a pista de dança e começam a rodopiar.

Uau. Então isso é um casamento de gângsters.

No fim das contas, acho que tudo deu certo.

49

RILEY

Não sei para onde Mal está me levando. Fazemos uma curta viagem de carro, seguida por uma subida no elevador e, durante todo o tempo, estou com o rosto aconchegado em seu pescoço, com os olhos fechados, sentindo o cheiro dele e o abraçando.

Então Malek me deita em uma cama.

Sem dizer nada, Mal rasga meu vestido, como se o tecido de seda fosse papel, tira o meu sutiã, a calcinha e o sapato que restou. Ajoelha-se ao lado da cama entre as minhas pernas abertas e pressiona o rosto quente na minha barriga nua.

Meu coração parece que vai sair do peito. Eu mergulho os dedos em seu cabelo com um suspiro de felicidade.

— Você vai ter um filho meu — sussurra ele em um tom maravilhado.

— Se for menino, vai se chamar Mik. Na verdade, acho que esse nome também é fofo para uma menina.

Ele solta o ar e segura meus quadris enquanto beija minha barriga com carinho.

— Sou obrigado a admitir que estou muito feliz por sua injeção anticoncepcional não ter sido páreo para o meu superesperma.

— Não vai quebrar o braço tentando dar tapinhas de parabéns nas suas próprias costas, garanhão. O prazo da minha injeção venceu enquanto eu estava na Rússia. Engraçado como o tempo voa quando estamos nos divertindo. — Olho em volta do quarto estranho e escuro. — Onde estamos?

— Em um hotel. Agora fique quietinha que eu preciso te foder.

Minha risada é suave.

— Também senti saudades.

Malek tira a roupa em tempo recorde e a joga de lado com impaciência, espalhando as peças pelo chão, enquanto se deita em cima de mim. Segurando o meu rosto, ele me beija, deixando que eu sinta seu peso e sua paixão.

Quando se afasta, está ofegante. Mal me encara com uma adoração brilhando nos olhos e sussurra algo em russo.

Balanço a cabeça.

— Não. Diga no meu idioma para eu poder entender desta vez.

— É a mesma coisa que eu digo desde o início para você, *malyutka*. Você é linda. Você me deixa louco. Não consigo me lembrar como era a vida antes de te conhecer. Eu daria qualquer coisa para poder te amar para sempre — fala ele com um tom suave.

Sinto um bolo na garganta. Meus olhos ficam marejados de lágrimas. A respiração fica trêmula e parece que estou voando.

— Então, você gosta mesmo de mim?

Contra os meus lábios, ele sussurra:

— Eu te venero, minha rainha tagarela.

— Você vai ter que me provar. Ainda estou com raiva de você.

Malek sorri e me beija de novo. Com mais ímpeto desta vez. Seu pau lateja contra minha coxa.

Quando ele desliza para dentro de mim, eu suspiro e arqueio o corpo. Uma única lágrima escorre pelo meu rosto.

— Estou em casa — afirma ele em meu ouvindo, com a voz rouca.

Dou uma risada, que logo se transforma em um gemido quando Malek começa a se mover dentro de mim e a beijar e morder meu pescoço. Envolvo a cintura dele com as pernas e o abraço pelos ombros, enquanto ele preenche meu corpo e minha alma.

Sei que Mal sempre quis me manter em segurança. Que queria me proteger, não importava o preço, mas o que ele não sabia é que eu nunca precisei de um príncipe no cavalo branco para me salvar.

Eu preciso do dragão.

Preciso dele para sempre, e isso é tudo.

∽

Mais tarde, suada e saciada, me aconchego no seu abraço, com o rosto descansando em seu peito e o coração feliz.

Na penumbra do quarto de hotel, sussurro:

— O que acontece agora?

Ele se mexe e dá um beijo na minha cabeça.

— O que você quer que aconteça?

— Quero voltar pra sua cabana na floresta — respondo imediatamente.

Ele dá uma risada baixa que ecoa sob o meu ouvido.

— A *nossa* cabana, você quer dizer. — Meus dedos dos pés se curvam de felicidade. — Poe está com saudade de você, sabia?

— Eu também sinto falta daquele pássaro idiota, imenso e metido.

— Não deixe que ele te ouça chamá-lo de idiota. Vai roubar todos os cadarços dos seus sapatos para fazer uma capa para ele.

— Aposto que ele faria isso. Sabe do que mais tenho saudade?

— Do quê?

Dou um sorriso.

— Da hora do banho de banheira.

Ouço o sorriso na voz de Mal quando ele responde:

— Achei interessante a quantidade de banhos que a heroína do seu livro toma. Uma coisa estranha para uma fantasma fazer.

A ideia de Malek na cabana lendo os meus blocos amarelos enquanto estávamos separados me enche de felicidade.

— Aquelas são as lembranças dela. De antes dela estar morta.

Ele fica pensativo.

— Isso. Ela não *sabia* que estava morta.

— Julgando pelo seu tom, acho que talvez eu precise fazer algumas revisões.

Mal desliza a mão pelas minhas costas e segura meu queixo, levantando meu rosto para me dar um beijo.

— Não. Está perfeito. Só que o homem por quem ela se apaixonou quando estava viva parece mais um gorila.

— Nada disso. Ele só é másculo.

Mal olha para mim.

— Por favor, não me diga que você se baseou em alguém que você conhece.

Meu sorriso é doce.

— Eu jamais faria isso. Talvez seja até ilegal fazer uma coisa dessas.

— O que é ilegal é o tamanho do pau dele. Aposto que foi assim que ela morreu, né? Pulmões perfurados?

— Tá legal. Quer saber de uma coisa? Você não vai mais ler meu trabalho antes de estar finalizado.

Ele contrai os lábios. Dá pra perceber que está se segurando para não rir de mim.

Dou uma cutucada nas suas costelas e aconchego a cabeça sob o queixo dele, suspirando.

Quando Malek volta a falar, seu tom é sério:

— Vai ser perigoso.

Mal está se referindo ao tipo de vida dele. Como se eu já não soubesse.

— Se você consegue entrar sem ser detectado em esconderijos superseguros espalhados por todo o mundo e protegidos por guardas armados até os dentes, e se consegue invadir o casamento de um mafioso, acho que consegue me proteger. Eu confio em você. Além disso, olhe pelo lado bom. Eu sei atirar com um monte de armas!

— Mas com o bebê...

— Mal... — Meu tom é de aviso. — É melhor ter muito cuidado com o que vai dizer. Não quero ouvir essa besteira de não ficarmos juntos por ser perigoso demais. Esse assunto tá encerrado.

Ele ri.

— E você diz que eu sou o mandão.

— Olha, sei que os Treze não é um grupo de solteirões, tá? Alguns dos caras são casados e outros têm namoradas e conseguem mantê-las vivas. Você também vai conseguir.

Depois de um silêncio curto, Malek pergunta:

— Quem foi que te contou dos Treze?

— Declan.

Ele me deita de costas e fica olhando para mim. Sua voz é suave e mortal:

— Você acabou de dizer o nome de outro homem na minha cama?

Puta merda. Melhor voltar atrás e me explicar.

— Hum... Você meio que me perguntou. E, a não ser que você seja o dono deste hotel, tecnicamente esta cama não é sua.

— Boa tentativa, *malyutka*. Mas eu sou, de fato, o dono deste hotel — rosna ele.

— Quê?

— Eu sou dono de muitas propriedades espalhadas por todo o mundo. Pakhan me pagava muito bem pelo que eu fazia por ele.

— Não bem o suficiente para você contratar uma decoradora de interiores, obviamente.

— Como é?

— Aquele seu apartamento em Moscou não é lá muito aconchegante. Acho que alguns esqueletos talvez gostassem de viver por lá.

Os olhos dele brilham. As narinas se inflam. Malek não sabe se ri ou se me dá uma palmada.

Eu me aconchego mais a ele, sorrindo.

— Você é sinônimo de confusão, sabia, *malyutka*?

— Sim, mas você gosta de confusão.

Mal suaviza o olhar e me beija como se eu fosse a coisa mais preciosa do mundo, e então diz, com voz embargada:

— Na verdade, eu amo uma confusão. Amo mais do que qualquer coisa.

Isso resolve a questão. A minha próxima tatuagem vai ter a palavra "Confusão" no meio. Vou deixar que ele escolha o lugar no meu corpo.

— Sabe o que eu amo mais do que tudo? — pergunto, inocente.

— Não. O quê?

— Esse gorila que eu conheci. Uma vez que você passa da aparência assustadora e de todos os rosnados, ele é um doce.

Seu sorriso brilha tanto quanto os olhos cintilantes de amor.

— Foi exatamente o que ouvi dizer sobre gorilas.

Mal me dá mais um beijo, mais profundo desta vez, a língua mergulhando na minha boca, enquanto a mão se fecha em volta do meu pescoço.

Coloco a minha mão sobre a dele e o faço apertar mais forte.

Mal ri contra meus lábios e sussurra algo em russo que parece obsceno. Depois, ele diz:

— Você vai ter um filho meu. Você vai ser minha mulher. Você vai ser o centro de todo o meu universo e a rainha que vai estar ao meu lado. — A voz dele fica mais baixa: — Mas primeiro, vou te foder de novo e mostrar quem é o seu rei.

Ele me vira de bruços e me coloca de joelhos. Dá cinco tapas na minha bunda.

Enterro a cabeça no edredom, rindo.

Sim, ele está em casa.

Está mesmo.

Epílogo

SPIDER

DUAS SEMANAS DEPOIS

Estamos a sós no escritório de Declan, sentados um diante do outro na mesa de trabalho, cada um com um copo de uísque na mão.

É a primeira noite desde que ele voltou da lua de mel na Grécia. Ele está bronzeado e relaxado, recostado na cadeira, usando uma camisa social branca e a calça preta, parecendo ser exatamente o que ele é.

Um homem que tem tudo que sempre quis na vida.

Se eu me olhasse no espelho, o meu reflexo seria o oposto disso.

Ele não tenta começar com uma conversa-fiada. Nenhum de nós dois é bom nisso.

— Estou promovendo você para ser o meu braço direito. — Ao ver a minha expressão de espanto, ele pergunta: — Você achou que eu ia te mandar embora?

— Por estragar a sua festa de casamento? Claro.

— Não seja dramático. Você não estragou nada. Tudo que você fez foi dar um baita de um show.

— Sua mulher também pensa assim?

Declan fecha a cara.

— Seria ótimo se alguém aqui pelo menos fingisse que a minha opinião importa.

Olho para o copo na minha mão. Estou segurando com tanta força que o nó dos meus dedos está branco.

Não consigo tirar a noite do casamento da cabeça. Ela fica reprisando na minha mente, me assombrando.

Aquele russo filho da puta de uma figa. Eu deveria ter atirado nele no banheiro quando tive a chance. Agora ele é a porra de um membro da família.

Da *família*.

Que pesadelo.

— Eles já voltaram para Rússia? — pergunto entre os dentes.

Declan hesita.

— Já. E eu recomendo fortemente que você esqueça esse assunto.

Isso é impossível, mas mordo a língua.

— Spider, olhe para mim.

Eu obedeço.

— Você é um bom homem. Leal e corajoso. A situação não é a ideal, mas temos que lidar com ela — diz ele.

— E como você consegue ficar tão calmo? Até ontem esse cara queria sua cabeça!

— Eu sei. Mas não posso culpá-lo, não é mesmo? Se ele tivesse matado meu irmão, eu ia querer fazer o mesmo.

— Que nobre da sua parte pensar assim — respondo com acidez.

— Você precisa focar os negócios, cara. Preciso de você. Temos que lidar com muita merda. Kage e os italianos estão me enlouquecendo.

— O que tá rolando com o Kage? Depois do casamento, achei que as coisas estavam sob controle.

Declan se levanta, cruza os braços e vai até a janela, encarando o céu noturno.

— Devo a ele um favor. E ele já cobrou.

Franzo o cenho, sem entender.

— Ele usou o tal favor para ser convidado pro seu casamento?

A risada de Declan é sombria.

— Não. Aquilo foi uma questão política.

Faço um som de compreensão.

— A mulher dele e a sua.

— Isso.

— Então, o que ele quer que você faça?

— Que eu mate um dos homens dele.

Brutal, mas isso não me surpreende. Os russos são animais. Eles comeriam os próprios filhos se estivessem famintos o suficiente.

— Por que motivo?

— Deslealdade.

— Por que ele mesmo não mata o cara?

— Porque é um homem que prometi pra minha mulher que nunca machucaria. — Declan se vira para mim. — O que torna tudo mais interessante para Kage.

— Stavros — digo.

Declan assente.

— Olha, se a Sloane descobrir...

— Ela vai arrancar minhas bolas. Sou obrigado a admitir, o filho da puta sabe jogar sujo.

— O que você vai fazer?

Declan se volta para a janela. A sombra de um sorriso levanta os cantos da boca.

— O que eu sempre faço quando as duas opções são uma merda. Eu crio uma terceira.

Ele não dá muitas explicações, e eu não pergunto. Se quisesse que eu soubesse, me diria.

— O que está rolando com os italianos?

Declan suspira, passando a mão pelo rosto.

— Eles estão putos da vida. Isso, sim. Sabia que eles ainda fazem casamentos arranjados?

— Eles não podem querer que você se case com uma das filhas deles agora!

— Claro que não. Mas Caruso enfiou na cabeça que quer que a filha dele se case com alguém da máfia.

Gianni Caruso é o chefe de uma das Cinco Famílias. Desde que o líder da Cosa Nostra foi assassinado há um tempo, os sicilianos andam lutando para assumir a posição. Ninguém conseguiu ainda.

— Por que nós?

— Porque somos lindos e charmosos — responde Declan em tom seco.

— Ou porque temos uma coisa que eles querem.

— Exatamente.

— Eles têm algo que nós queremos?

— Sim. Território. Distribuição. Rotas de comércio. Dinheiro. Tínhamos um acordo preliminar com eles quando Diego estava no comando, mas foi pro ralo quando ele perdeu a memória. Mas isso não importa agora, já que não tenho nenhum parente do sexo masculino para vender como escravo.

Minha mente começa a girar. Pergunto devagar:

— E se tivesse? — Declan me lança um olhar afiado. — Braço direito é o mais próximo de um irmão ou um filho que você tem.

Quando entende o que estou sugerindo, ele diz na lata:

— Você enlouqueceu de vez.

— Você disse que me queria focado. Nada como uma boceta nova para esquecer a anterior.

Declan levanta as sobrancelhas.

— Você está me assustando, cara. Além disso, olha essa boca. Riley é minha cunhada.

— Você tem uma foto da filha do Caruso?

— Spider! Deixa isso pra lá!

Eu viro o resto do uísque e coloco o copo na mesa.

— Mostre a foto.

— Você não pode estar falando sério!

— Olha bem pra minha cara. Ela parece séria para você?

— Não estamos falando de adotar um cachorrinho. Você não vai poder devolver se não der certo. É a porra de um compromisso para a *vida inteira*.

— Você acabou de fazer um. Por que eu não posso fazer também?

— Porque você não está apaixonado! — grita ele.

— Isso não tem nada a ver com amor. Estamos falando de negócios. E, com todo respeito à sua mulher, pelo que já notei, um acordo comercial, sem sentimentos envolvidos, seria muito mais fácil.

— Vou fingir que não ouvi o que você acabou de falar.

— Só me mostra logo a droga da foto.

Declan vai até a mesa, apoia as duas mãos no tampo, debruçando-se, e me fulmina com o olhar.

— Acho que não está entendendo. Você *nunca* vai poder sair dessa situação. Se ela engordar, tiver verrugas ou uma risada de hiena, você vai ficar preso a essa mulher pelo resto da sua vida. Se ela resolver transar com todos os homens que vir pela frente, você vai continuar preso a ela. Para sempre! A família dela te mata se você tentar ir embora. E eu não vou poder impedir, porque vocês sabia os riscos quando entrou nessa história.

Sustento o olhar dele com toda calma.

— Só me mostre a porra da foto. Se a garota tiver verrugas, não tocamos mais no assunto.

Declan fica me olhando por mais alguns segundos, pragueja e se senta. Resmungando baixinho, ele abre o notebook, dá alguns cliques, recosta-se na cadeira e fica olhando em silêncio para a tela.

— Então? Verrugas?

Ele volta a olhar para a tela.

— Não exatamente.

Declan vira a tela do computador para mim.

Estou diante da foto de uma jovem de cabelos longos e castanhos, olhos escuros e um rosto doce em forma de coração. Ela parece ter no máximo uns vinte anos e ser tão inocente quanto uma pombinha.

— Não exatamente resume bem — digo rispidamente.

Declan geme.

— Meu Deus.

— Pode marcar.

— Você perdeu a porra da cabeça.

— Pode marcar, chefe. Converse com Caruso. Veja se ele vai morder a isca.

Eu me viro e sigo na direção da porta, ouvindo Declan praguejar e xingar atrás de mim, mas sabendo que ele vai pensar no assunto quando estiver sozinho.

Os reis precisam mover os peões que estão à disposição. É isso que eles fazem.

Quanto aos peões, eles talvez não tenham o poder do rei, mas ainda podem ser úteis.

E, se tiverem oportunidade, podem se divertir enquanto fazem isso.

Ser bonzinho não me rendeu nada até agora, só muita dor de cabeça.

Hora de ser mau e de corromper uma inocente.

AGRADECIMENTOS

Meu muito obrigada para Sarah Ferguson, Letitia Hasser, Linda Ingmanson, Shannon Smith, Stephenie Meyer, Eleni Caminis, meu marido Jay, todos os maravilhosos membros da Gangue Geissinger e para vocês, minhas leitoras. Agradeço também a todos de quem só vou me lembrar quando este livro estiver rodando na gráfica.

Se você não leu a série Dangerous Beauty, é lá que Pakhan e Killian estão originalmente. Killian também aparece na série Rainhas e Monstros.

Você encontra uma lista completa e a ordem sugerida de leitura em www.jtgeissinger.com.

Impressão e Acabamento:
GRÁFICA GRAFILAR